天下文化
BELIEVE IN READING

目標

THE GOAL

A PROCESS OF ONGOING IMPROVEMENT

by Eliyahu M. Goldratt & Jeff Cox

伊利雅胡・高德拉特
傑夫・科克斯——著

齊若蘭——譯

羅鎮坤——審訂

35週年紀念版

簡單有效的常識管理

導讀

以簡單常識處理複雜問題

高德拉特學會總裁　羅鎮坤

《目標》是一本很不尋常的書。

作者高德拉特博士以這本書介紹他的「TOC制約法」（Theory of Constraints）因而揚名歐美，很多企業不只實行TOC制約法，還把它視為改造企業最有效的方法。藉著這個機會，我想和讀者分享一下本書的相關背景資料，以及掌握這本書的竅門，希望大家閱讀本書時，能夠事半功倍。

在一九八〇年代，日本的「及時生產觀念」（Just In Time，簡稱JIT）使日本製造業面貌一新，帶給美國莫大的威脅。一時之間，很多美國企業在濃烈的危機感下紛紛學習日本，如法炮製，然而效果始終有限。

作者高德拉特博士強烈認為，單靠抄襲沒有用，一定要闖出一條比及時生產觀念更好的路才行；況且，及時生產觀念需要巨額的投資，而絕大部分企業根本沒有這樣的條件與資源。本書中所描述的「鼓—緩衝—繩子」（Drum-Buffer-Rope）、「緩衝管理」（Buffer Management）

以及TOC制約法中的各種觀念，受到業界肯定，並評為比及時生產觀念更實用、快速見效的方法，而且所需的投資比較少。美國福特汽車電子部門在耗費巨資實行兩年及時生產觀念後，卻發覺產品的生產期只縮短少許，仍然遠遠落後日本對手，於是他們決定改用TOC制約法，並且在一年內就遠遠拋開對手。

那麼，TOC制約法究竟與其他的管理理論有什麼分別呢？

科學家看企業問題

其他理論大都集中在企業的每個環節、步驟或程序的改善，認為只要所有環節能夠各自做到最好，企業整體必然會有最大的改進。

高德拉特卻不同意這樣的看法，他認為應該把企業視為一套系統，首先必須準確掌握與妥善處理系統內各個環節之間的互動關係，整套系統才能產生最大的效益。否則，單是個別改進每個環節，往往會事與願違，達不到整體效果。

所以，TOC制約法最重要的貢獻在於，指導企業如何集中利用有限的資源，把有限的資源用在整套系統中最重要的地方，以求達到最大的效益。

高德拉特原本是一位物理學家，他以科學家的眼光看待企業的運作問題，自然有著與眾不同的新角度。

為了探索大自然，科學家不斷試圖在大地萬象中尋找背後的規律、法則與秩序，並且反過來以這些發現解釋各種複雜的自然現象。他們在這樣不斷推敲、假設與求證的過程中，找出可以造福人類的機會與方法。

在現代社會中，我們其實也可以把企業視作具有生命的有機體，企業在誕生、成長、壯大或衰落的過程中，每天都面對無數的問題。其中包括經常性的、突發的、內部的或是外來的問題，都令許多企業管理人員廢寢忘食，疲於奔命，甚至沒有時間停下來想一想，這些問題的背後到底受到什麼因素支配？有沒有規律、法則或秩序可循？

不過，也有人認為不必如此辛苦的找尋答案，因為各種歷史悠久、眾所皆知的管理學說已經提供一切必需的答案與指導方法。例如，成本會計的原則可以衡量新產品是否有利可圖，設備的使用率可以衡量一個部門的生產力與效益等，他們把這些做法奉為金科玉律。

但是，為什麼很多忠實奉行這些金科玉律的組織仍然會陷入困境呢？難道一切困難都可以歸咎於外來的、不可控的因素嗎？

高德拉特認為，不能盲目的死抱這些金科玉律，必須以嶄新、科學的態度來看待企業的現象，尋找它們背後的規律、法則與秩序。

而「TOC制約法」就是他的研究成果，以物理學法則應用於管理學上，這是一大創舉，也是他以科學家的身分對企業界的貢獻。

高德拉特常說：「複雜的解決辦法行不通，問題愈複雜，解決辦法愈是要簡單。」

如果深入分析TOC制約法的精髓，你看見的正是一整套簡單、容易理解與接受的法則，簡單到甚至接近「常識」的地步。這正是TOC制約法最大的特點與威力。

打破複雜的舊框架

常識是否代表粗淺、沒有價值的東西？恰恰相反。如果企業管理階層能夠以常識來判斷與處理每一件事，很多困擾都會馬上消失。本書當中有無數實例顯示，打破複雜的舊框架，用常識處理問題，會產生多大的差異。

讀者不用擔心研讀本書需要硬吞一套艱深複雜的理論或方程式，恰好相反的是，運用常識，正是TOC制約法可以在歐美得到廣泛接受的原因。

高德拉特以嶄新和大膽的小說形式，作為這本書的表達方法，這在財經企管類別的書當中十分罕見。以此書在全球達到七百萬冊以上的銷售量來看，這項策略（或者說是險招）極為成功。

這是一本真正的小說，故事脈絡分明，有危機，有高潮，有衝突，有矛盾，有懸疑，也有令人意想不到的峰迴路轉，同時也妙趣橫生。

但是，最令廣大讀者驚歎的是它的真實感和親切感。很多讀者說，他們可以很容易就將書中的人與事套入自己的企業組織中，小說的情節與日常中遇到的問題太相似，因此產生高度的共鳴。很多讀者花費兩、三個通宵一口氣看完這本小說後，才肯把它放下；有人一看再看，每次都有新的領會與感受；也有些主管買了好幾箱的書，分派給部屬看之後，再一起討論各自的心得，以及如何在企業內實行TOC制約法等。包括哈佛商學院在內，很多歐美大學也都把這本小說列為財經企管系所學生必讀的書目。

各位讀者大概都讀過很多財經企管大師的著作與各種管理文章，不妨也讀一讀《目標》這本小說，想必您會有一種十分清新的感覺。

蘇格拉底的指導方法

很多人都曉得，古希臘哲學家蘇格拉底的著名指導方法是：只問問題，不提供答案，要學生自己思考、摸索、假設、以行動印證假設，最後找出答案。

本書就是用這個方式寫成，書中兩個主要人物羅戈（工廠廠長）與約拿（羅戈大學時代的物理學教授）對企業的眾多問題看法不同，最後通常都是由約拿向羅戈提出一個看似簡單，但其實不容易解答的問題。接著，故事會描寫羅戈找尋答案的心路歷程，以及其中的種種曲折、掙扎、實踐與求證的過程。

當然，所有這些蘇格拉底式的問題，本書最後都導出了答案。不過，最引人入勝的是，讀者一直陪伴著羅戈，看這位受過專業技術與管理訓練的廠長如何墜入困境，再如何從谷底一步步爬出來，每解答一個約拿的問題，他要克服多少困難，化解多少壓力，挑戰與推翻多少被奉為圭臬、但卻十分有害的管理觀念。在這個過程中，讀者便能深刻體會到TOC制約法每一項觀念是如何產生，以及它所針對的是什麼問題等。

蘇格拉底的思考方式，真是最有趣味又有效的學習方法。

各位讀者不妨與主角羅戈來場比賽，試試您能不能比他更快、更直接的回答約拿的問題，然後對比答案是否正確，您一定能獲益不淺。

我必須再三強調的是，本書是為了各種類型的企業而撰寫，而不是只針對製造業提供方法，否則製造業以外的朋友將失諸交臂。

儘管這本小說是以工廠作為故事背景，但故事導引出來的TOC法則卻能適用於所有的組織，包括所有營利與非營利機構，如醫院、學校等。全球數以千計實行TOC制約法的組織中廣納各行各業，製造業只是其中一個部分。

不斷探索與實驗

在企業改革的過程中，需要不斷思考、探索與實驗，希望本書能帶給讀者一點小小的推動與啟發作用。

《目標》只是一個起點，讀完本書後，很多朋友可能會問：「書中有些新方法，我可以馬上嘗試實踐，但我想進一步深入了解TOC制約法相關的具體理念，我應該怎麼辦？」

TOC制約法是一個不斷在演化與改進的概念，閱讀《目標》這本書是一個很好的起點。本書作者在《目標》之後還完成了另外三本企管小說，將TOC制約法這個新概念擴展至更多領域：《絕不是靠運氣》是（*It's Not Luck*）關於配銷管理與衝突解決，《關鍵鏈》（*Critical Chain*）是關於專案管理，以及《仍然不足夠》（*Necessary But Not Sufficient*）是關於資訊科技在企業中的應用。而高德拉特博士創立的全球「高德拉特學會」（Avraham Y. Goldratt Institute，簡稱AGI），發展與舉辦各種TOC制約法研討會與課程，是進一步了解TOC制約法的重要途徑。作為學會在本地區的負責人，我的任務是在兩岸與港澳推動TOC制約法的活動，我懇切希望藉著本書連結對TOC制約法有興趣的人士，形成一個網絡，為大家提供討論、探索與學習TOC制約法的管道，詳情請參考本書六三七頁。

懇請各位讀者惠賜寶貴的意見。

作者序

科學與教育的探索

《目標》這本書談的是科學與教育。我相信長久以來，這兩個名詞都遭到過度濫用，拱上崇高的地位和神祕的迷霧中，以致盡失原意。對我與許多受人尊敬的科學家而言，科學談的不是大自然的奧祕，甚至也不是真理，科學只不過是我們用來嘗試推敲基本假設的方式。透過直截了當的邏輯推演，這些假設能解釋許多自然現象為何存在。

物理學的能量守恆定律不是真理，只不過是可以用來解釋許多自然現象的假設。但我們永遠無法證明這樣的假設為真，因為即使這項假設可以用來解釋無數自然現象，還是無法肯定它能夠放諸四海皆準。另一方面，只要有一個現象無法用這條定律解釋，假設就會立刻遭到推翻。然而，推翻假設絲毫不會損害假設的效力，只不過是凸顯出另外還有一項更有效力的假設存在，或是我們必須找到其他假設。能量守恆定律碰到的狀況正是如此，關於能量與質量的守恆，愛因斯坦推論出一項更通用、更有效力的假設取代原本的定律。但是，這並不代表愛因斯坦的假設就是真理，正如同過去的能量守恆定律也不是真理。

不知道怎麼回事，我們似乎把科學的涵義局限在極其有限的幾種自然現象，例如研究物理、化學或生物時，就說這是科學。但是，我們應該明白，還有許許多多的自然現象沒有歸屬在這幾種學門裡，例如我們在組織（尤其是工業組織）中見到的各種現象。假如這些現象不是自然現象，又是什麼呢？難道要把我們在組織中看到的種種現象當成虛幻的情節，而不是我們面對的現實嗎？

常識其實並不平常

本書嘗試指出，我們可以用少數幾項假設來解釋非常廣泛的產業現象。讀者可以判斷，本書各項假設衍生的道理，是否足以把我們每天在工廠中看到的現象解釋得天衣無縫，甚至達到能夠稱為「常識」的程度。常識其實並不是真的那麼平常，而是我們對於由邏輯推演出來的一連串結論所賦予的最高禮讚。假如你也是如此，那麼基本上，你已經讓科學脫離學術的象牙塔，把它放在科學原本歸屬的地方，讓每個人都能接觸到科學，並且把科學應用在我們周遭所見的事物上。

我希望在本書中證明的是，我們不需要額外花費腦力來建構新的科學，或是擴大現有的科學領域；我們只需要有足夠的勇氣來面對矛盾，同時不要只因為「這是我們平常做事的方式」就逃避現實。我大膽的在書中插入家庭中的爭執場面是因為，我假定所有陷在忙碌生活中的經理人對這個情景應該都不陌生。我加入這些情節不是為了讓這本書更受歡迎，而是為了凸顯一項事實：就科學的角度而言，我們往往把許多自然現象視為毫不相干。

多用問號

我也希望藉著本書探討教育的意義。我誠心誠意相信，唯有透過推論的過程，我們才能真正的學習。直接把最後的結論擺在我們眼前，不是良好的學習方法，充其量不過是訓練方式罷了。所以，我試圖用蘇格拉底的做法，呈現書中想表達的訊息。儘管約拿對於答案胸有成竹，仍然是以「問號」而不是「驚歎號」回應羅戈，不斷激勵他自行找到解答。我相信，採用這種敘述方式，讀者也可以搶在他之前推斷出解答。如果你覺得這本書很有趣，那麼或許你會同意，良好的教育方式也應該如此，而且我們應該運用蘇格拉底的做法來編撰教科書。教科書不應該提供一堆解答，而是應該引導讀者親自經歷完整的推論過程。假如我能藉著這本書成功改變你對科學與教育的觀念，那麼，對我而言，這正是撰寫本書真正的回報。

前言

勇敢挑戰基本假設

這本書談的是與「製造」有關的全球新法則，談的是一群人如何試圖了解世界運轉的竅門，並且因此改善周遭的一切。他們不斷運用邏輯思考問題，找出行動與結果之間的因果關係。過程中，他們也歸納出一些能夠挽救工廠、成功經營企業的基本原則。

在我眼中，科學其實就代表我們對於這個世界如何運作、以及為什麼如此運作的理解。無論在什麼時候，科學知識都只不過代表我們目前的所知。我不相信世界上有絕對的真理，但我相信絕對的真理恐怕反而會阻礙我們追求更深入的理解。每當我們自以為已經掌握住最後的答案時，所有的進步、科學發展、以及更深一層的理解也就戛然而止。然而，我們不是單單為了理解這個世界而理解這個世界。我相信，我們之所以孜孜不倦的追求知識，是為了改進世界，充實我們的生活。

我選擇以小說的形式來說明我對於「製造」這個行業的了解，原因有很多。首先，我希望讓大家更了解這些原則，同時也說明這些原則將如何為工廠中常見的混亂帶來秩序。第二，我希望描繪出「真正的理解」是多麼重要，以及它能帶來多大的好處。透過真正的理解而產生的成效不再是空中樓閣，而是經過眾多工廠的實踐後，證明的確可以達成的目標。西方世界不一定只充斥著二、三流的製造公司，只要我們了解並運用正確的原則，就不必再畏懼任何競爭。我也希望讀者能夠看到，無論你把這些原則用在銀行、醫院、保險公司以及家庭等各種不同的組織中，都依然不會改變它的價值。或許，每個組織中，都隱藏相同的成長與改進的潛力。

最後，同時也最重要的是，我們每個人都可以成為傑出的科學家。我相信，成為優秀科學家的祕訣不在於我們的腦力，畢竟我們已經過度用腦。我們只需要看清現實，然後很有邏輯並精確的評估眼前見到的現況。

真正的關鍵在於，要有勇氣面對我們眼中所見、腦中所推論，以及實際做法之間的矛盾。只有像這樣挑戰基本假設，才能有所突破。

幾乎每個曾經在工廠裡工作過的人，對於採用以成本計算效益的方式來控制行動，都會感到不安，然而，直接挑戰這些成規的人卻是寥寥無幾。周遭世界究竟是如何形成今天的面貌？又為什麼會長這個樣子？假如你想要進一步了解，就必須挑戰基本假設。假如我們能夠更了解我們的世界與統治這個世界的原則，我想，生活一定會變得更美好。

在追尋這些原則以及了解這本書的路途上，祝你好運。

目錄

01 晴天霹靂

某天一大清早七點半，我把車開進停車場時，大老遠就看到對面已經停了一輛鮮紅色的賓士轎車。那輛車就停在工廠旁邊，緊挨著我的辦公室，穩穩的停在我的車位上。除了皮區之外，還有誰會這麼做？他完全不管當時整座停車場都空蕩蕩的，也不管停車場上還有很多標示「訪客」的車位，非把車停在標示著我的頭銜的停車位上不可，他最喜歡利用這種微妙的暗示提醒我。好吧，他是事業部的副總裁，而我只不過是區區一個廠長罷了，他愛把那輛該死的賓士停在哪裡都可以。

我把別克轎車停在賓士轎車旁邊標示著「財務長」的位子上。下車後，我瞄了一眼車牌號碼，更確定這一定是皮區的車子，因為車牌上寫著「一號」。大家都曉得，皮區向來戮力追求的目標，就是當上最高主管。我也想啊，只是現在可能變得機會渺茫了。

無論如何，我朝著辦公室大門走去，腎上腺素已經開始加速分泌，不曉得皮區究竟在這裡幹嘛，看來今天早上別奢望能完成任何工作了。我通常很早上班，以便整理白天無法抽空處理的事情。通常在會議尚未開始、電話鈴聲尚未響起，以及還沒有蹦出任何緊急情況之前，我確實可以完成很多工作。但是，今天的工作眼看著就要泡湯了。

「羅戈先生！」我聽到有人大喊。

我停下腳步，有四個人從工廠側門衝出來，他們是主任丹普西、工會幹事馬丁尼茲、一名工人，還有一個名叫雷伊的領班。丹普西告訴我出問題了，馬丁尼茲嚷嚷著快要發生罷工事件了，那名工人嘟囔著有人騷擾他，而雷伊則是大叫：「我們沒有辦法完成某件東西，因為缺了一個零件。」他們與我面面相覷，而我甚至連杯咖啡都還來不及享用。

我終於讓大家冷靜下來，問清楚究竟發生什麼事。原來皮區在一個小時以前就到了，他直接走進我的工廠，命令他們報告四一四二七號訂單目前的執行狀況。

這下可好了，說巧不巧，剛好沒有人知道四一四二七號訂單的狀況。於是，皮區逼迫每個人四處追查到底發生什麼事，查出來的結果是，那是一筆很大的訂單，同時也是一筆延遲交貨的訂單。這有什麼稀奇呢？工廠裡幾乎每一筆訂單都延遲了。根據我的觀察，這座工廠的訂單可以區分為四種優先次序等級：「緊急」、「非常緊急」、「緊急得不得了」以及「立刻完成！」。總之，我們就是沒有辦法依照進度完成訂單。

皮區一發現四一四二七號訂單距離出貨還遙遙無期，就開始扮演催貨員的角色。他到處咆哮，對著丹普西發號施令。最後，他們發現幾乎所有必需的零件都已經備齊，堆在一起等待上陣，但是卻沒辦法展開裝配作業，原因是某個組件中的某個零件還沒有經過加工處理，因此目前無貨可用。假如工人拿不到這個零件，就沒有辦法進行裝配，假如他們沒有辦法裝配，當然就沒辦法出貨。

我們還發現，那些零件就躺在其中一台數值控制機旁邊靜候，但是機械工並沒有在為了處理這個零件安裝機械，而是忙著為另一件別人逼他們立刻完成的東西趕工。

皮區才不管這件需要緊急趕工的東西是什麼，他只關心四一四二七號訂單能不能及時出貨。所以，他叫丹普西告訴領班別管另外那件超級緊急的玩意，馬上指揮機械工立刻準備處理四一四二七號訂單缺少的零件。那名機械工看看雷伊，又看看丹普西，再看看皮區，然後把螺旋扳一丟，告訴他們，他們全瘋了。他和助手剛剛才花一個半小時，讓每個人都搶著要的某個零件上線，現在卻得前功盡棄，重新為另外一個零件裝設生產線？去他的！

於是，我們偉大的外交官皮區先生，越過我部屬的主任與領班，直接告訴這名機械工，假如不照著吩咐去做，就得捲鋪蓋走路。他們又吵了一陣子後，機械工威脅罷工，工會幹事就出現了，每個人都陷入瘋狂，沒有人在工作。

於是現在，在這個明亮的清晨，四個大男人在停擺的工廠前面迎接我。

「那麼，皮區現在在哪裡？」我問。

「在你的辦公室裡。」丹普西說。

「好吧，請你告訴他，我馬上就過去和他談話。」我說。

丹普西如獲大赦般朝著辦公室跑去。我轉向馬丁尼茲與那名工人，這才發現原來他就是那位機械工。我告訴他們，我不會炒任何人魷魚，也不會對任何人施加停職處分，整件事情只不過是一場誤會。馬丁尼茲起先並不滿意我的說法，而機械工的意思似乎是要皮區向他道歉。我可不要捲入這個麻煩，而且還恰好曉得單憑馬丁尼茲一個人，根本沒有足夠的權力號召罷工，因此我說：「好，假如工會要提出申訴，沒有問題，我很樂意今天就找個時間和工會會長奧當納談一談，我們會依照正當的程序來處理這件事情。」馬丁尼茲心知肚明，反正在他和奧當納商量好之前也做不了什麼事，因此終於接受我的提議，跟工人一起走回工廠。

「好，現在讓大家回去工作。」我告訴雷伊。

「當然，不過，呃，我們應該先做什麼呢？先完成我們原本打算要做的東西，還是先為皮區趕工？」雷伊問。

「先趕皮區要的東西。」我告訴他。

「好吧，那麼我們原先就做白工了。」雷伊說。

「就做白工吧！」我告訴他：「我甚至還不曉得究竟發生什麼事。不過一定出了什麼緊急狀況，皮區才會親自跑來這裡。你不覺得我說的很有道理嗎？」

「是啊，當然。嘿，我只不過想知道該怎麼辦！」雷伊說。

「好，當然，我知道你也只不過是半途捲入這場混亂之中，」我試圖安慰他：「我們就盡快裝設好生產線，開始處理那個零件吧。」

「對！」他說。

這時候，丹普西正好走過我身邊，準備回工廠工作。他剛走出我的辦公室，看起來彷彿迫不及待要逃離那個地方。他對我搖搖頭，嘴角擠出這幾個字：「祝你好運！」

我的辦公室大門敞開，我走進去，他就在那兒。皮區大咧咧的端坐在我的辦公桌後面，他的外型矮胖結實，滿頭濃密的銀髮與冷峻的雙眼非常相配。我一放下公事包，他的眼睛就直直瞪著我，彷彿在說：「小心你的腦袋瓜子。」

「皮區，究竟發生什麼事？」

「我們有很多事情需要討論，你先坐下。」

「我很想坐下，不過你正好坐在我的位子上。」話一出口，我就感覺到自己可能說了不該說的話。

他說：「你想知道我為什麼跑來嗎？我來這裡，是為了拯救你們這些差勁的傢伙。」

我告訴他：「從剛剛歡迎我的場面看來，你是特地跑來破壞我的勞工關係。」

他直直瞪著我，然後說：「假如你沒有辦法在這裡推動工作，那麼以後根本不會再有任何工人需要你來操心。事實上，你可能連飯碗都保不住，羅戈。」

「好，放輕鬆，別那麼緊張，」我說：「咱們先好好談談，這筆訂單究竟出了什麼問題？」

皮區告訴我，首先，昨天晚上十點左右，他在家裡接到一通電話，打電話來的人是我們的大客戶柏恩賽先生，他是一個不折不扣的大好人。但是，柏恩賽似乎是因為他的訂單（四一四二七號訂單）已經延遲七週都還沒有交貨而勃然大怒。他跟皮區反反覆覆抱怨了一個小時。顯然當初所有人都叫他把這筆生意交給我們的競爭對手，而柏恩賽力排眾議，大膽的把訂單交給我們。打這通電話之前，他剛好安排與幾位客戶一起吃晚飯，他們全都因為交貨太慢的問題向他大發牢騷，而且罪魁禍首顯然就是我們。因此，昨天晚上柏恩賽簡直要抓狂了（或許帶著一點酒意）。皮區答應要親自處理這件事情，而且保證不管有天大的困難，今天下班前一定會出貨，柏恩賽的怒氣這才稍稍平息。

我試圖告訴皮區，沒錯，延誤訂單是我們的不對，我會親自監督後續的處理，但是他非得今天一大早跑來這裡，把整座工廠弄得雞飛狗跳嗎？

他問，那麼我昨天晚上到底跑到哪裡去了，為什麼他打電話到我家，卻一直找不到我？在這種情況下，我沒有辦法告訴他，我有我的私生活；我沒有辦法告訴他，頭兩次電話鈴響的時候，我正好在和太太吵架，而且可笑的是，我們之所以會吵架，正是因為太太覺得我不夠關心她；而電話鈴聲第三次響起的時候，我也沒有接電話，因為當時我們正在講和。

我決定告訴皮區，我昨天很晚才到家。他沒有繼續追問，反而問我，我怎麼會不曉得工廠的狀況呢？他已經厭倦不斷聽客戶抱怨延遲交貨。為什麼我總是沒辦法準時交貨呢？

我告訴他：「我很確定的是，在你三個月前逼我們進行第二次裁員以及減薪二〇％以後，我們居然還有辦法生產出一些東西，這已經算是萬幸了。」

接著，他靜靜的說：「你只管把東西製造出來就好，聽到了嗎？」

「那麼，你就得給我需要的人手！」我說。

「你已經有足夠的人手了！看在老天的分上，看看你們的效率！你還有很多改進的空間，」他說：「先證明給我看你可以有效運用現有人力，否則就別哭訴人手不夠！」

我正想回嘴，皮區卻伸出手來制止我。他站起來，把門關上。喔，可惡，我心裡想。然後他轉過身來，告訴我：「你坐下。」

我一直都是站著，所以現在只好從辦公桌前拖來一張椅子，坐在平常訪客坐的位置上。皮區從辦公桌後面轉過身來，然後開口：「你瞧，我們為這件事爭辯不休，完全是浪費時間。你上一次的營運報告已經說明一切。」

我說：「你說得對。重點在於，要想辦法完成柏恩賽的訂單。」

皮區大發雷霆：「該死，問題不在柏恩賽的訂單！柏恩賽的訂單只不過是冰山一角。你想我會大老遠跑來這裡，只為了加快一筆延遲的訂單嗎？你以為我事情還不夠多嗎？我特地跑來，是為了點醒你們，這不只是客戶服務的問題，你的工廠正在不斷虧損。」

他稍稍停頓，彷彿要讓我仔細咀嚼他的話。然後，「砰！」的一聲，他的拳頭猛敲了一下桌子，用手指著我：「假如你今天沒辦法出貨，那麼我會教你該怎麼做。假如你還是辦不到，那麼無論是你，或是這座工廠，對我來說都沒有什麼用處了。」

「等一下，皮區……。」

「該死，我連一下都沒辦法等了！」他咆哮：「我再也沒有時間聽你的藉口，也不需要任何解釋，我需要的是實際的表現！我需要的是出貨！我需要的是營收！」

「我知道，皮區。」

「不，你不知道，這個事業部正面臨有史以來最嚴重的虧損。這個破洞太大了，我們可能永遠都無法脫身，而你的工廠正是把我們拖進這個大黑洞的船錨。」

才一大清早，我已經疲憊不堪，只有問他：「好吧，那麼你希望我怎麼辦呢？我已經來這裡半年，也承認情況沒有好轉，反而變得更糟，但是我已經盡了最大的努力。」

「假如你想要曉得底線在哪裡，我現在就告訴你：你只剩三個月來讓這座工廠轉虧為盈。」皮區說。

「假如我沒有辦法及時達到目標呢？」我問。

「那麼我就要在主管委員會上建議關掉這座工廠。」他說。

我坐在那裡，說不出話來。我完全沒有預期今天早上會聽到這麼糟糕的消息。然而，這番話對我而言，也不全然是意外。我從窗口望出去，停車場停滿早班工人的車子。我回過頭來，皮區已經站起身，繞過辦公桌，坐在我身旁的椅子上，傾著身子。現在，他要開始安撫我了：「我知道打從你一接手，情況就不怎麼妙。我指派你這個任務，正是因為我覺得你可以把這座工廠從虧損扭轉為……至少變成小小的贏家。我現在還是這麼想。不過，假如你想要在公司裡繼續往上爬，就一定要有所表現。」

「但是，我需要時間。」我無助的說。

「抱歉，只有三個月。而且假如情況持續惡化，我甚至連三個月都沒有辦法給你。」皮區看看手錶，站起身來，而我還坐在那裡。討論結束了。

他說：「假如我現在離開，那麼我今天就只錯過第一場會議。」

我站起來，他走到門邊，把手放在門把上，轉過身來，微笑著說：「我已經幫你踢踢這些傢伙的屁股了，柏恩賽的訂單今天出貨，應該不會再有什麼問題了吧？」

「我們會及時出貨，皮區。」我回答。

「很好。」他一面開門，一面說，還對我眨了眨眼睛。

一分鐘之後，我從窗口看到他鑽進賓士轎車中，朝著停車場大門駛去。

三個月，我的腦中只有這幾個字。

我不記得什麼時候轉過身來，也不知道時間過了多久，突然之間，我意識到自己坐在辦公桌旁，茫然的發呆。我決定最好還是親自去工廠看看現在的情況。我從門邊的架子上拿起安全帽與護目鏡，穿過祕書身旁，向外走去。

「法蘭，我要去工廠看看。」我告訴她。

法蘭正在打一封信，她抬起頭來微笑著說：「好。順便問一下，今天早上停在你車位上的是皮區的車嗎？」

「沒錯。」

「真是部好車！」她說，然後笑了起來：「起先我還以為是你的車。」

現在輪到我大笑。她彎過身來問：「那樣一部車究竟要花多少錢啊？」

「我不知道確切的數字，不過我想價錢應該在三萬美元左右。」我告訴她。法蘭倒吸了一大口氣：「你騙我？有那麼貴嗎？我一點都不曉得買一輛車子居然也會花掉那麼多錢。哇！我猜我想換那樣的車還有得等了。」

她笑完，又回過頭繼續打字。法蘭的個性十分爽快。她年紀有多大？我猜大概四十多歲吧，還有兩個小孩要靠她撫養。她的前夫是個酒鬼，他們很久以前就已經離婚，從此，她就幾乎不想再和男人有任何瓜葛。我來上班的第二天，法蘭就自動向我傾吐這一切。我喜歡她，也欣賞她的工作表現。我們給她的薪水還不錯……至少就目前而言。無論如何，她還有三個月的時間可以賺這份薪水。

每回走進工廠，我就覺得好像進入魔鬼與天使攜手創造出來的灰色魔幻世界。我一向都有這種感覺，周遭的一切既世俗又神奇，工廠真是個奇妙的地方，即使純粹從視覺上而言也是如此。但是，大多數人的感覺卻是大相逕庭。

穿過分隔工廠與辦公室的雙重大門之後，我就進入另外一個世界。屋頂上懸掛著一盞盞鹵素燈，散發出溫暖的橘色光芒。從地面延伸到屋頂的一層層架子上，堆著一個個裝滿零件和物料的櫃子與紙箱。在架子之間的狹長走道中，工人駕著起重機，沿著天花板的軌道四處穿梭。生產線上，一大網閃閃發亮的條狀鋼片正朝向一台機器徐徐轉動，鋼片通過機器時，每隔幾秒鐘就發出「卡喳」的聲音。

到處都是機器。工廠其實只不過是一間大大的房間，在占地幾英畝的空間裡擺滿機器。這些機器分區放置，每一區之間又以走道相隔。大部分的機器都漆上艷麗的狂歡節色彩，例如橘色、紫色、黃色或是藍色。新進機器的數位顯示器上閃動著鮮紅的數字，機器手臂則隨著設定好的程式起舞。

穿過工廠的時候，不時會冒出一個個幾乎隱藏在機器中間的工人，當我走過，他們都抬起頭來，有的人對我揮揮手，我也對他們揮揮手。一輛電動車呼嘯而過，駕駛員是個大胖子；一群女作業員圍著長桌處理成捲的電線；有個身著工作服的邋遢傢伙調整了一下面罩，然後點燃焊槍；在玻璃窗後面，有一位豐滿的紅髮女人正對著琥珀色的顯示器，飛速敲打電腦鍵盤。

忙亂的景象中混雜著噪音，風扇與馬達嗡嗡的轉動聲、空氣進出抽風機的轟隆聲，形成不絕於耳的大合唱，彷彿工廠永不止息的呼吸聲，搭配偶爾會出現莫名的「砰」聲巨響。這時，我身後響起警鈴聲，高大的起重機正沿著軌道隆隆前進。無線廣播啟動、警報聲響起，間斷而模糊的廣播聲彷彿上帝在說話一般迴盪在整個空間。

即使周圍有這麼多噪音，我還是聽到一聲口哨聲。我轉過身去，看見唐納凡那個不可能被誤認的身影遠遠出現在走廊上。唐納凡龐大的身軀就像一座山，他有六英尺四英寸高（約一百九十三公分），體重大約兩百五十磅（約一百一十三公斤），其中啤酒肚大概就占去大半。他不是舉世無雙的美男子，但從他的髮型看來，我猜他的理髮師大概是海軍陸戰隊出身。他說話從來不會不著邊際，他似乎也對這點頗引以為傲。除了在某些問題上特別愛抬槓之外，唐納凡是個好人。他在這裡擔任生產經理已經有九年。假如想要推動什麼事情，只需要找唐納凡談一談就萬事ＯＫ，根本不需要再盯進度。

我們花了一分鐘的時間才真正碰頭。距離拉近一點之後，我就看出來，唐納凡今天不怎麼開心，我猜我們是彼此彼此。

「早安！」唐納凡說。

「今天早上可真是不平安，」我說：「有沒有人告訴你今天早上的訪客是誰？」

「全工廠都曉得這件事了。」他說。

「那麼我猜你已經知道四一四二七號訂單情況有多麼緊急了？」我問他。

他的臉色開始漲紅：「這正是我想和你討論的事情。」

「怎麼了？」我問。

不知道有沒有人告訴你，但是皮區咆哮的那位機械師傅東尼，剛剛辭職不幹了。」

「喔，該死！」我嘟噥。

「我想我不必告訴你，像他那種手藝的師傅可不是隨便就能找到。想找到人來接替他的工作，將會非常困難。」唐納凡說。

「能不能勸他回心轉意？」

「嗯，我們可能不見得想要他回來上班，」唐納凡說：「他辭職前，的確依照命令裝設好機器，而且也把機器設定為自動運轉。問題是，他沒有把其中兩個螺帽拴緊，因此工具機的小零件現在散得滿地都是。」

「報廢的零件有多少？」

「不多，機器只運作了一會兒。」

「我們有足夠的零件可以完成訂單嗎？」

「我得查一查才曉得，」他說：「但是，你看看，問題是現在機器不動了，而且可能一時也好不起來。」

「你說的是哪一台機器呀？」我問。

「NCX—10。」他說。

我閉上眼睛，覺得好像有一隻冰冷的手伸到我的身體裡，緊緊箝住我的胃。全工廠只有一台那樣的機器。我問唐納凡損壞有多嚴重，他說：「我不知道，機器就癱在那裡，我們正在聯絡原製造商。」

我開始快步走，想親自看看情況。上帝，我們真的碰上麻煩了嗎？我望了唐納凡一眼，他緊追著我的腳步。「你想這是惡意破壞嗎？」我問。

唐納凡看起來很訝異：「呃，我不知道。我想那個傢伙只不過是心情太壞，腦子裡一片混亂，所以就把事情弄得一團糟。」

我覺得臉愈來愈熱，胃卻不再痙攣。我對皮區已經惱怒到極點，開始想像自己打電話給他，在他的耳邊大喊大叫。這一切全都是他的錯！我可以在腦海中看到他坐在我的位子上，聽到他告訴我要教我怎麼完成訂單。沒錯，皮區，關於如何完成這件工作，你可真是樹立了好榜樣！

02 把我買下來！

真是奇怪，當你覺得天已經快要塌下來的時候，周遭最親密的人竟然還是可以穩如泰山！你簡直沒辦法明白，他們怎麼可能絲毫不受這些事情干擾？

晚上六點半左右，我從工廠溜回家，打算草草吃點晚餐。進門的時候，茱莉從電視機前抬起頭來。「嗨！喜歡我的新髮型嗎？」她說。

她轉過頭來，那頭濃密的棕色直髮現在變成滿頭蓬亂的捲髮，髮色也變得不一樣，右邊顏色比較淡。

「喜歡，看起來很棒。」我自然而然脫口而出。

「髮型設計師說，這種髮型可以更襯托出我的眼睛。」她說，對著我閃了閃長長的睫毛。她有雙大而美麗的藍眼睛，對我而言，她的眼睛根本不必再靠什麼東西來「襯托」，但是我又知道什麼呢？

「很好。」我說。

「你看起來沒什麼精神。」她說。

「抱歉，我今天碰到很多麻煩。」

「啊，可憐的寶貝，」她說：「我有個很棒的提議！我們出去吃頓大餐，把這一切都拋在腦後。」

我搖搖頭：「不行，我得很快吃點東西就趕回工廠去。」

她站起來，把手插在腰上，我注意到她換上一身新裝。她說：「但是，孩子們都安排好了。」

「茱莉，我正在處理一個危機。工廠最貴的機器今天早上壞掉了，而且我需要緊急處理一個零件，才能完成一筆訂單。我必須把這件事處理妥當。」

「好吧，家裡沒有東西可以吃，因為我以為要出去吃晚飯。你昨晚說我們今天出去吃大餐。」

這時我才想起來，她說得沒錯，這是昨晚我們講和時，我一口答應的事情。

「真對不起，也許我們可以花一個鐘頭出去吃飯？」

「在你心目中，這樣就表示到城裡度過一個晚上嗎？」她說：「算了吧！」

我告訴她：「聽我說，皮區今天早上莫名其妙出現，他還談到要關掉這座工廠。」

她的臉色變了，好像反而變得開朗了一些？「關掉這座工廠……真的嗎？」

「對呀，最近情況很糟。」

「你們有沒有談到你下一個職務會是什麼？」她問。

有一秒鐘的時間，我覺得難以置信，然後開口：「沒有，我沒有問他下一個職務會是什麼，我的工作就在這裡，在這個鎮裡，在這座工廠裡。」

她說：「假如他們要關掉工廠，難道你對於以後要搬到哪裡去住，一點都不感興趣嗎？我可是感興趣得很。」

「他只是說說罷了。」

「喔！」她說。

我瞪著她問：「妳真是迫不及待想離開這裡，對不對？」

「這裡不是我的家鄉，我不像你對這裡有這麼深的感情。」

我又說：「我們在這裡只不過待了六個月而已。」

「真的嗎？才六個月而已嗎？可是，我在這裡沒有一個朋友，除了你以外，沒有人可以和我說說話，而你又老是不在家。你的家人很好，但是只要和你媽媽相處一個小時，我就快發瘋了。所以對我而言，好像不只待了六個月而已。」

「妳想要我怎麼辦呢？又不是我自己請調到這裡來的，是公司派我來這裡工作，這全是運氣罷了。」

「你的運氣還真好。」

最後，我告訴她：「茱莉，我沒有時間和妳吵架。」

她哭了起來：「好吧！你儘管走吧！把我一個人孤伶伶的留在這裡，就像過去每個晚上一樣。」

「哎！茱莉。」

我終於走過去，伸出手臂擁著她。我們靜靜站了幾分鐘，當她止住淚水以後，退後幾步，抬頭望著我：「對不起。如果你必須回工廠，那麼你最好趕快回去。」

「明天晚上再出去，怎麼樣？」我提議。

她攤開雙手：「好……隨便。」

我轉過身去，然後又回過頭來問：「妳沒事嗎？」

她告訴我：「當然沒事，我會從冰箱冷凍庫裡找點東西出來吃。」

我早就把晚餐忘得一乾二淨，但還是回她：「好，或許我就在回工廠的路上買點東西吃好了，回頭見。」

我一鑽進車子裡，就發現我已經一點胃口都沒有了。

◎

自從我們搬到白靈頓鎮之後，茱莉的日子就一直過得很不愉快。她每次談起這座小鎮，總是不停的抱怨，而我總是不停的辯護。

沒錯，白靈頓是我出生和成長的地方，因此在這裡，我確實有回到家的感覺。我熟悉所有的街道，知道到哪裡購物最好，哪裡又有好酒吧與好玩的地方。我有一種擁有這座小鎮的感覺，比起高速公路旁其他村鎮，我對這座小鎮的感情深厚得多。畢竟在成年以前的十八年歲月中，這裡一直是我的家。但是，我不認為我對這裡抱著太多的幻想。白靈頓是一座工業小鎮。任何人經過這座小鎮的時候，可能都看不出任何特別的地方。我駕著車，環顧四周，感覺也差不了多少。我家周邊也像典型美國市郊一樣新房林立，附近有一些小型購物中心與速食店，州際公路旁則有一座大型購物商場。這裡和我們過去待過的任何市郊相比，實在沒有太大的差別。

不過，駛進小鎮中心時，就有一點令人沮喪了。街道兩旁都是烏黑老舊、搖搖欲墜的磚房。寥寥幾家商店的店面不是空無一物，就是被人用三夾板釘死了。很多地方都可以見到鐵軌，但是卻沒有幾列火車經過。

梅因大道與林肯路交會的路口，矗立著白靈頓獨一無二的高樓辦公大廈。十年前，這座整整十四層高的大廈剛落成時，可說是小鎮上的頭等大事。消防隊以這棟大廈為藉口，採購了全新的消防車，如此一來，他們才會有夠長的雲梯，可以直通到大廈頂端救人。（我猜從那以後，他們都私心盼望大廈頂樓來場火災，好讓他們的新雲梯車有機會大顯身手。）地方人士立刻聲稱這棟新大廈象徵白靈頓的生命力，是舊工業城重獲新生的表徵。但是，就在幾年前，大廈管理階層在屋頂上立起一個巨大的招牌，以鮮紅的大字寫著：「把我買下來！」下面則附上一行電話號碼。從州際公路往下望，彷彿整座小鎮都待價而沽，然而事實也相差不遠。

每天上班途中，我都會經過另外一座工廠。這座工廠外面圍著一圈生鏽的鐵欄杆，上面還纏繞著有刺的鐵絲網。工廠正前方鋪設了一個大停車場，在足足五英畝大的混凝土上，從裂縫中冒出一叢叢褐色雜草，因為這裡已經有很多年不曾停過一輛車子。牆上的油漆逐漸褪色，看起來一片灰暗。原本懸掛工廠名稱和標誌的地方，油漆的顏色都比較深，所以工廠正面的高牆上頭，還依稀可以辨認出這家公司的名稱。

原本擁有這家工廠經營權的公司南遷，在北卡羅萊納州另建了一座新廠，據說他們是因為和工會鬧僵而逃離這個地方，我也聽說只要再過五年，北卡的工會組織可能就會迎頭趕上，讓他們面臨同樣的勞資糾紛。但是，他們已經為自己買到五年的時間，在這段時間內，他們可以支付比較低的工資，同時也少去很多勞資衝突。就現今的企業營運計畫而言，五年幾乎就像永恆那麼久。所以，白靈頓的郊區就出現了又一座工業恐龍遺骸，另外還有兩千名失業人口流落街頭。

六個月前，我恰好有機會走進這座工廠的內部。當時我們只不過想在附近找個便宜的倉庫，所以一起過來看看這個地方。很顯然，我剛來這座小鎮的時候真是會作白日夢啊，我以為將來我們也許會需要很多擴充的空間。現在回想起來，真是個大笑話。搬空的工廠中那種寂靜氛圍令我感觸良深，周遭的一切如此沉寂，只有腳步聲傳來的陣陣回音迴盪在空氣中，感覺實在怪異。所有的機器都拆除一空，只剩下一個巨大的空廠房。

現在，再開車經過這個地方，我忍不住想到，三個月後就輪到我們了，心底不禁戚然。

我真的很不願意發生這種情況。從一九七〇年代中期開始，這座小鎮平均每年都會流失一家雇主，他們不是關門大吉，就是撤資搬到其他地方設廠。這個循環似乎永無止境，而現在可能就輪到我們了。

當我回到家鄉管理這座工廠的時候，《白靈頓先鋒報》曾經登了一篇報導。我知道，這是小鎮的大事，有一段時間，我還因此小有名氣。其實只不過是因為我是本地出身，才讓這件事顯得非比尋常，這就好像高中時代的美夢成真一樣。我極不願意想像，下次我的名字出現在報紙上的時候，刊登的卻是我們關廠的消息。我開始覺得好像背叛了鎮上每一個人。

◎

回到工廠的時候，唐納凡的樣子就像一隻緊張兮兮的大猩猩。今天這樣跑上跑下，他一定瘦了五磅。我向NCX—10機器走去的時候，看著他更換站姿，踱了幾步後又停住。突然，他衝到走道對面，急迫的和另外一個人談話，接著又跑去檢查另一樣東西。我把兩根手指放進嘴裡，發出一聲尖銳的口哨聲，但是他沒有聽到。我只好追著他穿越兩個部門，直到他又回到NCX－10旁邊，才終於趕上他。他看到我，臉上露出驚訝的表情。

「辦得到嗎？」我問。

「我們正在試。」

「好，但是會成功嗎？」

「我們正在盡最大的努力。」

「唐納凡，到底我們今天晚上能不能出貨？」

「也許可以。」

我轉過身去，看著NCX－10。這台機器還真可觀，它是我們最昂貴的數值控制機，披著光亮獨特的淡紫色外衣（別問我為什麼），旁邊有個滿布著紅色、綠色和琥珀色燈泡的控制板、閃閃發光的開關、漆黑的鍵盤、磁帶機，以及一部電腦顯示器。這台外表摩登的機器，焦點全集中在中央的金屬操作上，一支鉗子夾住鐵片，裁剪機刨下一片片鐵屑，青綠的潤滑油不停沖洗鐵片、帶走碎屑。還好，至少這該死的東西又開始運轉了。

今天真幸運，損壞不像我們想像的那麼嚴重，但是技術服務人員幾乎到四點半才把機器修理完畢，而這時候，工廠已經輪到第二班。

我們要求裝配部所有員工都留下來加班，儘管這樣做違反目前的規定。我不知道該怎麼沖銷掉這筆額外的花費，但是今天晚上非完成這筆訂單不可。今天光是行銷經理強斯就打來四通電話，因為不管是皮區、強斯部屬的業務員或是客戶，都在他耳邊嘮叨不停。今晚非要把這批貨運出去不可！

因此，希望不要再出什麼差錯了。現在，每個零件只要一完成，就會被一車車推去進行裝配作業，然後領班再把每一個次裝配線上的產出送到最後的裝配線上。想談談效率問題嗎？我們現在是以人力來回運送零件，員工平均產出的零件數目一定低得可笑。真是瘋狂！事實上，我很好奇，唐納凡打哪裡找來這麼多人手？

我慢慢環顧四周，這個部門幾乎每個人都在為四一四二七號訂單趕工，唐納凡把他所能逮到的每個人都抓來趕這筆訂單，這不是我們平常的作業方式。

但是，這批貨終於運出去了。我看看錶，剛過晚上十一點，我們站在發貨倉中，貨櫃車的後門正砰的一聲關上，司機爬上駕駛座，發動引擎，放鬆煞車，慢慢駛入夜色之中。

我轉身望著唐納凡，他也轉頭看我。

「恭喜！」我說。

「謝謝，但是別問我是怎麼辦到的。」他說。

「好，我不問。我們去吃點晚餐如何？」

今天一整天下來，唐納凡這才第一次露出笑容，伴隨著遠處傳來貨櫃車換檔前進的聲音。

我們坐上唐納凡的車子，因為他的車子離我們比較近。我們試了兩家餐廳，不幸的是，他們都打烊了，於是我告訴唐納凡，只管聽我的指示開車。我們在第十六街過河，沿著白森墨街駛入南灘，最後到達麵粉廠。然後我們蛇行穿越巷道，那裡的房子一棟緊挨著一棟，沒有院子，沒有草坪，也沒有樹。街道十分狹窄，路旁還停滿車輛，因此要通過那裡，還真是頗費周章。但是我們終於把車停在山尼克酒吧及燒烤店門口。

唐納凡看看這個地方，問我：「你確定這是我們想找的餐廳嗎？」

「對，沒錯，走吧，這家店的漢堡是本地最美味的。」我告訴他。

我們在後面找到座位。美馨認出我後，走過來鬼扯一番。我們聊了一會兒，然後我和唐納凡各點了一些漢堡、薯條和啤酒。

唐納凡環顧四周，問我：「你怎麼會曉得這個地方呀？」

我說：「我生平第一次喝啤酒，就是在這家酒吧，我想我當時坐的位子就是左邊數來第三張凳子，不過那是很久以前的事了。」

唐納凡問：「你年紀很大才開始喝酒嗎？還是你根本就在這裡長大？」

「我的老家離這裡只有兩條街，家父開了家雜貨店，現在雜貨店由我哥哥經營。」

「我不知道你是白靈頓人。」唐納凡說。

「經過十五年的時間，公司才終於把我調回這裡工作。」我說。

啤酒送來的時候美馨說：「這兩杯由山尼克請客。」

她指向站在吧檯後面的山尼克，我和唐納凡揮手向他道謝。

唐納凡舉起玻璃杯說：「慶祝四一四二七號訂單終於出門。」

「我會為這件事乾一杯。」我邊說邊和他碰了杯子。

幾口黃湯下肚後，唐納凡看起來放鬆許多，但是我仍然想著今天晚上的經歷。「你知道嗎？我們為這批貨付出慘痛的代價。我們損失一名優秀的機械師傅，還有一大筆NCX—10的修理帳單等著支付，再加上加班費。」

「還要加上NCX—10沒修好以前，我們損失的時間。」唐納凡補充。然後他說：「但是你必須承認，一旦我們開始趕工，就真的動起來了。我真希望每天都能這樣做。」

我笑了：「敬謝不敏，我可不想重複今天這樣的經歷。」

唐納凡說：「我不是說每天都需要皮區闖進工廠來頤指氣使，但是我們的確把貨發出去了。」

「我舉雙手贊成出貨，唐納凡，但不是採用今天晚上這種方式。」

「但是，我們成功出貨了，不是嗎？」

「沒錯，但是我們不能容許這種出貨方式。」

「我的眼中只看到必須完成的工作，以及怎麼讓每個人都為這項工作賣命，管他什麼討人厭的規定。」

「假如我們每天都像這樣管理工廠，你知道我們的效率會有多低嗎？」我問，然後接著說：「我們不能每次都要整座工廠只專注在一筆訂單上，這樣一來，經濟規模就消失了，我們的成本會比現在還要高。我們不能只靠直覺經營工廠。」

唐納凡沉默不語。最後，他終於開口：「也許我從監督趕工的角色中學到太多錯誤的做法。」

「聽我說，你今天的表現簡直太棒了，這是我的真心話，但是我們不會無緣無故制定政策，你也應該要了解這點。我告訴你，儘管皮區單單為了逼我們趕出一批貨就惹出這麼大的麻煩，但是如果我們不能有效率的管理工廠，他會回過頭來敲我們的腦袋。」

他緩慢的點點頭，接著問：「那麼下一次再發生這種事情，我們該怎麼辦呢？」

我微笑著說：「也許還是如法炮製。」然後轉過頭去，大喊：「美馨，再給我們兩杯啤酒。不，省得妳費事，乾脆給我們一大壺好了。」

◎

於是，我們度過今天的危機，雖然贏了，但是贏得很險。現在唐納凡已經回家，而我體內酒精的效應也慢慢消退，終於看不出有什麼好慶祝的，我們只不過想辦法運了一批延遲許久的貨出去而已。

真正的問題在於，整座工廠處境危急，皮區只給我們三個月的活命時間，然後就要切斷我們的生命線。也就是說，我只能利用剩下的兩、三次月報盡力一搏，說服他改變主意。然後，他就要向管理階層報告數字，圍坐在會議桌旁的每個人都會注視著格蘭畢，格蘭畢會問幾個問題，再看數字一眼，然後點點頭。就這麼決定了，一旦高層做出決定，就再也不可能翻案。

他們會給我們一點時間處理積壓的訂單，然後就會有六百位員工列在失業名單上，加入他們的朋友和舊同事（也就是我們早先裁掉的那六百個人）的行列。

於是，這個事業部就會再退出一個我們無法競爭的市場。也就是說，這個世界再也買不到我們製造的好產品，就因為我們的產品可能不夠便宜、生產得不夠快或不夠好，或者還有其他缺點。總而言之，我們打不過日本人或其他競爭對手。接下來，我們會成為優尼集團旗下又一個失敗的事業部，在總公司大老闆和其他輸家達成購併的協議後，我們將被迫投效另一家「天曉得是什麼」的公司。這些日子以來，這種做法似乎已經成為企業策略計畫的精髓所在。

我們到底是怎麼了？

每隔半年，公司裡似乎總會有人提出新計畫，並且把它當作解決一切問題的萬靈丹。有些計畫似乎一時奏效，但是沒有一項計畫帶來真正的好處。我們月復一月的蹣跚前行，情況從來不曾好轉，在大多數時候，情況甚至日漸惡化。

好了，羅戈，埋怨夠了，該試著冷靜下來，理智的想一想。現在周圍一個人都沒有，夜已深，終於剩下我一個人了……坐在這間備受垂涎的辦公室裡，就在我的王國寶座上，沒有任何人打擾，電話鈴聲也不再響起，所以，咱們就好好來分析一下整個情勢吧。為什麼我們不能擊敗對手，以低成本穩定且準時的產出高品質產品呢？

一定有什麼地方不對勁，我不知道問題出在哪裡，但是一定有什麼地方出現嚴重的根本問題，我一定有什麼疏忽。

我所經營的應該是一座很好的工廠。該死，這絕對是一座好工廠。我們有技術，並採購我們所能買到的最好的數值控制機，不只擁有機器人，還擁有一套除了煮咖啡之外幾乎無所不能的電腦系統。

我們也找到一批好員工，他們大部分都很不錯。好吧，我們在某些方面確實比較弱，但是在大多數的領域中，員工都表現優異，雖然我很確定他們的潛力還沒有充分發揮。我和工會也相處得不錯，儘管他們有時候會找麻煩，但是競爭對手也有工會，而且上次談判的時候，我們的工人還讓步了，儘管讓步的幅度不如期望，但是目前的協議還算可以接受。

我有機器，也有人手，我需要的物料全都不成問題，我還知道市場的確也需要我們的產品，因為競爭對手的產品賣得很好。那麼，到底出了什麼問題呢？

問題全出在該死的競爭上，激烈的競爭把我們害慘了。自從日本人跨入我們的市場以後，競爭就變得無比激烈。三年前，他們在品質和產品設計上勝過我們，正當我們即將迎頭趕上的時候，他們又在價格和出貨速度上拔得頭籌。我真希望能找出他們致勝的祕訣。

我究竟該怎麼做，才能提高競爭力呢？

我已經降低成本，這個事業部沒有一位主管像我一樣，把成本壓縮到這個程度，已經沒有地方可以再縮減了。此外，儘管皮區狠狠批評了我一番，我們的效率其實很高。他管轄的另一家工廠效率更差，我很清楚這點，但是其他人不像我們面臨這麼強勁的競爭。也許我可以把生產效率再提高一點，但是……我不確定這是好辦法。這就好像拚命鞭打一匹已經竭盡全力奔馳的馬一樣，只是徒勞無功。

我們必須對交貨延遲的訂單想想辦法。工廠每一筆訂單都非得面臨被迫趕工的地步才出得了大門。工廠裡堆滿存貨，我們如期發出生產物料，但是到了交貨期限，生產線的另一端卻還沒有生產出任何東西。無獨有偶，幾乎我所知道的每一家工廠，都配有進度跟催人員。走過美國每一家像我們這樣規模的工廠就會發現，他們的在製品存貨量都和我們不相上下。我不知道這是怎麼回事。另一方面，這座工廠並沒有比我見過的其他工廠差，事實上，還比許多工廠的情況好得多，可是，我們偏偏就一直虧錢。

假如我們可以出清積壓的訂單就好了。有時候，真的好像有小鬼存心搗蛋，每當我們開始上軌道，他們就躲在一旁，趁換班的空隙，沒有人注意的時候，偷偷改掉一些東西，搞得雞飛狗跳。我敢發誓一定有鬼怪作祟。

或許，問題出在我才疏學淺。但是，該死，我不但有工程學位，還拿了一個企管碩士。假如皮區認為我不夠資格，他根本不會讓我坐上這個位子。所以，問題不可能出在我身上吧？不會吧？

天哪，想當年我還是工業工程系上無所不知的聰明小子呢！那是多久以前的事了，十四年前？還是十五年前？從那時候到現在，我已經度過多少漫漫長日？

過去，我總以為只要努力就沒有什麼辦不到的事情。我從十二歲就開始打工，每天放學後都到老爹的雜貨店幫忙。中學時代，我仍然半工半讀。年紀稍長後，每年暑假我都到附近的麵粉廠工作。從小我得到的教誨就是努力終會得到好報，這句話說得很對，不是嗎？看看我哥哥吧，由於身為長子，他走了一條最輕鬆的路，現在他在小鎮上一個不怎麼樣的區域擁有一家雜貨店。反觀我，我一直努力工作，憑著自己的汗水念完工程學校，還在大公司裡掙得一席之地。我忙得和太太、小孩形同陌路，任勞任怨的為公司賣命，而且還說：「還不夠，請給我更多的重任！」天哪，我真高興我如此賣命！看看今天的我，才三十八歲就已經當上工廠廠長！不是很棒嗎？我真是樂在其中。

是該離開這個鬼地方了，今天可真是受夠了！

03 人人自危

醒來的時候，茱莉正壓在我身上。不幸的是，她不過是想伸手到床頭櫃去，而不是想和我親熱。我們的數位鬧鐘顯示著「06:03 A.M.」，已經足足響了三分鐘。茱莉拍打按鈕，鬧鐘隨之噤聲。她歎口氣翻過身去，沒一會兒，呼吸聲就恢復穩定的節奏，再度進入酣睡狀態。嶄新的一天又開始了。

四十五分鐘後，我已經坐上車，準備倒車出車庫。外面仍是一片漆黑，但是幾英里外的天邊已經微露曙光。車子行至半途，旭日已然東升。我原本忙著想事情，根本渾然不覺，後來無意中往窗外一瞥，才看到朝陽正從樹叢中冉冉升起。我有時候最生氣的正是這點，我總是拚命趕路，結果和許多人一樣，錯過周遭的奇景。就像現在，我沒有放任自己沉醉於破曉的美景，反而注視著前方道路，為了皮區而憂心忡忡。皮區要我們這群直屬主管（基本上包括他的幕僚與工廠廠長）一起到總公司開會，他說會議將在早上八點準時召開。可笑的是，皮區沒有說這場會議要討論什麼事情，這是個天大的祕密。「噓！不能說！」就好像可能會爆發一場大戰之類的。他叫我們八點整準時出席，還要帶著報告與其他數據，以便對於整個事業部的營運進行完整的評估。當然，所有人都已經曉得會議中要談什麼事，至少已經稍微有點概念。傳說皮區將在會議中發布消息，讓我們曉得事業部第一季的營運績效有多差。然後，他會強力要求我們發動新的生產力提升運動，為每座工廠設定目標，許下承諾等。我猜這是他下令要我們帶著數據，還得在八點整準時出席的原因，皮區一定認為這樣才能宣示紀律的重要，以及開會的急迫性。

諷刺的是，為了一大早出席會議，半數與會者必須前一天晚上就飛到當地，也就是說，公司得額外負擔一筆食宿費用。所以，為了向我們宣布營運狀況有多糟，皮區得額外付出數千美元；假如他晚一、兩個小時開會，就可以省下這一大筆錢了。

我想，皮區可能已經開始失控；我不是懷疑他即將精神崩潰，而是最近他對許多事情都反應過度。他就像一名將軍，明知即將打敗仗，但是深陷在拚命想打贏的掙扎中，卻忘記自己原本的策略。

幾年前，他和現在完全不一樣。當時的他充滿自信、勇於授權，只要你能獲取可觀的利潤，他就讓你擁有自己的一片天。他嘗試成為開明的主管，希望接納各種新觀念。假如有一位顧問走進來說：「為了提高員工的生產力，你必須讓他們工作愉快。」那麼，皮區會虛心受教。但是，當時我們的銷售成績比現在好很多，預算也十分充裕。

現在他會怎麼說呢？

他會說：「我才不管他們感覺是否愉快，假如要額外花掉一毛錢，我們絕不答應。」

先前有位廠長想要說服他設立員工健身中心，理由是健康的員工會比較快樂，因此工作表現也會比較好，結果皮區就是用這段話回答他。事實上，那名廠長幾乎是被他丟出辦公室的。

而且現在，他走進我的工廠，以改善客戶服務之名製造一場大浩劫。這根本不是我與皮區第一次爭執，儘管以往的爭執都不像昨天那麼嚴重，但我們已經吵過好幾次。真正困擾我的問題是，過去我與皮區真是水乳交融。以前我擔任他的幕僚時，我們會在一天將盡的時候，一起坐在辦公室裡閒聊幾個小時。偶爾，我們也會一起出去小酌一番。每個人都認為我在拍他馬屁，但是我猜他會喜歡和我來往，正是因為我不是馬屁精，我只不過是為他把事情辦好而已。我們可以說是彼此投緣。

有一次，在亞特蘭大舉行年度業務大會的期間，就在其中一個瘋狂的夜晚，皮區、我以及行銷部門的幾個怪胎聚在一起，我們從旅館酒吧中把鋼琴偷偷搬走，然後在電梯裡大合唱。當電梯門打開的時候，其他等電梯的旅館客人見到的景象是，我們這群人擠在電梯裡高唱愛爾蘭飲酒歌，而皮區就坐在鋼琴前敲打琴鍵（他彈得一手好鋼琴）。一小時後，旅館經理終於逮到我們。這時候，電梯裡的群眾已經多得擠不下，因此我們爬到屋頂上，對著整座城市引吭高歌。旅館經理找來兩名保鏢終結我們的派對，我好不容易才把皮區拖離那場打鬥。真是瘋狂的一夜啊！最後，在破曉時分，我與皮區在亞特蘭大另一端的一家簡陋小餐廳裡，以柳橙汁代酒舉杯互祝。

皮區讓我明白，我在公司裡繼續做下去會大有可為。當我還是個專案工程師，只知道埋頭苦幹的時候，為我描繪出遠景的人正是皮區。靠著他的提拔，我才能進入總公司工作，也因為他的安排，我才能回學校拿到企管碩士的學位。

我簡直不敢相信，我們現在竟然對著彼此大聲咆哮。

◎

時鐘指向七點五十分以前，我已經把車停在優尼辦公大廈樓下的停車場。皮區與幕僚霸占了這棟大廈的三層樓。我走下車，從行李箱拿出公事包，今天的公事包大概有十磅重（約四・五公斤），因為裡面放滿報告與電腦報表。我並不期望能度過美好的一天，只有皺著眉頭，走向電梯。

「羅戈！」有人在後面叫喚我。

我轉過身，看見薩爾溫朝著我走過來，於是停下腳步等他跟上。

「你好嗎？」他問。

「還好，很高興又碰面了。」接著我們並肩走著，然後我開口：「恭喜你，我看到公告，你被任命為皮區的幕僚。」

「謝謝！當然，以目前的情況而言，我不知道這是不是最好的去處。」

「怎麼會呢？皮區要你每天晚上加班嗎？」

「不是，不是這麼回事。」他說完停頓了一下，看看我：「難道你還沒有聽到消息嗎？」

「什麼消息？」

他突然停下腳步，環顧四周。除了我們之外，周圍一個人都沒有。

他壓低嗓門說：「關於這個事業部的消息。」

我聳聳肩，不知道他在說什麼。

「整個事業部都要被拍賣掉，」他說：「十五樓的每個人都緊張得不得了。一週以前格蘭畢親口告訴皮區，假如他到年底以前還不能提高營運績效，整個事業部就會被賣掉。我不知道傳言是否正確，不過據說格蘭畢特別警告皮區，假如事業部賣掉，皮區也要跟著走路。」

「你確定嗎？」

薩爾溫點點頭，補充一句：「顯然這件事已經醞釀好一陣子了。」

我們又開始向前走。

起初我的反應是，難怪皮區最近表現得好像瘋子一樣，他努力的一切目標現在都飽受威脅。假如其他公司買下這個事業部，皮區可能連飯碗都保不住。新老闆會來一次大清倉，而且一定先從高階主管開始下手。

我的前途又如何呢，我保得住飯碗嗎？好問題，羅戈。聽到這個消息以前，我還假設如果工廠關閉，皮區或許會為我另外安排出路，因為一般來說都是如此。當然，或許新職位不見得盡如人意，我知道優尼集團沒有一家工廠的廠長從缺。但是，我以為皮區或許會讓我回鍋做以前的幕僚工作，儘管我也知道已經有人填補我的位子，而且皮區對那個傢伙很滿意。我想起來了，昨天他確實威脅過我，說我可能會被炒魷魚。

不好了，三個月後，我可能就要流落街頭！

「聽著，羅戈，假如有人問起，你可千萬別說是我說的。」薩爾溫說。

然後他就走了。我發現自己獨自站在十五樓的走廊上，甚至不記得我是什麼時候踏進電梯，但是我已經站在這裡了。我模模糊糊的記得薩爾溫在電梯中告訴我，他說每個人現在都忙著寄出履歷表，諸如此類。

我茫然看向四周，不知道該往哪裡去，然後才想起這場會議。我朝著大廳走去，因為其他人正陸續走進會議室中。

我走進去，找了一個空位坐下來。皮區站在桌子另一端，前面放著一台投影機。他開始講話，牆上的掛鐘正好指著八點。

我環顧四周，會議室裡大約有二十人，大多數人都注視著皮區。其中一個人，也就是史麥斯，正死死盯著我。他也是工廠廠長，我向來都不太喜歡他。某中一個原因是我討厭他的作風，他老是不停的宣傳正在進行的新計畫，然而實際上，他所做的事情與其他人根本沒兩樣。無論如何，他現在正瞧著我，彷彿在探測什麼，難道是因為我看起來有一點脆弱嗎？我懷疑他是不是知道什麼內幕，於是對著他瞪回去，直到他轉過頭去，看著皮區。

當我終於能夠專心聆聽皮區的談話時，卻發現講話的人已經換成財務長佛洛斯特。他是個瘦削、滿臉皺紋的老頭，只要畫一點妝，就會如同小說中的人物再現。

今天早上聽到的消息十分明確，第一季剛結束，大家的表現都很糟糕，整個事業部現在面臨現金周轉不靈的危機，大家都必須勒緊褲帶。

佛洛斯特報告完之後，皮區站起來，開始發表一段嚴厲的談話，說明我們該如何因應當前的挑戰。我努力想聽，但是他講完開頭幾句話以後，我的思緒就不知道飄到何處，只斷斷續續聽到幾個字……「……當務之急是降低風險……」「……對我們目前的市場形勢而言，可以……」「……不必削減策略性花費……」「……必須犧牲……」「……每個部門都要提升生產力……」。

螢幕上開始閃現一張張投影片與圖表，皮區等人不停列舉各種數據，我努力嘗試，但就是沒辦法集中注意力。

「……第一季的業績比去年同期下降了二二%……」「……物料成本總計增加……」「……現在看看我們的生產時數和標準時數的比例，我們的效率落後了一二%……」。

我不斷告訴自己必須靜下心來，注意聆聽。我把手伸進口袋裡，想找枝筆做筆記。

「答案很明顯，」皮區說：「事業部的前途完全要看我們有沒有能力提高生產力。」

但是我找不到筆，於是又伸手到另一個口袋，這次卻掏出一枝雪茄。我瞪著這枝雪茄，因為我早已經戒菸了，有好幾秒鐘，我記不起來這枝雪茄究竟是從哪裡來。

然後，我想起來了。

04 機器人真的提高了生產力嗎？

兩週前，我正好也穿著身上這件外套。當時工廠的情況還不錯，我覺得一切問題都可以迎刃而解。出差途中，我在芝加哥歐海爾機場等候轉機。時間還很多，因此我走到其中一家航空公司的休息室裡，裡面擠滿像我一樣的出差旅客。我想找個位子坐下來，因此越過眾多西裝筆挺的男士與衣著光鮮的女士四處張望，最後目光停留在一位身著毛衣的男人身上。他坐在桌燈旁看書，一手捧著書，另一手拿著雪茄，而且身邊恰好有一個空位，我擠過去準備坐下。就在我快要坐到椅子上的時候才倏然發現，我好像認識這個人。

在全世界最繁忙的商務機場碰到熟人，我實在大吃一驚。起初，我不太確定這個人真的是他，但是他長得實在太像我認識的物理學家約拿。*當我坐下的時候，他抬起頭來看了我一眼，臉上浮現同樣的疑惑：我認得你嗎？

---

* 編注：約拿（Jonah）語源自希伯來文，意思是鴿子，也是聖經中一位先知的名字。

「約拿？」我問他。

「是呀！」

「我是羅戈，記得我嗎？」

他的表情顯示他不太記得。

「我們是很久以前認識的，當時我還是學生，得到一筆獎學金，可以到你那裡研讀你當時研究的數學模型。想起來了嗎？當時我留著鬍子。」

他的臉上終於閃過一絲恍然大悟的神情。「沒錯，當然，我記得。『羅戈』，對不對？」

「沒錯。」

服務生問我要不要喝點東西，我點了一杯威士忌加蘇打水，並且邀請約拿一起喝一杯。但他婉謝我的好意，因為他的班機很快就要起飛。

「近來好嗎？」我問。

「很忙，」他說：「非常忙。你呢？」

「和你一樣。我在等去休士頓的班機，你呢？」

「紐約。」

他似乎覺得這種閒扯有點無聊，露出想結束談話的表情。我們彼此沉默了幾秒鐘，但是當我碰到像這樣談話中斷的時候，總是很習慣先開口講話，打破冷場，而且往往控制不住自己。

「真有趣，當時我處心積慮想進入學術界做研究，結果卻踏進工商界。」我說：「我現在是優尼公司的廠長。」約拿點點頭，似乎提起一點興趣，接著噴出一口煙，而我繼續講話，這對我來說毫不困難。

「事實上，我現在要去休士頓就是因為這個原因。我們加入了一個製造商公會，而公會邀請優尼公司在年度大會的座談會上談談機器人。優尼公司要我代表公司去參加座談，因為我的工廠對於應用機器人最有經驗。」

「原來如此，那麼這是一場技術性的討論囉？」

「商業成分更重一點。」我邊說，然後頓時想起來，可以拿一樣東西給他看。「等一下……。」我打開腿上的公事包，拿出公會寄給我的議程。「就是這份東西，」我說，然後唸給他聽：「機器人：一九八〇年代美國生產力危機的解決方案……由使用者和專家共同討論工業用機器人對美國製造業帶來的影響。」

但是，當我轉頭望著他的時候，他沒有什麼特別的反應。我猜他是位學者，根本不了解商業世界。

「你說你的工廠使用機器人？」不過，他卻開口問。

「對，有幾個部門使用。」

「機器人真的提高了你們的生產力嗎？」

「當然啦，」我說：「我們有……呃……，」我望著天花板，想著正確的數字：「我想有個部門的生產力提升了三六%。」

「真的，三六%？」約拿驚歎：「那麼你的工廠因為裝設幾台機器人，就多賺三六%的錢？真是不可思議。」

我禁不住露出一絲微笑。

「呃……不是，」我說：「真這麼順利就好了！但是，事情沒有這麼簡單。你瞧，只有一個部門的生產力改善了三六%。」

約拿看著他的雪茄，然後在菸灰缸裡把雪茄弄熄。

他宣告：「那麼，生產力並沒有真的提高。」

我感覺笑容僵住了，但還是開口：「我不太確定你的意思是什麼。」

約拿故意傾過身來，神祕的說：「我問你，在你裝設機器人之後，你的工廠每天能多完成一個產品嗎？放心，我不會告訴別人。」

我喃喃的說：「呃，我得查一下數據……。」

「你開除了任何人嗎？」他問。

我往後靠，看著他，他到底是什麼意思啊？

「你是指我們有沒有裁員嗎？因為裝設機器人的緣故？」我回答他：「不，我們和工會之間有共識，不會因為生產力改善而裁掉任何人，我們把員工調去做其他工作。當然，生意不好的時候，我們會裁員。」

「但是機器人本身並沒有降低你們的人力成本。」他說。

「沒錯。」我承認。

「那麼，請問你們的存貨降低了嗎？」約拿問。

我輕笑幾聲問他：「嘿，約拿，你在幹嘛？」

「只要告訴我就好，」他說：「存貨的數量下降了嗎？」

「單憑印象的話，我必須說我猜沒有下降，但是我真的得查一查數據才會曉得。」

約拿說：「假如你樂意，就去查查數據，但是如果存貨沒有下降……而人力成本也沒有降低……再加上假如公司也沒有多賣出一些產品，而且顯然沒有，因為你們每天並沒有多運一些產品出去，那麼你就不能說，機器人提高工廠的生產力。」

我覺得好像置身在電梯之中，鋼纜卻突然斷裂，我感到胃中一陣翻滾。

「是啊，我有一點明白你的意思了，」我說：「但是我的效率提高，成本也下降了。」

「是這樣嗎？」約拿問，然後闔起書本。

「當然啦。事實上我們的生產效率平均超過九〇％，每個零件的平均成本也大幅下降。現在這個年頭，想要保持競爭力，就必須盡一切的努力，提升效率，削減成本。」

我的酒來了，服務生把酒放在我旁邊的桌子，我給她五塊錢，等著找錢。

「既然效率這麼高，你們一定經常使用機器人囉。」約拿說。

「當然啦。必須如此，否則產品的單位成本就會上升，效率再度下降。不只是機器人如此，對其他的生產資源也一樣。我們必須保持高效率的生產，並且維護我們的成本優勢。」

「真的嗎？」

「當然，不過這並不表示我們沒有問題。」

「原來如此，」他說，然後露出微笑：「好了吧！說實話，你的存貨量直線上升，對不對？」

我瞪著他，他是怎麼曉得的？

「假如你是指我們的在製品……。」

「我是指所有的存貨。」

「呃，這要看情形而定，沒錯，有些地方存貨是很多。」

「而且每件事的進度都落後了，」約拿說：「你們沒有辦法準時出貨。」

「我承認，我們在如期交貨上碰到很多問題。近來變成我們與客戶之間的嚴重問題。」

約拿點點頭，彷彿早就料到一般。

「且慢……你怎麼會知道這麼多呢？」我問他。

他的臉上又露出微笑：「只不過是預感罷了，而且我在很多工廠裡都看到類似的症狀，你們不是唯一有問題的工廠。」

我說：「但是，你是個物理學家，不是嗎？」

「我是個科學家，」他說：「也可以說，目前我正在研究組織的科學，尤其是製造業組織。」

「我不曉得還有這樣一門科學。」

他說：「現在就有了。」

「無論你正在研究什麼，你剛剛點出我們最嚴重的幾個問題，我必須承認這點，你怎麼會……。」

我說到一半就停下來，因為約拿以希伯來語發出幾聲感歎，然後從褲子口袋中掏出一個舊錶。

「抱歉，羅戈，但是我發現假如不快點離開，就要趕不上飛機了。」他說，並且站起來，準備拿外套。

我說：「真可惜，我對你說的事情很感興趣。」

約拿停了一下：「嗯，假如你開始思考我們剛剛討論的事情，或許可以讓工廠擺脫目前的困境。」

我告訴他：「嘿，或許我給你錯誤的印象，我們的確碰到幾個問題，但是我可不會說工廠目前陷入困境。」

他直視著我，我心裡想，他完全明白狀況。

於是我聽到自己說：「我還有一點時間，乾脆陪你走到登機門好了，不知道你介不介意？」

他說：「沒關係，沒關係。但是，我們得趕快。」

我站起來，抓起外套和公事包，我的酒還等著我。我很快啜了一口，並丟下它不管。約拿已經側身朝著門口擠過去，接著他停下來等我跟上去。我們一起走入機場長廊，大家都行色匆匆，約拿也開始快步向前走，我好不容易才跟上他的腳步。

我問他：「我很好奇的是，你為什麼會懷疑我的工廠有問題呢？」

「你自己告訴我的。」

「我沒有哇！」

「羅戈！」他說：「從你的話中清楚透露出來的是，工廠的營運績效並不如你以為的那麼好。而且恰好相反，你所經營的是一座很沒有效率的工廠。」

「但是，數據上顯示出來的情況卻不是如此。難道你是想告訴我，我的部屬報告的資訊都錯了嗎……他們對我撒謊，還是怎麼樣？」

「不是，」他說：「他們不太可能對你撒謊，但是你的數據絕對沒說實話。」

「好吧，有時候，我們會修飾一下數字，但是每個人都玩這種把戲。」

「這不是重點，」他說：「你以為正在經營一座很有效率的工廠……但是你錯了。」

「我這樣想有什麼不對？我的想法和其他大多數經理人沒有兩樣。」

「完全正確。」

「這又是什麼意思？」我問他，開始有一點受辱的感覺。

「羅戈，如果你和世界上其他人幾乎沒什麼兩樣，毫不質疑的就接受很多事情，表示你沒有真正在思考。」

「約拿，我每天都不斷的思考，這是工作的一部分。」

他搖搖頭說：「羅戈，再告訴我一次，為什麼你認為機器人帶來很大的改善？」

「因為它們提高了生產力。」

「那麼，生產力究竟是什麼？」

我沉思片刻，努力回想，然後告訴他：「根據我們公司的定義，有一道公式可以算出生產力，大致是以每位員工所產生的附加價值……。」

約拿再度搖頭：「別管公司怎麼定義，那不是生產力的真正意義。暫且忘掉那些公式與定義，你要根據自己的經驗，用自己的話告訴我，怎麼樣才算是有生產力？」

我們匆匆走過一個轉角時，我看到前面就是金屬探測器與警衛，於是想要停下腳步向他道別，但是約拿卻沒有慢下來。

「只要告訴我，怎麼樣才算有生產力？」他一邊走過金屬探測器，一邊再問了一次，然後從另外一端回過身來說：「對你而言，生產力的意義究竟是什麼？」

我把公事包放在輸送帶上，跟著他走過去。我很好奇，他究竟想聽到什麼答案？

我在另一頭告訴他：「我猜生產力代表我在工作上有所成就。」

「完全正確！」他說：「但是你根據什麼來說你有所成就？」

「根據目標。」

「對了！」他伸手到襯衫口袋裡，掏出一枝雪茄遞給我邊說：「恭喜！生產力高的時候，就表示你根據目標成就了一些事情，對不對？」

「對！」我一邊說，一邊拿起公事包。

我們快步走過一個又一個登機門，我努力跟上約拿的步伐。

「羅戈，我的結論是，生產力是把公司帶向目標的一項行動。每一個能讓公司更接近目標的行動都是有生產力的行動，任何一個不能讓公司更接近目標的行動都沒有生產力。你明白我的意思嗎？」

「對，但是……約拿，這只是普通常識。」

「不過道理就是這麼簡單。」

我們停下腳步，我看著他把機票交給櫃台服務人員。

「但是，你把一切都簡單化了，等於什麼都沒告訴我。我的意思是，假如我朝著目標邁進，那麼我就有生產力，假如我沒有朝著目標邁進，那麼我就沒有生產力，但這又怎麼樣呢？」

「我想要告訴你的是，除非你知道目標是什麼，否則生產力就毫無意義可言。」

他拿回機票，開始朝著登機門走去。

我告訴他：「好吧，那麼你可以從這個角度來看，我們公司有個目標是提高效率，因此，只要我提高效率，我就有生產力，這完全合乎邏輯。」

約拿停下腳步，轉過身來。

他問我：「你知道你的問題出在什麼地方嗎？」

我回答：「當然啦，我需要提高效率。」

「不，你的問題不是這個，」他說：「你的問題是，你根本不曉得目標是什麼。順便提一句，無論是什麼公司，目標都只有一個。」

約拿的話令我墜入五里霧中。他又開始朝著登機門走去，似乎其他人都已經登機，只剩下我們兩個人還留在候機室中。我仍然跟著他。

我反駁道：「等一等！你剛剛講的話是什麼意思啊，我不知道目標是什麼？我當然知道我的目標是什麼。」

我們已經走到登機門，約拿轉過身來，機艙中的空服員看著我們。

「真的嗎？那麼就告訴我，你們工廠的目標是什麼？」

「我們的目標是發揮最大的效率，生產出產品。」

「錯！」約拿說：「不對，你們真正的目標是什麼？」

我茫然的瞪著他。

空服員傾身詢問：「請問兩位要搭這班飛機嗎？」

約拿回答她：「請稍等一下。」然後回過頭來，對我說：「別這樣，羅戈！快點！告訴我，你真正的目標是什麼，假如你真的曉得答案就告訴我。」

「權力？」我提議。

他驚訝的看著我：「呃……不算太差，但是你不會只因為製造出東西，就能獲得權力。」

空服員顯然生氣了，她冷冷的說：「先生，假如你不登機，就必須返回機場。」

約拿充耳不聞，繼續對我說：「羅戈，除非你知道目標是什麼，否則你就無法了解生產力的真正意義。在你了解生產力的真正意義之前，你只不過是在玩一堆數字遊戲和文字遊戲罷了。」

「好吧，那麼目標是市場占有率。」我回答。

「是嗎？」他問。

約拿走向機艙。

「嘿！你不能告訴我嗎？」我大喊。

他說：「想一想吧，羅戈。你可以自己找出答案。」

他把機票交給空服員後看著我，然後揮手道別。我舉起手來，向他揮別，才發現手上還拿著他給我的雪茄。我把雪茄放進外套口袋裡。當我再度抬頭向上看的時候，他已經進入機艙。一位不耐煩的空服員走出來，面無表情的告訴我，她要關上登機門了。

05 目標是什麼？

這是一枝不錯的雪茄。

在菸草鑑賞家眼中，這放在外套中放好幾週的雪茄或許太乾了一點，但是，在皮區召開的大會中，我仍然愉快的一邊抽著雪茄一邊回想我和約拿那次奇怪的會晤。

那次會面真的比這場會議更奇怪嗎？皮區站在我們前面，用一根長長的木製教鞭，指著圖形中央。投影機射出的光線中，陣陣煙霧繚繞。坐在我對面的傢伙熱切的敲打著手中的計算機。除了我以外，每個人都在專心聽講、記筆記，或是提出評論。

「……一致的參數……營收的根本……優勢矩陣……營運指標……。」

我完全不曉得現在在討論什麼，他們的話聽起來彷彿是不同的語言……不完全像外語，而像是一種我過去了解的語言，但是現在卻只剩下模模糊糊的一點印象。這些名詞聽起來都很熟悉，但是現在我卻不確定它們真正的意義是什麼，只不過是一堆文字罷了。

「你只不過是在玩一堆數字遊戲和文字遊戲罷了。」

在歐海爾機場裡，我的確花了好幾分鐘試圖認真思考約拿說的話。對我而言，他的話的確有幾分道理，有些觀點很不錯，但是，結果卻像是和另外一個世界來的人談話一樣，實在不知所云。我只好把他的話拋在腦後，我必須去休士頓討論機器人的問題，該去趕飛機了。

現在，我很好奇約拿的想法是不是比我當初的想法更接近事實。因為當我看著會議室中一張張臉孔時，我的直覺是，我們之中沒有一個人真正曉得自己在幹什麼，就好像巫醫並不是真正懂得行醫一樣。這個族群已經瀕臨滅絕，而我們還在巫教儀式的煙霧中手舞足蹈，想要驅逐讓我們病入膏肓的邪魔。

我們真正的目標是什麼？這裡沒有一個人提出任何根本的問題。皮區高唱著如何削減成本和「生產力」指標等口號，史麥斯則隨聲附和。這裡有哪一個人真的知道我們在幹什麼嗎？

時鐘指向十點時，皮區宣布休息。除了我以外，每個人都出去上洗手間，或是喝杯咖啡。我坐著不動，直到人都走光。

我到底在這裡幹什麼？我很懷疑，坐在房間裡開會究竟能帶給我（或我們當中任何一個人）什麼好處。這場預定要開一整天的會議能讓我的工廠更有競爭力、挽救我的工作，或是幫得了任何人嗎？

我受不了了，我甚至連生產力到底是什麼都不知道，所以，在這裡開會豈不是浪費時間嗎？轉念至此，我開始把文件塞進公事包，再關上公事包，然後靜靜的起身走出會議室。

起初我很幸運，一直走到電梯前，還沒有人對我說什麼，但是等電梯的時候，史麥斯大步走過來。「你不是要蹺掉這場會議吧，羅戈？」他問。

起先，我打算根本不理睬他，但是後來我怕他會故意向皮區打小報告，因此我說：「我非得離開不可，工廠裡有點事情要我親自回去處理。」

「怎麼了？發生緊急狀況嗎？」

「可以這麼說。」

電梯門恰好開了，我走進去。史麥斯走開的時候，臉上還帶著奇怪的表情。電梯門關起。我腦中閃過一個念頭，皮區可能會因為我半途離開會議而炒我魷魚。但是當我走向停車場去開車的時候，我的心態是，就算被炒魷魚，也不過是把原先可能要持續三個月的焦慮縮短罷了，何況最後我可能仍然要捲鋪蓋走路。

我沒有立即回去工廠，反而開車閒逛了一會兒。我開車沿著一條路走下去，直到我感到厭煩就轉到另外一條路上。幾個鐘頭過去後，我不在乎自己身在何處，只想待在外面。偷來的自由令我雀躍不已，直到最後我開始覺得無聊。

開車的時候，我盡量不去想工作上的問題。我想清理一下腦子。今天天氣很好，晴空萬里，暖暖的陽光照在身上。儘管依然春寒料峭，大地還呈現著一片黃褐色，卻是個蹺班的好日子。

還記得快回到工廠的時候，我看了一下手錶，發現已經下午一點多。就在我放慢車速，準備轉彎駛進停車場大門的時候，我突然感受到一股不知道該怎麼形容的不對勁。我看看工廠，把腳踩上油門，又繼續前進。我肚子餓了，也許應該先吃點東西。

但是，我猜真正的理由是，我還不想被其他人找到。我需要思考，但是假如我現在就回辦公室，絕對沒有辦法好好思考。

一英里之外，就有一家小小的披薩店。我看到他們還在營業，於是停下車，走了進去。我很保守，只點一份中披薩，加上雙層乳酪、義大利肉腸、美式臘腸、蘑菇、青椒、辣椒、橄欖、洋蔥，還有……嗯……撒上鯷魚……是鯷魚粉。等待披薩送來的時候，我受不了收銀機旁架子上那堆零食的誘惑，又吩咐經營小店的西西里人幫我裝了好幾個紙袋的下酒花生米、玉米片，後來又點了一些硬餅乾。痛苦反而令我食指大動。

但是，我碰上一個問題，汽水沒辦法送花生米下肚，必須有啤酒才對味。猜猜我在冷藏櫃裡看到什麼？當然，平常我是不在白天喝酒的……但是我看著那冰涼的啤酒罐在燈光的照射下閃閃發亮……。

「管他的！」我拿了半打啤酒。

花掉十四・六四美元後，我帶著午餐走出餐廳。

就在工廠對面，公路的另一邊，有一條石子路直通到小山坡上，而且這條路可以繼續通往半英里外的一個小車站。我一時衝動，來個急轉彎，車子跳躍著駛離公路，開上石子路，還好我手腳夠快，才沒有讓披薩掉下去。我一路上山，一路塵土飛揚。

我停下車子，解開襯衫鈕扣，脫掉領帶和外套，打開我的午餐。

往下一望，在公路對面不遠處，就是我的工廠，矗立在田野中，猶如一座沒有窗戶的大鐵盒。我知道，裡面有大約四百名值日班的工人正在工作，他們的車子就停在停車場中。我看著一輛卡車倒車停在卸貨倉前。這些卡車運來工人與機器製造產品所需要的物料。在另外一邊，更多卡車載滿他們所生產的物品，準備運出去。以最簡單的話說，這就是工廠裡每天不斷發生的事情，而我的責任就是管理這些事情。

我打開一罐啤酒，開始向披薩進攻。

工廠看起來彷彿一座地標，就好像從過去到現在，它都一直矗立在原地，將來也會一直矗立在那裡。我恰巧知道這座工廠其實才建好十五年，而且很可能沒有辦法再活那麼久。

那麼，我的目標是什麼呢？

我們應該做哪些事情呢？

讓這座工廠得以一直運轉的原因究竟是什麼呢？

約拿說，目標只有一個。我不明白，怎麼可能呢？在我們的日常營運流程中，要做許許多多的事情，每一件事都很重要。不管怎麼樣，至少大多數都很重要，否則我們當初就不會做這些事情了。這些事情全都有可能是我們的目標。

我的意思是，舉例來說吧，製造業中有一件非做不可的事，就是購買物料。我們必須有這些物料才能生產，而且我們必須花最低的成本取得物料。因此，對我們來說，在採購上達到成本效益非常重要。

順帶一提，這披薩真是美味透頂。我正在享受第二片披薩時，腦中響起一個聲音：但是，這是你的目標嗎？在採購上發揮成本效益，是這座工廠存在的理由嗎？

我忍不住笑出來，還差一點嗆到。

對呀，採購部門那些聰明的白痴一定把這個當成目標，他們租下一堆倉庫來存放以低成本買進的所有零件。我們現在存了哪些東西呢？三十二個月存量的銅線？七個月存量的不鏽鋼鋼板？應有盡有。他們把數以百萬計的資金套牢在這批以絕佳的價格買進的物料上。

不，從這個角度看來，合乎經濟效益的採購絕對不是這座工廠的目標。

我們還做了哪些事情呢？我們雇用員工，工廠裡雇了幾百名員工，整間優尼公司則有幾萬名員工。我們這群員工應該是優尼公司「最寶貴的資產」，公關人員曾經在公司年報中如此形容。撇開這些空話不談，假如沒有各方面的優秀人才，公司的確沒有辦法運作。

就我個人而言，我很高興工廠提供就業機會。能夠穩定的發出薪水，這是一件很有意義的事情，但是，提供人們就業機會當然不會是工廠生存的理由。畢竟，我們到目前為止也裁掉不少人。

而且，即使優尼公司和日本公司一樣採取終身雇用制，我仍然不敢說公司的目標是提供就業機會。很多人似乎喜歡把這個當成目標，例如政客以及只熱衷擴大勢力範圍的部門經理，就是這種人，但是我們蓋工廠不只是為了付薪水，或是為了讓人們有工作。

好吧，那麼首先，我們為什麼要蓋工廠呢？

我們蓋工廠是為了生產產品。為什麼這不是我們的目標呢？約拿說不是，但是我不明白為什麼不是。我們是一家製造公司，也就是說我們必須製造東西，不是嗎？重點不就在於生產產品嗎？為什麼我們還會有別的目標呢？

我又想了想最近聽到的時髦名詞。會不會是品質呢？

也許正是品質。假如不能製造出有品質的產品，結果就只是獲得一次昂貴的錯誤經驗。必須製造出有品質的產品，符合客戶的要求，否則不用多久，就會被淘汰。這是優尼公司學到的教訓。

但是我們已經得到教訓，並且大力提升品質，為什麼工廠的前途還是岌岌可危呢？假如目標真的是品質，為什麼像勞斯萊斯這樣的公司卻瀕臨破產邊緣呢？

光是只有品質，不可能成為我們的目標。品質很重要，但品質不是目標。為什麼呢？因為成本嗎？

假如低成本的生產很重要，那麼效率似乎應該是答案。好吧……或許應該兩者兼顧：品質與效率，兩者攜手並進。我們犯下的錯誤愈少，修修補補的工作就愈少，成本也就會降低，以此類推。或許約拿就是這個意思。

有效率的產出高品質的產品，這一定就是我們的目標，聽起來很棒。「品質與效率」，這兩個名詞都很響亮，而且合乎潮流。

我坐回車子上，打開另一罐啤酒。披薩已經全都下肚，變成美好的回憶。片刻間，我覺得很滿足。

但是，還是有點不對勁，不是午餐無法消化的問題。「有效率的產出高品質的產品」聽起來似乎是個好目標，但是這項目標能夠讓工廠一直經營下去嗎？

此時腦中閃過的幾個例子令我十分不安。假如目標是有效率的產出高品質的產品，那麼為什麼福斯汽車公司不再製造金龜車呢？那是以低成本生產出來的高品質產品。或是回顧過去，為什麼麥克唐納—道格拉斯公司不再製造DC—3型客機呢？就我所知，DC—3是很好的飛機。我打賭，假如他們繼續製造DC—3，會比生產DC—10的效率更高。

因此，以有效率的方式來產出高品質的產品還不夠，一定還有其他目標。

但是，是什麼呢？

我一邊喝著啤酒，一邊看著手上的鋁製啤酒罐光滑的表面。大量生產的技術真了不起。想想看，不久以前，這個啤酒罐還是地底下的礦石，由於研究出一些技術與工具，便把礦石變成重量輕、可處理的金屬，而且能夠一次又一次的重複使用。真是驚人！

且慢！我還在想，我想通了！

真正的答案就在技術，我們必須在技術上保持領先，這對我們公司很重要。假如我們不能趕上技術發展的速度，一切就完了。所以，這才是我們的目標。

但是，再仔細一想，又不對了。假如技術是製造業真正的目標，那麼為什麼企業中大多數的重要職務都不是由研究發展部門的人擔任呢？為什麼在我看過的每一份公司組織圖上，研究發展部門總是屈居一旁？假定我們真的擁有所有最先進的機器，工廠就能因此得救嗎？不，不會。所以，技術很重要，但是技術不是目標。

或許，目標是效率、品質與技術三者相加。但是，這不就等於重複那句老話「我們有很多重要的目標」嗎？這不但有違約拿的說法，而且也等於什麼都沒說。

我百思不得其解。

我往下望，在工廠的大鐵盒子前面，有一個玻璃與混凝土合成的小盒子，也就是辦公室所在地。我的辦公室就在左前方，我幾乎可以瞥見手推車上成疊的電話留言。

好吧，我舉起啤酒，狠狠灌入一大口。當我再低頭望的時候，我看到在工廠後面，另外有兩棟狹長的建築，那是我們的倉庫，裝滿備用零件以及還沒有賣出去的存貨。我們有價值兩千萬美元的製成品存貨，全都是以最新的技術、高效率生產出來的高品質產品，現在全都躺在紙盒子裡，連同保證卡一起被密封住，還帶著一股工廠的原始氣味等著有人把它買走。

原來如此，優尼公司開辦這座工廠，顯然不僅僅是為了填滿倉庫，「銷售」才是我們的目標。

但是，假如目標是銷售，為什麼約拿說市場占有率不是目標呢？就目標而言，市場占有率甚至比銷售還重要。假如在市場占有率拔得頭籌，就是擁有同業當中最輝煌的銷售業績，只要掌握市場，自然萬事OK，不是嗎？

或許不然。我還記得一句老台詞：「我們雖然虧錢，但是我們會以量取勝。」有些公司為了出清存貨而做賠本生意，或是只賺一點點錢，優尼公司就經常如此。你可以占有廣大的市場，但是假如不賺錢，誰理睬你呢？

錢。當然，錢很重要。皮區要我們關門大吉，就是因為我們花掉公司太多錢了，所以，我必須想辦法減少公司的虧損……。

且慢，假定我做了一件聰明絕頂的事，因而停止虧損、平衡收支，這樣就能挽救工廠嗎？長期而言，還是無濟於事。我們蓋這座工廠，不只是為了平衡收支，優尼公司不單單是因為能平衡收支而在業界立足。公司的存在是為了賺錢。

現在我明白了，製造業的目標應該是賺錢。

還會有什麼原因使得老格蘭畢在一八八一年創辦這家公司，並推出經過改良的煤炭爐呢？

是因為對器具的熱愛嗎？是要為數百萬人帶來溫暖與舒適的慈悲胸懷嗎？不是，老格蘭畢這麼做純粹是為了賺錢。他成功了，因為這種爐子在當時算是很稀奇的產品。後來，投資人給他更多的資金，希望能從中分一杯羹，而老格蘭畢也藉此機會又賺進更多的錢。

但是，賺錢是唯一的目標嗎？所有我一直擔心的事情，又怎麼說呢？

我伸手到公事包中拿出黃色記事本，再從外套口袋裡掏出一枝筆。然後，我列出人們認為是目標的所有項目：採購發揮成本效益、雇用好的人才、高科技、生產品質優良的產品、銷售品質優良的產品，以及爭取市場占有率。我甚至還加上其他項目，例如良好的溝通、顧客滿意度等。

這些都是成功經營事業的根本要素，有了這些要素，公司才能賺錢。但是，這些條件本身不是目標，它們只是達到目標的方法而已。

我怎麼能這麼肯定呢？

我不見得很肯定，但是把「賺錢」當作製造業的目標似乎是個不錯的假設。因為，假如公司不賺錢，那麼這張單子上任何一個項目都會變得一文不值。

假如公司不賺錢，會發生什麼狀況呢？假如公司沒有辦法靠製造與銷售產品、維護合約、出售資產，或者靠其他方法賺錢，那麼這家公司就完了，沒有辦法繼續運作。賺錢一定就是我們的目標，沒有其他事情能取代它的地位。無論如何，我必須提出這項假設。

假如目標是賺錢，那麼以約拿的話來說，就是能讓我們朝著賺錢的方向邁進的行動，就是有生產力的行動，不能讓我們賺錢的行動就沒有生產力。過去幾年來，我們的工廠都一直遠離賺錢這項目標，因此如果要挽救工廠，我必須讓它更有生產力，我必須讓這座工廠為優尼公司賺錢。對於目前的狀況而言，這是一項過度簡單的敘述，但是卻是正確的說法。至少，我開始抓到一點邏輯了。

擋風玻璃外的世界明亮但清冷，陽光似乎愈來愈強。我環顧四周，彷彿剛剛才從漫長的昏睡中清醒過來。周遭的一切都那麼熟悉，但是對我而言，卻又好像出現了全新的面貌。我吞下最後一口啤酒，突然覺得該回去了。

06 工廠到底賺不賺錢？

當我把車停在工廠停車場的時候，手錶正指著四點三十分。我今天成功逃離了辦公室。我伸手拿公事包，然後下車。辦公大樓似乎一片死寂，彷彿突襲行動之前的寧靜。我知道他們都在裡面等著我，準備隨時撲過來。我決定讓每個人都大失所望，先繞到工廠去，我只是想以嶄新的眼光看看周遭的一切。

我走向通往工廠的大門，然後走進去。我從公事包中拿出一向隨身攜帶的護目鏡，牆邊的桌子上放著一堆安全帽，我順手偷走一頂戴上，然後走進去。

當我轉彎走進其中一個作業區的時候，三個正坐在長凳上看報紙閒聊的傢伙嚇了一大跳。其中一個人看到我之後，用手肘推了其他人。他們立刻把報紙摺起來收好，動作乾淨俐落，就好像一條蛇神不知鬼不覺的從草叢中溜走一般。三個人頓時正經起來，鎮定的分頭朝著三個不同的方向走回去工作。

以前的我可能會放過他們，但是今天這可把我惹火了。該死，這些工人明明知道工廠現在景況不佳，我們已經裁掉這麼多人，他們不可能不知道。你以為每個人因此就會更拚命工作來挽救這座工廠，但是這裡卻偏偏有三個每小時領十美元或十二美元工資的傢伙，就坐在那裡偷懶。我跑去找他們的領班理論。

我告訴他有三個工人坐在那裡什麼也不幹，他給了我一些藉口，說他們大致能跟上進度，只是坐在那裡等零件送來。

於是我告訴他：「假如你沒有辦法讓他們認真工作，我會把他們調到其他部門去。現在趕快找點事情讓他們做。假如你不能好好用人，你就會失掉這些人，聽懂了沒？」

我離開後，回頭看見領班吩咐這三個傢伙把一些物料從走道的一頭搬到另一頭，我知道他可能只不過是找點事讓他們做，但是管他的，至少這三個傢伙現在忙著工作。假如我不吭聲，誰知道他們會在那裡坐多久？

我猛然想到，這三個傢伙現在有事做了，但是這會幫助我們賺錢嗎？他們可能在工作，但是他們現在有生產力嗎？

我真想回去告訴領班，想辦法讓這幾個傢伙真的生產出一些東西。但是，也許他們目前真的無事可做，而且，即使我可以把這幾個傢伙調到別的部門，好讓他們發揮生產力，我又怎麼知道這樣做就能幫我們賺錢呢？

真是奇怪的想法。

我能夠假定要人們工作以及讓公司賺錢是同一件事嗎？我們過去都抱持著這種想法。我們的基本原則是，讓所有的人員和設備都不斷的工作，不停想辦法催趕產品出門；無事可做的時候，就製造一些工作出來；當我們製造不出工作的時候，就調動人員；而當我們把人員調來調去，但他們還是無事可做的時候，我們就裁員。

我環顧四周，大多數人都在工作，游手好閒的人是少數例外，幾乎每個人無時無刻都在工作，但是我們卻不賺錢。

眼前有個階梯彎彎曲曲的沿著牆壁，向上延伸到一台起重機。我爬上去，站在平台上俯瞰整座工廠。

每時每刻，這裡都會發生許多事情，幾乎我所看見的每一件事情都是一個變數。假如細想起來，這座工廠（或任何一座工廠）的複雜度實在令人腦筋錯亂。現場的情勢不斷改變，我怎麼可能控制得住工廠裡發生的所有事情呢？我怎麼可能知道工廠所採取的任何措施對於我們賺錢的目標而言，究竟是有生產力，還是沒有生產力呢？

答案應該就在我手上沉甸甸的公事包裡，當中裝滿劉梧為今早那場會議準備的各種報告與報表。

我們的確有各種衡量指標，我們也假定這些數據能夠顯示出，究竟我們有沒有生產力。但是，數據告訴我們的卻是：某個人是否依照我們付他的工資做滿「工作」時數，每小時的產出是否符合我們為這項工作所設定的標準，或是「產品成本」、「直接人工差異」等資訊。但是，現在我應該怎麼做，才能弄清楚這裡所發生的一切是否真的能為我們賺錢？還是我們不過是在玩會計遊戲而已？這中間一定有一些關聯，但是我要如何找出它們之間的關係呢？

我走下樓梯。也許我只需要趕快貼張公告，斥責在上班時間看報的行為就好了。但是，這樣就能讓我們轉虧為盈嗎？

◎

當我終於踏入辦公室的時候，已經過了五點，原本可能在等候我的人大半都離開了。法蘭可能是最早下班的幾個人之一，但是她留下一堆字條給我，多到幾乎把電話都蓋住了。大半的留言似乎都來自皮區，我猜他逮到我蹺班了。

我心不甘情不願的拿起電話，撥了他的號碼。老天爺大發慈悲，電話鈴響兩分鐘都沒有人接電話。我靜靜呼出一口氣，掛斷電話。

回到椅子上，望著窗外的落日餘暉，我繼續思考衡量指標的問題，以及我們用來評估績效的所有方式。例如，工作是否跟上進度、交貨是否準時、存貨周轉、營收，以及總支出等。想要曉得我們賺不賺錢，有沒有更簡單的方法？

門外輕輕響起敲門聲。

我打開門，是劉梧。

我先前提到過，劉梧是工廠的財務長。他是一位大腹便便的長者，還有兩年就要退休。他依循會計師的傳統，戴著膠框老花眼鏡，所以即使身著昂貴的西裝，他的樣子多少還是有一點古板。早在二十年前，他就從總公司調來這裡工作，如今頭髮已然花白。我想他每天最盼望的就是去參加會計師大會，然後好好的放鬆一下。大多數時候，他都溫文有禮，但是假如有人捉弄他，他就會完全變了一個人。

「嗨！」他站在門口和我打招呼，我招手讓他進來。

「我只是來告訴你，皮區下午來過電話。你不是應該和他一起開會嗎？」

「皮區想要什麼？」我問，不回答他的問題。

「他需要更新的數據，」他說：「好像因為你不在那裡，他有點惱怒。」

「你把他需要的數據給他了嗎？」

「對，大部分的數據，」劉梧說：「我已經送出去了，他應該明天一早就會收到。大多和我給你的差不多。」

「其他呢？」

「我還需要再整理一下，明天應該弄得出來。」

「送出去以前，先給我看看，好嗎？讓我知道一下。」

「沒問題。」

「嘿！你現在有空嗎？」

「有，什麼事？」他問，或許正期待我會告訴他，我和皮區之間到底發生什麼事。

「請坐。」我告訴他。劉梧拉了張椅子坐下來。

我猶豫片刻，想要找到恰當的字眼。劉梧期待的等候著。

「我只是要問你一個簡單而基本的問題。」

劉梧微笑著說：「我喜歡這樣的問題。」

「你覺得我們公司的目標是賺錢嗎？」

他猛然爆笑。「你在和我開玩笑嗎？」他問：「你故意設計這個問題來捉弄我嗎？」

「不是，只要回答我就好。」

「我們的目標當然是賺錢！」

我重複他的話：「那麼，公司的目標是賺錢，對不對？」

「對，」他說：「我們也必須生產產品。」

「等一等，」我告訴他：「生產產品只是達到目標的手段。」

我對他分析了我的基本推論，他專心聆聽。劉梧是個聰明的傢伙，不需要解釋每個細節，他就已經明白。最後，他同意我的看法。「所以，你想說的是什麼？」

「我們怎麼知道工廠有沒有賺錢呢？」

「有很多方法。」他回答。

他花了幾分鐘的時間，和我大談營收、市場占有率、獲利率與股利等。最後，我抬起手來制止他。

「這樣說好了，假定你必須重寫教科書，而且你手上沒有這些名詞，必須一面寫一面自己編造出這些名詞。為了知道我們有沒有賺錢，你最少需要幾項衡量指標？」

劉梧以一根手指支著頭，低頭沉思。

他說：「呃，你得找到幾項絕對指標，這些指標能以美元、日圓或任何貨幣告訴你，到底你賺了多少錢。」

「就好像淨利這樣的指標，對不對？」我問。

「對，淨利。」他說：「但是光是有這項指標還不夠，因為絕對指標不會告訴你太多事情。」

「喔，這樣嗎？」我說：「假如我已經知道我賺進多少錢，為什麼還需要知道其他事情呢？你明白我的意思嗎？把所有收入加起來，然後減掉開支，就得到淨利，我還需要知道什麼呢？假定我已經賺進一千萬或兩千萬美元。」

在那一剎那間，劉梧的目光中閃過一絲情緒，彷彿在說我真蠢。

他回答：「好吧，假定你全都計算好，得出一千萬美元的淨利，一個絕對的衡量指標。乍看之下，好像真的是一大筆錢，彷彿你真的賺進那麼多錢，但是你一開始的時候，投下多少錢呢？」他頓了一下：「明白了吧？你要花多少成本，才能賺到那一千萬美元？你只花了一百萬美元嗎？那麼你賺的錢就是事先投下去的錢的十倍，這樣算是非常好的成績。但是，假定你最初投入十億美元，而你只不過賺到一千萬美元呢？那就實在太差勁了。」

「好，我了解，我問這個問題，只不過想更確定一點。」

「因此，你需要一項相對指標。」劉梧繼續說：「就是像投資報酬率……也就是ROI（Return On Investment）這樣的指標，拿你賺進的錢與投入的資金做比較。」

「好，有了這兩項指標，我們應該就很清楚公司整體營運狀況了，對不對？」

劉梧幾乎要點頭同意，但是接著他的思緒不知飄到哪裡去。「這個……。」他說。而我也在想同樣的問題。

他接著說：「你知道嗎？有可能公司的淨利與投資報酬率都很不錯，但是仍然走上破產的結局。」

「你的意思是說現金周轉不靈？」

「完全正確，」他解釋：「現金流量不夠是許多企業垮台的幕後殺手。」

「所以，必須把現金流量當成第三項指標？」

他點點頭。

我跟著說：「對啊，但是假定你一整年中，每個月都有充裕的現金進來，足以應付開支，假如你的現金很充裕，那麼現金流量就不成問題。」

「但是，假如現金不夠，那麼其他的一切都不重要了。」劉梧說：「現金流量是企業生存的指標：保持一定的現金，你就沒事；低於那條界線，你就死定了。」

我們相互凝視。

「這正好就發生在我們身上，對不對？」劉梧問。

我點點頭。劉梧看著別處，靜默不語。

然後，他說：「我就知道遲早會發生這種事情。」

他頓了一下，然後回過來看著我問道：「我們的情形如何？皮區說了什麼嗎？」

「他們在考慮關掉這座工廠。」

「我們會被併購嗎？」他問。他想知道的其實是他能不能保住飯碗。

「老實說，我不曉得。」我告訴他：「我猜有些人可能會被調去其他工廠或其他事業部，但是我們沒有談到細節問題。」

劉梧從襯衫口袋裡抽出一根菸，我看著他反覆用手上那根菸敲打椅子的扶手，嘴裡嘟噥著：「只剩兩年就退休了。」

我試著讓他不要那麼絕望：「嘿，劉梧，或許最糟的情況也不過是讓你可以提早退休罷了。」

「該死！」他說：「我不想提早退休。」

我們同時安靜下來，劉梧把香菸點燃，兩個人都呆呆坐著。

最後我說：「你瞧，我還沒放棄呢。」

「羅戈，假如皮區說我們已經完了……。」

「他沒這麼說，我們還有時間。」

「多少時間？」

「三個月。」

他禁不住笑出來：「算了吧，羅戈，我們絕對辦不到。」

「我說過我不會放棄，好了吧？」

足足有一分鐘，他一句話都不說。我則是呆坐著，不確定自己真的說了實話。目前我所能做到的，只是搞清楚我們必須讓工廠賺錢。好了，羅戈，現在要怎麼樣才辦得到呢？我聽到劉梧重重吐出一口菸。

他認命的說：「好吧，我會盡量協助你，但是……。」他沒有把話說完，只是把手一揮。

「我很需要你幫忙，劉梧。」我告訴他：「首先，請你暫時不要跟任何人談這件事。話一傳出去，大家就會撒手不管了。」

「好，但是你知道不可能保密太久。」

我知道他說得沒錯。

「那麼，你打算怎麼樣挽救這座工廠呢？」他問。

「第一件事，就是要弄清楚我們該做哪些事情，才能繼續生存下去。」

「喔，所以你剛才一直在問指標的事情？」他說：「聽著，羅戈，別浪費時間在這上面了，系統就是系統，你想要知道哪裡出了問題嗎？我都可以告訴你。」

他花了一小時解釋給我聽。他說的事情我以前大半都聽過，而且幾乎每個人都聽過這些說法：一切都是工會的錯，假如每個人都能更賣力工作就好了；這裡沒有人在乎品質，看看那些日本人吧，他們知道該如何工作，我們已經忘記工作到底是怎麼一回事了，諸如此類。他甚至告訴我，我們該如何自我鞭策。大多數時候，他只是在發洩，因此我讓他一直講。

但是，我同時想著，劉梧事實上是個聰明的傢伙，我們大家都很聰明，優尼公司請來一大堆高智慧、高學歷的人才。而我卻坐在這裡，聆聽劉梧高談闊論。他的意見聽起來都很不錯，但不知道為什麼時間卻一分鐘又一分鐘的灰飛煙滅，我們真的有那麼聰明嗎？

◎

太陽下山一段時間後，劉梧決定回家去，我則繼續留在辦公室裡。劉梧離開之後，我坐在辦公桌前，攤開一本筆記簿。我在紙上寫下劉梧與我一致同意、認為能夠幫助我們了解公司是否賺錢的三項重要指標：淨利、投資報酬率與現金流量。

我想看看其中是否有哪項指標可以因為犧牲其他兩項指標而得利，並且幫助我達到目標。根據我過去的經驗，高階主管可以玩的把戲很多。他們可以讓公司今年的獲利情況比較亮眼，卻損害明年的利潤，例如不投資在研發上，諸如此類的手段。他們可以做一堆沒有風險的決策，讓其中一項指標的帳面數字很漂亮，其他指標卻表現得一團糟。除此之外，三項指標之間的相對重要性可能也需要根據每家企業的需求而變動。

但是，回頭一想，假如我是格蘭畢三世，高踞公司金字塔頂端的寶座，我一定不想玩這些把戲。我不要其中一項指標的數據上升，而其他兩項指標卻受到忽視，我要淨利、投資報酬率與現金流量同時增加，而且我要這三項指標的數字一直往上升。

想想看吧，假如我們能夠讓這三項指標同時而且不斷的往上升，那麼可真是有錢賺了。所以，這就是目標：我們要靠提高淨利來賺錢，同時也要增加投資報酬率與現金流量。

我把這點記在筆記本上。

我感覺有些頭緒了，我已經把片段拼湊起來，找到一個清楚的目標。我找到三項相關的指標來評估達到目標的進度，而且也得出結論，我們應該努力的方向是同時提升三項指標。就今天而言，這個成果還不錯，我想約拿也會為我感到驕傲。

我問自己，那麼，現在我要如何讓這三項指標與工廠的實際狀況產生直接關聯呢？假如我可以在日常營運與公司整體績效之間找到一些邏輯關係，那麼我就有辦法知道哪些事情有生產力，哪些事情沒有生產力；也能夠知道我們究竟是朝向目標邁進，還是遠離目標。

我走到窗邊，凝視窗外的一片漆黑。

半小時後，我的腦子就像窗外的夜色一般昏暗。我滿腦子都充斥著毛利、資本投資與直接勞工成本這些傳統觀念；一百年來，每個人都將這套思想奉為圭臬。假如我也跟著這套觀念走，我得到的結論不會和其他人有什麼兩樣，也就是說，我對於現況的了解不會比現在好多少。

我就這樣卡住了。

我離開窗邊。在我辦公桌後面有個書架，我抽出一本教科書快速翻閱，再把它放回去，接著又抽出另一本書，翻了一下，又放回去。

最後，我決定算了，時候已經不早。

我看看錶，嚇了一大跳，已經十點多。突然我想起，我一直都沒有打電話告訴茱莉我不回家吃晚飯。這回她真的會對我大發雷霆，每次我忘記打電話，她都會這樣。

我拿起電話，撥通家裡的號碼，茱莉接起電話。

「嗨！」我說：「妳猜今天誰過得糟透了。」

「喔？還有其他新鮮事嗎？碰巧，我今天也好不了多少。」她說。

「好吧，我們兩個人今天都很倒楣。」我告訴她：「對不起我沒有先打電話回家，有點事情把我纏住了。」

電話裡一片沉寂，然後她說：「反正我也沒辦法找到人來幫忙看小孩。」

這時候，我才想起來，原本我們把晚餐約會延到今天晚上。

我告訴她：「真對不起，茱莉，真的很抱歉，我完全忘了這件事。」

她說：「我做好晚飯，我們等了兩個小時，你都不見蹤影，我們就先吃了。假如你想吃，我把你的份留在微波爐裡了。」

「謝謝。」

「還記得你的女兒吧？那個很愛你的小女孩？」

「妳講話不必帶刺。」

「她整個晚上都站在窗邊等你，直到我逼她上床睡覺。」

我閉上眼睛，然後問她：「為什麼？」

「她想要給你一個驚喜。」

「聽著，我一個小時以內就會到家。」

「不急。」

我還來不及說再見，她已經掛斷電話。

的確，事情既然已經到了這個地步，趕回家也無濟於事。我拿起安全帽與護目鏡，走進工廠去找第二班的領班艾迪，看看情況如何。

我到那裡的時候，艾迪不在辦公室裡，他去生產線上處理事情了。我請他們呼叫他之後，我看到他從工廠的另一端走來。我一路注視著他，五分鐘後，他才走到我面前。

艾迪有些地方總是令我很不舒服。他是個能幹的領班，並非出類拔萃，但是還可以。令我困擾的不是他的工作表現，而是其他事情。

我看著艾迪踏著穩定的步伐，每一步都十分規律。

然後，我突然想通了，我不喜歡的就是這點：他走路的方式。呃，其實還不止這個，艾迪的走路方式正象徵著他的為人。他走路的時候有一點內八，就好像亦步亦趨沿著一條挺直而狹長的線行走一樣。他的手拘謹的擺動著，指尖彷彿對準他的腳。他的一舉一動給人的感覺就像是，好像在哪本手冊上學到應該這樣走路。

他走過來的時候，我正在想，艾迪這一輩子，可能從來沒有做過任何不得體的事情，除非別人要他這麼做。你可以稱呼他「規律先生」。

我們討論了一下目前在處理的幾筆訂單。正如往常，每件事都亂了分寸。艾迪當然不明白這一點，對他而言，每件事都很正常，而且假如一切正常，那麼就鐵定沒錯。

他鉅細靡遺的告訴我今晚的工作內容。純粹為了好玩，我想叫艾迪從淨利的角度描述他今晚的工作。

於是我問他：「艾迪，在過去這一個小時中，我們的努力對投資報酬率有什麼影響？順便問一下，你們今晚的工作有沒有改善我們的現金流量？我們有錢賺嗎？」

艾迪不是沒有聽過這些名詞，問題在於，這些問題根本不屬於他的世界，他的世界是根據每小時產出的零件、每小時的工作人數與完成的訂單數量等標準來衡量。他明白勞動基準，他明白損耗率，他明白作業時間，他明白出貨日期。淨利、投資報酬率或是現金流量對艾迪而言全都是總公司的詞彙。想要以這三項指標來評估艾迪的世界很荒謬。對艾迪而言，他值班的時候，生產線發生的事情和公司賺進多少錢只有很模糊的關聯。即使我能打開艾迪的心胸，讓他了解到更廣闊的世界，要在生產線的價值觀和總公司的價值觀之間找到明確的關聯仍然非常困難。這兩個世界簡直南轅北轍。

艾迪講到一半時，發現我看著他的表情很滑稽。

他問：「有什麼不對嗎？」

07 決心放手一搏

我到家的時候，屋子裡一片漆黑，只亮著一盞燈。我進去時，小心翼翼不發出任何聲響。如同茱莉所說，微波爐裡留有一些晚飯。當我打開微波爐，想看看裡面是什麼美食時（似乎是各種神祕的肉類混合料理），聽到後面有窸窸窣窣的聲音。我轉過身去，看見小女兒莎朗站在廚房門口。

「哇！這不是小甜甜嗎？」我驚呼：「近來怎麼樣啊？」

她微笑：「喔……還不錯。」

「這麼晚了，妳還爬起來幹嘛？」

她手上拿著一個信封走過來。我坐在餐桌旁，把她抱起來放在腿上。她把信封交給我，要我打開。「這是我的成績單。」她說。

「真的啊？」

「你一定要看看這份成績單。」

我打開成績單驚呼：「每一科都是『優』！」

我緊緊抱住她，大力親了她一下。

「太棒了！」我告訴她：「妳的表現太好了，莎朗，我真的很驕傲。我猜妳是班上功課最好的小朋友。」

她點點頭，然後開始說個不停。我讓她一直講，直到半小時後，她的眼睛幾乎張不開為止，才把她抱到床上。

但是，儘管我很疲倦，卻沒有睡意。已經過了午夜，我坐在廚房裡對著晚餐沉思。我上小學二年級的孩子得到全「優」的好成績，而我卻快要一敗塗地。

或許我應該放棄，利用剩下的時間另謀出路。根據薩爾溫的說法，總公司裡每個人都忙著這件事。為什麼我要與眾不同呢？

有一陣子，我試圖說服自己，打電話給徵才公司才是明智之舉，但是最後，我還是做不到。找另一份工作可以讓我與茱莉離開這座小鎮，運氣好的話，還可能坐到比現在更高的位置。（儘管我很懷疑這個可能性，畢竟我當廠長的資歷並沒有那麼耀眼。）我不願意另謀出路主要是因為，這樣一來，我會覺得自己當了逃兵，我就是辦不到。

我並不覺得我對這座工廠、這座小鎮、或是這間公司有所虧欠，但是我的確覺得應該負一點責任。除此之外，我已經在優尼公司投注大把光陰，希望我的投資能得到回報。有三個月的最後機會，總比什麼都沒有好。

我決定在未來三個月中，要盡一切努力挽救工廠。

但是，一旦下定決心，最重要的問題就浮現了：我能怎麼辦呢？我已經竭盡所能，使盡最大的努力，繼續這樣下去，不會帶來任何好處。

不幸的是，我可沒有一年的時間可以回學校去，重溫一大堆管理理論，我甚至連閱讀辦公室中堆積如山的雜誌、報紙與報告的時間都沒有。我沒有時間，也沒有預算來與企管顧問周旋，進行各種研究等。而且，即使我有時間也有錢，我還是不確定那些方法能帶給我更多的洞見。

我感覺還是疏忽了某些地方。假如我想把大家拉出泥沼，就不能視一切為理所當然，我必須嚴密的觀察、審慎思考目前的狀況……按部就班的進行改善。

我慢慢了解到，我僅有的工具就是我的眼睛與耳朵、我的雙手、我的聲音，以及我的腦子，儘管它們加起來的力量仍然十分有限。就是這樣了，我只有靠自己，然而我不停的思考，因為我不知道這樣是不是就足夠。

當我終於上床的時候，茱莉在被單下蜷縮成一團，就和二十一小時之前我離開她時一模一樣。她睡得正沉，我躺在她身旁，瞪著昏暗的天花板，久久不能入睡。

這時候，我決定要試試看能不能找到約拿。

08 有效產出、存貨與營運費用

隔日清晨，滾下床沒有兩步，我就動都不想動了。但是，洗澡的時候，我想起目前的困境，當你只有三個月可以想辦法的時候，就連疲倦的時間都沒有。我快步衝過茱莉與孩子身旁，趕去工廠上班。茱莉根本不想和我說話，而孩子們似乎感覺到有什麼不對勁。

一路上，我只顧著盤算怎麼樣才可以找到約拿。這是問題所在，向他求助以前，我得先找到他。到了辦公室以後，第一件事就是要法蘭擋駕，不要讓外面那群人衝進來。我剛準備坐下，法蘭就通知我，皮區打電話來了。

「還真是時候。」我嘀咕著，拿起話筒。

「什麼事，皮區？」

「你以後絕對不准再從我的會議中溜出去，」皮區大聲咆哮：「聽清楚了嗎？」

「是，皮區。」

「現在，就因為你昨天不恰當的缺席，我們必須再查證一些資料」

幾分鐘後，我把劉梧找進辦公室，協助我回答皮區的問題。然後，皮區也把佛洛斯特拉進來進行四方通話。於是，一整天我都沒有機會再想到約拿。應付完皮區之後，六、七個人走進我的辦公室，我們開了已經延誤一週的會議。

等到我有機會向外望，窗外已經一片漆黑。太陽早就下山，而我還在進行今天的第六場會議。每個人都離開之後，我批了一些公文。當我跳進車子裡，準備回家的時候，已經過了七點。

停在十字路口等紅燈轉綠燈時，我終於想到今天早上打算做什麼了，我想起約拿。開過兩條街後，我想到我的舊通訊錄，於是我把車子停在加油站前，打公共電話回家。

「喂……。」茱莉拿起電話。

「嗨！是我。」我說：「聽著，我必須到媽媽家裡辦點事情，我不確定會花多少時間，所以你們要不要就先吃飯，不要等我。」

「下一次你想吃晚飯的話……。」

「不要發脾氣，茱莉，這件事情很重要。」

她沉默片刻，然後掛斷電話。

◎

每次回到舊家附近，我都有一種奇怪的感覺，觸目所見的每一件事物，都會勾起塵封已久的回憶。轉個彎，就是以前我和科伯斯基打架的角落；我正駛過的這條街，則是每年夏天我們打球的地方；我也看到第一次與安吉莉娜親熱的巷子；還經過那根電線杆，也就是我把老爸的汽車擋泥板撞壞的地方。（結果，我只好在雜貨店中免費打工兩個月，以抵消修車的費用。）這些往事歷歷在目。愈接近舊家，愈多回憶源源不斷湧出，我就愈發感到溫暖與不安。

茱莉最痛恨來這裡。我們剛搬來小鎮的時候，每個週末都會來探望媽媽與哥哥嫂嫂。但是，後來一定是因為這些探訪引起太多爭執，我們就不再回舊家了。

我把車子停在門前的籬笆旁。眼前是一棟狹小的磚房，和街上其他的房子沒什麼兩樣。轉角就是老爹的雜貨店，也就是我哥哥接手經營的小店。現在店面的燈已熄滅，丹尼六點就打烊了。我走下車，突然覺得這身西裝領帶的打扮似乎有點太顯眼。

媽媽打開門後大呼：「啊，我的天！」雙手緊緊按著前胸：「什麼人死了？」

「沒有人過世，媽媽。」我說。

「茱莉出事了，是不是？」她問：「她離開你了嗎？」

「還沒有。」

「喔，」她說：「我想想看……今天不是母親節……」

「媽，我只是來這裡找一點東西。」

「找東西，找什麼東西？」她邊問邊側身讓我過去。「進來，進來，冷空氣都跑進屋子裡了。天哪，你剛剛真是把我嚇壞了。你就住在鎮上，可是卻再也不來看我，到底是怎麼回事啊？你現在是大人物，看不起老媽媽了嗎？」

「不是，當然不是。媽，只不過是工廠的事情實在太忙了。」我安撫道。

「忙，忙，忙，」她說，一面帶頭走向廚房：「餓不餓啊？」

「我不餓，媽，聽好，我不想讓妳太麻煩。」

「喔，一點也不麻煩。我煮了一點麵，可以熱來吃。你也想吃一點沙拉吧？」

「不用了，給我咖啡就成了。我只想找一找舊通訊錄。」我告訴她：「就是我念大學時那本通訊錄，妳記得放在哪裡嗎？」

我們踏進廚房。

「你的舊通訊錄……」她一面倒咖啡，一面思索。「要不要吃一點蛋糕？丹尼昨天從店裡帶了一點蛋糕過來。」

「不用了，謝謝媽，這樣就好。」我說：「可能和我的舊筆記本，還有其他從學校帶回來的東西放在一起。」

她把咖啡遞給我。「筆記本……。」

「是啊，妳知道這些東西可能放在哪裡嗎？」

她眨了眨眼睛，努力回想。「呃……不知道。但是，我之前把那些東西全放在閣樓上。」

「好，我到那裡找找看。」

我端著咖啡，往二樓走去，然後爬上閣樓。

她補充：「喔，也有可能全部都放在地下室。」

◎

三小時後，我翻遍小學一年級的塗鴉、我的模型飛機、哥哥當年夢想當搖滾歌星時玩的樂器、我的年鑑、裝滿老爹各種發票的汽船玩具、舊情書、舊照片、舊報紙，以及各式各樣的舊東西，但是通訊錄仍然毫無蹤影。我們只能放棄閣樓。媽媽終於說服我吃了一點麵，然後我們繼續往地下室碰運氣。

「喔，你看！」媽媽大呼。

「妳找到了嗎？」我問。

「沒有，但是這裡有一張你保羅叔叔的照片，是他盜用公款被捕以前拍的，我有沒有和你說過那個故事？」

一小時後，我們翻遍所有東西，我也重新上了一課保羅叔叔的生平事蹟。通訊錄到底會在哪裡呢？

「我不曉得，」媽媽說：「除非是放在你以前的房間裡。」

我們上樓，走進我和丹尼以前一起住的房間，角落裡擺著我孩提時候溫習功課的書桌。我打開抽屜，果然沒錯，通訊錄好端端躺在那裡。

「媽，我要借用一下妳的電話。」

家裡的電話放在樓梯間的平台上，還是一九三六年爸爸店裡的生意漸有起色、終於負擔得起電話費後裝的那支電話。我坐在樓梯上，腿上放著記事本，公事包放在腳邊。我拿起電話，這話筒重得足以把小偷打得束手就擒。我撥了手上許多號碼中的第一個電話號碼。

已經凌晨一點，但是這通電話是打去以色列，而以色列恰好在地球的另一端，也就是說他們的白天就是我們的夜晚，我們的晚上也就是他們的早上。因此，凌晨一點打電話過去，其實算是不錯的時間。

沒有多久，我就找到一位大學時代的朋友，他知道約拿後來去了哪裡。他給了我另一個可以詢問的電話號碼。半夜兩點，我在記事本上寫滿電話號碼，而且正在與約拿的同事談話。我說服其中一個人給我一個可以聯絡到他的電話號碼。三點以前，我終於找到他了，他人在倫敦。我的電話在某家公司裡轉接好幾次之後，有一個人告訴我，他一進來就會回電給我。我雖然半信半疑，還是坐在電話旁，邊打瞌睡，邊等電話。四十五分鐘後，電話鈴聲響起。

「羅戈嗎？」是他的聲音。

「是，約拿。」

「有人留話告訴我，你打過電話找我。」

「對，」我說：「還記得我們在歐海爾機場碰面的事嗎？」

「當然記得，」他說：「你現在大概有一些話想告訴我吧！」

有片刻的時間，我僵在那裡，然後才明白他指的是他提出的問題：目標是什麼？

「對。」我回答。

「說吧！」

我反而猶豫起來，因為答案似乎簡單得可笑，我突然很害怕這個答案可能是錯的，反而惹他嘲笑，但是我已經脫口而出：「製造業的目標就是賺錢，我們做的其他事情都是為了達到這個目標。」

但是，約拿並沒有笑。「很好，非常好！」他靜靜的說。

「謝謝。」我告訴他：「但是你看，我打電話給你，是要問你一個問題，這個問題和我們先前的討論有關。」

「什麼問題？」他問。

「為了要知道工廠究竟有沒有幫公司賺錢，我必須有一些衡量指標。對不對？」

「沒錯。」

「我知道總公司有一些像淨利、投資報酬率與現金流量等衡量指標，他們用這些指標來評估整個組織邁向目標的進度。」

約拿說：「對，繼續說。」

我說：「但是，對我們在工廠裡做事的人來說，這些衡量指標沒有什麼意義。我們在工廠裡採用的指標……呃，我不是百分之百確定，但是我不認為這些指標真的能反映出所有的狀況。」

「對，我完全明白你的意思。」

「所以，我怎麼知道工廠裡所發生的一切，究竟有沒有生產力呢？」

電話的另一端沉默了一會兒，然後我聽到他向另外一個人說：「告訴他，我一講完電話，就會進去。」

然後他對我說：「羅戈，你提到一件很重要的事情。我只能再和你談幾分鐘，但是或許我可以給你幾項建議。你瞧，要表達目標的方法不只一種，明白嗎？目標還是不變，但是我們可以用不同的方式來敘述，而這些敘述都和『賺錢』這兩個字的意思相同。」

「好。」我回答：「那麼，我可以說，目標就是增加淨利，同時也提高投資報酬率和現金流量，這和我們說目標是賺錢一樣。」

「完全正確。」他說：「兩種說法的意思完全一樣，但是正如你發現的情況，對工廠的日常營運而言，用來表達目標的傳統指標似乎派不上用場。事實上，這正好說明我為什麼發展出一套不同的衡量指標。」

「什麼樣的衡量指標呢？」

「這套衡量指標一方面能充分表達出賺錢這個目標，另一方面也能讓你發展出工廠的基本營運規則。這套方法共有三項衡量指標，就是有效產出（throughput）、存貨（inventory）與營運費用（operational expense）。」

「聽起來很熟悉。」我說

「對，但是定義卻不一樣。事實上，你可能要把它記下來。」

我拿起筆，撕下一張空白的紙，然後請他繼續說。

「有效產出就是整個系統透過銷售而獲得金錢的速率。」

我一個字一個字仔細的記下來。接著問：「但是，生產這部分怎麼辦呢？假如我們說……。」

「不對。」他說：「是透過銷售，而不是生產。假如你生產某樣東西，但是卻賣不出去，這就不是有效產出。懂了嗎？」

「對。我以為或許因為我是個廠長，我可以用生產代替……。」

約拿打斷我的話。

「羅戈，聽我說，這些定義聽起來雖然很簡單，卻十分精確，而且也應該如此精準，定義模糊的衡量指標不只沒用，還會產生不好的影響。所以，我建議你好好思考這套指標，記住，假如你想改變其中任何一項指標，你可能至少必須連同另外一項指標一起修改。」

「好。」我小心翼翼的回答。

「第二項衡量指標是存貨，也就是整個系統投資在採購上的金錢，而採購的是我們打算賣出去的東西。」

我寫下來，但是同時卻十分懷疑，因為這和傳統的存貨定義截然不同。

「最後一項衡量指標呢？」我問。

「營運費用，就是系統為了把存貨轉為有效產出而花的錢。」

我邊寫邊問：「好吧，但是我們投資在存貨的勞動力又怎麼算呢？照你的說法，好像工資也是營運費用的一部分？」

「你要根據我的定義來判斷。」他說。

「但是，經由直接勞動力而產生的產品附加價值，應該算是存貨的一部分吧，難道不是嗎？」

「或許如此，但是也不一定如此。」他回答。

「你為什麼這麼說呢？」

「很簡單，我決定給它下這個定義，是因為我認為還是不要把附加價值計算在內比較好。

這樣一來，就不會搞不清楚到底花掉的錢是投資，還是費用。所以我才會給存貨和營運費用定下這樣的定義。」

「喔，好吧，但是我怎麼把這些指標和工廠扯上關係呢？」

「你在工廠中管理的所有事情全都包括在這套指標中。」

「每一件事情嗎？」我仍然存疑，只有接著問：「但是回到我們最初的談話，我怎麼用這些指標來衡量生產力呢？」

「顯然你必須用這些指標來表達你的目標。」他說，接著又加了一句：「等一等，」然後我聽到他對旁邊的人說：「我一分鐘以後就到。」

「那麼，我該怎麼表達我的目標呢？」我問，急於想繼續這段對話。

「羅戈，我真的得走了，我知道你很聰明，一定能自己想出辦法。你需要做的事只有想一想我說的話罷了。」他說：「只要記住，我們一定要把眼光放在整個組織上，而不是只談製造部門，或是一家工廠，或是工廠裡的一個部門。我們不著眼於局部效益（local optimum）。」

「局部效益？」我把他的話重複一遍。

約拿歎口氣：「我得另外再找個時間向你解釋。」

「但是，約拿，這樣還不夠。」我說：「即使我能用這套指標來釐清我的目標，我該如何找出對應的工廠基本營運規則呢？」

「把你的聯絡電話給我。」

我給了他辦公室的號碼。

他說：「好了，羅戈，我真的得走了。」

我說：「好，謝謝你……」還沒說完，就聽到遠處傳來喀噠一聲，電話掛斷了，「的指點。」

我呆坐在樓梯上，瞪著這三項指標。

隔了一會兒，我閉上眼睛。當我睜開眼睛時，已經有一線陽光投射在起居室的地毯上。我拖著疲憊的步伐上樓，走進孩提時代的臥房，倒頭就睡。整個早上，我都昏昏的睡著，凹凸不平的床墊讓我睡得很不安穩。

五個鐘頭以後，我醒過來，整個人感覺就像一團鬆餅。

09 三個基本問題

我醒來的時候，已經十一點了。我嚇一大跳，連忙跳下床，衝到電話旁，打電話給法蘭，好讓她告訴其他人，我沒有不告而別。

「羅戈先生辦公室。」法蘭接起電話。

「嗨，是我。」我說。

「哇，哈囉，陌生人。」她說：「我們正打算去查查看你有沒有躺在哪間醫院裡。你今天有辦法來上班嗎？」

「呃，可以，只不過是我媽媽這邊出了一些意外狀況，突發的緊急事故。」

「喔，現在一切都還好嗎？」

「是啊，嗯，現在大致處理妥當了。辦公室裡有沒有什麼我需要知道的事情？」

「嗯，讓我看看。」她一面說，一面檢查我的留言條。「G走道有兩部測試機器壞了，唐納凡想曉得我們可不可以不經過測試，就把產品運出去。」

「告訴他，絕對不可以。」

「好。行銷部門有個人打電話來，想討論一筆延遲交貨的訂單。」

我的眼珠轉了轉。

法蘭繼續說：「昨天晚上第二班發生了一場打鬥……劉梧還需要找你談談要交給皮區的數據……今天早上有位記者打電話來，想知道工廠什麼時候會關；我告訴他，只有你才能回答這個問題……總公司文宣部門有位員工打電話來，提到要在這裡拍一捲錄影帶，內容是關於生產力，還要拍攝格蘭畢先生和機器人站在一起的畫面。」

「和格蘭畢站在一起？」

「她是這麼說的。」

「把她的名字和電話號碼給我。」

她唸給我聽。

「好，謝了，待會兒見！」

我立刻打電話給那位總公司員工，很難相信董事長要親自駕臨這座工廠，這中間一定有什麼誤會。我的意思是說，在格蘭畢先生的豪華轎車駛進工廠大門以前，這座工廠可能早就關門大吉了。

但是，那位員工證實這件事，他們想要在下個月中旬，過來拍攝格蘭畢先生站在工廠裡的畫面。她說：「我們需要一台機器人作為格蘭畢先生發表談話時的背景。」

我問她：「為什麼挑中白靈頓工廠呢？」

她回答：「導演看到你們的一張幻燈片，他很喜歡你們工廠的色調，他覺得格蘭畢先生站在那裡的畫面會很好看。」

「喔，我明白了。」我問她：「妳有沒有和皮區談過這件事？」

「沒有，我不覺得需要問他。怎麼？有什麼問題嗎？」她問。

「最好還是讓皮區知道，他說不定會有其他建議，但是這完全由妳決定。妳只要告訴我到底哪一天要來拍，我才可以事先通知工會，並且要他們清理一下拍攝場地。」

她說：「好，我會通知你。」

我掛斷電話，坐在樓梯上嘀咕：「所以……只不過因為導演喜歡那個色調。」

◎

「你剛剛在電話上談些什麼啊？」我媽媽問。我們一起坐在餐桌旁，她強迫我在離開以前吃一點東西。

我告訴她格蘭畢要來的事情。

「聽起來應該是件很光榮的事情，大老闆要來……他叫什麼名字來著？」

「格蘭畢。」

「他大老遠跑到工廠來看你，真是光榮。」

「是啊，從某個角度說來，是很光榮。」我告訴她：「但是，事實上，他來這裡只不過是要拍攝和機器人站在一起的畫面。」

我媽媽眨了眨眼。「機器人？就好像外太空來的那種嗎？」

「不是，這些機器人是工業用機器人，就像妳在電視上看到的那種。」

「喔！」然後她的眼睛又亮了起來。「它們有沒有臉孔？」

「沒有，還沒有，它們大多數都有手臂……它們用手臂來做一些像焊接、堆高、噴漆之類的事情，我們透過電腦來控制機器人，透過電腦程式，讓機器人做不同的工作。」我解釋給她聽。

媽媽點點頭，試圖想像機器人可能的模樣。

「那麼，為什麼這個叫格蘭畢的傢伙要和一堆沒有臉孔的機器人一起拍照呢？」。

「我猜因為機器人是新發明，他想要讓公司裡每一個人都知道，我們應該運用更多的機器人，才可以……。」我停了一會兒，彷彿看見約拿坐在那裡，抽著雪茄。

「才可以怎麼樣？」媽媽問。

「呃……才可以提高生產力。」我喃喃的說，把手一揮。

然後，約拿開口了，機器人真的為你的工廠提高了生產力嗎？當然啦，我說，我們有個部門提高了……多少啊？……三六％的生產力。約拿兀自吞雲吐霧。

「有什麼不對嗎？」媽媽問。

「我只是記起一些事情，沒什麼。」

「什麼事？是不好的事嗎？」

「不是，是昨天和我通電話的那個人以前和我說過的話。」

媽媽把手放在我的肩膀上。

「到底有什麼不對勁？」她問：「說吧，告訴我無妨，我知道一定有什麼不對。你突然出現在門口，又在三更半夜裡到處打電話找人。到底是怎麼回事啊？」

「媽，工廠的情況不是很好……而且，呃……我們根本不賺錢。」

媽媽的臉色一暗。「那麼大一座工廠沒有賺到任何錢？」她問：「但是你剛剛才告訴我，那個叫格蘭畢的頭頭要來你們這裡，還有這些機器人，但是你們根本不賺錢？」

「我的確是這麼說的，媽。」

「這些機器人不做事嗎？」

「媽……。」

「假如它們不做事，也許你們可以把它退回去店裡。」

「媽，妳可不可以忘掉機器人這檔事！」

她聳聳肩表示：「我只是想幫你。」

我伸手過去，拍拍她的手說：「我知道，謝了。真的，謝謝妳為我做的一切，好嗎？我得走了，真的有一大堆事情要做。」

我站起來，走去拿我的公事包，媽媽跟在後面。問我有沒有吃飽啊？要不要帶一點下午吃的點心啊？最後，她抓住我的領子，擁抱我。

「聽我說，或許你碰到一些問題，我知道你碰到麻煩了，但是像這樣跑來跑去、通宵熬夜對你不好。你不可以這麼操心，操心對你一點好處也沒有。看看你爸爸，他就是因為太過操心，結果怎麼樣？」她說：「操心把他給害死了。」

「但是，媽，爸是被一輛公車撞死的。」

「假如他不是一天到晚憂心忡忡，他過馬路以前，就會先抬頭看看有沒有車子。」

我歎口氣：「好吧，媽，妳的話也許有一點道理，但是事情比妳想像的複雜多了。」

「我是說真的！不要操心！」她說：「還有這個叫格蘭畢的傢伙，假如他找你麻煩，告訴我，我會打電話給他，讓他知道你工作得多辛苦，還有誰比你媽媽更清楚呢？讓我和他打交道，我會擺平他。」

我笑了，雙手環抱著她。「我知道，媽。」

「你知道我做得到，對不對？」

◎

最後，我告訴媽媽，電話帳單一到就打電話通知我，我會過來付電話費。我抱住她親了一下，向她道別，然後離開老家，走到戶外的豔陽下，鑽進車裡。起先，我考慮是不是直接回辦公室，但是看到西裝上的皺褶與下巴冒出來的短髭，我決定先回家好好梳洗一番。

一旦上路，我就聽到約拿的聲音一直說：「那麼，你的公司只因為安裝了機器人，就多賺進三六％的錢？真是不可思議！」我依然記得，當時我還面帶微笑，以為他根本不了解製造業的實際情況。現在，我覺得自己像個呆子一樣。

對，目標就是賺錢，現在我明白了。而且，沒錯，約拿，你說對了，我們並不會因為安裝了機器人，就提高三六％的生產力。我甚至懷疑，生產力到底有沒有真的提高？我們到底有沒有因為裝了機器人而多賺一點點錢？老實說，我不曉得，我搖搖頭。

但是，我很好奇約拿又是怎麼曉得的？他似乎立刻知道生產力根本沒有提高，所以才會問那些問題。

我還記得，他問的其中一個問題是：「我們有沒有因為裝設機器人，而多賣出任何產品？」；另外一個問題是：「我們有沒有減少雇用的員工人數？」；他還想曉得：「存貨有沒有下降？」這三個基本問題。

當我到家的時候，沒有看到茱莉的車子，她出去了，這樣也好。她可能在生我的氣，而我現在實在沒有時間來做任何解釋。

進屋子以後，我打開公事包，記下這些問題，然後看到約拿昨晚給我的衡量指標。我一看到我寫下的定義，事情豁然開朗，這些問題正好與這幾項衡量指標逐一搭配。

所以約拿明白一切，他把衡量指標用幾個簡單的問題來表示，因此就能了解他對於機器人的直覺看法是否正確：我們有沒有多賣出任何產品（也就是說，我們的有效產出有沒有增加）；我們有沒有裁員（我們的營運費用有沒有下降）；而最後，他問的是，我們的存貨有沒有下降？

根據這個心得，就不難推論出以約拿的衡量指標來表達目標的方法。儘管他下定義的方式還是令我有些困惑，但是除此之外，顯然每家公司都希望提高有效產出，也會希望達到其他兩項指標，而且如果有可能，也會想要讓存貨與營運費用都下降。當然，如果三者可以同時發生，更是再好不過了，這就好像劉梧和我找到那三項指標的情形一模一樣。

所以，表達目標的方式是：

增加有效產出，但同時減少存貨與營運費用。

也就是說，假如機器人提高有效產出，並且降低另外兩項指標的數據，那麼，機器人就為整個系統賺了錢。但是，從機器人開始作業以後，真實的情況又是如何呢？

我不知道機器人對於有效產出帶來什麼效益，但是我很清楚，在過去六、七個月內，存貨增加了，儘管我不敢咬定機器人就是罪魁禍首。由於機器人是新設備，我們的折舊成本確實因此上揚，但是同時機器人又沒有搶掉工廠裡任何一個人的飯碗，我們只不過是把多出來的人員調來調去，也就是說，機器人必然增加了營運費用。

好吧，但是效率確實因為機器人而提高，或許也因此挽救了工廠，因為當效率提升的時候，零件分攤的單位成本必然下降。

但是，我們的成本真的下降了嗎？怎麼可能一方面零件單位成本下降，而另一方面營運費用又持續上升呢？

◎

我回到工廠的時候已經一點多了，而我還沒有找到令人滿意的答案。我穿過辦公室大門，一邊還在思考這個問題。因此，我做的第一件事，就是走進劉梧的辦公室。

「你能抽出幾分鐘時間嗎？」我問。

「你在開玩笑嗎？我整個早上都在找你。」

他從辦公桌上拿起一整疊文件，我知道那一定是他要送交事業部的報告。

「不，我現在不想談這件事，我在思考的是另一件更重要的事。」

他挑了一挑眉頭：「比我們要給皮區的報告還重要嗎？」

「絕對比那份報告還重要。」

劉梧一邊搖著頭，一邊靠回椅子上，並且招呼我坐下。「有什麼我可以為您效勞的地方嗎？」

「在機器人上了生產線，而且矯正大部分的毛病以後，我們的銷售狀況如何？」

劉梧的眉毛重新垂了下來，他傾身向前，透過鏡片瞟我一眼。

「這算什麼問題啊？」他問。

「我希望這是個聰明的問題。」我說：「我必須知道機器人對我們的業績有沒有影響，尤其是自從機器人上線之後，業績有沒有上升。」

「上升？但是從去年開始，我們所有的業績不是持平，就是下降。」

我有一點生氣的說：「你可不可以查一查呀？」

他舉手投降。「當然可以，我時間多得很。」

劉梧打開抽屜，翻閱一些檔案以後，抽出幾份報告與圖表。然後，我們一起逐頁查看，結果卻發現，安裝機器人來製造零件裝配成產品的每一條生產線，業績全部沒有上升，曲線上沒有一點波動的痕跡。我們也檢查工廠的出貨狀況。事實上，唯一增加的只有延遲出貨的產品，延誤的貨品在過去九個月內急遽上升。

劉梧抬起頭來看我，並問道：「羅戈，我不知道你想證明什麼，不過假如你想要大肆宣揚機器人如何拯救工廠，顯然根本找不到證據，數據顯示的情形恰好相反。」

「我正是害怕這點。」

「你是什麼意思？」

「我待會再解釋。咱們再看看存貨，我希望了解機器人生產的零件有多少還存放在倉庫裡？」

這時劉梧投降了。「這方面我幫不上忙。我這裡沒有任何數據是關於個別零件的存貨量。」

「好，咱們把史黛西找來。」

◎

史黛西掌管與控制工廠裡的存貨數量。劉梧打電話給她，把她從會議中叫出來。

史黛西是個四十多歲的女性，身型又高又瘦，總是神采奕奕。她的一頭黑髮中夾雜著一撮灰髮，臉上戴了一副又大又圓的眼鏡。她總是穿著夾克和裙子，我從來沒有看她穿過任何有花邊、緞帶或皺摺的上衣。我對她的私生活也幾乎一無所知，她手上戴了一枚戒指，卻從來不提另一半，也不提工廠之外的生活。但是，我知道她工作很賣力。

史黛西走進來時，我問她透過機器人生產線的那些零件處理狀況如何。

「你想要確切的數字嗎？」她問。

「不必，我們只需要了解趨勢就好。」我說。

「我只能憑印象告訴你，那些零件的存貨增加了。」她回答。

「最近才發生的嗎？」

「不，自從去年夏天，大概第三季快結束的時候就開始了。」她說：「雖然每個人都把錯推到我頭上，你卻不能怪我，因為我一路都不贊成這麼做。」

「妳這話是什麼意思？」

「你還記得吧？或許當時你不在這裡，但是當報告出來以後，我們發現負責焊接的機器人效率只有三〇％，其他機器人也好不了多少。沒有人能忍受這種情況。」

我看看劉梧。他解釋：「當時我們必須採取行動，假如我一聲都不吭，佛洛斯特會砍掉我的頭。這些機器人全都是新的，而且非常昂貴，假如我們只讓它們發揮三〇％的效率，永遠也沒有辦法按照預定的時間得到回收。」

「好，先等一等。」我告訴他，然後轉過頭去問史黛西：「當時，妳怎麼辦？」

她告訴我：「我還能怎麼辦？我不得不分派更多的物料給各個生產線，來餵飽這些機器人，讓它們能有更多產出，以提高效率。但是從那時候開始，我們每個月都有零件剩下來。」

劉梧說：「但是重要的是，效率確實提高了，沒有人能因為這個決定而挑我們毛病。」他試圖強調正面效應。

「關於這點，我現在一點都不確定。」我說：「史黛西，我們為什麼會有這麼多剩餘零件呢？為什麼我們沒有辦法消耗這些零件？」

「目前我們沒有任何訂單需要這些零件。」她說：「而且即使在某些情況下，我們的確拿到訂單，我們需要的其他零件似乎也總是不夠。」

「怎麼會呢？」

「關於這個，你就得問問唐納凡了。」史黛西回答。

「劉梧，叫他們呼叫唐納凡。」我馬上下指示。

◎

唐納凡走進辦公室，裏在啤酒肚上的白襯衫上可以見到一抹油汙，他一直滔滔不絕談著自動測試設備的損壞狀況。

「唐納凡，暫時別管那台機器。」我說。

「其他地方也出了問題嗎？」他問。

「對，我們正在談咱們這兒的名流，也就是機器人。」我告訴他。

唐納凡輪流注視我們每一個人，我猜他很好奇我們剛剛說了什麼。

他問：「你為它們操什麼心啊？這些機器人現在作業狀況很不錯。」

「我們不太確定真的是如此。」我說：「史黛西告訴我，機器人製造的零件現在積存了很多，但是在有些情況下，其他零件卻不夠，導致我們無法完成裝配。」

唐納凡回答：「問題不是我們沒有足夠的零件，而是每當需要的時候，我們似乎總是拿不到這些零件，就連機器人製造的零件也很常出現這種狀況。舉例來說，我們有成堆的CD－50零件被放置著空等好幾個月，因為控制器還沒有做好。接著，我們拿到控制器時，其他零件又缺貨。最後，我們拿到那些零件，把東西做好送出去。接下來你也曉得，你到處找CD－50，但是卻找不到。我們有上噸的CD－45與CD－80，但是CD－50又沒了。所以，我們只好等，在我們拿到CD－50以前，所有的控制器又用完了。」

「對，就是這樣，以此類推。」史黛西說。

我問：「但是史黛西，妳剛剛說機器人製造了一堆我們根本沒有拿到訂單的零件，也就是說，我們生產的是我們不需要的零件。」

「每個人都告訴我，我們終究會用得上這些零件。」她說，接著又補充：「你瞧，每個人都在玩同樣的把戲。每當生產效率下降的時候，每個人都無視於原本對未來的預估，拚命讓生產線保持忙碌，於是製造出大量存貨。假如未來景氣不如我們想像的那麼好，就要付出很大的代價。現在的情況就是如此，在這一年中，我們耗費大部分的時間預先製造存貨，結果市場卻和我們唱反調。」

我告訴她：「我明白，史黛西，我了解。我不是在怪妳，或是責怪任何人，我只是希望找出答案。」

我還不打算鬆懈下來，只好站起身來，踱著步說：「那麼我們的底線是：為了給機器人更多事做，我們分派更多的物料。」

史黛西說：「結果就增加了存貨。」

我補了一句：「也提高了成本。」

劉梧也加入：「但是，這些零件的單位成本下降了。」

我問：「真的下降了嗎？額外增加的存貨成本負擔又怎麼說呢？這是營運費用。假如費用增加，零件成本怎麼可能真的下降呢？」

「這完全要看數量而定。」劉梧說。

「沒錯。」我說：「銷售數量……真正重要的是這件事。當我們有一大堆沒辦法裝配成產品並銷售出去的零件，而原因卻是因為其他零件缺貨，或是因為拿不到訂單時，那麼成本就增加了。」

唐納凡說：「羅戈，難道你在試著告訴我們，一切都是機器人搞砸的嗎？」

我又坐了下來。

「我們沒有根據目標來管理工廠。」我喃喃的說。

劉梧瞥了我一眼。「目標？你是說我們這個月的計畫嗎？」

我看看他們。「我想我需要解釋一下。」

10 一切都跟「錢」有關

一個半小時後，我已經把前因後果全部解釋過一遍。我提議在會議室討論，因為這裡有黑板。我在黑板上畫了一個目標的圖解，而現在，我正寫下衡量指標的定義。

他們全都默默聽著。最後，劉梧開口：「你到底是從哪裡搞來這些定義的呀？」

「以前的物理老師給我的。」

「誰？」唐納凡問。

「你的物理老師？」劉梧也追問。

「對啊！怎麼樣？」

「他叫什麼名字？」唐納凡問。

「他叫約拿，是以色列人。」

唐納凡說：「我想知道的是，談到有效產出的時候，他為什麼指的是『銷售』？我們是管生產的人，我們的工作與銷售毫無關係，那是行銷部門的事。」

我聳聳肩。畢竟，我在電話上也問過同樣的問題。約拿說這個定義很精確，但是我還是不知道該如何回答唐納凡。我望著窗外，接著就想到我早該記得的事情。

「過來這邊。」我對唐納凡說。

他重重的踏著大步走過來。我把手放在他肩上，指著窗外。「那些建築物是幹什麼的？」我問他。

「倉庫。」他說。

「倉庫是做什麼用的？」

「放成品的。」

「假如我們努力了半天，只製造出一堆成品來填滿倉庫，你想公司還能生存嗎？」

「好吧，好吧！」唐納凡乖乖的說，開始明白我的意思了。「那麼，我們必須把東西賣掉，才能賺錢。」

劉梧還繼續瞪著黑板。「很有趣，這些定義裡面全都包含『金錢』兩個字。」他說：「有效產出是我們收進來的錢，存貨是目前積壓在系統中的錢，而營運費用則是為了讓有效產出能夠發生，我們必須付出去的錢。一項指標用來衡量收進來的錢，一項指標衡量內部積壓的資金，另外一項指標則是衡量付出去的錢。」

「假如思考一下等在生產線的那堆物料所代表的投資，就會很清楚存貨也是錢。但是，令我困惑的是，透過直接人力生產物料的附加價值，要擺在什麼地方呢？」史黛西問。

「我也問過同樣的問題，但是只能把他的答案告訴你。」我說。

「答案是什麼？」

「他認為不把附加價值計算在內反而比較好。他說因此就可以避免為了區分什麼是投資、什麼是費用而帶來的混淆。」

會議室又安靜下來，大家都在咀嚼這段話的意義。

然後史黛西說：「也許約拿覺得直接人力不應該算作存貨，因為我們真正銷售的並不是員工的工作時間，我們向員工『買』時間，但是我們不會把這些時間賣給客戶，除非我們談的是服務性的工作。」

「嘿，且慢。」唐納凡說：「現在聽我說，假如我們銷售產品，豈不是同時也在銷售投資在產品上的時間嗎？」

「好，但是閒置的時間又怎麼說呢？」我問。

劉梧插嘴：「假如我了解的沒錯，這些都是不同的會計處理方式。根據約拿的說法，所有的員工時間，無論是直接或間接、閒置或忙碌，都算是營運費用，仍然要計算在內，只不過他的方式比較簡單，不必玩一大堆數字遊戲。」

唐納凡挺起胸膛。「遊戲？我們在工廠幹活的人個個誠實苦幹，我們沒有時間搞什麼把戲。」

劉梧說：「對啊，你們忙著大筆一揮，就把閒置的時間改為操作時間。」

史黛西說：「或是把操作時間轉為更多的存貨。」

他們你一言我一語的爭論著。同時，我卻在一旁思考，或許約拿的用意不只是把情況簡化而已。約拿提到投資與費用之間的混淆，我們現在是不是正因為搞不清狀況，所以做出一些不該做的事情？然後我聽到史黛西說的話。

「但是我們怎麼知道成品的價值是多少呢？」

「首先，市場會決定產品的價格。」劉梧說：「為了讓公司有錢賺，產品的價值，以及我們訂的價格，都必須高於我們在存貨上的投資，再加上我們銷售的每單位產品的營運費用總和。」

我看到唐納凡臉上露出懷疑的表情，於是問他在想什麼。

「嘿，這太瘋狂了。」他喃喃的抱怨。

「為什麼？」劉梧問。

「這樣行不通的！」唐納凡說。

「你怎麼能夠用三項差勁的衡量指標，來考慮整個系統的每一樣東西呢？」

劉梧望著黑板沉思後反問：「那麼，你舉出一樣不包括在這三項指標裡面的東西。」

「工具、機器……，」唐納凡扳著手指一個個數著：「這棟大樓，整座廠房。」

「這些都包括在三項指標裡面。」劉梧說。

「怎麼說？」唐納凡問。

劉梧轉過身去，對著他解釋：「你瞧，這些東西都有一部分屬於這裡，有一部分屬於那裡。假如你有一台機器，機器的折舊要算營運費用，機器中仍然保有的價值，也就是可以變賣的部分，要算存貨。」

「存貨？我以為存貨是指產品、零件等。」唐納凡說：「你知道，就是我們賣到市場上的那些東西。」

劉梧笑了，接著說：「唐納凡，整座工廠都是我們可以變賣的投資，只要在適當的情況下，又碰到好價錢的話。」

我心裡想，或許很快就會發生了。

史黛西說：「所以投資與存貨沒什麼兩樣。」

「機器的潤滑油又算什麼呢？」唐納凡問。

我告訴他：「要算營運費用。我們不會把潤滑油賣給客戶。」

「廢料呢？」他問。

「也算營運費用。」

「是嗎？我們賣給廢料處理商的那些廢料，又怎麼說呢？」

「好，那麼這個情形就和機器一樣。任何我們花掉的錢都是營運費用，任何我們可以藉銷售而回收的投資都算存貨。」

「那麼，存貨所帶來的倉庫營運成本就要算營運費用了，是不是？」史黛西說。

劉梧和我同時點頭。

接著，我想到企業經營中的「軟體」，例如知識，像是從顧問那裡得來的知識，或是從我們的研究發展中獲得的知識，又算什麼呢？我把問題丟出來，看看他們認為該如何歸類。

這個問題把我們給絆住了好一會兒，後來我們決定，很簡單，這完全要看知識的用途而定。假如是關於新生產流程的知識，也就是能夠幫助我們把存貨轉為有效產出的知識，那麼，就應該被歸為營運費用；假如我們想要販賣知識，例如販賣專利或技術使用權，那麼這種知識就應該被歸為存貨；但是假如知識屬於優尼公司所製造的產品，那麼知識就如同機器，是企業為了賺錢所做的投資，會隨著時間的流逝而貶值。同樣的，我們能賣出去的投資就是存貨，折舊或貶值的金額就變成營運費用。

唐納凡說：「我想到一個例子，可以讓你傷傷腦筋，就是格蘭畢的司機，你把他擺哪兒都不對。」

「什麼？」

「你知道，就是那個穿著黑西裝，為格蘭畢駕駛大轎車的傢伙。」

劉梧說：「他應該算營運費用。」

「他算營運費用才怪呢！請你告訴我，格蘭畢的司機怎麼樣把存貨變成有效產出？」唐納凡環顧四周，露出一副「這下可把你們考倒了」的表情說：「我敢說這個司機根本不曉得有存貨和有效產出這回事。」

「不幸的是，我們有幾位祕書也好不到哪裡去。」史黛西說。

我說：「你不一定要親手製造出產品，才能把存貨轉為有效產出。唐納凡，你每天都在工廠裡幫忙把存貨轉為有效產出，但是在生產線的工人眼中，可能你只是在那裡走來走去，找每個人麻煩。」

「對呀，沒有人知道感激。」唐納凡噘著嘴說：「但是，你還是沒有告訴我，司機該算什麼。」

「或許當格蘭畢到處奔波的時候，司機幫格蘭畢空出更多時間來思考以及和客戶打交道等。」我提議。

「唐納凡，下次你和格蘭畢一起吃中飯的時候，何不乾脆問問他呢？」史黛西說。

我告訴他們：「這件事沒有那麼好笑，我今天早上才聽說，格蘭畢要來這裡拍攝和機器人站在一起的錄影帶畫面。」

「格蘭畢要來這裡？」唐納凡問。

「假如格蘭畢要來，那麼我打賭皮區和其他人也會跟著來。」史黛西說。

「真是屋漏偏逢連夜雨。」劉梧喃喃的抱怨。

史黛西對唐納凡說：「你現在明白了，所以羅戈才會問一堆關於機器人的事情。我們必須在格蘭畢面前表現得好一點。」

「我們看起來還不錯呀！」劉梧說：「機器人的效率還不錯，格蘭畢與機器人站在一起出現在錄影帶上，絕不會丟臉。」

但是我說：「去他的，我才不在乎格蘭畢與他的錄影帶呢！事實上，我敢打賭他們根本不會來這裡拍攝錄影帶，但這不是重點。問題是，每個人（包括我在內）都以為機器人大大提高了生產力，而我們直到剛剛才明白，如果從目標的角度看來，機器人根本沒有生產力可言。我們運用機器人的方式，根本就是反生產力。」

每個人都默不吭聲。

最後，史黛西鼓起勇氣說：「好吧，所以我們必須讓機器人根據目標來發揮生產力。」

「我們要做的還不止如此。」我轉過頭去，對唐納凡和史黛西說：「聽好，我已經告訴劉梧了，我猜現在也是告訴你們的好時機，反正你們遲早也會聽說這件事。」

「聽說什麼事啊？」唐納凡問。

「皮區給我們下了最後通牒，假如我們在三個月內還不能轉虧為盈，他就要永遠關閉這座工廠。」

他們兩個人呆了半晌，然後連珠炮似的問了我一堆問題。我花了幾分鐘向他們解釋我所知道的狀況，但略去事業部的情況不談，以免讓他們陷入恐慌。

最後我說：「我知道三個月的時間不是很多，但是直到他們把我踢出去以前，我都不會放棄。你們怎麼決定，是你們自己的事，但是假如你們想離開，我建議你們現在就走，因為未來三個月，我會把你們逼得很慘。假如我們能夠表現出一點點進步，我都會去和皮區談一談，並且盡一切的努力，說服他再多給我們一點時間。」

「你真的認為我們辦得到嗎？」劉梧問。

「老實說，我不知道。」我說：「但是至少現在我們知道過去錯在哪裡。」

「那麼，我們要怎麼做才對呢？」唐納凡問。

史黛西說：「我們為什麼不暫緩在機器人那裡堆積物料，並且開始減少存貨呢？」

唐納凡說：「嘿，我舉雙手贊成降低存貨，但是假如我們不生產，效率就會降低，那麼我們就又回到原點了。」

「假如皮區看到我們的效率降低，他絕不會給我們第二次機會。」劉梧說：「他要的是提高效率，而不是降低效率。」

我搔搔頭。

然後史黛西說：「或許你應該再試著打電話給這個叫約拿的傢伙，他似乎很清楚這到底是怎麼回事。」

「對啊，至少我們可以曉得他怎麼說。」劉梧說。

「呃，我昨天晚上和他談過，這些東西就是他告訴我的。」我揮手指著黑板上寫的定義，然後接著說：「他應該會打電話給我⋯⋯。」

我注視著他們的臉。「好吧，我再試著找找他。」我一邊說，一邊從公事包裡拿出約拿在倫敦的電話號碼。

我接通倫敦那間會議室的電話，他們三個人坐在一旁，充滿期盼的傾聽，但是約拿已經離開了，接電話的是一位祕書。

「啊，對，羅戈先生。約拿打過電話給你，但是你的祕書說你在開會，他希望能在離開倫敦以前和你通上電話，但是我想你們恐怕互相錯過了。」

「他下一站會到哪裡？」我問。

「他要飛到紐約去，或許你可以打電話去旅館找他。」

我記下旅館的名字，然後向她道謝，我從查號台找到那家旅館的電話號碼，撥了電話，只希望能留言給他，但總機直接幫我接到他的房間。

「喂？」電話中傳來了一個充滿睡意的聲音。

「約拿嗎？我是羅戈，我把你吵醒了嗎？」

「你的確把我吵醒了。」

「喔，真對不起，我會長話短說，但是我真的需要和你詳細討論昨天晚上談的問題。」

「昨天晚上？」他問：「哦，對，你們的時間應該算『昨天晚上』。」

我提議：「或許我可以想辦法安排你來我們工廠，見見我的同事。」

他說：「問題是，我接下來幾週的行程都排滿，然後就要回以色列去了。」

「但是，我沒辦法等那麼久。」我說：「我必須解決幾個嚴重的問題，而且剩下的時間不多。我現在明白你對機器人與生產力的看法，但是我與同事都不知道下一步該怎麼走，而且……呃，或許我先解釋幾件事情給你聽……。」

「羅戈，我很想幫你，但是我也需要補充一下睡眠，我已經累壞了。不如這樣吧，假如你能抽得出空來，何不明天早上七點，在旅館裡與我一起吃早餐。」

「明天？」

「沒錯，」他說：「我們大概可以討論一、兩個鐘頭，除非……。」

我看看其他人，他們全都緊張的看著我，我請約拿等一下，然後告訴他們：「他要我明天到紐約去。有沒有人想到任何我不該去的理由？」

「你在開什麼玩笑？」史黛西說。

「去吧。」唐納凡說。

「你會有什麼損失呢？」劉梧說。

我把手移開話筒回答他：「好，我會去。」

「太好了！」約拿鬆了一口氣。「晚安。」

我一回到辦公室，法蘭就驚訝的抬起頭來望著我。

「你終於出現了！」她伸手過去拿留言條說：「這個人從倫敦打了兩次電話來找你。他不肯說事情到底重不重要。」

「我有一件事要交給妳辦，想辦法讓我今天晚上就抵達紐約。」

11 我不要猜謎，我要解答

但是茱莉完全不能理解。

「謝謝你事先通知我。」

「假如我早一點曉得這件事，我早就告訴妳了。」

「最近你周遭的每一件事情都變得不可預期。」

「我每回知道要出差的時候，不都先告訴妳嗎？」

她站在房門口，顯得煩躁不安，我把旅行袋放在床上，忙著收拾過夜的行李。家裡只有我們兩個人，莎朗在朋友家玩，而大衛正在參加樂隊的排練。

「這一切究竟要到什麼時候才會停止？」茱莉問。

我正要從抽屜裡把內衣褲拿出來，聽到她這麼說，頓時停下腳步，開始按捺不住性子，因為我們五分鐘前才剛討論過同樣的問題。為什麼她就是不明白呢？

「茱莉，我不知道，有一大堆問題等著我去解決。」

她顯得更煩躁，因為她不喜歡我的回答。我突然想到，或許原因出在她不信任我。

「嘿，我一到紐約，就會打電話給妳，好不好？」

她轉過身去，似乎隨時準備走出去。「很好，打電話，但是我可能不在家。」

我又停下來問：「妳說這話是什麼意思？」

「我可能會出去。」

「喔，我猜我只好碰碰運氣了。」

她一邊走出門外，一邊生氣的說：「我猜你會這麼辦。」

我抓起一件襯衫，關上抽屜。收拾好行李之後，我到處找茱莉，發現她在起居室裡，獨自站在窗戶旁，猛咬著大拇指。我握住她的手，親吻她的拇指，然後試著安撫她。

「我知道我最近常常說話不算數，但是這件事很重要，是為了工廠……。」

她搖搖頭，從我的手掌中把手抽出來。我跟著她走進廚房，她背對著我站在那裡。

她說：「每件事都是為了工作，你滿腦子就只有工作，我甚至不能指望你回家吃飯，小孩一直問我你怎麼會變成這樣……。」

她的眼角出現一滴淚珠，我伸手拭去淚水，但是她把我的手推開。

「不必了！你只管去趕你的飛機，去你要去的地方吧！」

「茱莉！」

她從我身邊走開。

「茱莉，這樣太不公平了！」我對著她大喊。

她轉過身來。「沒錯，」她說：「你才不公平，對我和小孩都不公平。」

她頭也不回的走上樓，我甚至連平息這件事的時間都沒有，時間已經太晚。我趕緊拿起放在客廳的行李背在肩上，抓起公事包，朝著大門走出去。

◎

第二天早上七點十分，我已經在旅館大廳等候約拿。他遲到幾分鐘，但是我在鋪滿地毯的大廳中踱步時，腦子裡想的卻不是這件事。我在想茱莉，我很擔心她……還有擔心我們之間的關係。我昨天住進旅館以後試著打了好幾次電話回家，一直沒有人接電話，甚至連小孩都沒有來接電話。我在旅館房間裡走來走去，偶爾踢東西發洩一下，半小時後再試一次，還是沒有人聽電話。從那時候開始，一直到凌晨兩點，我每十五分鐘就撥一次電話，但是都沒有人在家。我甚至一度打電話給航空公司，想看有沒有飛機可以讓我立刻飛回家，但是當時沒有任何班機飛往那個方向。最後我終於睡著，六點的時候，旅館電話把我叫醒。我在離開房間以前又撥了兩次電話，還讓第二通電話響了五分鐘，依然沒有人接電話。

「羅戈！」

我轉過身去，約拿正朝著我走過來。他穿著白色的襯衫與休閒褲，沒有打領帶，也沒穿外套。

「早啊！」我向他打招呼，然後我們握握手，我注意到他的眼睛有點浮腫，一副睡眠不足的樣子。我猜我的樣子也好不到哪裡去。

他說：「對不起，我遲到了，昨天晚上我和幾位同事一起吃飯，結果我們談事情一直談到凌晨三點。咱們找張桌子吃早餐吧！」

我和他一起走進餐廳，服務人員領著我們走到一張鋪著白桌巾的餐桌。

「我在電話裡向你說明的衡量指標，結果你們進展如何？」我們一坐下來，他就問。

我把注意力轉回公事上，告訴他我如何用指標來表達目標，約拿顯得很高興。

「太好了！」他說：「你做得很好。」

「謝謝誇獎，但是要挽救工廠，恐怕我需要的不只是目標與幾項衡量指標而已。」

「挽救工廠？」他問。

我說：「沒錯，所以我才會飛來這裡。我的意思是，我打電話給你不只是為了談哲理。」

他笑了，然後說：「我沒有認為你一路找我，只是為了熱愛真理。好吧，羅戈，老實告訴我，發生什麼事？」

「請務必為我保密。」我先聲明之後，才解釋工廠目前的處境以及三個月的期限。約拿專心聆聽，當我說完了以後，他往後一靠。「你期望我為你做什麼呢？」

我說：「我不知道是不是真的能夠找到解決之道，不過我希望你能協助我找到解決辦法，保住我的工廠和工人。」

約拿思索了片刻，然後表示：「問題是，我的行程早就排滿了，所以我們得一大早在這裡碰面。有這麼多任務纏身，我不可能抽得出時間來擔任你期望的顧問工作。」

我歎氣，失望極了。「好吧，假如你實在太忙的話……。」

「先別急，我還沒說完。」他說：「這並不表示你就沒辦法挽救工廠。我沒有時間為你解決問題，但是這樣對你不是更好嗎……。」

我打岔：「為什麼？」

約拿舉起手來制止我。「讓我說完。就我目前所知看來，你應該有辦法自己解決問題，我要做的只是提供你一些基本的應用原則。假如你與部屬很聰明的運用這些原則，我想你們可以挽救這座工廠。這樣說合理嗎？」

「但是約拿，我們只有三個月的時間。」

他不耐煩的點點頭。「當然，我知道。不過要改進的話，三個月已經綽綽有餘，也就是說，只要你們夠努力，就會成功。假如你們不夠努力，我說什麼都挽救不了你的工廠。」

「喔，這點你完全不用擔心，我們會很努力。」

「那麼，就試試看囉？」他問。

「老實說，除此之外，我不知道還能怎麼辦。」然後，我笑了，接著問：「我猜我最好還是問問你怎麼收費。你有沒有什麼標準費率之類的東西？」

「沒有，不過這樣吧，就根據你從我這裡學到的東西的價值來付費好了。」

「我怎麼知道價值有多高呢？」

「當我們完成之後，你就會有一點概念。假如你的工廠倒閉，那麼顯然你一定沒有學到什麼，等於什麼都不欠我。另一方面，假如你學到的東西足以讓你大賺特賺，那麼你就應該根據你賺到的錢，付我顧問費。」

我大笑，這樣一來，我不是穩賺不賠了？

我說：「一言為定，這樣很合理。」

我們握握手。

服務生打斷我們的談話，問我們是不是要點餐。我們都還沒有翻開菜單，但後來我們都只點了咖啡。他提醒我們，這裡每人的最低消費金額是五美元，所以約拿叫他給我們各來一壺咖啡和一夸脫牛奶。服務生瞪一眼就走開了。

約拿接著說：「那麼，我們現在要從哪裡開始呢？」

我告訴他：「或許可以先把焦點放在機器人身上。」

約拿搖搖頭說：「羅戈，忘掉你的機器人吧，機器人就好像每個人剛發現的工業用玩具一樣新奇，其他還有很多基本問題更需要你關心。」

「但是，你忽略掉機器人對我們的重要性。」我說：「機器人是工廠裡最昂貴的設備，我們必須讓它發揮生產力。」

「哪方面的生產力？」他凌厲的反問。

「好吧，沒錯……我們必須根據目標讓機器人發揮生產力。但是我得讓它們發揮高效率，才能回本，而只有當機器人生產零件時，才能達到那麼高的效率。」

約拿再度搖搖頭。

「羅戈，我們第一次見面的時候，你告訴我工廠的整體效率非常高。假如你們的效率真的那麼高，為什麼還會碰到麻煩呢？」

他從襯衫口袋中掏出雪茄，咬掉其中一頭。

「好吧，你瞧，即使只是因為我的上司很在意效率，我都必須重視效率問題。」

「羅戈，想想看哪件事情對你的上司比較重要，效率還是錢？」

「當然是錢囉。但是，高效率對賺錢而言，不是也很重要嗎？」

「但是大多數時間，你都因為追求高效率，而和賺錢的目標背道而馳。」

我坦言：「我聽不懂。而且即使我明白了，我的上司還是不會明白。」

不過，約拿點燃雪茄，一邊吞雲吐霧，一邊說：「好吧，我看看能不能從幾個基本問答中，讓你明白這是怎麼回事。先告訴我，當你看到有個工人站在那裡什麼也不做的時候，你覺得這樣對公司到底是好，還是壞？」

「當然不好了。」我說。

「總是不好嗎？」他問。

我察覺這個問題是個陷阱，於是補充：「呃，我們必須做一些維修……。」

「不，不，不，我的意思是假如有個生產工人閒著，只不過是因為沒有產品可以生產。」

「在這種情況下，就永遠是不好的。」我說。

「為什麼呢？」

我笑了，然後回答：「這不是很明顯嗎？因為這樣浪費錢呀！難道我們光付錢請人不做事嗎？我們負擔不起人力的閒置，這樣一來，成本會高得超出我們的負擔。這樣做不但沒有效率，而且生產力很低，無論你拿什麼指標來衡量都一樣。」

他把身子往前傾，彷彿要悄悄告訴我一個天大的祕密。

「讓我告訴你一件事，每個人時時刻刻都在工作的工廠，是非常沒有效率的工廠。」

「你能再說一遍嗎？」

「你已經聽到了。」

「但是，你要怎麼證明你說得對呢？」

「你已經在工廠中證明了，這個現象就發生在你的眼前，你卻一點都看不見。」

現在換我搖頭，我說：「約拿，我覺得我們好像溝通不良。你瞧，我的工廠裡沒有一個冗員，我們把產品運出門的唯一辦法，就是讓每個人都不停的工作。」

「告訴我，你們工廠裡，有沒有多餘的存貨？」

「有。」

「你們有沒有很多的多餘存貨？」

「呃……有。」

「你們有沒有很多很多的多餘存貨？」

「有，好吧，我們的確有很多很多的多餘存貨，但是你到底想說什麼？」

「你明不明白，唯有藉著多餘的人力，才能創造出多餘的存貨？」

我想了一下，他說得沒錯，機器沒有辦法自己安裝好，然後自動運轉，必須靠人力才能產生多餘的存貨。

我問：「那麼，你覺得我該怎麼辦呢？裁掉更多人嗎？我們已經裁得只剩下最起碼的人力了。」

「不，我不會建議你裁員，但是我建議你檢討一下管理工廠產能（capacity）的方式。我可以告訴你，你沒有根據目標來管理產能。」

服務生在我們中間放下兩個典雅的銀色咖啡壺，壺嘴還不停冒著熱氣。他同時端出一小壺牛奶，然後為我們倒咖啡。當他忙著這些動作的時候，我注視著窗外，幾秒鐘後，我感覺到約拿伸手過來，拉拉我的袖子。

他說：「事情是這樣的，外面的世界裡，有個市場需要你們製造的東西。而在公司裡，你擁有這麼多資源，每一種資源都有這麼多產能，可以滿足那些需求。在我往下說之前先問你一句，你明白『平衡的工廠』（balanced plant）是什麼意思嗎？」

我問：「你的意思是平衡的生產線嗎？」

他答：「基本上，平衡的工廠是整個西方世界的工廠廠長一直以來戮力追求的目標，在平衡的工廠中，每一種資源的產能都與市場需求達到完全的均衡。你知道為什麼所有廠長都想達到這個目標嗎？」

我說：「因為假如我們沒有充足的產能，預估的有效產出就是假的。但是假如我們產能過剩，就是在浪費錢，等於失去降低營運費用的機會。」

「沒錯，每個人都這麼想。」約拿說：「因此，大多數的廠長往往都盡可能的調節產能，不要有任何資源閒置，讓每個人的手上都有工作做。」

「對，當然如此，我明白你的意思，我們工廠也一樣。事實上，我見過的每一座工廠都這麼做。」

「你的工廠是個平衡的工廠嗎？」他問。

「呃，已經是盡我們所能的平衡了。當然，我們有一些機器閒置，但是一般而言，那些機器都很老舊。至於人員嘛，我們已經把產能調節到極致了。」我解釋：「但是，從來沒有人能夠讓工廠產能達到完美的平衡。」

「真有趣，我也從來沒聽說過任何真正平衡的工廠。」他說：「你覺得為什麼在耗費這麼多時間和心力之後，還沒有人能成功的經營一座平衡的工廠呢？」

「我可以列出一大堆原因。第一個原因就是情況不斷在改變。」

「不，事實上這不是最重要的原因。」

「當然是啦！你瞧瞧我必須對抗哪些事情，例如供應商，我們常常在趕訂單趕得水深火熱的時候，才發現他們給了我們一堆爛零件；或是看看我們的員工可能出現的各種狀況，像是缺席、不在乎品質、流失跳槽，真是應有盡有；然後就是市場本身的問題，市場總是不停改變，難怪我們老是在某個部門產能過剩，而另一個部門卻產能不足。」

「羅戈，你沒有辦法平衡工廠的真正原因，其實是比你剛剛提到的這些說法更根本的原因。相較之下，其他所有的因素都不太重要。」

「不重要？」

「真正的原因是，你愈接近工廠平衡的目標，也就表示你愈接近破產的邊緣。」

「算了吧！你一定在開玩笑。」

他問：「從目標的角度來看看你們對產能的執著吧，當你裁員之後，你們的營業額上升了嗎？」

「當然沒有。」

他繼續問：「你降低了存貨嗎？」

「不，我們藉著裁員來降低營運費用，而不是減少存貨。」

於是約拿說：「正是如此，你只改善了一項衡量指標，也就是營運費用。」

「這樣還不夠嗎？」

「羅戈，目標不是只有降低營運費用而已，你的目標不是要單獨改善某一項指標，而是要降低營運費用，減少存貨，同時增加有效產出。」

「好，我同意。」我說：「但是假如我們降低了費用，而存貨與有效產出保持不變，不是已經有進步了嗎？」

「對，假如你們沒有增加存貨或減少有效產出。」

「好，對，但是讓產能平衡又不會影響其中任何一項指標。」

「喔？不會嗎？你怎麼知道呢？」

「我們剛剛不是說……。」

「我剛剛可沒這麼說，我是在問你，而你的假設是，如果把產能調節到與市場需求平衡的地步，不會影響到有效產出或存貨。但是事實上，這項在歐美商業界通行的假設卻大錯特錯。」

「你怎麼知道它錯了呢？」

「不說別的，至少我有數據可以清楚顯示，當你分毫不差的根據市場需求來調節產能的時候，有效產出會下降，存貨會一飛沖天。於是，因為存貨上升，囤積存貨的成本（也就是營運費用）也會隨之上揚。所以，甚至連這樣做是不是真的能夠降低營運費用，都還值得商榷，而營運費用還是你期望能改善的唯一指標。」

「怎麼會這樣呢？」

「因為每座工廠都並存著兩個現象。一個現象就是所謂的『依存關係』（**dependent events**）。你知道我說的依存關係是什麼意思嗎？我的意思是，一個事件（例如作業程序）或一系列的事件必須等待其他事件發生之後才能發生，也就是必須仰賴前一個事件發生之後，接下來的事件才會依序發生，你明白嗎？」

我說：「當然明白，但是這有什麼大不了的呢？」

「當這些相關事件都與另外一個叫作『統計波動』（**statistical fluctuations**）的現象結合起來時，事情就變大了。你知道什麼是『統計波動』嗎？」

我聳聳肩答道：「就是統計上所發生的波動，不是嗎？」

「這樣說好了，你知道，我們可以很精確的得到某一類的資訊。舉例來說，假如我們想知道餐館中有多少座位，我們只需要數一下每張桌子放了多少張椅子，就可以很精確的算出餐館可以容納幾位客人。」

他指指周圍，然後繼續解釋：「但是，還有其他類型的資訊我們無法精確的預估。例如，服務生要多久才會把帳單拿來、廚師要花多少時間才會把烘蛋做好，或是今天餐廳會需要多少雞蛋。這些資訊的估算方法都各不相同，也就屬於統計上的波動。」

「對，但是一般而言，你都可以靠經驗大概估算出這些數據。」

「不過這只有在某個範圍內才行得通。上次，服務生花了五分四十二秒把帳單拿來，再上一次，他只花了兩分鐘。那麼今天呢？誰曉得？可能是三、四個小時。」他一面說，一面四處張望。「他到底跑到哪裡去了？」

我回答：「沒錯，但是假如廚師正在準備晚宴的菜餚，他知道會來多少客人，也知道他們都會吃烘蛋這道菜，那麼他就知道今天需要幾顆雞蛋。」

「一個都不差嗎？」約拿問：「假如他不小心讓一顆蛋掉在地板上呢？」

「好吧，那麼他就得多準備幾顆蛋。」

他說：「要成功經營一座工廠，大多數的關鍵要素你都無法事先預見。」

服務生把帳單拿來，放在我們中間，我把帳單拉過來。「好吧，我同意，但是當一名工人日復一日做同樣的工作，經過一段時間以後，統計上的波動就會相互抵消。老實說，我不懂這兩個現象和其他事情有什麼關係。」

約拿站起身來，準備走人。「我談的不是個別的現象，而是這兩個現象結合起來的效應。這就是我要你思考的問題，因為我得走了。」

「你要走了嗎？」我問。

「我必須走了，」他說。

「約拿，你不能就這樣跑掉。」

「有客戶在等我。」

「約拿，我沒有時間猜謎，我需要的是解答。」

他把手放在我的手臂上。

「羅戈，如果我直接告訴你該怎麼辦，你最後肯定會一敗塗地。你必須自己想辦法弄清楚，才能應用這些原則。」

他握握我的手說：「下次再談吧。當你想通這兩個現象結合起來對你的工廠究竟有什麼意義時，再打電話給我。」

然後他就匆匆的離開了。我滿肚子火，招來服務生，把帳單還給他，並且付了錢。我沒等他找錢，就追隨著約拿的腳步走到大廳。

我從櫃台人員那裡領出旅行袋，把旅行袋搭在肩上。轉身的時候，我看到約拿仍然一身便裝，正站在旅館大門口與一位西裝筆挺、風度翩翩的男人談話。他們一起走出去，而我也踏著沉重的步伐跟著走出去。那個人領著約拿走到一輛等在路邊的黑色轎車旁邊，當他們走近的時候，一名司機從車子裡跳出來，為他們打開車門。

我聽到那位穿西裝的人一邊跟在約拿後面上車，一邊說：「參觀完工廠之後，我們就要和董事長與幾位董事一起開會……。」一位銀髮男子早已經等在車裡，他和約拿握握手，司機關起車門，回到駕駛座。豪華轎車靜靜的駛入車流中，我只能透過暗色的玻璃窗，看到他們模糊的側影。

我鑽進一輛計程車中。司機問：「要去哪裡呀，先生？」

12 工作永遠都排第一位！

聽說優尼公司有個傢伙在公司通宵加班之後回到家裡，他一面走進屋裡，一面大叫：「嗨，親愛的，我回來了！」卻只聽到招呼聲迴盪在偌大的空屋中。他的太太搬走所有東西：小孩、狗、金魚、家具、地毯、器具、窗簾、牆上的照片、牙膏，幾乎每一樣東西。事實上，她只留下兩樣東西給他：他的衣服（堆在臥室衣櫥旁的地板上，她甚至帶走所有衣架），以及浴室鏡子上以口紅塗下的留言：「再見，你這個混帳東西！」

開車回家的時候，這幕景象一直出現在我的腦海裡，而且從昨天晚上開始就不時出現。駛進車道以前，我看了一下草坪上有沒有搬家公司貨車碾過的車痕，但是草坪毫髮未損。

我把車子開進車庫的時候，看到茱莉的車子好端端的停在裡面，我望著天，心裡想著：「真是謝謝你了，老天爺！」

我走進廚房，茱莉坐在餐桌旁，背對著我。我嚇了她一大跳，她立刻站起來，轉過身子。我們互相凝視一秒鐘，我看到她的眼眶紅了。

「嗨！」我說。

「你回家幹嘛？」她問。

我笑了，笑得很誇張。「我回家幹嘛？我一直在找妳！」

「好啦，我在這裡，好好看看吧！」她說，對我怒目而視。

「是啊，現在妳確實在這裡，但是我想知道的是，妳昨晚上哪兒去了？」

「我出去了。」

「整個晚上都在外面？」

她已經準備好答案了：「哇，我很驚訝你居然還知道我昨晚不在家。」

「好了，茱莉，別無聊了，昨天晚上我大概打了上百次電話回家，我擔心得要命。今天早上，我又試了兩次，還是沒有人接電話，所以我知道妳昨天整夜都沒有回家。」我說：「順便問一下，孩子呢？」

「他們待在朋友家。」

「今天還要上學，妳居然讓他們住別人家？那妳呢？妳也待在朋友家嗎？」

她雙手插腰回答：「對，事實上，我確實和朋友在一起。」

「男朋友還是女朋友？」

她瞪著我，往前踏了一步。「你不在乎我每天晚上都獨自在家陪小孩，但是假如我在外面待一個晚上，突然之間，你就非要曉得我去了什麼地方，做了什麼事！」

我說：「我只不過覺得妳應該解釋一下。」

她問：「有多少次你很晚才回家，或是出城，誰曉得你到什麼鬼地方去了？」

「但是，那都是為了公事。」我說：「而且假如妳開口問我，我都會老實告訴妳我在哪裡。現在輪到我問妳了。」

「沒什麼好說的，我只不過和珍妮一起出去了。」

「珍妮？」我花了一分鐘，才想起來她是誰。「妳是說住在妳舊家附近的那個朋友？妳大老遠開車回去找她？」

「我只不過需要找人談談。」她說：「我們談完話的時候，我已經喝太多酒，沒有辦法開車了。反正我曉得孩子們一直到早上都會沒事，所以就在珍妮家過夜了。」

「好吧，但是為什麼呢？妳為什麼會突然之間想要這麼做呢？」

「突然想到？羅戈，你每天晚上都跑出去，把我留在家裡，我當然會寂寞了。我不是突發奇想，事實上，自從你升主管以後，事業就占第一位，其他都不重要了。」

「茱莉，我只是想讓妳和孩子過好一點的日子。」我解釋道。

「真的只是這樣嗎？那麼你為什麼還不停的往上爬？」

「不然要我怎麼辦？拒絕升遷嗎？」

她不回答。

我告訴她：「你要知道，我並不喜歡加班，我加班都是因為不得已。」

她還是不吭聲。

「好吧，我答應以後多留一點時間陪妳和孩子。真的，我會多花一些時間待在家裡。」

「羅戈，這樣是行不通的，即使你在家裡，還是在想著公事。有時候我看到孩子把同樣的話反覆說上三遍，你才聽到。」

「等我從目前的困境中脫身以後，情況就會改觀。」

「你聽到自己剛剛說了什麼嗎？『等我從目前的困境中脫身』，你覺得情況會改善嗎？這些話你以前全都說過，你知道我們已經為同樣的問題吵過多少次了嗎？」

「好吧，妳說得對，我們已經討論過很多次。但是，目前我實在無能為力。」

她抬頭望著天，然後說：「你的工作永遠都岌岌可危，永遠。假如你真的那麼不濟，為什麼他們還不斷給你升遷，又加你薪水呢？」

我捏了捏鼻梁。「我要怎麼樣才能讓妳明白，我這次不是為了爭取升官或加薪，這次情況完全不同，茱莉，妳不知道我在工廠碰上什麼問題。」

她說：「你也不曉得我待在家裡是什麼滋味。」

我說：「好，我知道，我很想在家裡待久一點，但是問題是，我得抽得出時間來。」

「我不需要占去你所有的時間，但是我確實需要一點點時間，小孩也是。」

「我知道，但是為了挽救工廠，我在未來幾個月，必須把所有時間都投進去。」

「難道你連經常回家吃晚飯都做不到嗎？通常我在晚上會最想你，孩子們也是。沒有你，這個家顯得空蕩蕩，即使有小孩陪伴也一樣。」

「很高興知道有人需要我，但是有時候，我連晚上都需要工作，我在白天往往沒有足夠的時間看公文。」

「你為什麼不把公文帶回家呢？」她提議：「你可以在家裡看公文，至少這樣我們看得到你，說不定我還能幫你一點忙。」

「我不知道我有沒有辦法專心，但是……好吧，我們試試看。」

她露出笑容。「你是說真的？」

「當然，假如行不通的話，我們可以再討論。」我說：「一言為定？」

「一言為定，」她說。

我靠過去，問她：「妳要握握手，還是來個吻？」

她繞過桌子，走過來坐在我腿上，然後獻上親吻。

「妳知道嗎？我昨天晚上真的很想妳。」

「真的嗎？我也很想你。我一點都不曉得單身酒吧會這麼令人沮喪。」

「單身酒吧？」

「是珍妮出的主意，真的。」

我搖搖頭。「我不想聽。」

「但是珍妮教我一些新舞步，或許這個週末……。」

我揑揑她說：「妳這個週末想做什麼，我都悉聽尊便。」

「太棒了！」她在我耳邊低語：「你知道，今天是週五，所以……我們何不早一點開始度週末？」

她又再度吻我。

我說：「茱莉，我真的很想這麼做，但是……。」

「但是？」

「我真的該去工廠看看。」我說。

她站起來。「好吧，但是答應我，你今天會早一點回家。」

「我答應妳。」我告訴她：「真的，這會是個很棒的週末。」

13 荒野探險的啟示

週六早上，我睜開眼睛，模模糊糊看到一團綠色。原來是我的兒子大衛穿著一身童軍制服，搖著我的手臂。

「大衛，你在這裡做什麼？」

「爸爸，已經七點了！」

「七點？我還沒睡夠呢！你不是應該自己看看電視，或找點事做嗎？」

「我們會遲到。」

「我們會遲到？什麼事情遲到？」

「健行啊！」他說：「記得嗎？你答應過我，可以替你報名參加，志願協助領隊。」

我嘀咕幾句童子軍不該聽到的話，但是大衛絲毫不以為忤。

「趕快，去沖個澡。」他一面把我拖下床，一面說：「我昨天晚上就幫你把衣服準備好了，所有裝備都在車子裡，只是我們必須在八點以前抵達集合地點。」

大衛一路把我拖出臥室，離開以前，我瞥了一眼仍然沉睡的茱莉，以及那個溫暖柔軟的床鋪。

一小時又十分鐘後，我們抵達森林周邊。十五個戴著童軍帽、繫著領巾、別著徽章的男孩，裝備齊全在那裡等待。

我還沒來得及問：「領隊在哪裡？」少數幾個還在附近晃來晃去的家長都紛紛上車離去了。環顧四周，我發現我是唯一還留在原地的成年人。

「領隊不能來了。」其中一個男孩說。

「怎麼會呢？」

「他生病了。」他旁邊的男孩說。

第一個說話的男孩說：「對呀，他的痔瘡又發作了，所以現在你變成指揮官了。」

其他的孩子問：「我們該怎麼辦呢，羅戈先生？」

起先，我有點惱怒硬被分派到這個差事，但是我不會因為要帶領一群孩子而驚惶失措，畢竟我每天都在工廠裡做同樣的事情。我們打開地圖，討論這次荒野探險的目的地。

我了解到，這次健行的規畫是要讓整支隊伍循著一條小徑，穿過森林，走到一個叫作「魔鬼峽谷」的地方。然後，我們在那裡紮營過夜。隔天早上，再回到最初的出發點，爸爸媽媽應該會在那裡等候小佛瑞迪、強尼與他們的朋友走出森林。

我們首先必須走到十英里（約十六公里）外的魔鬼峽谷。所以，我要隊伍排成一列，大家都把背包背在肩膀上。我手上拿著地圖，走在最前面領路。於是我們出發了。

天氣實在太棒了。陽光從樹影間灑落，天空很藍，微風徐徐吹來，氣溫有一點低。但是，我們一走進樹林中，就發現這正是健行的好天氣。

這條小徑很好走，因為差不多每隔十碼（約九公尺）就會看到樹幹上的路標，那是用黃色油漆刷上的斑痕。另一方面，樹林中草叢茂密，我們必須排成一列縱隊前進。

我原本以為我們會照著每小時兩英里的速度前進，也就是一般人步行的速度。我想，以這樣的速度，應該可以在五小時內走完十英里。我的手錶現在指著八點三十分，即使中間預留一個半小時休息、吃午餐，我們都應該可以輕輕鬆鬆的在三點以前抵達魔鬼峽谷。

幾分鐘後，我轉過身察看情況。出發時一個挨著一個走的童軍隊伍現在已經開始拉長，每個人之間都相隔超過一碼，有些人之間的距離拉得更大。我仍然繼續前進。

又走了幾百碼以後我回頭望，隊伍拉得更長了，而且中間出現幾個很大的間隔，我幾乎看不見走在最後面的男孩。

我覺得最好走在最後壓陣，而不是在前面領軍，才有辦法照顧到整個隊伍，確定沒有人落在後頭。於是，我等候第一個趕上我的男孩，問他叫什麼名字。

「我是朗尼。」他說。

「朗尼，我希望由你帶隊。」我告訴他，並且把地圖交給他：「只要跟著這條小路走就好，不要走太快，好嗎？」

「好，羅戈先生。」於是，他踏著中等的步伐繼續前進。

我對著後面的隊伍大喊：「每個人都走在朗尼後面，不要有人超到他前面，因為他手上有地圖，明白了嗎？」

每個人都點頭，揮手。大家都明白了。

我站在路旁，等著整支隊伍通過。我兒子大衛一邊走，一邊和他後面的朋友聊天。現在他有朋友為伴，對我簡直視若無睹，實在是太酷了一點。接著又有五、六個男孩走過去，他們都可以輕易跟上隊伍。然後，中間出現一大段間隔，才又有幾個童子軍走過。在他們之後，出現更大的間隔，我沿著小徑望去，看到一個胖孩子，已經一副快喘不過氣來的樣子。在他後面，才是其餘的隊伍。

我等到這個胖孩子一走近，就問他：「你叫什麼名字？」

「賀比。」胖孩子說。

「你還好嗎，賀比？」

「喔，當然沒問題。哇，今天真是熱。」

賀比繼續向前走，其他孩子跟在後面。有些人好像想走得快一點，但是他們又沒辦法繞過賀比。我走在最後一個男孩後面，整列隊伍就在我前面拉開，大多數時候，只要不是正好在爬坡或走彎路，我都可以看到整列隊伍。隊伍現在似乎踏著穩定的節奏前進。

倒不是風景太過沉悶，不過，過一會兒，我就開始思考其他事情。就拿茱莉來說吧，我真的很想與她共度這個週末，但是我完全忘記要和大衛一起健行這回事了。我猜她會說：「你就是這樣！」我不知道該怎麼樣才抽得出空來陪她，這次健行唯一值得寬慰的地方是，她應該會了解我也需要陪陪大衛。

然後，我又想起先前和約拿在紐約的談話。我一直都沒有時間來思考這件事情，我很好奇，一位物理教授和企業界的重量級人物一起，在豪華轎車裡幹什麼。我也不明白他描述的那兩個現象到底有什麼作用，我的意思是出現「依存關係」與「統計波動」又怎麼樣呢？這兩個現象似乎都很普通。

顯然，製造業當中充斥著各種依存關係。也就是說，一項作業程序完成以後，才能進行下一項作業程序。零件是依照一系列的步驟所製造出來，例如在工人可以進行步驟二之前，機器必須先完成步驟一。在裝配產品之前，必須先把所有的零件做好；而且也必須把產品配裝完成，才能出貨，以此類推。

但是，在任何流程中，都會找到類似的依存關係，這並不是工廠獨有。駕駛汽車必須仰賴一系列的依存事件，健行也一樣。為了要抵達魔鬼峽谷，我們必須走這條小徑。在大衛走過小徑之前，朗尼必須先走過小徑；在賀比走過小徑之前，大衛必須先走過小徑；而在我走過小徑之前，在我前方的男孩必須先走過小徑。這是依存關係的簡單例子。

那麼，統計波動呢？

我抬起頭，注意到在我前面的男孩走得比我的速度略快一點，因此他和我的間隔比幾分鐘前又多了幾英尺，於是我跨了幾個大步趕上他。然後，我有一度又和他太靠近，於是我放慢腳步。

對了，就是這樣，假如我一直測量我的步伐，就會記錄下統計的波動。但是，這又有什麼大不了的呢？

假如我說我步行的速度是每小時兩英里，我的意思並不是說我每時每刻都完全照著兩英里的時速前進，有時候我的速度可能是每小時兩英里半，有時候我的時速可能是一．二英里，但是經過一段時間，走了相當的距離以後，我的平均速度應該在每小時兩英里左右。

工廠的情形也如出一轍。焊接變壓器上的電線要花多少時間呢？假如你反覆計時，可能發現平均要花四．三分鐘。但是，每一次焊接所花的時間其實可能從二．一分鐘到六．四分鐘不等。沒有人事先就能說：「這次會花二．一分鐘，這次會花五．八分鐘。」沒有人能預測像這樣的資訊。

那麼，這有什麼不對呢？到目前為止，我看不出個所以然來。無論如何，我們沒有選擇的餘地，我們還能用什麼來代替「平均值」或「估計值」呢？

我發現自己幾乎要踩到前面的男孩，隊伍不知道為什麼慢了下來，原來我們正在爬一座長而陡峭的山，而每個人都在賀比後面動彈不得。

一個男孩說：「趕快呀，哈皮*！」

哈皮？

另外一個男孩說：「對呀，哈皮，移動身體。」

我制止那些騷擾賀比的孩子：「好了，夠了！」

然後，賀比爬到山頂，他轉過身時，我看見他整張臉都因為爬坡而漲紅。

「不錯，賀比！」我為他打氣：「繼續向前走！」

賀比在山頭消失，其他人繼續往上爬，我則跟在他們後面。我在山頂停下來，往下望前面的路。我的媽呀！朗尼跑到哪裡去了？他一定在我們前面半英里之外的地方。我只看得見賀比前面的幾個男孩，其他人都消失在我的視線之外。我把雙手圍在嘴巴旁邊大喊：「嘿！大家跟上去！把距離拉近！加快速度！加快速度！」

賀比開始小跑，他後面的孩子也都跑起來，我則在他們後面慢跑。背包、水壺與睡袋隨著

* 編注：原文中，這群小男孩是用「泡疹」（Herpes）這個詞來嘲笑賀比（Herbie），因為兩者發音相近。

步伐跳動搖晃。而賀比這孩子不知道身上帶了什麼東西，但是從他跑步時發出的鏗鏗鏘鏘聲響聽來，他背上似乎裝了一堆垃圾。跑過幾百碼之後，我們仍然沒有趕上，賀比慢下腳步，其他孩子都喊著要他跑快點。我喘著氣，怒氣沖沖的向前跑，最後，我遠遠望見朗尼。

「嘿，朗尼，站住！」我大喊。

這群孩子一個接著一個，沿著小路把我的呼喚傳下去。朗尼聽到喊叫聲後轉過頭來，賀比眼看就要得到解脫，開始放慢腳步，其他人也一樣。當我們走近的時候，每個人都轉過頭來看我們。

我說：「朗尼，我應該告訴過你，保持中等速度。」

他抗議：「但是，我的確照著你的話做呀！」

我告訴大家：「待會兒大家要走在一起。」

賀比問：「嘿，羅戈先生，我們休息五分鐘如何？」

我同意：「好，大家休息一下。」

賀比立刻跌坐在路旁，伸出舌頭來喘氣。每個人都拿出水壺，我在附近找到一塊舒服的木頭坐下來。幾分鐘後，大衛走過來，坐在我旁邊。

「你表現得很棒，爸。」

「謝謝，你覺得我們已經走了多遠？」

「大約兩英里吧！」

「只有這麼多嗎？」我問。「我以為已經快到了，我們一定不只走了兩英里。」

「但是，照朗尼手上的地圖看來，顯然不是如此。」

「喔，我猜我們最好繼續前進。」

這些男孩已經排好隊伍。我宣告：「好，出發。」

我們又開始前進。現在路很直，所以我看得到每一個人。大概走了三十碼以後，我注意到同樣的現象再次出現，隊伍拉長了，每個人之間的距離逐漸拉大。該死，照這樣下去，我們整天都要這樣跑跑停停。假如我們不能走在一起，有一半的人很可能會迷路。

我一定要想想辦法。

我首先檢查朗尼的速度，但是朗尼確實是踏著穩定而中等速度的步伐前進，沒有人會跟不上這樣的速度。我往後望整列隊伍，所有的孩子都依照與朗尼差不多的速度前進。而賀比呢？現在他不再是問題人物了。或許他覺得上次大家進度延誤，他要負很大的責任，所以現在似乎格外努力跟上隊伍。他就緊跟在前面那個男孩的屁股後面。

假如大家都照著一樣的速度前進，為什麼朗尼與我之間的距離，也就是隊伍的最前面與最後面，距離會愈來愈大呢？

這是統計上的波動嗎？

不，不可能。我們應該已經把統計上的波動平均掉了，我們都以相同的速度前進，因此任何兩個人之間的間隔可能會有若干不同，但是經過一段時間以後，平均起來卻不會有任何差異。同樣的，朗尼與我之間的距離應該會有某種幅度的擴大與縮小，但是平均起來應該還是一樣。

不過，實際情況卻不是如此。雖然我們每個人都維持與朗尼一樣的中等速度，隊伍卻愈拉愈長，我們之間的距離一直擴大。

只有賀比與他前面的男孩例外。

那麼，賀比是怎麼辦到的？我觀察他，每當賀比落後一步時，他就多跑一步追上，也就是說，事實上他要比朗尼以及其他走在他前面的男孩花費更多力氣，才能維持同樣的相對速度。我很懷疑以這種走走跑跑的情況，他還能維持多久。

但是……為什麼我們不能都照著朗尼的速度前進，保持一定的隊伍長度呢？

正當我注視著隊伍時，前面發生的狀況吸引我的視線。我看到大衛慢下來幾秒鐘，調整他的背帶。在他前面，朗尼仍然渾然不覺的繼續向前走，於是開始出現十英尺（約三公尺）……十五英尺……二十英尺的間隔，也就是說，整個隊伍拉長了二十英尺。

這時候，我才逐漸明白到底是怎麼回事。

朗尼設定隊伍移動的速度。每當有人走得比朗尼慢的時候，隊伍就拉長，有時候甚至不一定像剛剛大衛慢下來的時候那麼明顯。假如有個男孩跨出的一步比朗尼的步伐短了半英寸（約一・二七公分），整列隊伍的長度就會受到影響。

但是，如果有人走得比朗尼快，又會如何呢？每當有人步伐跨得比較大或走得比較快時，不就彌補了拉大的差距嗎？因此，原先的差異不是又平均回來了嗎？

假定我走得快一點，能不能縮短隊伍的長度呢？我與前面的男孩之間，大概相隔五英尺的距離。假如他繼續照目前的速度前進，而我加快速度，我可以拉近間隔，或許也能縮短整列隊伍的長度，這完全要依照前面的狀況而定。但是，當我撞上前面那個孩子的背包時，我就不得不慢下來；而且假如我真的那麼做，他一定會向媽媽告狀。所以，我必須把速度減慢到和他一樣。一旦我拉近距離，緊挨著他走，我就不能再走得更快，前面的隊伍也一樣。也就是說，除了朗尼之外，我們的速度都完全要由隊伍當中走在我們前面那個人的速度來決定。

開始有點頭緒了。我們的健行也是一系列依存關係與統計波動的結合。每個人的速度都在變動，有時快，有時慢，但是，想走得比平均速度快的能力卻受到限制，我們的速度必須取決於前面隊伍的速度。所以，即使我一小時能走五英里，假如我前面的男孩一小時只能走兩英里，我就不能全速前進。而且，即使他能走得和我一樣快，除非前面每個男孩都能同時以五英里的時速前進，否則我們兩個人都不能走那麼快。

所以，我走路的速度有限，我只能快速前進一段時間，一旦超過極限，我就會不支倒地，喘不過氣，其他人也一樣。然而，我要走多慢，就能走多慢，不會受到任何限制，其他人也一樣，而且想停就能停下來。但是，只要有一個人停下來不走，隊伍又會毫無止境的拉長了。

因此，實際發生的狀況不是各種不同速度相互抵消、平均，而是統計波動逐漸「累積」，而且大半時候，還是「變慢」的累積，因為依存程度限制了發生更大波動的機會，所以隊伍會拉長。如果想要把隊伍縮短，唯有要求每個人都走得比朗尼的平均速度快一點。

再次往前看，我發現每個人需要彌補的差距多寡，完全要看他是在隊伍中的哪個位置而定。排在第二的大衛只需要填補他與朗尼的平均速度之間的累積差距，也就是追趕上他前面二十英尺左右的路程就夠了。但是，對賀比而言，要防止整支隊伍拉長，他除了必須彌補自己的波動之外，還要加上前面那些孩子的波動。而我走在隊伍的最後面，因此如果要縮短隊伍，我必須有一段距離走得比平均速度快，而這段距離恰好就等於前面所有男孩拉大的差距。因此，我必須填補因為他們落後而累積下來的差距。

然後，我開始思考這對我的工作有什麼意義。我們工廠裡，絕對也有依存關係與統計波動這兩種現象，而健行時，也是兩種現象並存。假如我把這群童子軍比喻為工廠裡的生產系統……就好像生產模型一樣。事實上，整列隊伍確實也生產了一個產品，我們生產的是「走過的小徑」。朗尼「消費」著他前面還沒有走過的小徑進行生產，沒有走過的小徑就相當於物料。因此，在這個生產流程中，朗尼第一個走過小徑，然後，就輪到大衛進行生產流程，接著是他後面的男孩，以此類推，一直輪到賀比和他後面的男孩，最後輪到我。

我們每個人都好像工廠生產流程中的某一項作業，都是一系列依存關係的一部分。我們之間誰先誰後，有沒有什麼關係呢？無論如何都得有人在前面，有人在後面，但是無論我們怎麼調動男孩在隊伍中的次序，都仍然會產生依存關係。

我是整個流程的最後一關，唯有當我走過小徑時，產品才算「賣出」，而這才是我們的有效產出。有效產出不是朗尼走過小徑的速度，而是我走過小徑的速度。

朗尼與我之間的距離又怎麼說呢？這就是存貨。朗尼一直在消耗物料，所以在我走完這段路以前，其他所有人走過的路都只是存貨。

那麼，營運費用又是什麼呢？營運費用是能讓我們把存貨轉為有效產出的一切花費，在現在的情況中，也就是這群男孩走路時需要消耗的精力。我沒有辦法真的把它量化，唯有當我疲倦的時候，我才會知道。

假如朗尼與我之間的距離持續擴大，可能代表存貨一直增加。有效產出是我走路的速度。我走路的速度會受到其他人速度波動的影響。嗯，所以當前面累積了比平均速度慢的波動以後，就會一路影響到我走路的速度，也就是說，我必須慢下來，於是這時存貨增加，整個系統的有效產出卻下降了。

而營運費用呢？我不太確定。對優尼公司而言，每當存貨上升的時候，囤積存貨的倉庫支出也隨之上升。倉庫支出是營運費用的一部分，因此這項指標的數據一定也隨之上升。就這次健行而言，每次我們加快速度追上隊伍的時候，營運費用就會增加，因為我們耗費掉比平常更多的精力。

存貨增加，有效產出下降，而營運費用可能也增加。我們工廠的狀況不正是如此嗎？對，我想是的。就在這個時候，我抬起頭來，發現自己幾乎快撞上走在前面的男孩。

啊哈！這下可好！這證明了在剛剛的類比中，我一定忽略掉什麼。前面的隊伍事實上逐漸縮短，而不是拉長。每件事情到最後，終於還是相互抵消了。我樂得靠在一旁休息，看著朗尼照著平均兩英里的時速前進。

但是，朗尼並沒有照著標準時速前進，他停下來，站在路邊。

我問：「為什麼停下來？」

他說：「該吃午餐了，羅戈先生。」

14 火柴遊戲與生產流程

「但是，我們不應該在這裡吃午餐。」一個男孩說：「我們應該走到蘭培芝河以後，才吃午餐。」

「如果照領隊給我的時間表來看，我們應該在十二點吃午餐。」朗尼說。

賀比指著手錶說：「現在已經十二點了，該吃午餐了。」

「但是，我們早就該抵達蘭培芝河，而我們還在這裡。」

朗尼說：「管他的！這裡是吃午餐的好地方，你們看看四周就曉得。」

朗尼不是無的放矢，小徑穿過一座公園，而我們現在正好經過公園的野餐區。這裡有幾張桌子、一台抽水機，還有垃圾桶、烤肉架，所有設備一應俱全；而這就是我會去的那種荒野。

我說：「好吧，我們投票決定，看看有多少人想馬上吃飯。肚子餓的人，請舉手。」

每個人都舉起手來，提案無異議通過，我們停下來吃午餐。

我坐在其中一張桌子旁邊，一面吃著三明治，一面思考幾個問題。我現在覺得最困擾的是，經營工廠不可能不面對依存關係與統計波動，我沒有辦法逃避這兩個現象，但是應該有辦法克服它們帶來的效應。我的意思是說，很顯然，假如存貨不斷增加，有效產出卻不斷減少，我們遲早都要關門大吉。

假如我能經營一座平衡的工廠呢？也就是上次約拿所說的，每個經理人都戮力追求的夢想，所有資源的產能都恰好等於需求？事實上，這樣是不是就能夠回答前面的問題呢？假如我可以讓產能與需求達到完美的均衡，過剩的存貨是不是就會消逝無蹤？零件短缺的問題是否就會迎刃而解呢？

但是，怎麼可能只有約拿說得對，而其他人全搞錯了呢？經理人一向都想辦法調節產能，以便削減成本、提高利潤，這是遊戲規則。

我開始思考，或許健行的模型讓我昏了頭，我是說，當然健行讓我看到統計波動與依存關係結合產生的效應，但這是一個平衡的系統嗎？假定我們的需求是每小時走兩英里，不多也不少，我能調整每個孩子的產能，讓他們每小時恰好走兩英里嗎？如果可以，我會不惜威脅利誘，讓每個人保持相同的速度，那麼一切就能達到完美的平衡。

問題是，就實際面來看，我怎麼可能控制十五個小孩的產能呢？也許我可以用繩子把他們的腳踝拴在一起，讓每個人邁出的步伐都一樣大，但是這樣做實在太瘋狂了。或許我可以把自己複製十五份，因此我就會有一支由一群羅戈組成的隊伍，每位隊員健行的產能都一模一樣。但是，除非複製科技足夠進步，否則這一點也不實際。或許，我還可以另外建立一種更容易控制的模型，讓我清楚曉得實際的狀況。

當我正困惑該怎麼辦的時候，我注意到有個孩子在桌上擲骰子；我猜他正在為日後的拉斯維加斯之旅預先演練。雖然我確定這樣的舉動不會為他贏得美德徽章，但我並不介意，這顆骰子倒是讓我想到一個主意。我站起來，走過去。

「嘿，骰子可不可以借我玩一下？」

那孩子聳聳肩，然後把骰子遞給我。

我走回原來那張桌子，擲了幾次骰子。的確，統計波動出現了。每次我擲骰子的時候，都得到一個隨機的數字，我只能猜到數字是在某個範圍之內，也就是說，每個骰子的數字都在一到六之間。現在我需要的是一組依存關係。

我四處搜尋，一、兩分鐘後，我找到一盒火柴和幾個碗。我把碗放在桌子上一字排開，火柴則是放在桌子一端，形成一個完美的均衡系統模型。

我一面安排這個模型，一面思考應該如何運作這個模型，這時候，大衛和朋友晃過來。他們站在桌旁，看著我擲骰子，把火柴擺來擺去。

「你在做什麼呀？」大衛問。

「我在發明一個遊戲。」我說。

他的朋友說：「遊戲？真的嗎？我們能不能一起玩，羅戈先生？」

有何不可呢？「當然可以啦！」

突然之間，大衛興趣來了。「嘿，我可不可以也一起玩？」

「可以，這樣吧，你們何不多找幾個人來一起玩？」

他們跑去找人的時候，我想好遊戲規則。我建立的這套系統，目的是要「處理」火柴。玩的方式就是把火柴從自己的碗裡移出去，而且依序經過每一個人的碗，最後到達終點。我們擲骰子來決定要把多少根火柴從一個碗裡移到另一個碗裡。骰子的最高點數（六點）代表每一種資源（每個碗）的最大產能，依序排列的碗代表依存關係，也就是生產流程的各個步驟。每個步驟的產能都一樣，但是實際的生產量卻會有所變動。

為了減少產量波動的幅度，我決定只用一個骰子，因此波動的幅度只會介於一到六點之間。這樣一來，從第一個碗移到下一個碗的火柴數量，最少會有一根，最多則有六根。

這套系統的有效產出就是火柴從最後一個碗移出的速度。存貨則是任何一段時間內，留在所有碗當中的火柴總數。我也假定，市場需求恰好等於系統能夠處理的平均火柴數量。每一種資源的產能與市場需求達到完美的均衡，也就是說，我現在有了一座達到完美均衡的工廠。

最後有五個小孩決定一起玩這個遊戲。除了大衛，還有安迪、班恩、查克與伊凡，每個人都面對著一個碗。我找來紙筆做紀錄，然後向他們解釋該怎麼玩這個遊戲。

「你們要盡可能多移一些火柴到右手邊的碗裡面。輪到你的時候，先擲骰子，骰子出現的數目就是你要移開的火柴數目，明白了嗎？」

他們都點點頭。我繼續說：「但是，你們只能移走碗裡面的火柴，所以假如擲出五點，而你的碗裡只有兩根火柴，那麼就只能移走兩根火柴。假如輪到你的時候，碗裡一根火柴都沒有，那麼當然就不能移走任何一根火柴。」

他們再度點點頭。

「你們猜，每一回合，我們能移走多少根火柴？」我問。

他們的表情都很困惑。

「假如輪到你的時候，你最少能移走一根，最多能移走六根火柴，你平均應該能移走多少根火柴？」我問他們。

「三根。」安迪說。

「不對，不是三根，一和六的中間值不是三。」我告訴他們。

我在紙上寫下幾個號碼。

「你們看！」我讓他們看這幾個數字：一二三四五六。

並且向他們解釋，三・五才是這六個數字的平均數。

「你們想想看，大家都輪過幾次以後，平均每個人移走幾根火柴？」

「平均每次三・五根火柴。」安迪說。

「輪了十次以後呢？」

「三十五根。」查克說。

「輪了二十次以後呢？」

「七十根。」班恩說。

「好，我們現在就試試看結果是不是這樣。」

然後，我聽到桌子另一端有人歎了口氣，伊凡看著我問：「我可不可以不玩？」

「怎麼啦？」

「我覺得這個遊戲很沉悶。」

「對呀！」查克附和：「只不過把火柴移來移去，沒什麼意思。」

「我想我寧可去打童軍結。」伊凡跟著說。

我說：「這樣好了，為了讓這個遊戲變得更有趣一點，贏的人會有獎品。假定每個人每一輪的配額是三・五，任何人的成績比三・五好的話，也就是平均移走的火柴多於三・五根的話，今天晚上就不必洗碗。但是假如有人平均一輪移走的火柴不到三・五根，他今天晚上就得多洗幾個碗。」

「哇！太棒了！」伊凡說。

「對啊！」大衛說。

現在，他們個個興奮無比，都在練習擲骰子。同時，我在紙上畫下幾張表格。我計畫在表格中記錄每個人所擲的點數偏離平均數的差距。大家都從零開始，假如他們擲骰子得到的數目分別是四點、五點與六點，那麼我就會分別記錄下〇・五、一・五與二・五分。假如骰子點數分別為一點、兩點與三點，那麼我就會記錄下他們的分數為負二・五、負一・五與負〇・五分。當然，得分或失分都必須累積計算，假如有人的分數是二・五分，那麼下一輪他的起點就是二・五分，而不是零分。在工廠裡，情形正是如此。

「好，每個人都準備好了嗎？」我問。

「都準備好了。」

我把骰子拿給安迪。

他擲出兩點，因此他從火柴盒裡拿走兩根火柴，放在班恩的碗裡。由於擲出兩點，安迪的分數要比配額三・五落後一・五，我在表上記錄下這個結果。

班恩第二個擲骰子，他擲出四點。

他說：「嘿，安迪，我需要多幾根火柴。」

我趕忙說：「不對，不對。遊戲不是這樣玩，你只能從你的碗裡拿火柴到別人碗裡。」

班恩說：「但是，我只有兩根火柴。」

「那麼你就只能拿兩根火柴過去。」

「喔。」班恩回應。

於是，他拿走兩根火柴給查克，紀錄表上，他的分數也是負一・五分。

下一個輪到查克，他擲出五點，但是他能移動的火柴也只有兩根。

「嘿，這樣不公平！」查克說。

「沒什麼不公平，」我說：「這個遊戲就是要移動火柴，假如安迪與班恩兩個人都能移動五根火柴，你就有五根火柴可以移出去。但是，他們都沒能夠移動五根火柴，所以你也不能移出五根火柴。」

查克生氣的瞪著安迪說：「下一次擲骰子的時候，要高明一點。」

安迪則表示：「嘿，我有什麼辦法！」

班恩信心十足的說：「別擔心，我們會迎頭趕上。」

查克把他僅有的兩根火柴傳給大衛，我也在表上幫查克記下負一・五分。大家都看著大衛擲骰子，他只擲出一點，所以他只傳一根火柴給伊凡。然後，伊凡也擲出一點，他把這根火柴從碗裡拿出來，放在桌子上。大衛和伊凡的分數都是負二・五分。

我說：「好，看看第二輪的成績會不會好一點。」

安迪把骰子放在手裡面搖晃許久，每個人都大吵大嚷，叫他趕快擲。骰子終於滾到桌面上，我們全都注視著，是六點。

「這就對了！」

「繼續加油，安迪！」

安迪從盒子裡拿出六根火柴交給班恩，我記錄下二・五分，因此他現在的積分是一分。

班恩接過骰子，他也擲出六點，周圍響起更多歡呼聲。他把六根火柴全交給查克，班恩的分數和安迪一樣。

但是查克只擲出三點，因此他把三根火柴交給大衛以後，自己的碗裡還留下三根火柴。我在表上記錄下負〇・五分。

輪到大衛擲骰子，他擲出六點，但是碗裡只有四根火柴，包含剛才查克交給他的三根火柴，再加上前一輪留下的一根火柴，所以他把四根火柴交給伊凡，我在表上為他加了〇・五分。

伊凡擲出三點，因此桌子尾端的火柴現在又加上三根，變成四根，伊凡碗裡還有一根火柴，他失掉〇・五分。

兩輪下來，表中的分數請參見表1。

我們繼續玩。骰子在桌面上不停滾動，從這隻手遞到另外一隻手中，火柴一根根從盒子中拿出來，在幾個碗之間移動。安迪擲出的點數非常平均，因此差不多正好符合三・五根火柴的配額，其他人的情形就大不相同。

表1　第一回和第二回的分數

		安迪	班恩	查克	大衛	伊凡
第一回	骰子點數	2	4	5	1	1
	火柴棒移動數目	2	2	2	1	1
	存貨		0	0	1	0
	與平均值的差異（積分）	-1.5	-1.5	-1.5	-2.5	-2.5
第二回	骰子點數	6	6	3	6	3
	火柴棒移動數目	6	6	3	4	3
	存貨		0	3	0	1
	與平均值的差異（積分）	1	1	-2	-2	-3

「嘿，繼續把火柴傳過來。」

「對呀，我們這裡需要更多的火柴。」

「繼續擲出六點，安迪。」

「問題不是出在安迪身上，而是在查克身上。你們瞧，他只擲出五點。」

四輪之後，我不得不在表格底部增添更多的負分，丟掉分數的不是安迪、班恩，而是大衛與伊凡，他們的分數一直往下掉，彷彿沒有止境。

五輪以後，紀錄表上的分數請參見表2。

「我的成績怎麼樣，羅戈先生？」伊凡問我。

「呃，伊凡……你有沒有聽過鐵達尼號的故事啊？」

他顯得很沮喪。

我安慰他：「還有五個回合，也許你可以趕上。」

查克說：「對呀，要記住平均法則。」

表2　第一回至第五回的分數

回合	項目	安迪	班恩	查克	大衛	伊凡
第一回	骰子點數	2	4	5	1	1
	火柴棒移動數目	2	2	2	1	1
	存貨		0	0	1	0
第二回	骰子點數	6	6	3	6	3
	火柴棒移動數目	6	6	3	4	3
	存貨		0	3	0	1
第三回	骰子點數	4	1	2	3	6
	火柴棒移動數目	4	1	2	2	3
	存貨		3	2	0	0
第四回	骰子點數	2	5	2	5	4
	火柴棒移動數目	2	5	2	2	2
	存貨		0	5	0	0
第五回	骰子點數	5	2	5	1	1
	火柴棒移動數目	5	2	5	1	1
	存貨		3	2	4	0
與平均值的差異（積分）						
第一回		-1.5	-1.5	-1.5	-2.5	-2.5
第二回		1	1	-2	-2	-3
第三回		1.5	1.5	-3.5	-3.5	-3.5
第四回		0	0	-5	-5	-5
第五回		1.5	-1.5	-3.5	-7.5	-7.5

伊凡語氣中隱隱帶著威脅：「假如因為你們這些傢伙沒有給我足夠的火柴，而害我今天晚上洗碗的話……。」

安迪表示：「我一直都盡忠職守。」

班恩說：「對呀，你們那邊是怎麼回事呀？」

大衛說：「嘿，我現在才拿到足夠的火柴可以傳遞，之前我幾乎都拿不到火柴。」

的確，前三個回合滯留在前面三個碗中的存貨，現在終於移到大衛的碗中，但是卻卡在他的碗裡。前面五個回合裡他拿到幾次比較高的點數，現在卻正在被比較低的點數抵消掉，因此，儘管他現在有一堆存貨需要消化，他擲出的都是比較低的點數。

「大衛，快給我一些火柴。」伊凡說。

大衛卻只擲出一點。

「喔，大衛，只有一根火柴！」

「安迪，你知道今天晚上要吃什麼嗎？」班恩問。

「我想是義大利麵。」安迪說。

「啊，天哪，那麼盤子會很難洗。」

「對呀，真高興我不必洗碗。」安迪說。

「你等著瞧，待會兒就輪到大衛拿高分了！」伊凡說。

但是，情況並沒有好轉。

「現在成績如何？」伊凡問。

「我想，你的名字已經上榜了。」

「好哇！今天晚上不用洗碗了！」安迪大叫。

十回合以後，計分表請參見表3。

我看著計分表，簡直不敢相信，這是一個平衡的系統，然而有效產出下降，存貨逐漸上升，而營運費用呢？假如囤積火柴需要成本，營運費用也會隨之上升。

假如這是一座真正的工廠，也真的有客戶呢？我們原本計畫的出貨數量是多少？我們計畫的出貨數量是三十五個單位。但是我們實際的有效產出是多少呢？只有二十個單位，差不多只達到我們需要數量的一半，而且沒有任何一個環節發揮出最大的生產潛能。假如這是一座實際的工廠，一半以上的訂單都會延誤，我們永遠沒有辦法承諾客戶確切的交貨日期。假如給出承諾，那麼我們在顧客心目中的信用就會一落千丈。

這一切聽起來都很熟悉，不是嗎？

「嘿，我們不能在這個時候停下來！」伊凡大聲抗議。

「對呀，繼續玩吧！」大衛也說。

「好哇，」安迪說：「你們這次想賭什麼？我都奉陪。」

表3　十回合的總成績

		安迪	班恩	查克	大衛	伊凡
第一回	骰子點數	2	4	5	1	1
	火柴棒移動數目	2	2	2	1	1
	存貨		0	0	1	0
第二回	骰子點數	6	6	3	6	3
	火柴棒移動數目	6	6	3	4	3
	存貨		0	3	0	1
第三回	骰子點數	4	1	2	3	6
	火柴棒移動數目	4	1	2	2	3
	存貨		3	2	0	0
第四回	骰子點數	2	5	2	5	4
	火柴棒移動數目	2	5	2	2	2
	存貨		0	5	0	0
第五回	骰子點數	5	2	5	1	1
	火柴棒移動數目	5	2	5	1	1
	存貨		3	2	4	0
第六回	骰子點數	3	5	6	2	4
	火柴棒移動數目	3	5	6	2	2
	存貨		1	1	8	0
第七回	骰子點數	6	4	1	2	5
	火柴棒移動數目	6	4	1	2	2
	存貨		3	4	7	0
第八回	骰子點數	4	6	5	1	3
	火柴棒移動數目	4	6	5	1	1
	存貨		1	5	11	0
第九回	骰子點數	5	3	6	3	4
	火柴棒移動數目	5	3	6	3	3
	存貨		3	2	14	0
第十回	骰子點數	2	3	5	2	2
	火柴棒移動數目	2	3	5	2	2
	存貨		2	0	17	0

表4　十回合的積分變化

與平均值的差異（積分）					
	安迪	班恩	查克	大衛	伊凡
第一回	-1.5	-1.5	-1.5	-2.5	-2.5
第二回	1	1	-2	-2	-3
第三回	1.5	1.5	-3.5	-3.5	-3.5
第四回	0	0	-5	-5	-5
第五回	1.5	-1.5	-3.5	-7.5	-7.5
第六回	1	0	-1	-9	-9
第七回	3.5	0.5	-3.5	-10.5	-10.5
第八回	4	3	-2	-13	-13
第九回	5.5	2.5	0.5	-13.5	-13.5
第十回	4	2	2	-15	-15

「這次輸的人要煮晚餐。」班恩說。

「好！」大衛附和。

「一言為定！」伊凡也加入。

他們又擲了二十回合骰子，但是在記錄大衛與伊凡的成績時，我的紙張已經不夠。我原先的預期是什麼呢？最初的計分表分數在正六與負六之間。我猜想，我原先預期會出現規律的高低起伏，正常的正弦曲線。但是，並沒有出現這樣的曲線，計分表上的曲線反而每況愈下，直落谷底。存貨並非規律的在系統中流動，反而一波波洶湧而至。大衛碗中成堆的火柴最後終於移到伊凡的碗裡，接著移到桌子上，但是後來又累積出另外一波存貨。結果，整個系統愈來愈落後進度。

安迪問：「還想再玩一次嗎？」

伊凡說：「好呀，只是這次我們交換位置。」

安迪說：「你休想！」

查克猛搖頭，他已經連戰皆輸，不得不豎白旗投降。無論如何，我們也該上路了。

伊凡說：「結果，這個遊戲還真不簡單。」

「對呀……。」我嘀咕著。

15 恍然大悟

我已經瞪著前面的隊伍好一陣子，如同先前一樣，隊伍之間的間隔正逐漸拉大。我搖搖頭心想，假如我連簡單的一支健行隊伍都處理不好，怎麼可能解決得了工廠的問題呢？

到底是怎麼回事？平衡的模型為什麼行不通？接下來一個小時，我一直在思考這個問題。整整有兩次，我必須叫隊伍停下來，讓我們趕上落後的進度。就在第二次喊停之後沒多久，我終於想通了。

我們沒有後備產能，所以，每當位於平衡模型中下游的孩子落後時，他們沒有額外的產能來彌補落後的進度。當負面的偏差愈累積愈多時，他們也就愈來愈趕不上了。

然後，我想起過去在數學課上學到、但先前早已遺忘的東西，這個問題和數學上的「共變異數」（covariance）有關，這指的是同一組變數中，一個變數對其他變數發生的影響。有一項數學原理說：在有兩個以上變數的線性依存關係中，變數的波動將會隨著前一個變數的最大偏差值而波動。這個原理正好可以解釋平衡模型中發生的狀況。

很好，但是我該怎麼做呢？

健行途中，當我發現我們跟不上隊伍時，我可以叫大家加快腳步，也可以叫朗尼走慢一點或是停下來。然後，我們就跟上了。然而，在工廠裡，當某個部門進度落後，導致在製品的存貨開始增加時，我們會增加人手，要求工人加班，經理人開始把鞭子揮得劈啪作響，直到把產品送出門，存貨數量再度下降為止。對呀，這就是我們的做法：加快腳步，迎頭趕上。我們總是不斷趕路，從不停下腳步，讓人力閒置簡直成了一大禁忌。那麼，為什麼在工廠裡，我們沒辦法迎頭趕上呢？我覺得我們好像一直不停趕路，還跑得太快，簡直喘不過氣。

我往前看，間隔不但一直出現，而且還以前所未見的速度急速擴大！然後，我注意到一件奇怪的事情，隊伍中除了我以外，沒有一個人緊貼著別人的腳跟走路，而我卻緊貼著賀比的腳跟。

賀比？他在隊伍後面做什麼？

我走到路旁，把整支隊伍看得更清楚一點。朗尼已經沒有在前面帶頭，他現在走在第三個，大衛走在他的前面。我不知道現在是誰在前面帶頭，因為我看不了那麼遠。可惡，這些小混蛋改變了行進的順序。

「賀比，你怎麼會落到隊伍的最後面呢？」我問。

「喔，嗨，羅戈先生。」賀比轉過頭來說：「我只是想，我在後面和你一起就好，這樣我就不會擋住任何人的路。」

他說話的時候是面對著我、倒退著走路。

「喔，你真體貼，小心！」

賀比絆到樹根，重重跌在地上，我扶他起來。

「你還好嗎？」我問。

「還好，不過我想我最好還是不要倒退走路。」他說：「雖然這樣談話很方便。」

「沒關係，賀比。」我告訴他，然後我們再度上路。「你就好好享受健行的樂趣吧，我有很多東西需要好好想一想。」

我沒有說謊，因為賀比剛剛提醒我一件事。我猜測，除非賀比非常努力，否則他就是整列隊伍中走得最慢的那一個人。我的意思是，他看起來是個好孩子，心地善良，但是他走得比其他人都慢。（總會有人敬陪末座，不是嗎？）所以，當賀比以最理想的速度前進時，也就是他走得最輕鬆自在的時候，他前進的速度會比在他後面的人（例如我）還要慢。

當時，除了我以外，賀比沒有限制到任何人走路的速度。事實上，所有男孩這時候已經自行安排好一種行進順序，這讓每一個人都不會限制到別人的行進速度。至於他們是刻意這麼做，還是意外形成，就不得而知了。我往前看，沒有任何人的路被擋住，在他們自然形成的順序中，走得最快的孩子現在一馬當先，走在最前面，而走得最慢的人則落在最後面。事實上，每個人都像賀比一樣，找到自己的理想速度。假如這是我的工廠，這就好像工作量源源不斷的增加，每個人都完全沒有空閒的時間。

但是，來瞧瞧發生了什麼事：隊伍拉得比之前還要長，而且一直繼續拉長。每一個男孩之間的間隔擴大了，愈接近隊伍前段，間隔就愈大，而且距離拉大的速度也愈快。

我們也可以換個角度來看，當賀比照著自己的速度前進，而他的速度恰好比我前進的速度要慢上許多時，由於我們之間的依存關係，我最快也只能以賀比行進的速度前進。我的速度就是有效產出，賀比的速度決定了我的速度，因此，賀比事實上也決定了整支隊伍的有效產出最多可以達到什麼地步。

思緒飛快的閃過我的腦海。

所以，我們每一個人可以走多快，事實上並不重要。無論現在是誰在前面帶頭，他的行進速度一定比平均速度快，就算假定他的時速是每小時三英里好了，但那又怎麼樣呢！他的速度能幫助整個隊伍走快一點，能提高有效產出嗎？絕不可能。隊伍中每一個孩子都比跟在他們後面的孩子走得快了一點，而他們之中，有任何人協助整支隊伍加快速度嗎？當然沒有。賀比還是依照自己的速度慢慢走，他才是決定整支隊伍有效產出的關鍵。

事實上，無論這個人是誰，走得最慢的人總是會決定有效產出的多寡，而且那個人不見得總是賀比。在我們吃午餐以前，賀比走得比較快，當時誰走得最慢，並不明顯。因此，賀比的角色，也就是有效產出的最大限制，事實上可能落在隊伍中不同的人身上，這完全要看在某個時刻裡，誰走得最慢。但是，整體而言，賀比行進的產能最差，他的速度將決定整支隊伍的速度，也就是說……。

「嘿，羅戈先生，你看！」賀比說。

他指著路邊一塊水泥標記，我瞧了一眼，這是……里程碑！一塊如假包換的里程碑！我不知道已經聽他們談論過多少次這個該死的東西，然而這是我看到的第一塊里程碑。上面寫著：

←五英里→

嗯，也就是說，往前和往後都還有五英里，所以我們一定走到健行路程的中點了。前面還有五英里路要走。

現在幾點了？

我看看錶，天啊，已經兩點半，而我們出發的時間是早上八點半，扣掉吃午餐的一個鐘頭，也就是說……我們在五小時內只走了五英里？

我們並不是每小時走兩英里，我們的時速是一英里，因此還要走五個小時才到得了……。

這樣一來，在我們到達目的地之前，早就天黑了。然而賀比還站在我旁邊，拖慢整列隊伍的有效產出。

「好，咱們出發，走吧。」

「好！好！」賀比跳開。

我該怎麼辦呢？

羅戈（我在腦子裡自言自語），你這個輸家！你甚至沒辦法管理一群童子軍！前面有幾個小孩想要創下健行速度的新紀錄，而你卻被這個走得最慢的胖賀比卡在這裡。一小時之後，假如前面的孩子真的依照三英里的時速前進，他就會遠遠走在你前面兩英里之外，也就是說，假如想要趕上他，你得跑兩英里的路。

如果這是我的工廠，皮區連三個月的時間都不會給我，我早就流落街頭了。我們的需求是五小時走十英里，而現在的進度才剛到一半，存貨快速增加，存貨的營運費用也會上升，我們會毀掉這間公司。

但是，我對賀比實在無計可施。或許我應該把他安插在隊伍其他地方，但是他不可能走得更快，所以作用不大。

真的是這樣嗎？

「嘿！」我朝著前方大喊：「叫前面的孩子停下來！」

這些孩子一個接著一個把我的命令傳下去。

「每個人都站在自己的位子上不要動，直到我們趕上為止！」我大叫：「不要把順序弄亂！」

十五分鐘以後，整列童子軍一個接著一個立定站好，我發現安迪篡奪了領隊的位置，我再次提醒他們，當我們往前走的時候，所有人要保持既定的順序。

我說：「好，現在大家手牽著手。」

他們面面相覷。

「趕快！照著做！不要放手！」我告訴他們。

然後，我牽起賀比的手，就好像拉著一條鎖鏈般，穿過整列隊伍，其他人手牽著手跟著走。

我越過安迪所在的位置，繼續往前走，直到走到隊伍長度的兩倍距離外才停下腳步。我剛剛所做的事，就是把整列隊伍翻轉過來，因此現在隊伍的順序恰好和原先相反。

「現在聽好！」我說：「直到抵達目的地之前，你們都要按照著這個順序前進。明白了嗎？沒有人能夠超到別人前面，每個人都要盡力追上前面的人。賀比會在最前面帶隊。」

賀比嚇了一大跳。「我？」其他人也大吃一驚。

「你要他帶頭？」安迪問。

「但是他走得最慢！」另外一個孩子抱怨。

我說：「健行的目的不是比賽誰最快抵達終點，而是要大家一起走到終點。我們不是一群烏合之眾，我們是一支團隊。要等到所有人都抵達終點之後，我們的團隊才算是抵達。」

於是，我們再度出發。不是開玩笑，這回我的辦法奏效了。每個人都走在賀比後面。我走到隊伍最後面壓陣，以便督導整列隊伍，我一直在等著看隊伍之間的間隔什麼時候會再次出現，但是間隔卻一直沒有出現。我看到隊伍中間有個人停下來調整背包的肩帶，但是一旦他重新出發，我們只要稍微加快腳步，就全部跟上隊伍了。沒有人走得上氣不接下氣，這與剛剛的狀況簡直有天淵之別！

當然，沒過多久，隊伍後面那些走得快的孩子就開始發牢騷。

「嘿，賀比，我快睡著了。你不能走快一點嗎？」其中一個孩子大嚷。

「他已經盡最大的努力了，別吵了！」走在賀比後面的孩子說。

「羅戈先生，我們不能讓走得快的人領隊嗎？」走在我前面的孩子說。

我告訴他們：「聽著，假如你們想要走快一點，就必須想辦法幫賀比走快一點。」

大家安靜了幾分鐘。

後面有個孩子說：「嘿，賀比，你的背包裡都裝了什麼呀？」

「不干你的事！」賀比說。

這時我說：「好，大家先暫停一下。」

賀比停下腳步，轉過身來，我把他叫到隊伍後面，解下背包。他放下背包以後，我從他的手裡接過，結果，背包差一點就掉到地上。

「賀比，這個東西大概有一噸重。」我說：「你到底裝了什麼東西在裡面呀？」

「沒什麼。」

我打開背包，伸手進去，拿出半打罐裝汽水、幾罐義大利麵，然後是一盒糖、一罐酸黃瓜與兩個鮪魚罐頭。在一件雨衣、一雙雨鞋與一袋紮營的木樁下面，我還找到一個長柄鐵鍋。背包側袋裡還放著一把可以摺疊的鐵鏟子。

我問：「賀比，你怎麼會決定要自己一個人攜帶所有這些東西呢？」

他顯得侷促不安：「你也曉得，我們應該要裝備齊全。」

我只好說：「好，大家幫忙背一些東西。」

賀比堅持道：「我背得動！」

「賀比，聽著，你一直賣力背著這些東西，已經很厲害了，但是我們必須想辦法讓你走快一點。假如我們能幫你分擔一些重量，你在前面領隊，就能夠表現得更好一點。」

賀比似乎終於明白，安迪拿走鏟子，其他人也分擔其他東西，我把大部分的東西放在我的背包裡，因為我塊頭最大。賀比走回隊伍的最前面。

我們再度出發。但是這次，賀比前進的速度真的快多了。背包裡大部分的重量都減輕了之後，他好像漫步在雲端一般輕飄飄的。我們現在走得飛快，行進的速度有原先的兩倍快，而且大家仍然緊靠在一起，沒有分散。存貨下降了，有效產出直線上升。

◎

魔鬼峽谷在夕陽映照下顯得非常美麗，蘭培芝河潺潺流過山谷，拍打著河岸的岩石。金黃色的陽光穿越林間，小鳥在枝頭吱吱鳴叫，而遠處卻清楚傳來汽車高速駛過的聲音。

「你們看！」安迪站在高處大叫：「那裡有一座商場！」

「有沒有看到漢堡王呀？」賀比問。

大衛抱怨：「嘿，這裡根本不是荒郊野外嘛！」

我說：「現在的荒郊野外都不比從前了，我們得接受現實，大家開始搭帳篷吧！」

現在是五點，也就是說，我們分擔掉賀比背包裡的東西以後，在兩個小時內走了四英里。賀比是控制整支隊伍的關鍵。

帳篷搭好後，大衛與伊凡煮了義大利麵給我們當晚餐。由於是我定的遊戲規則害他們做苦工，我覺得有點罪惡感，於是也加入洗碗的行列。

那天晚上，大衛和我睡在同一個帳篷裡。我們躺下來，簡直累壞了。大衛沉默一會兒，然後說：「爸，我今天真是為你感到驕傲。」

「真的嗎？為什麼？」

「你找出問題，想辦法讓大家走在一起，而且讓賀比帶頭走在前面。假如不是你，我們不知道還要在樹林裡走多久。」他說：「其他人的爸爸媽媽不肯負一點點責任，但是你卻一肩挑起領隊的重擔。」

我告訴他：「謝謝你。事實上，今天我學到很多東西。」

「真的嗎？」

「是啊，我想我學到的東西可以幫助我解決工廠裡的問題。」

「真的嗎？例如什麼問題？」

「你確定你想聽嗎？」

「當然。」

我們討論好一會兒，大衛一直撐著沒睡，甚至還提出幾個問題。我們討論完的時候，聽到其他的帳篷早就鼾聲大作，還聽到蟋蟀的叫聲……以及公路上有個白痴急轉彎時發出的輪胎摩擦怪聲。

16 太太離家時

週日下午四點半左右，大衛和我回到家裡。我們兩個人都累壞了，但是儘管走了遠路，感覺卻很好。我把車子轉進自家的車道，大衛跳出車外，幫我打開車庫大門。我慢慢把車開進去，然後打開行李箱，拿出背包。

「奇怪，媽媽不知道跑到哪裡去了？」大衛說。

我環顧四周，發現她的車不見了。「可能出去買東西了。」我說。

我走進臥室換衣服，大衛則把露營裝備收好。這時沖個熱水澡一定很棒。我一邊沖掉身上的塵土，一邊想，也許今天晚上應該帶全家出去吃晚餐，慶祝我們父子勝利歸來。

臥室裡，有一扇衣櫥的門開著，我走過去把衣櫥的門關好的時候，發現茱莉大半的衣服都不見了。我站在那裡，瞪著空空的衣櫥，愣了好一會兒。大衛走到我後面，喚了一聲：「爸！」

我轉過身來。

「我在廚房桌上找到這個，我猜是媽媽留下來的。」

他遞給我一個密封的信封。

「謝謝。」等到大衛離開，我才打開這封信，裡面是一封短短的字條，上面寫著：

羅戈：

我受不了老是在你心目中排最後一位。我需要你多留一點時間給我，但是顯然你不會改。我要離開一陣子，我需要把事情想清楚。很抱歉對你做出這樣的事情，我知道你很忙。

還有，我把莎朗留在你媽那兒了。

茱莉

我回過神來，把字條放進口袋裡去找大衛，然後告訴他，我必須開車去接莎朗回來，他得自己看家。假如媽媽打電話回來，要記得問她現在人在哪裡，並且記下她的電話號碼。他想知道有什麼不對，我叫他不要擔心，並且答應待會兒回來就解釋給他聽。

我火速開車去媽媽家。她一開門，我還來不及打招呼，她就不停數落著茱莉。「你知道嗎，你太太做事真是太奇怪了。昨天中午我正在做飯的時候，門鈴響了，我打開門，莎朗提著一個小旅行包站在門口，你太太留在車子裡，不肯下車。我正準備走過去和她談話，她就把車開走了。」

我走進屋裡，莎朗原本在客廳看電視，現在急著跑過來迎接我。我把她抱起來，她緊緊抱住我好一會兒，媽媽還繼續喋喋不休。

「她究竟吃錯什麼藥？」

「待會兒再談這個問題。」我告訴她。

「我只是不明白……。」

「待會兒再說，好嗎？」

然後我看看莎朗，她表情很凝重，眼睛睜得大大的，顯然嚇壞了。

「妳在奶奶家玩得愉快嗎？」我問她。

她點點頭，但是一聲也不吭。

她低頭看看地板。

「妳不想回家嗎？」我問。

她聳聳肩。

「妳喜歡和奶奶一起待在這裡嗎？」我媽媽滿面笑容問她。

莎朗開始哭了起來。

我把莎朗帶到車上，往家的方向駛去。經過幾條街道之後，我看看莎朗，她好像一座雕像般坐在那裡，紅紅的雙眼直直瞪著前面的儀表板。到了下一個紅綠燈口的時候，我伸手過去，把她拉到我身邊。

她沉默好一會兒，後來才抬起頭來看著我，低聲說：「媽媽還在生我的氣嗎？」

「生妳的氣？她沒有生妳的氣。」

「她是在生我的氣，她不肯和我講話。」

「沒有，不是，莎朗。媽媽不是在生妳的氣，妳沒有做錯任何事情。」

「那麼，到底是為什麼呢？」她問。

「回家以後，我會解釋給妳和哥哥聽。」

◎

我想，同時對兩個孩子解釋整個情勢，對我來說要容易多了。我一直都很善於在混亂中維持一切都在掌控中的表象。我告訴他們，茱莉只不過要離開一陣子，可能只有一、兩天而已，她很快就會回來，她只不過是想好好思考一下最近困擾她的幾件事情。我說了一切該說的話，試圖安撫他們，跟他們說：「媽媽還是很愛你們，我也很愛你們。」也告訴他們雖然對這個情況無能為力，不過所有的事情都會好轉。大部分的時間裡，他們就好像岩石一般，一動也不動的坐在那兒。或許他們在思考我說的話。

那天晚上，我們出去外面吃披薩。要是平常時候，他們會高興極了，但是今晚卻靜悄悄，每個人都不想說話。我們機械化的嚼完披薩，坐車回家。

回家以後，我叫孩子去做功課，但是，我不知道他們是不是真的在做功課。我自己則走到電話旁邊，內心交戰許久之後，撥了幾通電話。

茱莉在白靈頓沒有任何朋友，所以打電話給鄰居也沒有用，他們什麼都不知道，而且如此一來，我們兩個人之間出問題的消息很快會傳播開來。

於是，我試著打電話給珍妮，就是上週四收留茱莉一晚的那位朋友。但珍妮家沒有人接電話。

接著，我打電話給岳父母，接電話的是茱莉的爸爸。我們聊了一會兒天氣與孩子的情況後，很顯然他沒有什麼特別的話想說，我推斷岳父母並不清楚我們之間發生的事情，但是正當我想隨便找個藉口來結束談話，避免任何解釋的時候，茱莉的爸爸問我：「茱莉要和我們講話嗎？」

「唔，這正是我打電話來的原因。」我說。

「哦，沒有出什麼事吧？」他說。

「恐怕確實出了一點狀況。」我說：「我昨天和大衛一起去露營的時候，茱莉離家出走了，不知道你們有沒有她的消息？」

他立刻告訴茱莉媽媽這個警訊，她把電話接過去。

「她為什麼會離家出走？」她問。

「我不知道。」

「我很清楚我一手帶大的女兒，假如沒有什麼理由，她不會無緣無故就離家出走。」

「她只留了一張字條，說她必須要離開一陣子。」

「你到底對她做了什麼事？」她媽媽大嚷。

「我什麼也沒做。」我像個面對攻擊的撒謊者般辯解。

然後，岳父又把電話接過去，問我有沒有報警。他認為茱莉可能被綁架了。我告訴他，不太可能發生那種事，因為我媽媽看著她把車開走，而且當時並沒有人拿槍抵著她的頭。

最後我說：「假如你們有她的消息，拜託打個電話通知我，我很擔心她。」

一小時以後，我還是報了警，但是不出所料，除非有證據顯示確實發生犯罪行為，否則警方不會協助找人。於是我讓孩子先上床睡覺。

◎

午夜過後不久，我在漆黑的臥室裡瞪著頭上的天花板，聽到有輛汽車轉進車道的聲音。我跳下床，跑到窗戶旁邊。但是我還沒走到窗邊，車燈的亮光已經轉往街道的方向，原來只不過是陌生人在掉轉車頭。車子不一會兒就開走了。

17 危機處理

週一早晨是一場大災難。

先是大衛想為大家煮早餐，他會想到這麼做，真是個負責的好孩子，問題是，他把事情搞砸了。我洗澡的時候，他嘗試自己做煎餅，我正要去刮鬍子的時候，聽到廚房傳來的打架聲。我跑過去，發現大衛和莎朗兩個人正在互相推來推去。裝了麵糊的平底鍋掉到地板上，煎餅一面全焦了，另一面還是生的，麵糊四濺。

「嘿，你們在幹什麼呀？」我大喝一聲。

「全怪她！」大衛指著妹妹大喊。

「你快要把煎餅燒焦了！」莎朗說。

「我沒有！」

濺到爐子上的食物開始冒煙，我走過去，把爐火關掉。

莎朗向我申訴：「我只不過想幫忙而已，但是他一點都不讓我插手。」然後她轉過身去對大衛說：「就連我都知道該怎麼做煎餅。」

「好了，既然你們兩個都想幫忙，就幫忙把廚房清理乾淨好了。」

當一切恢復原樣之後，我讓他們吃了一些冷牛奶配穀片。這頓飯又是在一片寂靜中草草結束。經過這番折騰，莎朗沒趕上校車。所以大衛出門以後，我回頭去找莎朗，準備開車送她上學，卻看她獨自躺在床上。

「莎朗小姐，不管妳在哪裡，該準備出門了。」

「我沒有辦法上學。」

「為什麼？」

「我病了。」

「莎朗，妳一定得去上學。」

「但是我生病了！」

我坐到床邊。「我知道妳很難過，我也很難過。」我告訴她：「但是我必須上班，這也是事實。我沒有辦法在家陪妳，也不可能把妳一個人留在家裡，妳要不就是到奶奶家裡過一天，要不就去上學。」

她坐起來，我用手臂環繞著她。一分鐘後，她說：「我想我要去上學。」

我抱抱她，然後說：「我知道妳會做對的事情。」

◎

等到兩個小孩都上學後，我也趕忙去上班，這時候，已經過了九點。我一走進辦公室，法蘭就對我揮舞著一張留言條。我抓住那張字條，原來是史麥斯的留言，上面注明「緊急」兩個字，而且底下還畫上兩條橫槓。

我打電話過去。

史麥斯說：「我猜你也該上班了。一小時以前我就打過電話找你。」

我的眼珠轉了轉回問：「什麼事啊？」

史麥斯告訴我：「你的手下故意拖慢我急需的一百個組件。」

「史麥斯，我們沒有故意拖慢任何進度。」

他提高音量：「那麼為什麼沒有東西運過來？就因為你們漏接了球，所以我們沒有辦法交貨！」

「只要明確告訴我是哪一批貨，我會找人查清楚是怎麼回事。」

他給了我幾個號碼，我全記下來並告訴他：「好，我會找人回你消息。」

「這樣還不夠。你最好確定我們一定會在今天下班以前拿到這批貨，我的意思是所有一百個組件，不是八十七個，不是九十九個，而是全部交件。我不會因為你的延誤，讓我的部屬必須分兩次安裝生產線。」

我告訴他：「我們會盡力而為，但是我不能保證一定做得到。」

「哦？那麼讓我講得更白一點，假如我們今天沒有辦法從你那裡拿到一百個組件，我會告訴皮區。但是，就我所知，他對你已經很不滿意了。」

「聽著，我和皮區究竟怎麼樣，完全不干你的事。你憑什麼認為你可以威脅我？」

電話那一端靜默許久，我以為他要掛斷電話了。

然後他說：「也許你應該看看你收到的信。」

「你這話是什麼意思？」我彷彿可以聽到他的笑聲。

他甜甜的說：「記得在下班前把組件送來就好了。再見！」

我掛斷電話後喃喃自語。「真奇怪。」

我吩咐法蘭替我打電話給唐納凡，另外通知大家十點開會。唐納凡走進來，我叫他找個催貨員去看看史麥斯需要的那批貨為什麼延誤了。我幾乎是咬牙切齒的告訴他，要確定這批組件在下班前送出去。他走了以後，我試圖忘掉這通電話卻做不到。最後，我問法蘭最近有沒有收到任何提到史麥斯的信件。她想了一會兒，然後抽出一份檔案。

她說：「根據上週五收到的這份備忘錄看來，史麥斯先生似乎升官了。」

我拿起備忘錄來看，發信人是皮區，上面主要是宣布他已經任命史麥斯擔任新職位，也就是事業部的生產力經理，任命從本週五開始生效。職位說明中解釋：所有廠長現在都要向史麥斯報告，他會「格外注意工廠在降低成本和提升生產力上所做的改善」。

我暗自呻吟：「喔，多麼美好的早晨……。」

◎

不管我原先企盼其他人對於我在週末學到的東西表現出多大的熱情，實際的結果是，他們無動於衷。起先我以為只要走進會議室，張開嘴巴，吐露我的發現，他們都會立刻折服。結果，全然不是如此。參加會議的人包括我、劉梧、唐納凡、史黛西與電腦中心主管雷夫。我站在前面，旁邊是個黑板架，上面夾著一疊海報紙，我一面解說，一面在紙上畫著圖形。我已經花費好幾小時來解釋我的發現，但是現在都已經快到午餐時間，他們還是全都呆坐在那裡，一副無動於衷的樣子。

我注視這一張張望著我的臉孔，我看得出來，他們不怎麼明白我告訴他們的事情。我隱約瞥見史黛西眼中閃過一絲領悟的光芒，唐納凡則躊躇不決，他似乎直覺的抓到我話中的部分涵義，雷夫不太確定我在說什麼，劉梧則對著我猛皺眉頭。也就是說，我們這裡有一位同情者、一個遲疑未決的人、一個十分困惑的人，還有一個懷疑者。

「好，有什麼問題？」我問。

他們面面相覷。

我說：「別這樣。這就好像我剛剛證明二加二等於四，而你們卻不相信一樣。」我盯住劉梧：「你有什麼問題？」

劉梧往後一靠，搖搖頭說：「我不知道，羅戈，只是……你說你是因為觀察一群小孩在樹林健行而得來的靈感。」

「這又有什麼不對呢？」

「沒什麼不對。但是，你怎麼知道這些情況確實也會發生在工廠中呢？」

我往回翻幾張海報紙，並找到其中一張紙上寫著約拿說的兩種現象。

「看看這個，我們在工廠裡，有沒有統計上的波動？」我指著那幾個字問。

「有。」他說。

「我們在工廠裡，有沒有依存關係？」我再問。

「有。」他又說。

「那麼，我告訴你們的話就一定正確。」我說。

「慢著。機器人不會產生統計波動，它們總是以同樣的節奏工作，這就是為什麼我們要添購這該死的東西，因為它很穩定。而我以為你跑去見那個叫約拿的傢伙，主要是為了弄清楚我們該對機器人怎麼辦。」唐納凡反駁道。

「沒錯，對機器人而言，每一次作業的時候，循環週期中的波動都十分平緩。」我告訴他：

「但是，我們不是只靠機器人來作業，而且其他的作業的確出現了這兩種現象。還有，不要忘了，我們的目標不是要讓機器人有生產力，我們的目標是要讓整個系統有生產力。對不對，劉梧？」

劉梧說：「唐納凡的話有幾分道理。我們有很多自動化設備，因此加工處理的時間應該相當一致。」

史黛西轉過頭去：「但是，他的意思是……。」

就在這時候，會議室的門打開了，一個叫佛瑞德的催貨員探頭進來，看著唐納凡。

他問唐納凡：「我可不可以和你談幾分鐘？是關於史麥斯的那批貨。」

唐納凡站起來，準備走出去，但是我叫佛瑞德進來說。不論我喜不喜歡，我必須對當前這個「史麥斯危機」感興趣。佛瑞德解釋，組件完工以前，還必須再經過兩個部門的處理才能出貨。

「今天有辦法出貨嗎？」我問。

「很險，但還是可以試試看。」佛瑞德說：「穿梭貨車會在五點離開。」這種穿梭貨車是一家私人公司提供的貨運服務，我們這個事業部的所有工廠都利用這種貨運服務往返運送零件。

唐納凡表示：「送貨到史麥斯工廠的最後一班車五點出發。一旦錯過這班車，就要等到明天下午才有車。」

「有哪些工作需要完成？」

佛瑞德說：「彼德的部門必須先組合零件，然後再把它焊接起來。我們會架設一具機器人來做焊接的工作。」

我說：「喔，對了，機器人。你覺得我們辦得到嗎？」

「根據生產進度，彼德的工人應該每小時提供二十五個零件，而我知道機器人每小時能焊接二十五個零件。」

這時候，唐納凡提出如何運送零件給機器人的問題。

在一般狀況下，彼德的部門可能會每天運送一次完成的零件給機器人，或是直到整批零件都處理完成才運送過去。但是，我們等不了那麼久，機器人必須盡早開始動工。

「我會安排物料處理人員每小時巡視彼德的部門一次。」

「好，」唐納凡問：「彼德什麼時候可以開始動工？」

佛瑞德說：「彼德中午就可以開始，所以我們足足有五個小時可以趕工。」

唐納凡說：「你知道彼德的工人四點就下班了。」

佛瑞德說：「知道，我說過時間會很緊，但是我們唯有盡力試試了，不是嗎？」

這倒提醒了我。我和其他人說：「你們都不明白我今天早上說的話，但是假如我說得沒錯，那麼我們在生產線上應該會看到同樣的效應，對不對？」

他們全都點頭。

「假如我們明知約拿的理論是對的，卻還照著過去的老方法來管理工廠，就簡直是愚不可及，對不對？所以我要你們親自看看發生的狀況。你說彼德中午就會開工嗎？」

「對。」佛瑞德說：「現在，他部門所有的人都在吃午餐，他們十一點半休息，所以會在十二點準時開工。物料處理員一點整送達第一批零件的時候，機器人早就安裝妥當了。」

我拿起紙筆，寫下簡單的時間表。

「我們必須在五點以前生產出一百個組件，一個都不能少，史麥斯說他不會接受部分交貨。所以，假如沒有辦法全部完成，我們今天就不出貨。」我說：「現在，我們假定彼德的部門每小時生產二十五件，但是這並不表示他們每過一個小時，一定都會恰好產出二十五件，而是有時候進度會落後一點，有時候卻超前一點。」

我看看大家，每個人都聽懂了。

「那麼，統計的波動就發生了。但是，我們的規畫是，從中午到下午四點，彼德的部門應該平均總共有一百件的產出。而另一方面，機器人的產出速度應該可以計算得更精確一點。我們可以把機器人的效率設定在每小時二十五件，不多也不少。我們也有了依存關係，因為在物料處理員把零件從彼德的部門送過來之前，機器人都無法動工。

「機器人必須等到兩點才有辦法開工。但是我們希望在五點以前，把最後一批組件完成，並且裝上貨車。所以，假如用圖形表示，可能的狀況是像這樣……。」

我把畫好的時間表拿給他們看，時間表就是像圖 1 這個樣子。

「好，現在我要彼德在一張表上記錄他的部門每小時完成的零件有多少。佛瑞德，你也同樣記錄下機器人每小時的成績。記住，不可以作假，我們需要真實的數字，明白嗎？」

「當然，沒問題！」佛瑞德說。

我問：「順便問一下，你真的覺得我們今天能交出一百個組件嗎？」

唐納凡告訴我：「我猜這全要看彼德怎麼說了，假如他說辦得到，就沒什麼問題。」

我對唐納凡說：「我和你打賭十美元，我們今天辦不到。」

唐納凡驚呼：「你是當真的嗎？」

「當然啦。」

「一言為定，十美元。」

大家去吃午餐的時候，我打電話給史麥斯，他也在吃午餐，不過我留了話。我告訴他的祕書，這批貨明天一定會到達他的手中，但是我們最多只能做到這樣，除非他願意額外負擔一筆今晚的運送費。我很清楚史麥斯最在意成本，因此他一定不想增加額外的負擔。

打完電話後，我靠在椅子上，開始思考我的婚姻狀況，以及我該怎麼辦。顯然，茱莉還是沒有任何消息。她就這樣不告而別，真是把我給氣壞了，同時我也很擔心她。但是，我能怎麼辦呢？我不可能大街小巷到處找她，她可能在任何地方，我只能耐心等待。我終究會等到她的

圖1　完成100個組件的理想進度

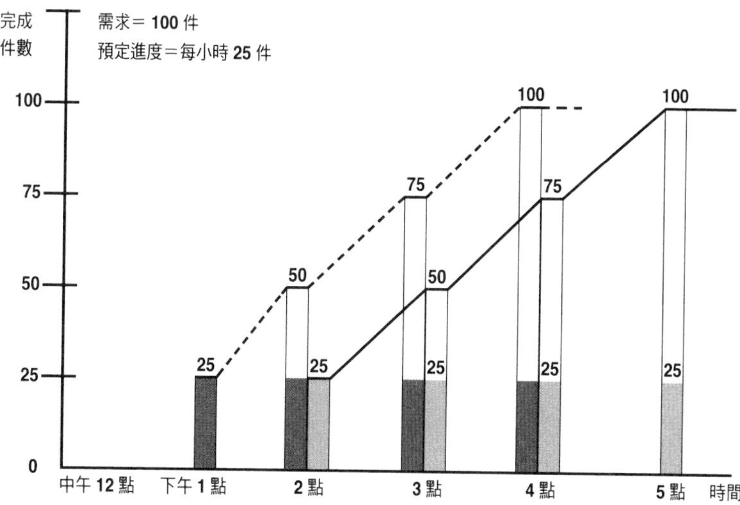

彼德部門理想進度

機器人理想進度

------- 彼德部門理想的累計完成數量

——— 機器人理想的累計完成數量

消息，或是從她的律師那裡來的消息。在這同時，還有兩個小孩需要我照顧，實際一點來看，或許應該說是三個小孩。

法蘭拿著留言條走進我的辦公室說：「我吃完午餐回來的時候，其他祕書給了我這張留言條。你在講電話的時候，有個叫大衛的人打電話來，那不是你兒子嗎？」

「對呀，有什麼問題嗎？」

「他說，他擔心放學的時候會進不了家門。你太太不在家嗎？」她問。

「對呀，她出城去了。」我告訴她：「法蘭，妳也有好幾個小孩，妳怎麼兼顧辦公室的工作和照顧小孩呢？」

她笑了。「的確不容易。但是另一方面，我不像你工作到那麼晚。換作是我，就會在她回家以前找人幫忙。」

她離開以後，我再度拿起電話。「嗨，媽，我是羅戈。」

「有沒有茱莉的消息呀？」她問。

「還沒有。在茱莉回家以前，妳介不介意搬過來和我們一起住？」

◎

下午兩點，我溜出去接我媽，以便在小孩放學前，把她送到我家。我到舊家的時候，她已經站在門口等著我，旁邊還放著兩個提箱和四個紙箱子，她幾乎把廚房裡一半的東西都堆在裡面。

「媽，我們家裡已經有很多鍋子了。」

「你們的鍋子和我的不同。」

於是，我們把東西搬進後車廂。到家以後，我卸下所有鍋子，她在家裡等孩子放學回家，而我則趕回工廠。

◎

四點左右，第二班工人快下班的時候，我到唐納凡的辦公室裡，看看史麥斯那批貨現在情況如何。

我一打開門走進去，唐納凡就說：「哇，看誰來了，午安！你來了真好！」

「你為什麼這麼高興？」

「欠我錢的人來看我的時候，我一向都很高興。」

「喔，是這樣嗎？你為什麼認為有人欠你錢？」

唐納凡扭著手指說：「別這樣？難道你忘記我們打的賭嗎？十美元，記得吧？我剛和彼德談過，他們真的快完成那一百個組件了，所以機器人應該可以趕完史麥斯要的那批貨。」

「是嗎？假如真是這樣的話，我不介意輸錢。」

「那麼你認輸囉？」

「沒有，除非我看到零組件全部裝上五點出發的那班貨車。」

「悉聽尊便。」

「咱們去看看情況到底怎麼樣吧！」最後我向他說。

我們往彼德的辦公室走去。抵達那裡之前，我們走過機器人旁邊，焊接零件的閃光把周圍照得十分明亮。另外一邊走來兩個工人，當他們經過焊接區域時，發出一陣歡呼：「我們打敗機器人了！我們打敗機器人了！」

唐納凡表示：「一定是彼德那個部門的人。」

我們微笑著走過他們身邊。當然，他們沒有真的打敗任何人，但是有什麼關係呢，他們看起來很快樂。我和唐納凡繼續走向彼德座落在機器之間的簡陋辦公室。

我們走進去的時候，彼德說：「嗨！我們完成了你們要我們趕工的東西。」

「很好，彼德，你有沒有填那張紀錄表？」我問。

「有哇，我把它放到哪裡去了？」

他在桌上一堆紙中間翻找。一邊找，一邊說：「你們今天下午應該來看看我的工人，他們真的動起來了。我告訴他們這批貨有多重要，他們都全力以赴。你知道，通常快下班的時候進度都會慢一點，但是今天他們可真賣力。下班的時候，每個人都覺得很自豪。」

唐納凡說：「對呀，我們也注意到了。」

他把紀錄表放在我們面前說：「這就是你要的東西。」我們讀著紀錄表（見圖2）。

「那麼，第一個小時，你們只完成十九件。」

「呃，我們多花了一點時間準備，而且有個傢伙中午太晚回來。但是兩點的時候，我們讓物料處理員運了十九件過去，讓機器人可以開工。」彼德解釋。

「但是，從一點到兩點這段時間，你們還是少完成了四件。」唐納凡指出。

「對，但是有什麼關係呢？你們看看兩點到三點的情況，我們超前進度三件。我一看到我們還落後進度，就告訴每個人，今天下班前完成全部一百個組件是多麼重要。」

「所以每個人都加快速度。」我表示。

「沒錯，」彼德說：「我們彌補了最初落後的進度。」

「對，你們在最後一個小時完成了三十二件。」唐納凡說：「羅戈，你怎麼說？」

「我們過去看看機器人目前的狀況。」

◎

五點五分的時候，機器人還在焊接那堆零件。唐納凡來回踱步，佛瑞德走過來。

「貨車會不會等我們？」唐納凡問。

圖2 彼德部門以人力處理零件的實際狀況

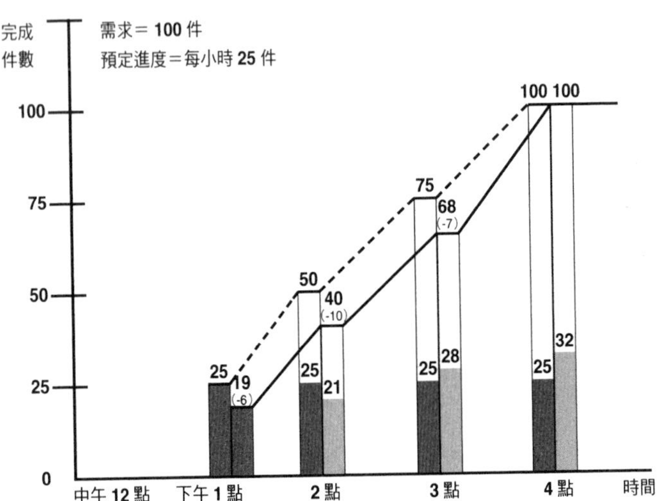

■ 理想進度

■ 彼德部門每小時實際完成件數

-------- 理想的每小時累計完成數量

———— 實際的每小時累計完成數量

＊注：彼德的人手在第一小時和第二小時均落後進度，但是在第三小時及第四小時加緊趕工，追回落後的進度，因此他們以為可以及時完成 100 個組件。

「我問了司機，他說沒辦法，他還要趕去下一站。假如他等我們，整個晚上都會誤點。」佛瑞德回答。

唐納凡轉身看著機器人吼道：「這笨機器人到底是怎麼回事呀？所有零件都齊了呀？」

我拍拍他的肩膀說：「看看這裡。」

我指著佛瑞德記錄機器人產出的那張紙（圖3），再從襯衫口袋裡掏出彼德的紀錄表，因此我們可以把兩張紙放在一起比對。

這兩張紙放在一起，就出現這樣的結果（圖4）。

我告訴他：「彼德的工人在第一個小時完成十九件，機器人的產能是每小時二十五件，但是彼德沒能給它二十五件加工，所以機器人那個小時的實際產能只有十九件。」

「第二個小時，情況也一樣。」佛瑞德說：「彼德交出二十一件，所以機器人只能完成二十一件。」

「每次彼德的部門落後進度的時候，機器人的進度也跟著落後。但是當彼德交出二十八件的時候，機器人還是只能完成二十五件。也就是說，當最後一批貨，總共三十二個零件在四點運到這裡的時候，機器人這邊的上一批貨卻還剩下三件沒有完成。所以，它沒有辦法立刻開始焊接最後一批零件。」

唐納凡說：「我現在明白了。」

佛瑞德說：「你知道嗎，最嚴重的時候，彼德的進度落後了十件，真滑稽，這正好是我們最後落後的數目。」

「這就是我今天早上拚命要解釋給你們聽的數學原理所產生的效應。前一個作業程序的最大偏差值（deviation）會變成下一個作業流程的起點。」

唐納凡伸手掏出皮夾，然後對我說：「我猜我欠你十美元。」

我說：「這樣好了，與其付錢給我，你何不乾脆把錢拿給彼德，讓他請部門的人喝點咖啡或吃吃東西，只是聊表一下謝意，謝謝他們今天下午的辛勞。」

「對呀，這是個好主意。抱歉今天沒辦法出貨，希望這不會給我們帶來什麼麻煩。」

「我們現在沒辦法擔這種心。我們今天得到很多收穫，但是我要告訴你一件事：我們得好好檢討一下獎勵制度。」

「為什麼？」

「你看不出來嗎？儘管彼德完成一百件還是無濟於事，因為我們依然沒辦法出貨。但是彼德與他的部屬還自以為了不起。我們平常可能也會這麼想，但這是不對的。」

圖3　機器人處理零件的實際狀況

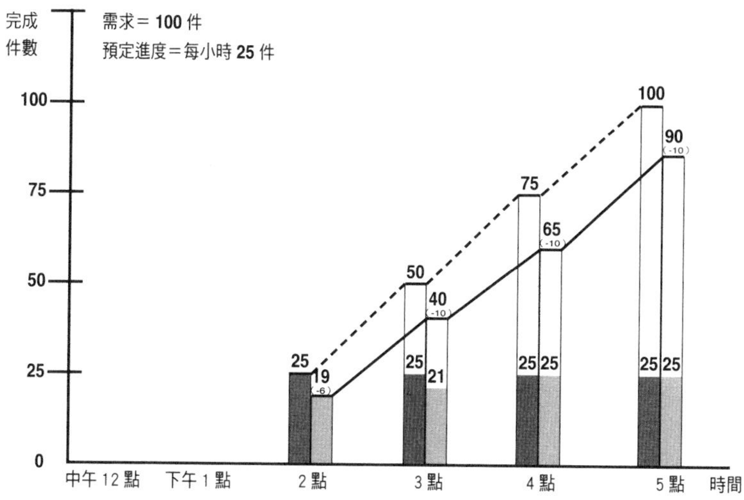

■ 理想進度

□ 機器人每小時實際完成件數

-------- 理想的每小時累計完成數量

———— 實際的每小時累計完成數量

＊注：由於機器人在彼德部門的下游，機器人實際完成件數要受限於

1. 彼德部門一小時完成的件數，
2. 機器人的最大產能（每小時 25 件）。

因此，彼德部門落後進度時，機器人的進度也隨之落後；但彼德部門每小時完成件數超過預定進度時，機器人每小時仍只能完成 25 件。

圖4　彼德部門加上機器人的實際作業狀況

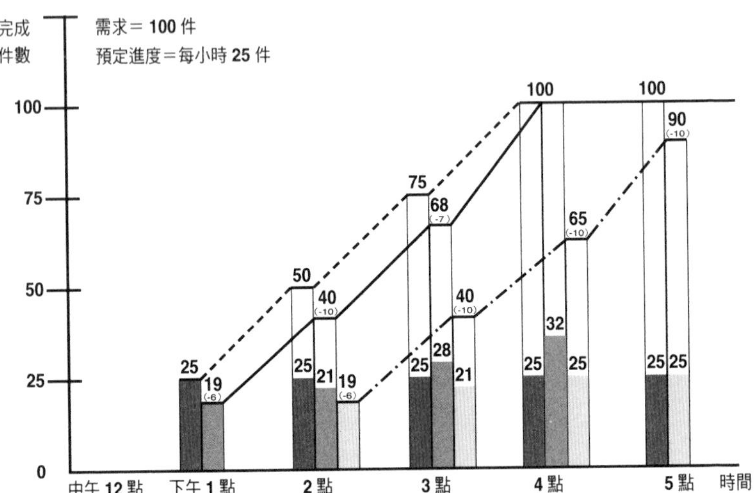

理想進度

彼德部門每小時實際完成件數

機器人理想進度

- - - - - - - - 理想的每小時累計完成數量

———— 彼德部門每小時累計完成數量

—·—·—·— 機器人每小時累計完成數量

18 尋找生產瓶頸

晚上下班回家的時候，兩個小孩都在門口迎接我。我媽站在後面，廚房裡冒出陣陣蒸氣。我猜她正在做飯，現在一切都在她的掌控之中。莎朗站在我面前，臉上光彩煥發。

「你猜發生了什麼事？」她說。

「我猜不到。」

「媽媽今天打電話來了。」

「真的呀？」

我看向媽媽，她搖搖頭說：「是大衛接的電話，我沒有和她說上話。」

我看著莎朗問：「媽媽說什麼？」

莎朗說：「她說她愛大衛和我。」

大衛補充：「她說會離開一陣子，但是我們不必為她擔心。」

我問：「她有沒有說什麼時候回來？」

「我有問她，但是她說現在還不曉得。」

我接著問：「你有沒有要到她的電話號碼，好讓我打電話給她。」

他低頭看著地板。

「大衛！媽媽打電話來的時候，你不是應該要到她的電話號碼嗎？」

他躡嚅著說：「我試過了，但是……她不肯告訴我。」

「喔！」

「對不起。」大衛低聲道歉。

「沒關係，大衛，謝謝你的嘗試。」

「大家都坐下來吃晚飯吧！」我媽媽以輕快的語調說。

這頓晚飯不再那麼安靜了，我媽媽不斷說話，盡己所能逗我們開心。她告訴我們經濟大恐慌的故事，還說今天我們能有飯吃是多麼的幸運。

◎

週二早上，情況稍微正常了一點。我和媽媽合力把小孩送出門去上學，而我也準時去上班。早上八點半，唐納凡、史黛西、劉梧與雷夫都在我的辦公室裡，我們正在討論昨天發生的事情。今天，他們比昨天專心多了，或許是因為已經親眼目睹我的說法得到證實。

「依存關係與統計波動相加起來，就是我們每天要對抗的狀況。我想這可以說明我們為什麼會有這麼多訂單延誤。」

劉梧與雷夫正在研究我們昨天記錄下來的兩張表格。「假如第二個作業流程不是由機器人來擔任，而是人工完成，會怎麼樣？」劉梧問。

「我們會有另外一組統計波動，把情況弄得更複雜。」我說：「別忘了，這裡只有兩項作業流程。想想看，當十項或十五項作業流程都出現依存關係，每項流程在處理每一個零件的過程中，都各自出現統計波動時，會是什麼狀況。更何況有的產品還牽涉到上百種零件。」

史黛西覺得很困擾，她問：「那麼，我們要怎麼控制生產線上的狀況呢？」

我說：「這是一個價值幾十億美元的問題：我們要怎麼控制工廠裡面五萬個、甚至五千萬個變數呢？」

雷夫說：「我們必須採購新的電腦主機，才有辦法追蹤這麼多的變數。」

我告訴他：「新電腦沒有辦法拯救我們，單憑資訊管理不能讓我們把全局掌控得更好。」

唐納凡問：「假如拉長生產時間呢？」

「你真的認為生產時間長一點，就能保證我們一定會完成史麥斯那筆訂單嗎？」我問他：「截至昨天以前，我們已經拿到訂單多久了？」

唐納凡不停的扭著手指說：「嘿，我的意思只不過是說，這樣一來我們就可以有多一點的現貨，以彌補生產過程中的延誤。」

這時候，史黛西說：「生產時間拉長會增加存貨，而增加存貨不是我們的目標。」

「好吧，我明白。」唐納凡說：「我不是要和你爭辯。我之所以提到生產時間，只不過想知道我們該怎麼辦。」

每個人都轉過頭來看我。我說：「到目前為止，我所知道的只是我們必須改變處理產能的方式。我們不能單獨衡量某個資源的產能，真正的產能完全要看它在工廠流程中的位置而定。以前，我們一直想讓產能恰好符合需求，以便減少支出，因此才把這座工廠弄得一團糟。我們現在不應該再重蹈覆轍。」

唐納凡說：「但是，每個人都這麼做呀！」

我說：「對，每個人都這麼做，或是聲稱他們是這麼做。但是我們現在可以看到這種做法很愚蠢。」

劉梧問：「那麼，其他工廠怎麼生存呢？」

我告訴他，我也很想知道答案。我懷疑，每當一座工廠在工程師與經理人同心協力下，採取錯誤的措施來達到平衡時，危機就會出現。於是，工廠就會調動工人，嚴重加班，或是召回被裁掉的工人，原本的平衡很快就被打破。求生存的動力完全掩蓋掉錯誤的信念。

史黛西說：「或許，該是打電話問約拿的時候了。」

我說：「妳說得對。」

法蘭花了整整半小時，才查出約拿今天身在地球上哪個角落，又過了一小時，約拿才有辦法和我們講電話。他一接電話，我就請另外一位祕書召集大家到我的辦公室來，一起透過擴音器聽約拿說的話。他們進來的時候，我正告訴約拿，在上次健行中，我想通了他告訴我的道理，以及我們從工廠的這兩種現象所產生的效應中學到什麼道理。

我告訴他：「我們現在明白，不應該單獨考慮每個部門，試圖發揮它們的最大效率。我們應該做的是，讓整個系統發揮最大的效率，有些資源必須比其他資源產能更高，生產線最後面的部分應該要比開頭的部分產能更高。對不對？」

「說得好！」

「太好了，很高興聽到我們總算有點進展。」我說：「我打電話給你是因為，我們必須知道現在該怎麼辦。」

他說：「羅戈，你們的下一步應該是區分工廠中兩種不同的資源。我稱其中的一種為『瓶頸資源』，另外一種呢，很簡單，就是『非瓶頸資源』。」

我輕聲叫大家開始做筆記。

約拿繼續說：「不管是任何資源，只要產能等於或是少於需求，就是瓶頸。而非瓶頸資源是指產能大於需求的資源。明白嗎？」

我回答：「明白。」

約拿說：「一旦你能分辨這兩種資源，就會開始看到其中蘊含的豐富涵義。」

史黛西問：「但是約拿，市場需求在其中扮演什麼角色呢？需求與產能之間一定有某種關係。」

他說：「沒錯，但是正如妳所知，妳不應該在產能與需求之間求取平衡，你們需要做的是，在產品於工廠中的流量與市場需求之間求取平衡。事實上，為了說明瓶頸與非瓶頸之間的關係，以及應該如何管理工廠，我擬定了九項原則，這正是其中第一項原則。我再重複一次：要使流量平衡，而不是使產能平衡。」

史黛西仍然很困惑，又問：「我不確定我聽懂你的話。瓶頸與非瓶頸在什麼地方出現呢？」

約拿說：「我問妳，這兩種資源之中，哪一種會決定工廠的有效產能？」

「應該是瓶頸。」

我說：「沒錯，這就好像我上個週末健行時碰到的那個叫賀比的孩子。他的產能最小，但是實際上，他是決定整列隊伍移動速度的關鍵人物。」

約拿問：「所以，應該在哪裡使你們的生產線平衡呢？」

「喔，我明白了。」史黛西說：「也就是說，通過瓶頸的流量應該等於市場需求。」

「基本而言，妳說得沒錯，妳總算明白了。」約拿說：「不過，實際上，流量應該要比需求稍微小一點。」

「怎麼會這樣呢？」劉梧問。

「因為假如流量恰好等於需求，一旦市場需求下降，你們就會賠錢。」約拿說：「但是這個觀點還不錯，基本上，瓶頸的流量應該等於需求。」

唐納凡不耐煩的發出各種雜音，希望能加入討論。他說：「對不起，但是我認為瓶頸是很壞的東西，只要有可能，我們都應該消除瓶頸，不是嗎？」

「不對，瓶頸不一定很壞，也不一定是好的，瓶頸只不過是你們面對的現實。我的意思是，找到瓶頸在哪裡之後，你們必須利用瓶頸來控制通過系統與進入市場的流量。」

聽著聽著，我覺得很有道理，因為我現在想起來當初是如何運用賀比來控制健行速度。

約拿說：「我得離開了，你是在會議的十分鐘休息時間逮到我的。」

我插話：「約拿，在你離開以前……。」

「怎麼樣？」

「接下來，我們該怎麼辦？」

他說：「首先，你們工廠裡有沒有瓶頸？」

我告訴他：「我們還不曉得。」

「那麼，你們下一步該做的就是，找出瓶頸在哪裡，因為這與你們管理資源的方式會有很大的關係。」

「我們要怎麼找到瓶頸呢？」

「很簡單，但是解釋起來要花好幾分鐘的時間。你們自己想辦法好嗎，假如你們先好好思考一下，真的很容易。」

「好吧，但是……。」

「我要暫時和你們說再見了，等你們曉得究竟有沒有瓶頸之後，再打電話給我。」擴音器傳來喀啦的聲音，然後就是嗡嗡的長音。

劉梧問：「好了，現在該怎麼辦？」

我說：「我想我們先檢查所有的資源，拿它們和市場需求比較。假如發現有任何資源的需求大於產能，那麼就知道我們的瓶頸在哪裡。」

史黛西問：「找到瓶頸以後呢？該怎麼做？」

我說：「我猜最好的辦法就和我帶童軍健行時的做法一樣，我們調整產能，把瓶頸安排在生產線的最前面。」

劉梧說：「假如我們找到產能最低的資源，但是它的產能卻比市場需求還大，該怎麼辦？」

「那麼，我猜我們就有了一個沒有頸子的瓶子。」

史黛西說：「但是，限制還是存在，因為瓶子還是有瓶身，只不過受限的產能仍然大於市場需求。」

劉梧問：「假如發生這種情況呢？」

「我不知道，」我告訴他：「我想我們應該先看看到底有沒有瓶頸再說。」

「那麼，我們現在要開始尋找賀比了。」雷夫說：「來看看他到底在不在。」

「對，趕快，別光在這兒說個不停。」唐納凡也贊同。

◎

幾天後，我走進會議室，發現到處都是紙張。會議桌上堆滿電腦報表，角落裡架設起一台終端機，旁邊的印表機吐出更多報表。垃圾桶已經裝滿，菸灰缸也一樣，咖啡杯、空糖包、奶精球的空殼、紙巾、糖果以及餅乾的包裝紙等四散在桌面上。這個地方已經變成我們尋找賀比的總部，我們還沒有找到他，但是大家都累翻了。

雷夫坐在桌子另一端。他率領的一批資料處理人員以及他們管理的系統資料庫，對這次的搜尋工作舉足輕重。

我走進來的時候，雷夫的樣子並不開心，他正用瘦長的手指搔著那頭稀疏的黑髮。

他告訴史黛西和唐納凡：「不應該是這樣。」

雷夫一看到我就說：「哈！你來得正好。你知道我們剛剛做了什麼事嗎？」

「你們找到賀比了？」我說。

雷夫說：「不是，我們花了兩個半小時來計算根本不存在的機器需求。」

「你們為什麼要這麼做呢？」

雷夫連珠炮似的開始滔滔不絕，唐納凡制止他。「等等，慢著，慢一點，讓我來說明。」然後向我們解釋：「事情是這樣子，他們看到有些生產步驟上還把幾部舊銑床列為生產流程的一部分，事實上，我們已經不用……。」

雷夫插話：「我們不僅僅已經不用這幾台機器，而且我們剛剛才發現，我們一年前就賣掉了。」

唐納凡說：「部門裡每一個人都曉得機器已經不在那裡，所以這從來都不是問題。」

我們就像這樣繼續下去，試圖計算工廠裡的每一種資源、每一台設備的需求。約拿說過，產能小於或等於市場需求的生產資源就是瓶頸。為了要了解我們是否有瓶頸，我們推斷，首先必須知道市場對於產品的整體需求有多少。其次，必須弄清楚每一種資源要花多少時間來滿足需求。假如一種資源能夠用來生產的時數（扣除機器維修的時間、工人的午餐與休息時間等）等於或小於需求的時數，那麼我們就找到賀比了。

要得到市場需求的確切數量，必須先整合手上的各種數據，包括目前積壓的訂單，以及對於新產品與備用零件的預估數字。這代表整座工廠的產品清單，包括我們「賣給」集團中其他工廠與事業部的產品。

整合完這些數據之後，我們現在正在計算每個「工作單位」必須貢獻的生產時數。我們為工作單位下的定義是，同一種生產資源以任何數量組成的小組，例如具備同樣技能的十位焊工就是一個工作單位，四台相同的機器則組成另一個工作單位，而安裝與操作這些機器的四名機械工又組成一個工作單位，以此類推。用工作單位所需要的總生產時數除以生產資源的數量，就可以得出每一種資源在生產某一項產品時應該出的力氣，我們可以拿這個作為比較的標準。

例如，昨天我們發現射出成型機的需求是，每個月每台機器需要花兩百六十個小時處理零件，而目前這些機器每個月每一種資源可以提供兩百八十個小時的生產時數。也就是說，我們在這些機器上還有多餘的產能。

但是我們愈深入分析，卻發現數據的準確性實在不怎麼理想。我們發現物料單的紀錄與生產流程不吻合，以及生產流程要不是沒有顯示目前的操作時間，就是上面列的機器根本不正確，諸如此類的事情層出不窮。

史黛西說：「問題是，我們一直在處理緊急狀況，導致許多資料更新的工作都嚴重落後。」

唐納凡說：「真該死，無論如何，有這麼多的工程變動、工人調動，以及不停發生的各種狀況，要隨時保持最新資料，本來就很困難。」

雷夫搖搖頭跟著說：「要查證、更新與工廠有關的每一筆資料，可能要花好幾個月！」

唐納凡咕噥道：「或幾年的時間！」

我坐下來，閉上眼睛。張開眼睛時，我發現他們全盯著我。我只好開口：「顯然我們沒有這麼多時間。皮區吹響哨音之前，我們只有十週可以改變現況。我知道我們現在抓對了方向，但是卻走得踉踉蹌蹌。我們必須接受現實，現在不可能得到完美的數據。」

雷夫說：「那麼，我必須提醒你一句資料處理界的老話：『假如你輸入的資料是垃圾，那麼輸出的也會是垃圾。』」

我說：「且慢，或許我們太重視方法了。並不是只有靠搜尋資料庫才能找到答案。難道沒有其他方法能更快指出瓶頸嗎？或是至少指出可能的選項？我回想起那次健行時，一眼就看出誰走得比較慢，因為那是很明顯的事實。難道你們都沒有靈感，賀比可能在工廠的哪個地方嗎？」

史黛西說：「但是，我們甚至連究竟有沒有瓶頸都還不知道。」

唐納凡把手放在唇上，欲言又止，最後終於開口：「該死，我已經在這座工廠工作二十幾年。經過這麼長的時間以後，我知道問題通常都從哪裡開始。我想我可以列出一張單子，指出哪些地方可能會有產能短缺，至少這樣可以縮小研究的範圍，節省一點時間。」

史黛西轉過頭去，對他說：「你知道嗎，你剛剛提醒了我。假如我們去和催貨員聊聊，他們或許可以告訴我們，大部分時候短缺的都是哪些零件，以及他們通常都去哪些部門催討這些零件。」

雷夫問：「這樣做又有什麼好處呢？」

「最常短缺的零件可能就是通過瓶頸的零件，」她說：「而催貨員去找零件的部門，可能就是我們可以找到賀比的地方。」

我在椅子上挺起胸口表示同意：「對呀，很有道理。」

接著我站起來，邊踱步邊說：「告訴你們，我剛剛想到，在樹林小徑上，可以藉著隊伍的間隔找出誰走得慢，走得愈慢的人，他和前面那個人之間的距離就愈大。如果拿我們工廠來看，間隔就是存貨。」

唐納凡、雷夫與史黛西都等著我把話說完。

我說：「你們還不明白嗎？假如工廠裡出現一個賀比，那裡就可能會有堆積如山的在製品存貨。」

唐納凡說：「對，但是我們工廠裡到處都是堆積如山的零件。」

我告訴他：「那麼，我們就要找出最大的一堆在製品。」

「對，這應該可以提供另外一項準確的線索！」

我轉過頭去詢問：「你怎麼說，雷夫？」

雷夫說：「呃，似乎值得一試。只要你們把範圍縮小到三、四個工作單位，要查證資料就不會太困難。」

唐納凡看著雷夫，以開玩笑的語氣說：「對呀，我們已經曉得你的電腦有多棒了。」

但是，雷夫並不把他的話當成玩笑，反而顯得很尷尬。「嘿，我只能就拿到的資料來分析，你還希望我怎麼辦？」

「好了，重要的是，我們現在想到新的辦法，別花時間怪罪那些沒用的數據，大家開始工作吧！」

新的點子為大家注入新的活力，我們開始工作，而且進展很快……還可以說是太快了。事實上，我們的發現讓我覺得好像撞上了一堵牆。

◎

唐納凡說：「找到了！嗨，賀比。」

在我們前面的是NCX—10。

我問：「你確定這是瓶頸嗎？」

「這些就是證明。」他指著旁邊一大堆在製品存貨說，我們一個小時以前才評估過雷夫與史黛西整理的報告，根據那份報告，這裡積壓了好幾週的訂單。

「我們和催貨員談過了，他們說我們老是在等這台機器加工的零件，就連領班也這麼說。負責這個區域的傢伙買了個耳塞，好躲避四面八方來的抱怨聲。」

我說：「但是，這應該是我們最有效率的一台設備。」

唐納凡說：「沒錯，用來製造這些零件的設備之中，這台機器的成本最低，效率最高。」

我問：「那麼，它為什麼會變成瓶頸呢？」

他答：「我們只有一台這樣的機器。」

「對，我曉得。」我瞪著他，直到他開始解釋。

「你看，這台機器到目前為止只用了兩年。在我們架設這台機器以前，我們用的是另外幾台機器，但是這台機器可以完成過去需要三台不同機器處理的工作。」

唐納凡接著說明，過去他們如何用三種不同類型的機器來處理這些零件。在每個零件的加工時間上，最常見的狀況是，第一台機器花兩分鐘，第二台機器花八分鐘，第三台機器花四分鐘，每個零件總共花十四分鐘。但是新的ＮＣＸ－10能在十分鐘內完成這三個加工步驟。

我問：「你的意思是每個零件因此可以節省四分鐘。這樣我們每個小時不是應該生產更多的零件嗎？怎麼還會有這麼多存貨堆積在這裡，等著這台機器來處理呢？」

他說：「照過去的作業方式，我們的機器比較多，第一種機器有兩台、第二種機器有五台、第三種機器有三台。」

我點點頭，現在終於明白了。「所以即使每個零件需要多花一點時間來處理，在相同時間內，還是能完成比較多的零件。那麼，我們為什麼要買ＮＣＸ－10呢？」

「其他那些機器，每一台都需要由一位機械工來操作，但是NCX—10只需要兩個人來安裝。正如我先前所說，對我們來說，這是生產零件最便宜的方式。」

我慢慢的繞著機器走，接著問：「我們每天都分三班操作這台機器，是不是？」

「我們才剛開始重新這麼做。我花了一段時間才找到人來取代東尼，就是第三班那個辭職的機械工。」

「喔，對……。」天哪，皮區那天真對我們做了一件好事。我接著問：「唐納凡，我們需要花多少時間來訓練新手操作這台機器？」

「大約六個月。」

我搖搖頭。

唐納凡解釋：「這是個大問題。我們訓練好一批人，然後幾年以後，他們可能為了多賺幾美元，就跳槽到其他地方。以我們現在提供的工資，幾乎吸引不到任何人。」

「那麼，為什麼你不給操作這台機器的工人加薪呢？」

唐納凡說：「問題在於工會。假如這麼做，我們會聽到很多抱怨，而工會也會希望所有負責安裝機器的工人都能加薪。」

我瞥了機器最後一眼說：「好了，這個問題就討論到這裡。」

但是，事情還沒有結束。我們走到工廠另一端，唐納凡對我做了另外一次簡報。

「這位是賀比二號：熱處理部門。」

這裡更像大家心目中的工業用賀比，很髒、很熱、很醜陋也很沉悶，但是卻不可或缺。熱處理部門基本上就是一組鍋爐，在幾個髒兮兮的鐵盒裡面有一排一排的瓷磚。在瓦斯爐的加溫下，裡面的溫度高達華氏一千五百度（約攝氏八百一十六度）。

有一些零件在正常溫度中進行各種處理之後，必須再花長時間進行熱處理，才有辦法再加工。在大多數的情況下，我們必須經由熱處理步驟，軟化因為加工處理而變得十分堅硬但又易碎的金屬，才能再進行更多的機械加工處理。

因此，作業員會把十幾個或幾百個零件放進鍋爐、把火點著，然後讓零件在裡面加熱好一段時間，從六小時到十六小時都有可能。之後，零件必須再經過冷卻的流程，直到降溫到和外面空氣的溫度一樣。我們在這個流程上損失很多時間。

我問：「這裡有什麼問題？我們需要更大的鍋爐嗎？」

唐納凡說：「可以說是，也可以說不是。大部分時間，鍋爐都只用到一半的空間。」

「怎麼會這樣呢？」

「罪魁禍首似乎是那些催貨員。他們老是跑來要求我們為五個或十幾個零件加熱，好讓他們能及時裝配交貨。因此，我們經常讓五十個零件在旁邊排隊，等待鍋爐加熱處理幾個零件。我的意思是，這裡的作業方式就好像理髮店，先拿號碼牌，然後就排隊等候。」

「所以我們不是一次處理整批（batch）零件。」

「對，有時候是這樣沒錯。但是有時候，即使我們處理的是整批零件，還是不足以填滿整個鍋爐。」

「因為每一批貨的數量都太少嗎？」

「或是數量太多，只好分兩批處理，數字好像從來都不會剛剛好。」唐納凡說：「你知道，幾年前，就因為這個問題，我們曾經提議加裝第三個鍋爐。」

「後來怎麼樣了？」

「在事業部就被打回票了。他們不願意撥款，因為我們效率低，他們叫我們先善用目前的產能，然後再談擴充的問題。此外，還有各種關於應該節省能源的雜音出現，說加裝鍋爐會加倍耗費能源等。」

我問：「好，假如我們每次都把鍋爐裝滿，是不是就會有足夠產能來滿足需求呢？」

唐納凡大笑著說：「我不曉得，過去我們從來都做不到。」

◎

之前，我一度以為可以照著健行時的做法來管理工廠，我認為最好的辦法，就是重新安排作業流程，因此產能最低的資源就排在生產流程最前面，其他的資源就依產能大小排序，如此就可以彌補經過依存關係而逐步累積的統計波動。

唐納凡和我回到辦公室之後，我立即召集重要幹部來開會，很快就看得出來，我的偉大計畫根本行不通。

史黛西說：「從生產的角度考慮，我們沒有辦法這麼做。」

唐納凡說：「我們根本沒有辦法移動一個賀比到生產線的最前端，更不用說兩個賀比了。作業流程必須維持原狀，我們沒有辦法更動它。」

我說：「好，我已經明白這點了。」

劉梧說：「我們卡在一堆依存關係裡面了。」

聽著他們的討論，一種熟悉的感覺再次出現，每當耗費大量的工作時間與精力，卻只是白忙一場時，我都會有這種感覺，就好像看著輪胎洩氣扁掉一樣。

我再次開口：「好吧，假如我們沒有辦法改變瓶頸在生產流程中的位置，那麼也許我們可以提高它的產能，把它變成非瓶頸。」

史黛西問：「但是，要從生產線的開頭到末端逐步遞增產能，我們辦得到嗎？」

我提議：「我們會重新安排……先減少生產線開端的產能，然後依次遞增。」

「羅戈，我們討論的不是把工人調來調去。我們怎麼可能增加產能，而不增加設備呢？」唐納凡問。「假如我們討論的是設備，那麼這就牽涉到很大的資本，需要買第二台熱處理鍋爐，可能還需要第二台數值控制機。老天，這可是一大筆錢！」

劉梧跟著說：「最重要的是，我們沒有這筆錢。假如我們還以為可以在公司有史以來最糟的年頭，跑去要求皮區讓這座賠錢的工廠增加額外的產能……那麼，我們一定是瘋了！」

19 約拿發威

那天晚上，媽媽和我們一起吃晚飯的時候問：「羅戈，你不吃掉那些豆子嗎？」

我告訴她：「媽，我已經長大，可以自己決定要不要吃掉這些豆子。」

她的臉上出現難過的表情。

我說：「對不起，今天晚上我有一點情緒低落。」

大衛問：「有什麼不對嗎？」

「呃……問題有一點複雜。先吃晚飯再說吧，幾分鐘以後，我就要趕去機場。」

莎朗問：「你要出差嗎？」

「不是，只是要去機場接一個人。」

莎朗問：「你要去接媽媽嗎？」

「不是，不是媽媽，我也希望是她。」

媽媽開口：「羅戈，告訴孩子你在煩什麼，你的情緒已經影響到他們了。」

我看看孩子，媽媽說得沒錯。我告訴他們：「我們發現沒有辦法解決工廠裡的問題。」

她問：「你上次打電話找的那個人呢？你不能再和他談談嗎？」

「妳是說約拿？我就是要去機場接他，但是我甚至不確定他是不是幫得上忙。」

大衛聽到我這麼說，顯得十分震驚。他說：「你是說……我們在健行中學到的東西，關於賀比決定整支隊伍行進的速度，這些都不對了嗎？」

「當然道理還是對的，大衛。」我告訴他：「問題是，我們發現工廠裡有兩個賀比，而且就占據在我們不希望他們占據的位置。這就好像我們沒有辦法重新安排男孩行進的隊伍，而且賀比還有個雙胞胎兄弟一樣，現在他們兩個都卡在隊伍中央，延誤所有的進度。我們沒有辦法把他們移走，存貨在他們前面堆積如山，我不知道我們能怎麼辦。」

媽媽說：「假如他們沒有辦法完成任務，把他們打發掉就是了。」

「問題是，他們不是人，而是設備。」我解釋：「我們沒有辦法開除機器，而且他們的工作很重要，假如沒有這兩項作業流程，我們大部分的產品都沒有辦法製造出來。」

「那麼，你為什麼不讓它們加快速度呢？」莎朗問。

「對呀，爸。」大衛說：「還記得健行中發生的事情嗎？你打開賀比的背包，或許你在工廠裡也可以如法炮製。」

「對，但是情況不是那麼單純。」

媽媽說：「我知道你會盡力而為。假如有兩個慢郎中耽擱每件事情，你只要緊盯住他們，確定他們不要再浪費時間就好了。」

我說：「對呀，好了，我得趕快出發了。不要等我，明天早上見。」

◎

我站在登機門旁邊，看著約拿的飛機滑向機場。今天下午，我與他通過電話，當時他正準備從波士頓飛往洛杉機。我告訴他，我要謝謝他的提議，但是就我們所見，工廠的情況似乎無藥可救。

「羅戈，你怎麼知道無藥可救呢？」他問。

我告訴他：「在我的上司向董事會提出建議方案之前，我們只剩下兩個月。假如時間多一點，或許我們還能做一點事情，但是只有兩個月的話……。」

「兩個月還是足以展現一些改善的成效，但是你必須學會如何運用工廠的制約因素（constraint）來經營。」

「約拿，我們已經分析過整個工廠的情況了……。」

他說：「羅戈，只有在兩種情況下，我告訴你的法子才會行不通。第一，產品根本沒有市場需求。」

「不，我們的產品有需求，儘管在我們的產品價格上升、服務品質下降時，需求會逐漸減少，但是我們還是有相當可觀的積壓訂單。」

他接著說：「另外就是，假如你們執意不肯改變，我也幫不了忙。你們已經決定要袖手旁觀，讓工廠關閉嗎？」

「並不是我們想放棄，而是看不出有什麼改變的可能。」

他問：「好吧，你有沒有試過利用其他資源，來減輕瓶頸的負擔？」

「你是說分擔一些生產工作嗎？沒有辦法，這類型設備在工廠裡只有這幾台。」

他停頓了半晌，最後說：「好吧，再問一個問題，白靈頓有沒有機場？」

於是，就這樣，今晚他飛來這裡，正走出二號門。他更動原本飛往洛杉機的行程，來這裡逗留一晚。我走上去迎接，和他握手。

「旅途還愉快嗎？」我問他。

「你有沒有嘗過待在沙丁魚罐頭裡的滋味？」他說，然後又補了一句：「我不應該抱怨，至少我還在呼吸。」

「謝謝你大老遠跑來，我很感激你改變行程，儘管我還不確定你是不是真幫得上忙。」

「羅戈，有一個瓶頸……。」

「兩個瓶頸。」我提醒他。

「有兩個瓶頸並不表示你就沒辦法賺錢。」他說：「事實上，情況恰好相反，大多數的工廠都沒有瓶頸，反而有大量的多餘產能。但是他們應該有瓶頸，在他們製造的每個產品上，都有一個瓶頸。」

他注意到我臉上的困惑。「你現在不明白，但是以後就會明白了。現在，盡可能向我詳細說明你們工廠的背景。」

◎

從機場到辦公室的路上，我滔滔不絕的向約拿解釋我們的困境。到了工廠以後，我把車子停在辦公室前面，唐納凡、劉梧、史黛西與雷夫都在櫃台前面等我們。每個人都表現得很熱誠，但是當我介紹約拿的時候，我看得出來，他們都等著要看看這個叫約拿的傢伙的本事，是不是真的知道該怎麼辦，而約拿也確實與他們過去所見過的顧問大不相同。

約拿站在他們前面，一面踱著步，一面說：「今天羅戈打電話給我，說你們發現瓶頸的問題。事實上，你們所經歷的是好幾個問題的組合。但是，我們先處理最重要的問題。從羅戈告訴我的情況看來，你們的當務之急是要提高有效產出，增加現金流量，對不對？」

劉梧說：「這樣當然會很有幫助，你覺得我們該怎麼做才辦得到？」

約拿說：「你們的瓶頸沒有辦法一直保持滿足需求與獲利所需要的現金流量，所以只有一個辦法，我們要想辦法找到更多產能。」

劉梧回覆：「但是，我們沒有錢來開發更多的產能。」

唐納凡也說：「也沒有時間來安裝機器。」

約拿則表示：「我說的不是從工廠的一頭到另外一頭的產能。要提高工廠的產能，只需要提高瓶頸的產能就夠了。」

史黛西問：「你是說讓瓶頸不再是瓶頸？」

「不，絕對不是如此。」約拿說：「瓶頸仍然是瓶頸。我們必須想辦法為瓶頸找到足夠的產能，讓產能更接近需求。」

「去哪裡找到這些產能呢？」唐納凡問：「你的意思是，產能就在這兒嗎？」

約拿告訴我們：「事實上，你說得沒錯。假如你們與其他製造商一樣，自然會對隱藏的產能視而不見，這完全是因為你們的想法錯誤。我建議大家先一起到工廠去，實際看看你們目前如何管理瓶頸。」

我說：「沒錯，畢竟沒有訪客能逃過參觀工廠這個項目。」

我們六個人都戴上護目鏡與安全帽走進工廠，我和約拿在前面帶頭，一起穿過雙重玻璃門，走進工廠的橘紅色燈光中。現在輪到工廠第二班的作業時間，比起白天時要安靜許多。這個情況很不錯，因為我們講話的時候，可以聽得更清楚。我們一面走，我一面指著不同階段的生產流程給約拿看。我注意到約拿仔細審視每個地方存貨堆積的情況，我試圖令大家加快腳步。

當我們走到一台大機器旁邊的時候，我告訴約拿：「這就是我們的NCX—10數值控制機。」

他問：「也就是你們的瓶頸，對不對？」

我說：「其中一個瓶頸。」

他再度提問：「能不能告訴我，為什麼機器現在停著不動？」

的確，這台機器目前停著不動。

我說：「這個……啊，這是個好問題。唐納凡，為什麼這台機器現在停著不動？」

唐納凡看看手錶，然後說：「或許是因為操作員十分鐘以前去休息了，再過二十分鐘，他們應該就會回來。」

我向約拿解釋：「我們與工會的合約中有一條規定是，每隔四個小時就必須讓工人休息三十分鐘。」

他問：「但是，為什麼他們要現在休息，而不是趁機器在運轉的時候休息呢？」

唐納凡說：「因為現在是晚上八點，而且……。」

約拿舉起手來說：「等一等，假如這台機器不是瓶頸，那就一點問題也沒有，因為畢竟非瓶頸的資源都必須有部分時間停止作業，所以，工人幾點休息都無妨。但是，假如是瓶頸呢？

情況就完全相反。」

他指著NCX－10機器問：「這台機器總共就只有這麼多生產時數，有多少，六百、七百小時嗎？」

雷夫答：「每個月大約五百八十五個小時。」

「不管有多少小時，需求量都比它大。」約拿說：「假如我們損失了一個小時，或是甚至半個小時，這些時間都再也補不回來了，你沒有辦法在系統的其他部分把它彌補回來。你們會因此損失整座工廠的有效產出，而損失的部分正是瓶頸在那段時間內應有的生產量，因此這是一段超級昂貴的休息時間。」

唐納凡說：「但是，我們必須和工會打交道。」

約拿說：「那麼，就和他們談一談，他們的利益與工廠的利益一致，他們不是笨蛋，但是你必須先講道理給他們聽。」

對呀，說起來總是比做起來容易，我心裡想，但另一方面……。

約拿圍繞著NCX－10走了一圈，但是他並不是只盯著這台機器，而是同時也在觀察工廠裡的其他設備。他轉過來，對我們說：「這是你們工廠裡僅有的一台同類型機器，但是這台機器還蠻新的。告訴我，原先的舊機器跑到哪裡去了？你們還留著舊機器嗎？」

唐納凡含糊的說：「有一些機器還留著，有的則淘汰掉了，那些機器幾乎已經變成古董了。」

約拿問：「至少每一種型號的機器，你們是不是都還保留一台，可以完成這台叫什麼X機器的工作？」

劉梧在這個時候插話說：「對不起，你不是要建議我們使用舊設備吧？」

約拿回答：「假如還可以用的話，沒錯，我可能會這麼提議。」

劉梧眨了眨眼睛說：「我不確定這樣一來我們的成本會提高多少。但是，我必須告訴你，這些舊機器的操作成本要大得多了。」

約拿說：「好，我們就直接來談談這個問題。首先我要曉得，你們到底還有沒有這類機器？」

我們轉過頭去看唐納凡，他輕笑幾聲說：「抱歉要令你們失望了，我們已經淘汰所有可以取代NCX—10的舊機器。」

「為什麼我們要做這麼笨的事情呢？」

唐納凡說：「新機器需要空間來放存貨。」

我說：「喔。」

史黛西緩頰：「在當時，這似乎是個好主意。」

我們再走到熱處理部門，站在鍋爐前面。

約拿做的第一件事就是查看成堆的零件，然後問：「你們確定這些零件全都需要熱處理嗎？」

唐納凡說：「喔，當然。」

「之前的處理過程中，難道沒有任何替代性的做法，至少可以避免某些零件接受熱處理嗎？」他繼續問。

我們面面相覷。

「我猜我們得和工程部門商量一下，」我說。但唐納凡的眼珠轉了轉。

「怎麼了？」我問。

「我們在工程部門的朋友不怎麼熱心。他們不太高興我們改變工程要求，他們的態度通常是：『只要照我們的話去做就是了。』」唐納凡面有難色。

我對約拿說：「恐怕他說的話有幾分道理。即使我們說服他們合作，可能都還要等好幾個月才能正式通過，開始執行。」

約拿說：「好吧，那麼我問你，附近有沒有包商能為你們做熱處理的工作？」

史黛西說：「有，但是外包會增加零件的單位成本。」

約拿的表情顯示，不斷對牛彈琴已經令他開始感到厭煩了。他指著堆積如山的零件說：

「這堆零件總共價值多少錢？」

劉梧說：「我不曉得，或許一萬美元，或是一萬五千美元。」

「不對，不是一萬、兩萬美元這麼簡單，假如這是瓶頸，就不能這樣計算。」約拿說：「再想想看，這堆零件可值錢多了。」

史黛西說：「假如你喜歡，我可以把紀錄挖出來給你看，但是這堆零件的成本不會比劉梧剛剛講的還高。我想，我們最多有兩萬多美元的物料……。」

約拿說：「不對，不對，我不是單談物料成本。假如你們能把這堆零件處理完畢，可以賣給客戶多少產品？」

我們討論了一會兒。

唐納凡說：「很難說。」

史黛西說：「我們不確定這堆零件全部都會裝配成馬上賣出去的產品。」

「哦，這樣嗎？你們讓瓶頸忙著處理一些不會提高有效產出的零件？」

劉梧解釋：「呃……有些零件會變成備用零件，有些則在裝配後變成製成品存貨。最後，它們終究還是會變成有效產出。」

「最後終究會？」約拿問：「同一段時間，你們說積壓的逾期訂單有多少？」

我向他解釋，我們有時候會增加每批同時處理的零件數量，以提升效率。

「再告訴我一次，這樣做真的改進你們的效率了嗎？」約拿問。

回想起我們先前的談話，我感覺自己的臉紅了起來。

「好，先不談這個問題，我們先專心討論有效產出的問題。我換個方法來問，假如沒有這些零件，你們將有多少產品無法交貨？」他問。

這個問題比較容易回答，因為我們很清楚積壓的訂單有多少。我告訴他目前我們積壓的訂單大約是幾百萬美元，而其中又有多大的比例必須依賴瓶頸設備所處理的零件。

「假如你們能夠處理完這堆零件，就能夠把產品裝配完成，並且交貨？」

「當然，毫無問題。」唐納凡保證。

「那麼，每個產品的單價是多少？」

「平均單價大概是一千美元，當然每一種產品的價格都不一樣。」劉梧告訴他。

「那麼，我們談的就不只是一千、兩千或甚至兩萬美元的問題了，因為這裡有多少零件？」約拿問。

「一千個左右吧。」史黛西說。

「而每個零件都代表你們可以因此完成一個產品？」

「基本上來說，是這樣沒錯，」她說。

「而每一個交付運送的產品都代表一千美元。一千個產品乘以一千美元等於多少錢？」

我們不約而同的轉過頭去看著那堆零件。

「一百萬美元。」我滿懷敬畏的回答。

「只有在一種狀況之下，你們才賺得到這一百萬美元！就是你們能在客戶厭倦等待掉頭離去之前，讓這堆零件通過熱處理流程，變成成品運送出去！」約拿說。

他看看我們，視線從一張臉移到另一張臉，接著說：「你們還能放過任何可能的方法嗎？尤其某些方法只不過需要改變一下現行政策而已。」

每個人都默不作聲。

「我等一下會談到更多如何看待成本的問題，但是現在我想知道的是，你們在哪裡為瓶頸加工的零件進行品質檢驗？」

我向他說明大部分的品質檢驗都在最後裝配時才做。

「帶我去看。」

◎

於是，我們走到品質檢驗區域。約拿問我們，瓶頸處理過的零件有多少無法通過檢驗，唐納凡立刻用手指著平台上那堆閃閃發亮的零件。零件上頭放著一張粉紅色的表格，記錄不合格的零件數量。唐納凡拿起表格來看。

唐納凡說：「我不知道這些零件出了什麼問題，但是一定有什麼缺點。」

約拿問：「這些零件都經過瓶頸的處理嗎？」

唐納凡說：「對。」

約拿問：「你明白品管檢驗不合格，對你們有什麼影響嗎？」

「我們必須淘汰一百個零件。」

「不對，再想一想。」約拿說：「這些都是瓶頸的零件。」

我突然想通了：「我們損失了瓶頸的生產時間。」

約拿轉過頭來對我說：「完全正確！而損失瓶頸的生產時間代表什麼意義呢？這表示你們損失了有效產出。」

「但是，你不是叫我們漠視品質吧？」唐納凡問。

「絕對不是。假如沒有高品質的產品，你們絕對沒有辦法長久賺錢。但是我要建議你們以不同的方式來做品管。」

我問：「你的意思是，在零件到達瓶頸之前，就先進行品管？」

約拿舉起一根手指說：「說得好。你們應該事先淘汰不良的零件，確定瓶頸只會處理沒有問題的零件。假如你們事先就淘汰掉不良品，那麼損失的就只是被淘汰的零件。但是在零件通過瓶頸之後才把它淘汰，那麼損失的時間就再也無法彌補了。」

史黛西問：「假如零件離開瓶頸、經過其他生產流程時，才出現品質不良的問題呢？」

「這是同一個問題的另外一面。你們必須對瓶頸處理過的零件進行嚴格的流程管制，因此這些零件不會到後面又變成不良品，明白了嗎？」

唐納凡說：「我只有一個問題，我們上哪裡去找品管人員呢？」

約拿問：「你不能把目前已經有的品管人員調到瓶頸部門去嗎？」

我告訴他：「可以考慮這個可能性。」

約拿說：「好，咱們回辦公室去吧。」

我們回到辦公大樓的會議室。

「我要百分之百確定你們明白瓶頸的重要性。」約拿邊說邊提問：「每一次瓶頸完成一個零件時，你們就有可能交出一件成品。這對於你們的銷售而言，代表什麼意義？」

「每件收入一千美元。」劉梧說。

「而你們還在擔心是不是需要多花一、兩美元，讓瓶頸更有生產力嗎？」他問：「首先我問你們，根據你們估計，NCX－10這台機器每小時的運作成本有多少？」

劉梧說：「這個有明確的數字，每小時會花掉三二．五美元。」

「而熱處理呢？」

「每小時二十一美元。」

「這兩個數字都不對。」約拿說。

「但是我們的成本數據顯示……。」

「這些數字不正確，不是因為你們計算錯誤，而是因為你們計算成本時，好像認為每個工作單位都是單獨存在。」約拿告訴我們：「讓我再解釋清楚一點。當我還是個物理學家的時候，很多人經常拿著他們解不出來的數學題目來找我，希望我為他們檢查一下數據。但是，沒過多久，我就曉得不必白費時間檢查那些數據，因為數據幾乎總是正確的。但是，一旦我檢查數據背後的假設，就會發現假設幾乎都是錯的。」

約拿從口袋裡掏出一支雪茄，劃了一根火柴，把它點燃。

他一邊吞雲吐霧，一邊說：「這裡的情形也一樣。你們根據標準會計流程來計算這兩個工作單位的營運成本，而沒有考慮到兩者都是你們的瓶頸。」

「這對我們的成本有什麼影響呢？」劉梧問。

「你們目前學到的是，工廠的產能就等於瓶頸的產能，瓶頸每小時的產量就等於工廠每小時的產量。所以……假如瓶頸損失一小時的生產時間，就等於整個系統損失一小時。」

「對，我們明白這點。」劉梧說。

「那麼，假如整座工廠停工一個小時，會有多大的損失呢？」約拿問。

「我真的不敢說，但是代價會非常昂貴。」劉梧承認。

「告訴我，你們每個月的營運成本有多少？」約拿問。

「我們每個月的總營運成本大約在一百六十萬美元左右。」劉梧回答。

「我們就拿NCX－10機器為例好了。你剛剛說這台機器一個月有多少生產時數？」

「大約五百八十五個小時。」這次換雷夫回答。

「瓶頸的實際成本就是整個系統的總營運費用除以瓶頸的生產時數，結果是多少？」

劉梧拿出計算機，在上面敲打著數字。

「總共是兩千七百三十五美元。慢著，真是這樣嗎？」劉梧問。

「對，沒錯。」約拿說：「假如你們的瓶頸停工，工廠沒有絲毫產出，但是卻要照樣付出營運開支，你們不只損失三十二美元或二十一美元而已，真正的成本是整個生產系統每小時的成本，也就是兩千七百美元。」

劉梧大吃一驚。

史黛西說：「這樣一來，情況就大不相同了。」

約拿說：「當然啦。知道這點以後，我們要如何充分運用瓶頸呢？有兩個主要的原則，你們需要注意一下……首先，絕對不可以浪費瓶頸的時間，怎麼樣會浪費掉瓶頸的時間呢？其中一個做法就是讓瓶頸在休息時間停工；另外一個做法就是讓瓶頸處理不良的零件，或是讓零件在後來的作業中，因為工人的疏忽或是流程控制馬虎而產生瑕疵；第三個浪費瓶頸時間的做法，就是讓瓶頸處理你們不需要的零件。」

「你的意思是備用零件嗎？」唐納凡問。

「我是指任何目前不需要的零件。因為當你們製造的是未來幾個月都不會銷售出去的存貨時，會發生什麼狀況呢？等於是為了日後的收入，而犧牲眼前的資金。問題是，你們的現金流量有沒有辦法支撐下去？就你們的情況而言，你們絕對撐不下去。」

「約拿說得對。」劉梧坦承。

「那麼，就應該讓瓶頸只處理對『今天』的有效產出有所貢獻的零件，而不是九個月後才用得著的零件。」約拿說：「這是其中一個提高瓶頸產能的方法。另外一個方法是，減輕瓶頸的負擔，把部分工作移交給非瓶頸的生產資源。」

我說：「對，可是我們該怎麼做呢？」

「這正是為什麼參觀工廠的時候，我會問那些問題。」約拿解釋：「是不是所有的零件都必須由瓶頸來處理？假如不是，可以把不一定需要瓶頸處理的零件，轉移給其他的生產設備。這樣一來，你們的瓶頸就能提高產能。第二個問題是，有沒有其他的機器可以進行同樣的生產程序？假如有其他機器可以用，或是其他包商擁有相同的設備，你們都可以減輕瓶頸的負擔。這麼做又能再提高產能，因此也可以增加有效產出。」

◎

第二天早上，我走進廚房吃早餐的時候，看到餐桌上擺著一大碗媽媽煮的熱騰騰的麥片粥，我從小就很痛恨吃這個東西。我瞪著這碗麥片粥，麥片粥也瞪著我，這時候，媽媽開口了：「昨天晚上情況如何？」

我說：「這個嘛……事實上，晚飯的時候妳和孩子說的話都很對。」

「真的嗎？」大衛問。

「我們必須讓賀比走得快一點。而昨天晚上，約拿教我們一些方法，因此我們學到很多東西。」

「哇，這真是好消息。」媽媽高興的說。

她為自己倒了一杯咖啡，然後坐下。餐桌上一陣沉默，然後我才注意到他們幾個人互相觀望。

「有什麼不對嗎？」我問。

「昨天晚上你出去的時候，他們的媽媽來過電話。」

自從茱莉離家後，她就會定期打電話給孩子，但是出於某種原因，她不肯說她在哪裡。我正掙扎著是不是要雇個私家偵探，找出她的藏身之處。

「莎朗說，她講電話的時候，我聽到裡面有一些聲音。」

我看著莎朗。

「你知道外公經常聽的那首曲子嗎？就是會讓你很想睡覺的那首，用……那種樂器叫什麼名字呀？」莎朗說。

「小提琴。」大衛說。

「對，小提琴。」莎朗說：「媽媽停下來不講話的時候，我聽到電話裡傳來那個聲音。」

「我也聽到了！」大衛說。

「真的嗎？」我說：「有趣極了。謝謝你們注意到這點，或許今天我會打個電話給外公外婆。」

我把咖啡喝完，站起來。

「你碰都沒有碰你的麥片。」媽媽不太開心的說。

我彎下腰來，親親她的臉頰，促狹的說：「對不起，我上學已經要遲到了。」

我對孩子們揮揮手，然後抓起公事包。

「好吧，我會把麥片粥留著，等你明天吃。」

20 人生也面臨瓶頸

我在上班途中，開車經過約拿昨天晚上落腳的汽車旅館。我知道他早就離開，清晨就趕去搭六點半的班機。我提議送他去機場，但是（幸好）他拒絕了，他說搭計程車就好。

我一到辦公室，就吩咐法蘭幫我召集幹部會議。同時，我開始寫下一連串約拿昨晚建議我們採取的行動。但是，茱莉一直在我的腦海中縈繞不去，我關起辦公室的門，然後坐下來，找到茱莉父母的電話，動手撥電話。

茱莉離開的第二天，她的爸媽曾經打電話來問我有沒有聽到任何消息，之後就再也沒有打來了。一、兩天前，我試圖和他們聯絡，看看有沒有什麼消息。我是在下午打電話，接電話的人是茱莉的媽媽艾達。她說不知道茱莉在哪裡，但是即使是當時，我都不太相信她的話。

現在，又是艾達接的電話。

「嗨，我是羅戈。我想和茱莉說話。」

艾達吞吞吐吐的說：「這個，呃，嗯……她不在這裡。」

「她在那裡。」

我聽到艾達歎了口氣。

「她在你們那裡，對不對？」

最後，艾達說：「她不想和你說話。」

「多久了，艾達？她在那裡多久了？週日晚上我打電話去的時候，妳是不是對我撒謊？」

「沒有，我們沒有撒謊。」她憤憤不平的說：「我們當時根本不知道她在哪裡，她在珍妮那裡待了幾天。」

「是嗎？那麼，我前幾天打電話去的時候呢？」

「茱莉要求我不要說出她的行蹤，甚至現在我都不應該告訴你。她希望一個人靜一靜。」

「艾達，我必須和她談談。」

「她不會來聽電話的。」

「妳沒有問，怎麼會知道呢？」

我聽到艾達把電話筒放在桌上，腳步聲漸漸遠去，幾分鐘後，腳步聲又再度響起。

「她說等她準備好以後，會打電話給你。」艾達告訴我。

「這是什麼意思？」

「假如不是你這幾年來一直忽視她，今天也不會落到這個田地。」

「艾達……。」

「再見！」

她掛斷電話，我立刻重撥電話，但是沒有人接聽。幾分鐘以後，我強迫自己專心準備幹部會議上的發言。

◎

會議十點在我的辦公室裡召開。

「我想知道你們對於昨天晚上聽到的話，有什麼感想？」我問：「劉梧，你有什麼意見？」

劉梧說：「這個……我只是難以相信他提到關於瓶頸停工一小時的損失那件事。昨天晚上我回家以後，重新想了一遍，看看能不能想出幾分道理。事實上，我們昨天說的數字是錯的，瓶頸停工一小時的損失不是兩千七百美元。」

「是這樣嗎？」我問。

「我們的產品中，只有八〇％會通過瓶頸。」劉梧一面說，一面從口袋裡掏出一張紙條。「所以，真正的成本應該是營運費用的八〇％才對，也就是一小時兩千一百八十八美元，而不是兩千七百三十五美元。」

我說：「喔，我想你說得對。」

然後，劉梧笑了笑說：「儘管如此，我必須承認，從這個觀點來看整個情勢真是讓我大開眼界。」

我說：「我同意。其他人有什麼想法嗎？」

我一個一個問他們的意見，大家都很有共識。即使如此，唐納凡似乎對於要進行約拿所說的改革仍然猶豫不決。雷夫還不確定他該扮演什麼角色，史黛西卻大力支持改革。

她總結道：「我覺得值得冒險推動變革。」

「儘管在這個時候，任何會提高營運費用的舉動都會讓我緊張，我同意史黛西的話。就像約拿所說，我們假如一直照著老路走下去，面對的風險可能更大。」劉梧附議。

唐納凡舉起他那肥肥的手，準備發言。

他說：「好吧，但是約拿提到的做法中，有些做起來比較快，也比較容易。我們何不先從容易的事情開始做，看看有什麼效果，同時也繼續規畫其他的改革。」

我告訴他：「聽起來很有道理，你覺得應該先做什麼呢？」

「我希望先改變品質檢驗的流程，在零件送去給瓶頸加工以前就先檢查。其他的品管措施要多花一點時間來修改，但是我們立刻就可以指派一位檢查員，檢驗要送去瓶頸的零件，假如你希望，今天下班以前就可以辦到。」

我點點頭說：「很好。那改變午餐休息時間這件事，該怎麼辦呢？」

「工會可能會抱怨。」他說。

我搖搖頭說：「我想他們只有和我們合作這條路可以走。把細節理清楚，然後我會去和奧當納談一談。」

唐納凡記下我吩咐的事情。我站起來，繞著辦公桌踱步，強調我接下來要說的話。「昨天晚上約拿提出的問題中，有一個問題對我來說真是當頭棒喝。」我告訴他們。然後提問：「我們為什麼要讓瓶頸忙著處理不會提高有效產出的存貨呢？」

唐納凡看看史黛西，史黛西也看看他。「問得好。」她說。

唐納凡說：「我們做這個決定……。」

我說：「我很清楚這個決定。我們多製造一點存貨，是為了維持效率。」但是，問題不是出在效率，而是積壓一堆嚴重逾期的訂單。在客戶與事業部主管眼中，這個問題很突出，我們一定要想辦法改善交貨狀況，而約拿切中要害的指出我們該做的事情。

「一直以來，誰的聲音最大，我們就為他加緊催貨。」我說：「從現在開始，逾期的訂單應該最優先處理，延遲兩週的訂單生產順位應該排在延遲一週的訂單前面，以此類推。」

「我們過去也一再嘗試這個方法。」史黛西說明。

「但是，這次的關鍵在於，我們必須確定瓶頸在處理零件時，是根據同樣的優先順序處理。」我解釋。

唐納凡說：「這是解決問題的好辦法。現在我們該怎麼進行？」

「我們得先弄清楚，通過瓶頸的零件當中，有哪些是逾期訂單所需要的零件，哪些只會被送去倉庫儲存起來。我們應該做的是，雷夫，我希望你列出所有的逾期訂單，然後根據延誤天數多寡，列出優先順序。你什麼時候可以給我們這份清單？」

「這不會花太多的時間，麻煩的是，我們還有很多月報表要跑。」

我搖搖頭說：「現在沒有什麼事情比提高瓶頸的生產力更重要。我們需要盡快拿到這份清單，因為清單一出來，我就要你與史黛西，以及其他存貨控制部門的人合作。並且弄清楚假如要完成這些訂單，還有哪些零件需要經由這兩個瓶頸來處理。」

我轉過去對史黛西說：「等到妳弄清楚還缺哪些零件以後，就要和唐納凡一起列出瓶頸處理零件的作業時間表，把延遲最久的訂單排在第一位，然後依照順序一個個排下來。」

「那些不會通過這兩個瓶頸的零件，要怎麼辦呢？」唐納凡問。

「我暫時不操心那個問題，我們先假定不需要通過瓶頸的零件，要不就是已經堆在最後的裝配部那裡等待，要不就是在瓶頸處理的零件送過來時就會出現。」我告訴他。

唐納凡點點頭。

「大家都清楚了嗎？」我問。「其他任何事情都不能凌駕在這個優先順序之上，我們沒有時間再倒退回去，弄一些要花六個月時間才看得懂的統計數字。我們現在知道該做什麼了，那麼就放手去做吧！」

◎

那天晚上，我開著車行駛在州際公路上。夕陽西下，我注視著公路兩旁一棟棟郊區住宅的屋頂。我剛剛駛過的公路標誌顯示，往前面再走兩英里，就會到通往橘林鎮的出口。茱莉的爸媽就住在橘林鎮，於是我從出口轉出去。

茱莉與她的爸媽都不曉得我今晚會來，我也叫媽媽不要告訴孩子這件事。下班後跳進車子裡，就一路開到這兒來了。我已經玩膩這種躲迷藏的遊戲。

我從四線道的公路轉進一條街道，這裡是個安靜的住宅區，居住環境優美。附近的房子都很昂貴，草坪修剪得完美無瑕，街道兩旁的樹木正迸發出早春的新綠，在金黃色夕陽的映照下，顯得青翠欲滴。

這條路開到半途，就可以看到岳父母的房子。那是一棟兩層樓的白色住宅，鋁製的百葉窗沒有控制的鉸鏈，無法任意開關，卻很有傳統特色。這裡就是茱莉長大的地方。

我把車子停在路旁，望向他們家的車道，一點都沒錯，茱莉的車子停在車庫前面。

我還沒有走到大門口，門就打開了。艾達站在紗門後面，我看到她的手伸往紗門的門鎖，喀噠一聲，把門鎖上。

「哈囉！」我說。

「我告訴過你，她不想和你說話。」

「能不能請妳問問她？她是我太太。」

「假如你想和茱莉說話，可以透過她的律師。」

她準備關門。

我說：「除非我和妳女兒說上話，否則我不會離開。」

「如果你不離開，我會打電話叫警察來，把你趕出我們家。」

「那麼，我就在車子裡等。這條街可不屬於妳。」

門關了起來。我踏過草坪與人行道，鑽進車子裡。我就坐在那裡，瞪著那棟房子，接著我注意到，房子的窗簾不時的拉起放下。大約四十五分鐘後，太陽已經下山，我很認真考慮，到底在大門打開之前還能再撐多久。

茱莉走出來了。她穿著牛仔褲和球鞋，身上披著一件毛衣，看起來年輕許多，像一個溜出家門的少女，正準備和不討父母歡喜的男孩約會。她走過草坪，我踏出車外。可是，她走到離我十英尺左右的地方就停下腳步，彷彿擔心走得太近的話，我會一把抓住她，把她拉進車裡，然後就像一陣風似的，把她載到沙漠中的帳篷裡之類的。我們互相注視一會兒，我把手滑進褲子口袋裡。

我先打開僵局：「最近還好嗎？」

「假如你想聽真話，我過得很糟糕，你還好嗎？」她說。

「我很擔心妳。」

她轉開目光，我用力拍打車頂。

「我們去兜風吧？」我說。

「不行。」

「那麼，散散步總可以吧？」我問。

「直接告訴我你想幹嘛就好了，好嗎？」

「我想知道妳為什麼要這麼做！」

「因為我不知道是不是還想和你當夫妻，」她說：「這不是很明顯嗎？」

「好吧，難道我們不能談談嗎？」

她沒有說話。

我說：「別這樣，我們去散散步，只要在附近走走就好，除非妳想要成為鄰居嚼舌根的對象。」

茱莉環顧四周，她明白我們確實太引人注意了。我伸出手，她沒有握住，但是我們一起轉身，開始沿著人行道散步。我對岳父母的房子揮揮手，發現窗簾又動了一下。茱莉和我在夕陽中，安靜的走了一百多英尺。最後，我打破沉默。

「我對於上週末發生的事覺得很抱歉，但是我能怎麼辦呢？大衛期待我……。」

「我離家不是因為你陪大衛去健行，那只是最後的導火線。突然之間，我覺得再也沒有辦法忍受，我必須離開。」

「茱莉，為什麼妳不能至少讓我們曉得妳在哪裡呢？」

「我離開你，就是為了要一個人靜一靜。」

我遲疑了一下，然後問：「所以……妳想離婚嗎？」

「我還不曉得。」

「那麼，妳什麼時候會確定呢？」

「羅戈，這段時間對我來說，一直很混亂。我不知道該怎麼辦，我沒有辦法做任何決定。媽媽叫我這樣做，爸爸叫我那樣做，朋友又告訴我另外一番話。除了我以外，好像每個人都知道該怎麼辦。」

「妳離開家，想要獨自做出可能影響我們和兩個孩子的決定，妳聽每個人的意見，卻不管我們三個人怎麼想，而且妳不回來的話，我們的生活會變得一團糟。」我說。

「我必須不受你們三個人的影響，自己把這件事想清楚。」

「我只是建議一起談談困擾妳的事情。」

她憤憤的歎了口氣，然後說：「這個問題我們已經談過幾百萬次了！」

「好吧，妳只要告訴我，妳是不是有外遇了？」

茱莉停下腳步，我們已經走到轉角了。

她冷冷的說：「我想我們走得夠遠了。」

轉過頭，朝著她父母的房子走去，我楞住一會兒，就追上去。

我說：「怎麼樣？有還是沒有？」

「當然沒有外遇！」她大喊。「假如我有外遇，還會和爸媽住在一起嗎？」

一個正在遛狗的男人轉過頭來瞪著我們，茱莉和我一聲不吭的快步走過他身邊。

我輕聲對茱莉說：「我只是需要知道，如此而已。」

「假如你以為我會為了和陌生人作樂而離開孩子，那麼你真是太不了解我了。」

我覺得好像被她甩了一巴掌。「對不起，茱莉。」我對她說：「有時候確實會發生這樣的事情，我只是想確定到底發生什麼事罷了。」

她慢下腳步，我把手放在她的肩膀上。她推開我的手說：「我已經不快樂很久了。而且告訴你，我還因此產生罪惡感，覺得自己沒有權利不快樂，但是我知道我確實不快樂。」

在惱怒中，我發現我們已經回到她父母家的門前，這段路實在太短了。艾達站在窗戶後面。茱莉和我停下腳步，我靠在車子上說：「妳為什麼不乾脆收拾東西，和我一起回家呢？」

我提議，但是我話還沒說完，她就猛搖著頭。

「不行，我還沒有準備好。」

「好吧，妳有兩個選擇：妳不回家，我們離婚；或是我們一起回家，努力經營我們的婚姻。妳待在外面愈久，我們彼此的距離就會愈來愈遠，也就愈朝著離婚的方向邁進。假如我們離婚，妳也知道會發生什麼事，我們看過同樣的事情不斷發生在周遭的朋友身上。妳真的想陷入那種狀況嗎？來吧，我們回家，我答應妳，我們可以讓情況好轉。」

她搖搖頭。「不行，我已經聽過太多的承諾了。」

我說：「那麼，妳想離婚囉？」

茱莉說：「我告訴過你，我不知道。」

「好吧。」我最後說：「我沒有辦法代替妳下決心，或許這應該是妳自己的決定，我只能說，我希望妳回家，我很確定孩子們也這麼盼望。想清楚以後，打個電話給我。」

「我正是這麼計畫。」

我鑽進車子裡，發動引擎。我搖下車窗，看著站在車旁的她。

「妳知道嗎，我真的很愛妳。」我告訴她。

這句話終於令她軟化了，她走過來，彎下身子。我從車窗把手伸出去，握住她的手，她低頭吻了我。然後，她一句話也不說，就站直身子離開，走到草坪中間的時候，她忽然跑了起來。我看著她消失在屋子裡，然後搖搖頭，把車開走。

21 小小的勝利

那天晚上，我在十點以前回到家。雖然很沮喪，但是至少回到家了。我在冰箱裡翻找了一陣子，想找食物當作晚餐，結果只能將就的吃一點冷義大利麵和剩下的豆子。我用剩下的一點伏特加酒配菜，在懊悔與喪氣中吃完這頓晚餐。

我一邊吃一邊想，假如茱莉一直不回來，我該怎麼辦。假如老婆沒有了，我是不是要開始和別的女人約會？我要在哪裡和她們會面呢？我突然想像自己站在白靈頓假日旅館的酒吧中，裝出一副性感的樣子與陌生女子搭訕。

那會是我的下場嗎？我的天，而且過去搭訕用的老台詞今天還行得通嗎？

我認識的人裡面，總有可以約會的對象吧！

我坐在那裡，開始數著每一個我認識、可以作為約會對象的女人。誰會和我約會呢？我會想和誰約會呢？沒有多久，名單就數完了。這時候，我想起一個女人。我站起來，走到電話旁邊，瞪著它五分鐘之久。

我應該這樣做嗎？

我緊張的撥了電話號碼，在電話鈴聲響起之前，又把它掛斷，繼續瞪著電話。喔，管他的！頂多就是被拒絕罷了，對不對？我再度撥了那個電話號碼，電話響了大概十分鐘，才有人聽電話。

「喂？」是茱莉的爸爸。

「麻煩請茱莉聽電話。」

他沉吟半晌，然後說：「請等一下。」

過了幾分鐘，茱莉的聲音出現。「喂？」

「嗨，是我。」

「羅戈？」

「對，我知道現在已經很晚了，但是我想要問妳一件事情。」

「假如是和離婚或回家有關……。」

「不，不是。我只是在想，當妳還在考慮的時候，我們偶爾見見面，應該無妨吧？」

「這個……我猜沒什麼問題。」

「很好，妳週六晚上打算做什麼？」

她沉默了片刻，然後我彷彿可以看到她臉上開始露出微笑。

她用開玩笑的語氣問：「你是想邀我出去約會嗎？」

「是的。」

她又沉默了好一會兒。

我問：「妳願意和我一起出去嗎？」

她終於回答：「願意，樂意之至。」

「太棒了，就把時間訂在晚上七點半如何？」

「我會等著你。」她說。

◎

第二天早上在會議室中，我們找來兩個瓶頸設備的主任一起開會。當我說「我們」的時候，我指的是史黛西、唐納凡、雷夫與我。史賓賽是負責熱處理鍋爐的主任，他年紀比較大，有一頭濃密剛硬的捲髮，身形挺直瘦削。NCX—10機械加工中心的主任則是狄孟迪，他和史賓賽年紀相當，只是稍稍胖一點。

史黛西與雷夫都紅著眼睛。我們坐下來以前，他們提到為了今天這場會議，花多大的工夫來準備資料。要列出延遲的訂單倒是很容易，電腦就可以代勞，而且還可以根據延誤的天數來排序。這不算什麼，不到一小時就大功告成。但是，接著他們要檢視每筆訂單的物料帳單，並且找出有哪些零件必須經過瓶頸設備的處理，同時還得弄清楚製造零件的物料存貨數量，這花了他們大半夜的時間。

史黛西告訴我，這是她生平第一次真心感激電腦的存在。我們每個人都拿到一份雷夫手寫清單的影本，電腦報表上則列出六十七筆紀錄，也就是我們目前積壓的逾期訂單總數，從延誤天數最多的訂單一直排到延誤天數最少的訂單。清單上的首位是遲交天數最多的訂單，比起行銷部門承諾顧客的期限已經晚了五十八天，情況最輕微的訂單有三件，到目前為止只延遲一天而已。

雷夫說：「我們做了一番查證，目前逾期交貨的訂單，有九〇%都必須經由瓶頸來處理零件。在這些訂單中，又有八五%目前還在裝配部等候，必須等他們拿到那幾個瓶頸處理的零件以後，才能裝配交貨。」

「所以，這些零件顯然必須排在第一位。」我向兩名主任解釋。

然後，雷夫說：「我們為NCX—10與熱處理部門都列了一張清單，說明他們需要處理的零件有哪些，應該照什麼優先順序來處理，而且依然是根據逾期天數最多到逾期天數最少的排序來列表。一週後，我們就能夠借助電腦列出清單，不需要再熬夜加班了。」

「太好了，雷夫，你和史黛西都表現得很棒。」我告訴他。然後，我轉過頭去，對史賓賽與狄孟迪說：「現在，你們兩位的任務就是讓工人照著清單的順序來作業。」

史賓賽說：「聽起來很簡單，我想我這邊不會有問題。」

狄孟迪說：「你知道，我們可能需要追蹤其中一些零件。」

史黛西問：「那麼，你們就去追查存貨，有什麼問題嗎？」

狄孟迪皺著眉頭問：「沒有問題，你就是要我們處理清單上面的訂單，對不對？」

我說：「對，就是這麼簡單。我不希望看到誰還在繼續處理不在清單上的訂單。假如催貨員找你們麻煩，就叫他們來見我。你們只要確實照著清單上的順序工作就好。」

他們兩個人點點頭。

我轉過去，對史黛西說：「妳應該明白，讓催貨員不要干擾清單的順序有多麼重要吧？」

史黛西說：「好，但是你得答應我，不會因為行銷部門施壓，就隨便更動清單上的順序。」

「我以名譽保證。」我告訴她，然後我再對史賓賽與狄孟迪說：「我很認真的告訴你們，我希望你們了解，熱處理與NCX－10是整座工廠最重要的兩個生產流程，你們能把這兩個流程管理得多好，很可能就會決定這座工廠到底有沒有前途。」

史賓賽說：「我們會盡最大的努力。」

唐納凡說：「我可以保證他們一定會盡力。」

開完會以後，我到人事部門去和工會領導人奧當納開會。我走進去的時候，人事經理杜林正緊握著座椅的扶手與奧當納爭辯。

「出了什麼問題嗎？」我問。

「你很清楚問題出在什麼地方，你為NCX－10與熱處理部門訂下的午餐休息新規定。」

奧當納說：「新規定違反我們的合約，也就是第七條第四項……。」

我說：「好，我知道，先不要激動，奧當納，也差不多是時候了，我們應該讓工會知道工廠最新的狀況。」

於是，整個早上我都在向他解釋工廠眼前的困境，然後告訴他我們目前的發現，以及為什麼必須推動一些變革。

我總結：「你明白吧，這項規定最多只會影響二十個人。」

他搖搖頭說：「我很感激你費這麼多唇舌向我解釋，但是我們有一份合約在那裡。假如我們為一件事情破例，我們怎麼知道你不會開始改變其他你不喜歡的條款呢？」

我說：「奧當納，老實說，我不能承諾將來一定不需要做其他的改變，但是我們現在談的重點是工作問題。我不是要求減薪或要你們在員工福利上讓步，我要求的不過是多一點點彈性罷了。我們必須有足夠的彈性進行必要的變革，工廠才能賺錢。要不然，很簡單，也許幾個月以後，工廠根本就不存在了。」

最後他說：「聽起來好像你又在耍威脅的伎倆了。」

我只好告訴他：「我只能說，如果你寧願等幾個月，看我是不是在唬你們，那麼一切就太遲了。」

奧當納沉默了一會兒。

最後他說：「我必須想一想，找其他人商量一下，我們會再給你回話。」

過了中午，我已經耐不住性子了，我急著想知道新的優先順序到底行不行得通。我打電話找唐納凡，但是他到工廠去了，不在辦公室，於是，我決定親自去工廠看看。

我先到NCX－10機器那裡。但是，當我到那裡的時候，根本沒有人可以問。由於這是自動化設備，大多數時候，它都在無人照管之下運轉。問題是，當我走到那裡的時候，這台該死的機器卻呆坐著，沒有在運轉，四周卻空無一人，沒有人把機器安裝好。我簡直氣壞了。

我跑去找狄孟迪，並質問他：「為什麼那台機器停住不動？」

他問了一下領班。最後，他回來報告：「我們沒有物料可以生產。」

「你是什麼意思，沒有物料？」我咆哮。「那麼這裡成堆的鋼鐵是什麼東西？」

「但是，你叫我們根據清單上的順序來作業。」

「你是說你們已經處理完所有延誤的訂單了嗎？」

「沒有，他們完成最初的兩批零件，正打算處理第三批零件的時候，卻到處都找不到物料。所以，我們先關掉機器，直到物料出現再說。」

我真恨不得掐死他。

狄孟迪繼續說：「你希望我們這麼做，沒錯吧？你希望我們只處理清單上面的訂單，而且完全按照順序來作業，不是嗎？你不是這麼說的嗎？」

最後我說：「對，我是這麼說，但是你難道沒有想過，當你沒有辦法處理其中一筆訂單時，可以先處理下一筆訂單嗎？」

狄孟迪看起來十分無助。

「你需要的物料到底在什麼地方？」我問他。

「我一點頭緒也沒有，可能在好幾個地方，但是我猜唐納凡已經派人去找了。」

「好，現在聽著，叫工人裝設好機器，準備處理下一批你手上已經有物料的訂單，要讓機器一直保持運轉。」

「是。」狄孟迪說。

我怒氣沖沖的走回辦公室，準備吩咐他們呼叫唐納凡，查明到底是哪裡出了問題。走到半路，我經過幾部車床時，看見他正在那裡和領班奧圖談話。我不知道唐納凡說話的語氣如何，但是奧圖顯然十分沮喪。我停下來，站在原地等唐納凡結束談話。不久，奧圖就走去召集所有的機械工，唐納凡則向我走來。

「你知道剛剛發生的狀況……。」

「對，我知道，所以我才跑來這裡。」

「出了什麼事？」

「沒事，只是標準作業流程而已。」

原來他們急著要NCX—10處理的零件已經在那裡乾等了一週，奧圖一直在處理其他的零件，不曉得這批要送到NCX—10的零件有多重要。對他而言，這批零件和其他零件沒兩樣，而且從數量看來，更是無足輕重。唐納凡到那邊的時候，他們正在處理一大批貨，奧圖不想把機器停下來，直到唐納凡向他解釋整個情況。

「真該死，羅戈，我們又重蹈覆轍！」唐納凡說：「他們把機器都架設好開始作業，然後我們又在中途插進來，要他們完成另外一批貨。情形就和過去一模一樣！」

我說：「不要激動，我們要好好想一想這個問題。」

唐納凡搖搖頭說：「有什麼好想的。」

「我們應該想辦法弄清楚其中的緣由，剛剛是哪裡出了問題？」我問。

「NCX—10需要的零件沒有送到，也就是說，作業員沒有辦法處理他們應該處理的那批貨。」唐納凡無精打采的告訴我。

「原因是非瓶頸的機器正在處理非瓶頸的零件，卻因此耽擱瓶頸要處理的零件。」我說：「現在，我們必須問自己，為什麼會發生這種狀況？」

「負責這裡的傢伙只是想辦法讓手裡不要閒著，如此而已。」唐納凡說。

「對，因為假如他沒有讓整個單位保持忙碌，上頭就會有人跑過來，譬如像你這樣的人就會對他們大呼小叫。」我說。

「對呀，因為假如我沒有這樣做，像你這樣的人就會對我大呼小叫。」他回答。

「好，我承認，但是即使這個傢伙一直很忙，他卻沒有幫我們達成目標。」

「這個嘛……。」

「他沒有幫上忙，唐納凡！你看。」我一面說著，一面指著那批應該送往NCX－10的零件。「我們現在就需要這批零件，而不是明天才需要，而那批非瓶頸的零件，我們可能幾週或幾個月以後才用得上，甚至永遠都用不著。所以，當這個傢伙繼續處理非瓶頸的零件時，實際上會阻礙我們交貨和賺錢。」

「但是，他並不曉得這點。」唐納凡表示。

「完全正確，他沒有辦法分辨哪一批零件重要，哪一批零件又不重要。」我問：「為什麼呢？」

「因為沒有人告訴他。」

「對，直到你來了之後，他才明白。但是，你不可能跑去每個地方，而這類狀況還是會層出不窮。所以，我們該如何讓工廠裡每個人都明白哪些是重要的零件呢？」

「我猜我們需要某種系統，」唐納凡說。

「好，我們現在馬上去研究出一套辦法，才可以避免這種狀況。在想出其他辦法之前，要確定兩個瓶頸部門的人都知道，必須繼續按照清單上的優先順序作業。」

唐納凡再和奧圖談了一次，確定他曉得該怎麼做，然後我們一起朝著瓶頸部門走去。

最後，我們回到辦公室裡，我看得出來，唐納凡對於目前的狀況還是覺得很不安。

「怎麼了？你似乎還是不太相信目前的做法是對的。」

「羅戈，假如我們不停的打斷作業流程，要他們處理瓶頸需要的零件，會發生什麼狀況呢？」

「我們應該可以避免瓶頸閒置。」

「但是，其他九八％的工作單位又會增加多少成本呢？」

「先別擔心這個問題，只要保持瓶頸的作業不間斷就好了。」我問他：「我相信你剛剛做的事是對的，你難道不覺得嗎？」

「或許我做得對，但是我必須先打破所有的規定才辦得到。」

「那麼，就打破那些規定吧！」我向他說：「或許打從一開始，那就不是什麼好規定。你知道我們老是得打斷生產作業，為急需的零件趕工。這次和以往不同的是，我們曉得要在外界的壓力臨頭以前，提早處理這個狀況。我們必須對新策略有信心。」

唐納凡同意的點點頭，但是我知道只有在看到證據以後，他才會真的相信。老實說，我又何嘗不是如此呢！

我們花了幾天研究，想找出一套解決這個問題的系統。週五上午八點，就在工廠的第一班即將開始之前，我坐在工廠的餐廳裡，看著員工魚貫走進來，唐納凡也在。

在發生過幾次誤會之後，我認為愈多人曉得瓶頸的道理和它的重要性，情況就會愈好，因此我們召開一場十五分鐘的員工大會，所有領班與工人都必須參加。今天下午，我們會和第二班的工人再開一場完全相同的會議。然後，我會在深夜跑來工廠，和第三班的工人談一談。當第一班的工人都到齊以後，我站起來，開始講話。

「大家都知道，工廠走下坡已經有一段時間。你們不曉得的是，我們現在就要開始改變這個狀況了。今天，大家之所以在這裡開會，是因為我們要介紹一套新的系統……一套會讓工廠比過去更有生產力的系統。在接下來的幾分鐘裡，我會簡短的解釋一下新系統發展的背景，然後唐納凡會告訴你們該怎麼做。」

為了讓會議在十五分鐘以內結束，我們沒有時間詳加解釋，但是我拿沙漏來作為比喻，簡單的說明什麼是瓶頸，以及為什麼要讓大家優先處理會通過熱處理部門與NCX－10機器的零件。至於我沒有時間詳細解說的部分，則會在工廠通訊中解釋，這份工廠通訊將取代過去的員工報紙，定期報告最新進展。

接著，我把麥克風交給唐納凡，由他來說明。接下來，我們將把工廠裡所有的物料排定優先順序，讓每個人都知道現在應該處理哪一批貨。

「今天下班以前，工廠裡所有的在製品都會被貼上有號碼的標籤。」他一邊說，一邊拿出樣本給大家看。「標籤分為紅色與綠色。紅色標籤表示這批貨要排第一順位，任何貼有紅色標籤的物料都必須經由瓶頸來處理。因此，當一批貼有紅色標籤的零件送去你們的單位時，必須立刻處理這批零件。」

唐納凡接著解釋他所謂的「立刻」是什麼意思。假如工人正在處理另外一批貨，只要這批貨可以在半小時內處理完畢，那麼他們可以繼續把它完成。但是，最晚必須在一個小時之內開始處理貼有紅色標籤的零件。

「假如這批零件抵達的時候，你們正在架設機器，那麼就要中斷目前的工作，轉而為這批標有紅色標籤的零件安裝機器。處理完瓶頸需要的零件以後，你們就可以回頭去完成原先的工作。

第二種標籤是綠色標籤。當你們必須選擇要先做貼有紅色標籤的零件，還是貼有綠色標籤的零件時，你們必須先完成貼紅色標籤的零件。到目前為止，那裡大部分的在製品都會被標上綠色，代表這些零件不需要通過瓶頸。即使是這樣，只有當手邊沒有貼紅色標籤的零件在排隊的時候，才可以開始處理綠色標籤的零件。

以上是關於顏色的優先順序。但是，假如手邊有兩批貨都標有同樣的顏色，該怎麼辦呢？每個標籤上面都會有一個號碼，你們應該優先處理數字比較小的零件。」唐納凡解釋如同上述的相關細節，也回答了幾個問題，然後由我做總結。

我告訴他們：「召開這場會議是我的提議，我之所以決定讓你們放下工作來開會，是因為我希望每個人都能同時聽見相同的訊息，我希望你們因此會比較明白工廠目前的狀況。但是，另外一個原因是，我知道大家已經有很長一段時間沒有聽到任何關於工廠的好消息了，你們剛聽到的事情將會成為開端。但是即使是這樣，唯有工廠開始賺錢以後，這座工廠的前途與你們的工作才能獲得保障。你們可以做的最重要的事情，就是和我們一起努力，大家通力合作，讓這座工廠繼續營運下去。」

那天傍晚，我的電話響了起來。

「嗨，我是奧當納，你們可以實施有關工人休息時間的新政策了，我們不會反對。」

我告訴唐納凡這個消息，於是，當週的工作就在這樣小小的勝利中結束了。

◎

週六晚上七點二十九分，我把洗得乾乾淨淨、打了蠟、光可鑑人的別克轎車停在岳父母家門口的車道上。接著拿起座位上的花束，穿著一身簇新的約會裝，走到草坪上。七點半，我按下門鈴。

茱莉打開門。「哇，你今天很帥。」她說。

「妳也很漂亮。」我告訴她。而且這是如假包換的事實。

我拘謹的和岳父母閒聊幾分鐘，岳父問我工廠情形如何，我告訴他，看來我們正逐漸好轉，並且提了一下新的優先順序系統，以及這套系統會對NCX－10機器與熱處理部門帶來的影響。茱莉的爸媽面無表情的看著我。

「我們可以走了嗎？」茱莉提議。

我半開玩笑的告訴岳母大人：「我會在十點以前送她回來。」

「很好，」岳母大人說：「我們會在家裡等著。」

22 老古董再度披掛上陣

「全在這裡了。」雷夫說。

「不錯嘛！」史黛西說。

「何止不錯？比起不錯還要好多了！」唐納凡說。

「我們一定做對了什麼事情，」史黛西說。

「對呀，但是還不夠。」我嘀咕著。

過了一週，我們聚集在會議室的電腦終端機前面，雷夫從電腦中叫出上週已經交件的逾期訂單。

「還不夠？至少已經有進步了。」史黛西說：「上週我們運出十二批貨，對這座工廠而言，這個成績很不錯，而且這些全是我們延遲交貨最嚴重的訂單。」

「順便提一下，我們現在延誤得最嚴重的訂單只晚了四十四天。你們或許都還記得，我們過去的遲交天數最多曾經高達五十八天。」雷夫提醒。「太好了！」唐納凡說。

我走回會議桌，坐了下來。

他們會這麼興奮的確有道理，我們根據優先順序與生產路線來貼標籤的新系統，運作得很不錯。瓶頸很快就得到所需的零件，事實上，等著讓瓶頸處理的零件一直增加，但隨著瓶頸的處理速度加快，貼有紅色標籤的零件也可以比較快抵達最後的裝配部。我們彷彿為瓶頸零件在工廠裡裝設了一條「特快通道」。

我們把品管作業提前之後發現，通過NCX—10的零件中有五％、通過熱處理鍋爐的零件中有七％是不合格的零件。假如未來這個數字仍然維持不變，我們事實上是把節省下來的時間轉為額外的有效產出。

讓工人在午餐休息時間繼續操作瓶頸設備的新政策也生效了。我們不確定這項措施為我們增加多少生產力，因為我們不清楚過去究竟損失多少生產力，但是至少我們現在採取的是正確的措施。但是，偶爾我還是會聽到NCX—10又閒置在那裡，而且當時並非工人的休息時間，唐納凡應該設法找出原因。

以上措施加起來的結果是，我們得以完成最緊急的幾筆訂單，而且也比以往平均一週的出貨量交出更多貨。幾週以前，我們還跛著腳，現在我們已經能走路了，但是我們應該要進步到能夠慢跑才行。

回頭再看一次電腦終端機，我發現他們全望著我。我說：「大家聽著……我知道我們踏出正確的一步，但是我們必須加快進展的速度。上週我們完成十二筆訂單的確很不錯，但是我們還有其他逾期交貨的訂單，儘管比起過去而言已經少很多，但是我們還是必須表現得更好一點。我們真的不應該讓任何訂單延遲交貨。」

他們全都離開終端機，和我一起圍坐在會議桌旁。唐納凡告訴我，他們正計畫如何把目前的做法修改得更好一點。

我說：「這樣做很好，但這些都是小地方。約拿的其他建議現在進行得如何了？」

唐納凡的眼睛轉向別的地方說：「呃……我們正在研究。」

我說：「週三幹部會議以前，我就要看到減輕瓶頸負擔的方案。」

唐納凡點點頭，什麼也沒說。

「你會準備好嗎？」我問。

「無論要克服多少困難。」他回答。

◎

那天下午，我在辦公室裡與品管經理藍斯頓，以及負責內部溝通的潘恩開會。潘恩負責撰寫內部通訊，向員工解釋改革的背景與原因，我們在上週發行了第一期。我今天找他們兩個人來，是為了討論一項新計畫。

當零件經過瓶頸加工以後，它們與尚未經由瓶頸處理的零件看起來幾乎一模一樣，有時候，只有訓練有素的工人細心檢查之後，才能挑出箇中差異。問題是，怎麼樣才能讓工人分辨得出這種差異，而且可以更慎重的處理這些零件，並且讓最後裝配完成與交貨的產品更加具有合乎品質的水準。藍斯頓與潘恩來我的辦公室，就是為了討論他們研究的結果。

「我們已經有了紅色標籤，因此我們知道這些零件位於瓶頸的生產路線上。我們現在需要的是一個簡單的方法，讓工人知道他們需要格外小心處理的是哪些零件，而且必須把這些零件當黃金一樣看待。」潘恩說。

「這是很適當的比喻。」

她接著說：「所以，要是在瓶頸處理完零件以後，我們就直接在紅色標籤上貼黃色膠帶如何？膠帶會提醒工人把這些零件當黃金一般小心處理。同時，我會在公司裡大力宣傳，讓大家都知道黃色膠帶代表什麼意思。另外，我們可能會準備一些可以貼在公布欄的海報、讓領班向工人宣讀的公告，或許還有懸掛在工廠的旗幟等。」

「只要貼膠帶的動作不會拖慢瓶頸的作業速度，我覺得很好。」我同意。

「我們想的辦法一定不會阻礙作業的進行。」

「很好。另外，我關心的是，我不希望這只是一大堆宣傳。」

藍斯頓笑著說：「我完全能體會你的顧慮。目前，我們正有系統的分析瓶頸與後續生產流程中品質出現問題的原因。一旦知道該往哪個方向改進，就會發展出確切的措施，改善通過瓶頸的零件與生產流程；發展出改善措施後，就會推出訓練課程，幫助大家學習新的做法。但是很顯然，這要花一段時間。就短期而言，我們會要求所有單位在瓶頸生產路線上的現有作業步驟，都經過重複檢查。」

我們討論了幾分鐘，不過基本上，這些建議聽起來都很不錯。我告訴他們全速前進，並且經常向我報告狀況的進展。

他們站起來準備離開的時候，我對他們說：「做得很好。順便問一下，我以為唐納凡會來參加這場會議。」

「最近很難逮到他，」藍斯頓說：「但是我會向他簡報我們剛剛討論的內容。」

就在這個時候，電話鈴響了。我一隻手伸過去接電話，另一隻手則向正要離開的藍斯頓與潘恩揮揮手。

「嗨，我是唐納凡。」

「這時候才打電話來請病假已經太晚了，你不知道你剛剛錯過一場會議嗎？」

他一點都不以為意的說：「我有一些東西要讓你看看，有空散散步嗎？」

「應該可以，什麼事啊？」

「呃……等你來了以後，我再告訴你，我們在進貨倉碰面。」

我走到進貨倉，看到唐納凡站在那裡猛對我揮手，好像深怕我看不見他，但那是不可能發生的事情。進貨倉前面停著一輛拖著載貨平台的卡車，平台上有一個龐然大物，外面綁著灰色的防水布，幾個傢伙正在操縱起重機，準備把那個龐然大物卸下來。當我朝著唐納凡走去的時候，他們正好把那個東西高舉在空中。看到灰色的龐然大物在半空中搖搖晃晃，唐納凡以雙手罩在嘴巴旁大喊：「小心！」

起重機終於緩緩的從卡車上把貨物卸下，並安全的放在水泥地上。工人解開起重機的鎖鏈，唐納凡走過去，讓他們把綁住防水布的繩子解開。「一分鐘就好。」唐納凡對我說。

我耐心等著，但是唐納凡忍不住跳下去幫忙。所有繩子都解開以後，唐納凡抓住防水布，然後興致勃勃的把它揭開，露出藏在下面的東西。

他一面退後，一面指著我所見過最古老的一台機器說：「噠——噠——！」

「這是什麼鬼東西呀？」我問。

「是麥格馬。」他邊說的同時拿起一塊破布，抹掉上面的污痕：「新機器不是長這樣。」

「我很高興聽到你這麼說。」我告訴他。

「羅戈，麥格馬正是我們需要的機器！」

「看來這台機器在一九四二年可能是最先進的機器，但是現在對我們有什麼用呢？」

「我承認它當然比不上NCX—10，但是假如你把它放在這兒，」他一面說，一面拍打著機器：「把那幾台機器放在那兒，」他指著對面繼續說：「再把另外那台機器放那兒，幾台機器加起來，就可以完成所有NCX－10能做的事情。」

我看看這幾台機器，它們全都老舊而且閒置已久。我走到麥格馬旁邊仔細檢視。「這一定就是你上次告訴約拿，我們為了存放零件而賣掉的那些機器。」

「你猜對了。」

「這台機器簡直就是古董嘛，其他幾台機器也差不多。你確定它們真能提供合乎水準的品質嗎？」我問。

「這些機器不是自動化設備，所以可能會因為人為的失誤，導致錯誤率稍微高一點。」唐納凡說：「但是假如你想要提高產能，這是最快的方法。」

我微笑著說：「這台機器愈看愈順眼，你是在哪裡找到這個東西的呀？」

「今天早上，我打電話給在另外一座工廠工作的朋友，他說他們還有幾台這類型的機器，而且對他們來說，讓一台機器給我們一點也不成問題。於是，我逮住一個維修人員，就開車到那裡去看狀況。」

「這要花多少錢？」

「只需要付拖車的租金就好了。」唐納凡說：「我朋友說，我們只要過去把它搬過來就成了，他會當作淘汰的設備沖銷掉。因為賣機器實在太麻煩，反而需要處理一大堆公文。」

「這些機器還能用嗎？」

「我們離開那裡以前它還能動。我們就試試看吧。」

維修人員把電源接上，唐納凡按下開關，最初第一秒鐘，機器毫無動靜。接著，我們就聽到舊機器那種遲緩含混的馬達轉動聲，老舊的風扇噴出陣陣灰塵。唐納凡的大臉呆呆的笑開，轉過頭來對我說：「我猜我們可以上路了。」

23 改革，再改革！

雨點不斷打在辦公室的玻璃窗上，窗外的世界一片灰暗。我面前的桌上放著一份由史麥斯發出的〈生產力公報〉，我剛剛才在等待閱覽的文件籃裡看到這份東西，但是我連這第一份公報上的第一段文字都沒辦法讀完，只是呆呆的凝視著窗外的雨，思考著我和茱莉目前的狀況。

我和茱莉就在那個週六晚上有了一次約會，而且過得十分愉快。我們沒有什麼特別的安排，只是去看了一場電影，之後吃了一點東西，然後在回家的路上，開車經過一座公園，兜了兜風。很平靜，但這正是我們需要的，能夠無拘無束的和她在一起，感覺真好。我承認，起初我彷彿回到高中時光，後來我覺得這個感覺也不錯。凌晨兩點，我才送她回到岳父母家，我們在她家門口講和了，直到她爸爸打開前廊的燈，我們才分手。

從那天晚上以後，我們經常見面。上週就見了好幾次面，都是我開車去找她。有一次，我們還約在半路的餐廳碰頭。儘管這樣做對我而言，會讓每天早上起床上班變得格外辛苦，但是我毫無怨言，我們在一起玩得很愉快。

我們之間有一個默契，就是誰都不提離婚這檔事，或是關於婚姻的任何話題。只有一次在談到孩子的時候挑起這個話題，我們都同意，孩子一開始放暑假，就應該搬去和茱莉住在一起。我接著就試圖把話題轉到我們的婚姻上頭，但是過去的爭論很快又重演，我立刻放棄，以保住眼前的和平。

目前的情況十分怪異，我們幾乎又恢復婚後「安定」下來以前的那種感情。只不過現在我們對彼此都很熟悉，而暴風雨儘管暫時遠去，卻隨時有可能回頭來襲。

輕輕的敲門聲打斷我的冥想，我看到法蘭的臉孔在門口探望。

「史賓賽在外面，說他必須和你談談。」法蘭轉達。

「什麼事？」

法蘭走進來，把門關上。她快步走到我的辦公桌前面小聲的說：「我不曉得，但是我聽說大約一小時以前，他和雷夫起了一點爭論。」

「喔，好吧，謝謝妳事先警告我，讓他進來。」

過了一會兒，史賓賽怒氣沖天的走進來。我問他熱處理部門發生什麼事情。

「羅戈，你一定要叫那些搞電腦的傢伙不要在我後面管東管西的。」

「你是說雷夫嗎？你對他有什麼意見？」

「他好像想將我變成一個小職員似的。他一直跟前跟後，問一堆蠢問題，現在他又要我記錄下熱處理部門所有發生的狀況。」

「什麼樣的紀錄？」

「我不知道，他要我詳細記錄鍋爐所有進出的物料……我們什麼時候把東西放進鍋爐，什麼時候拿出來，每一次花了多少時間等。我手邊要做的事情可多了，沒有空來煩惱這種事情。除了熱處理部門，我得還負責其他三個工作單位。」

「他為什麼需要這些紀錄表呢？」我問。

「我怎麼知道？我的意思是，就我的情況而言，為了滿足每個人的要求，我們的公文作業已經夠多。我想雷夫只是想玩玩數字遊戲罷了。假如他有時間這樣做，我完全沒意見，他儘管在自己的部門這樣做。我可是得操心我的部門的生產力問題。」

「你不要讓他再來煩我好嗎？」

我點點頭，不讓他繼續抱怨。「好，我明白你的意思了，我會看看是怎麼回事。」

「我會讓你了解狀況。」

◎

他走了以後，我請法蘭找到雷夫。令我困惑的是，雷夫並不是那種會和別人起衝突的人，但是顯然他令史賓賽非常生氣。

「你找我？」雷夫站在門口說。

「對，進來，請坐。」

他坐在我的前面。

「告訴我，你到底做了什麼事把史賓賽惹火了。」

雷夫轉了轉眼珠說：「我只不過想要準確的記錄鍋爐為每一批零件加熱的時間，我以為這個要求很簡單。」

「你為什麼要問他這些數字呢？」

雷夫說：「有好幾個原因。其中之一是，我們手邊的熱處理數據似乎非常不精確。假如你說得沒錯，熱處理對工廠這麼重要，那麼我們就應該掌握比較可信的統計數字。」

「你為什麼認為目前的數據不正確呢？」

「因為我看到上週的交貨總數以後，一直覺得有點不對勁。幾天前，我曾經根據瓶頸可以產出的零件數量，私下預估了上週的交貨數量。根據我的估計，我們應該可以完成十八到二十筆訂單，而不是只交出十二批貨。由於實際狀況與我預估的數字相差太遠，起初我以為一定是我搞錯了。於是我再次檢查計算過程，可是找不到任何錯誤，然後我發現我對NCX－10的預估數字與實際情況差不多，但是有關熱處理的數據，卻出現很大的差異。」

「因此你認為一定是原本的數據有問題。」

「對，」他說：「所以，我去找史賓賽，結果，哈……。」

「結果怎麼樣？」

「我注意到幾件很有趣的事情。從一開始，他就守口如瓶。最後，我問他，當時鍋爐正在加熱的零件什麼時候會處理完畢，我只不過想親自得到一批貨的處理時間，來比對看看是不是與標準數據差不多。他說這批零件可能在下午三點左右處理完畢，所以我就先離開，在三點左右再回去。但是，當時那裡一個人都沒有，我等了十分鐘左右，然後跑去找史賓賽。當我找到他的時候，他說他叫操作鍋爐的助手先去忙另外一件事情，他們等會兒就會回去卸下鍋爐裡的零件。當時我並沒有想太多，然後，五點半左右，快下班的時候，我決定順道去鍋爐那裡，問問看零件卸下鍋爐的確切時間。結果，同一批零件還待在鍋爐裡。」

「超過預定時間兩個半小時以後，他們還沒有卸下這批貨？」我問。

「對呀，」雷夫說：「所以我找到第二班的領班山姆，問他目前情況如何。他告訴我，那天晚上人手不夠，因此要晚一點才能處理這批貨，還說讓零件在鍋爐裡待久一點無妨。我離開以前，看到他把鍋爐關掉，但是後來卻發現他們一直到八點，才真的把零件卸下來。我不是想找麻煩，我只是覺得假如我們精確記下每一次熱處理的時間，至少我們估計的數字會比較實際一點。我問了一下那邊的工人，他們告訴我，這類的延誤在熱處理部門經常發生。」

「真的？！」我說：「雷夫……我要你蒐集所有需要的數據，別擔心史賓賽找你麻煩，還有，也同樣蒐集一下NCX－10機器的數據。」

「我很樂意，但是這牽涉到很多瑣碎的工作。所以我才希望史賓賽與其他領班能把每批貨進出的時間記錄下來。」

「好吧，這件事讓我來處理。謝謝你。」

「不用客氣。」

「順便問一下，你剛剛提到還有另外一個原因，那是什麼？」我問。

「喔，那個原因可能不太重要。」

「還是告訴我吧。」

「我不確定是不是真的能這麼做，不過我想到的是，或許我們能想辦法利用瓶頸來預估每一批貨的交貨時間。」

我思索了一下可能性。「聽起來很有趣。想到什麼辦法的時候，別忘了告訴我。」

◎

唐納凡坐在我辦公桌前的椅子上，我則在他面前走來走去，向他炮轟雷夫發現熱處理部門問題的經過。這件事讓我非常生氣。

但是，當我說完以後，唐納凡說：「問題是，當鍋爐在處理零件的時候，那些工人無事可做。你把零件放進鍋爐裡，把門關上，接下來的六到八個小時，零件就一直在裡面加熱。你叫他們怎麼辦呢？光站在那兒發呆嗎？」

「我不管他們做什麼，重要的是他們必須可以快速的把貨送進去和卸下來。在等候他們忙完其他事情才來卸貨的那五個小時裡面，我們原本已經可以處理完另外一批零件了。」

唐納凡說：「好吧。要不然這樣吧，當零件在加熱時，我們把人手借給其他部門運用，只要時間一到，我們就一定把他們叫回來，那麼……。」

「不行，結果大家只有在最初的兩天會戰戰兢兢的照辦，沒過多久又會回復原狀。我要鍋爐工人隨時待命，一週七天，每天二十四小時，都有人在旁邊準備裝貨卸貨。首先，我要規定領班務必專心負責熱處理部門的事情，告訴史賓賽，下次我看到他的時候，他最好很清楚熱處理部門的狀況，否則我要狠狠K他一頓。」

「但是，你知道你說的是每班都要留守兩、三個工人。」唐納凡提醒我。

「才兩、三個工人嗎？」我問：「你忘了，浪費瓶頸的生產時間會讓我們損失多少錢？」

「好吧，我同意你的話。說實話，雷夫在熱處理部門發現的問題，就和NCX—10機器閒置的問題一樣。」

「那裡出了什麼狀況？」我問。

唐納凡告訴我，NCX—10機器確實每次都會停工半小時左右，但是問題不是出在午餐休息時間。假如正在安裝NCX—10的時候午餐時間到了，那兩名工人會留下來，把工作做完才去吃飯。假如設定機器需要花很長的時間，他們就會輪流去吃飯，因此其中一個人會留下來繼續設定機器。所以，就算碰到午餐時間，一切都不成問題。但是，假如機器在下午停下來，可能就會一直停在那裡二十分鐘、三十分鐘甚至四十分鐘都不動，直到有人來重新設定機器。原因是，機器架設人員正忙著安裝其他機器，也就是非瓶頸的設備。

「那麼，就採取跟熱處理部門一樣的措施。要一名機械工和一名助手在NCX—10機器旁隨時待命，只要機器一停下來，他們就馬上展開工作。」

「我舉雙手贊成，但是你曉得報表上的數字會怎麼樣，看起來會像是我們增加了零件通過熱處理與NCX—10的直接人工成本。」

我靠著椅背說：「咱們一次只要專心打一場仗就好。」

◎

第二天早上，唐納凡在幹部會議上提出他的建議，其中包括四項主要措施。第一與第二項措施和我們昨天討論的問題有關，指派一名機械工與助手負責NCX—10，並且派一名領班與兩名工人駐守熱處理部門，每天三班都這麼做。另外兩項建議是關於減輕瓶頸的負擔。唐納凡決定，假如我們每天能安排一班工人重新操作那幾台舊機器，NCX—10所生產的相關類型零件產量就可以提高一八%。最後一項提議是，我們把一部分在熱處理鍋爐前排隊等候的零件，轉包給城裡的供應商來處理。

他報告的時候，我一直在想，劉梧聽到會有什麼反應。結果，劉梧沒有什麼異議。

「了解目前的狀況之後，我認為如果要提高有效產出，增加瓶頸的人手是很合理的措施。假如業績因此提升，而且現金流量也隨之增加，那麼就能證明儘管成本提高，我們也並沒有做錯。我的疑問是，你要從哪裡找到這些人力呢？」劉梧問。

唐納凡說我們可以把被裁掉的工人找回來上班。

「不行，我們的問題是，事業部已經凍結人事預算，沒有辦法不經過上面批准，就自行召回工人。」

「工廠現有的人手中，有人能做這些工作嗎？」史黛西問。

「你是說從其他部門偷幾個人過來嗎？」唐納凡問。

我說：「當然啦，應該從非瓶頸部門撥人手過來，反正他們產能過剩。」

唐納凡想了一分鐘，然後解釋，要為熱處理部門找到助手不會有什麼困難，而且我們的確還有幾位老機械工，他們因為年資深沒有被裁掉，而且有能力操作那幾台舊機器。但是，要為NCX—10湊出兩人的機器安裝小組卻讓他傷透腦筋。

「那麼，其他的機器要由誰來架設呢？」他問。

「其他設備的助手應該已經懂得如何架設他們的機器。」

「好吧，或許可以試試看。但是，假如我們調動人手卻把非瓶頸部門變成了瓶頸部門，那該怎麼辦？」

我告訴他：「最重要的是保持生產線的流量。假如我們抽調一名人手，卻沒辦法維持生產線的流量，那麼我們就把他調回去，再從其他部門調人手過來。假如我們還是維持不了生產線的流量，那麼我們就沒有其他的選擇，唯有向上面說明，我們要不就是加班，要不就只有召回幾位被裁掉的工人。」

「好，就這麼辦。」

劉梧預祝我們成功。

「好，咱們就這麼辦吧。唐納凡，要確定你挑的都是好手。從現在開始，我們抽調最優秀的人手到瓶頸部門。」

◎

於是，我們就這麼辦了。

NCX—10有專人負責架設，麥格馬和另外幾台機器加入生產行列，城裡的包商接到我們的熱處理訂單簡直樂不可支。至於我們的熱處理部門裡，現在每班都有兩個人隨時準備為鍋爐裝貨與卸貨。唐納凡重新調動各單位的工作，因此會有一位領班常駐熱處理部門。

對於領班而言，熱處理是個小單位，在這裡工作可不怎麼光彩。熱處理作業本身一點也不吸引人，而且手下只有兩名工人可管，更令這份差事顯得不太重要。為了不讓他們感覺像是被降職了，我刻意每班都去巡視熱處理部門，和領班談話的時候，也很明白的暗示他們，只要是提高熱處理部門產出的人，都會得到大大的獎賞。

沒過多久，工廠就發生驚人的事情。一天清晨，我在第三班快下班的時候到工廠去。當時熱處理的領班是一個叫做海利的年輕人。他是個高大的黑人，粗壯的手臂彷彿快把袖子撐破。我們注意到在過去幾週中，他負責的夜班零件產量都比別人高一〇%，而通常值夜班的人很少破紀錄。我們開始懷疑，是不是因為海利比較孔武有力，才會有這樣的差別。總之，我親自到現場去了解狀況。

當我到達那裡的時候，我看到他的兩個助手並不是閒在那裡沒事做，而是在搬動零件，而鍋爐前面已經整整齊齊疊好兩堆待處理的零件。我叫海利過來，想知道他們在幹嘛。

「他們在做準備。」他說。

「什麼意思？」

「他們在預先準備好鍋爐要裝的貨。每一堆零件都要在同樣的溫度下進行熱處理。」

「所以你把一批批可以同時處理的零件，編排成新的組合。」我說。

「是啊，我知道我們不太應該這麼做，但是我們需要這些零件，對不對？」

「當然，這樣做無妨，你還是依照優先順序處理這些零件吧？」我問。

「喔，是啊，來這邊看看。」海利帶著我穿過鍋爐的控制台，走到一張破舊的桌子前面。他找到一張電腦報表，上面列有當週延誤最嚴重的幾筆訂單。

「你看看第二十二號訂單。」他指著報表接著說：「我們需要經過一千兩百度高溫處理五十個高壓**RB-dash-11**零件。但是，五十個零件不會填滿鍋爐的容量，所以我們往下看，第三十一號訂單需要三百個護環，同樣也必須經過一千兩百度的高溫處理。」

「所以，你把二十二號訂單需要的五十個零件都放進去以後，再盡量裝一些三十一號訂單需要的護環，能裝多少算多少。」

「對呀，我們只需要提早把零件分類，並且排成一堆，就可以快一點把它送進鍋爐。」

「很聰明！」我讚賞他。

「假如有人肯聽我的話，我還有一個更好的主意。」

「什麼主意？」

「現在無論利用起重機或人力，我們裝貨與卸貨可能都要花一個小時。假如有一套比較好的系統，時間可能縮短到只有幾分鐘。」他指著鍋爐說：「鍋爐有一個放零件的平台，我們利用輪軸把平台推進鍋爐內。假如可以找到一些鐵盤，在工程師的協助下，加建成一個可以和原有平台互相替換的平台，那麼就可以預先把零件堆在平台上，再利用堆高機進貨，一天就可以節省好幾個小時，因此每週我們都能額外處理很多零件。」

我回頭看看海利，並告訴他：「海利，你明天晚上休假，我們會找人來接替你的班。」

「聽起來很棒，」他笑著問：「但是為什麼呢？」

「因為我希望你後天值日班，我會請唐納凡找來一位工業工程師，和你一起把這些作業程序正式寫下來，讓我們可以全天候照這樣作業。」我告訴他：「繼續多動動腦筋，我們很需要你的腦力。」

◎

那天早上稍晚的時候，唐納凡出現在我的辦公室門口。

「嗨。」他向我打招呼。

「哈囉，你有沒有看到我給你的字條？關於海利的事情。」

「我已經處理好了。」

「很好。同時，等到上面一結束薪資凍結，就一定要幫他加薪。」

「好。」唐納凡的臉上湧出笑容，然後他靠在門邊。

「還有什麼事嗎？」我問。

「有個好消息要告訴你。」

「多好的消息？」

「還記得約拿問過我們，通過熱處理部門的所有零件是不是真的都需要經過熱處理嗎？」唐納凡笑著問。

我告訴他我還記得。

「我剛剛才發現，有時候不是工程部門要求熱處理，而是我們自己造成的。」

「怎麼說呢？」

他解釋，大約在五年前，有人想要改善機械加工部門的效率。為了加速處理流程，他們擴大機器裁切金屬的幅度，因此每一批零件通過機器的時候，不是被裁切掉一公釐，而是三公釐。但是裁切掉這個厚度之後，零件的金屬就變得易碎，因此需要經過熱處理。

「問題是，變得比較有效率的機器恰好是非瓶頸的設備，這些機器的產能已經足夠了，即使我們減緩生產速度，還是可以滿足需求。而且如果我們恢復比較慢的生產流程，就不需要熱處理。也就是說，我們可以為鍋爐減輕二〇％的負擔。」

「聽起來簡直是太棒了。」我問：「工程部門會答應我們這麼做嗎？」

「這正是最美妙的地方，五年前是我們自己提出這項建議的。」

「所以，決定權完全在我們手上，什麼時候要回復原狀都可以？」

「對，我們不需要得到工程部門的批准，因為我們手上已經有經過核准的作業手冊了。」唐納凡回答。

我同意他盡快實施這[illegible]革。他離開以後，我坐在那兒，深深感到不可思議，我們居[illegible]以靠著降低某些作業流[illegible]的效率，來提升整座工廠的生產力。總部那些在十五樓辦公的傢伙一定不會相信這件事。

24 問題蔓延了嗎？

週五下午，停車場上可以見到第一班工人紛紛鑽進車裡，動身回家。大門口照例又塞車了。我在辦公室中處理事情，突然之間，從半掩的門口傳來「砰！」的一聲巨響。天花板有一塊東西彈下來，我從座位上跳開，察看自己有沒有受傷。發現自己毫髮無傷以後，我在地毯上四處搜尋這枚偷襲的飛彈，結果發現是香檳的塞子。

門外響起一片笑聲。下一個瞬間，所有人都湧進我的辦公室，包括史黛西、唐納凡（就是他把香檳帶來的）、雷夫、法蘭、幾位祕書，還有其他人，甚至劉梧都跑來共襄盛舉。法蘭遞給我一個咖啡杯，唐納凡把它注滿香檳。

「這是怎麼回事？」我問。

「等到每個人手裡都拿到酒以後，我會在舉杯祝賀的時候，告訴你這是怎麼回事。」

他們帶來整整一箱香檳，接著打開更多瓶香檳，當所有杯子都注滿酒以後，唐納凡舉杯。

「來，大家一起舉杯慶祝我們打破工廠的交貨紀錄。」他說：「劉梧查了過去的紀錄，發現以往最好的成績也不過是每個月完成三十一筆訂單，總值兩百萬美元。這個月我們超越了這項紀錄，總共完成五十七筆訂單，價值……呃……取個整數的話，就是三百萬美元。」

史黛西說：「我們不只交出更多的產品，而且我剛剛計算過存貨數量，很高興能向諸位報告，從上個月到現在，在製品的存貨下降了一二％。」

「那麼，大家就舉杯慶祝工廠賺錢吧！」我說。

大家紛紛舉杯。

「這香檳酒很特別，你挑的嗎？」雷夫問唐納凡。

「繼續喝吧，愈喝愈有味道。」唐納凡回答。

我正準備喝第二杯的時候，法蘭走到我身邊。

「羅戈先生？」

「怎麼樣？」

「皮區在電話線上。」我聽到後搖搖頭，不知道這個時候他打電話來會有什麼事。

我走出去，拿起電話筒說：「皮區，有什麼我可以效勞的地方嗎？」

「我剛剛和強斯談過話。」

我自然而然的抓起紙筆，準備記錄又是哪一筆訂單引起客戶抱怨。我等著皮區往下講，但他卻什麼也沒說。「出了什麼問題？」我問。

「沒有問題，事實上他很高興。」皮區告訴我。

「真的？為了什麼事情高興？」

「他說你最近為他完成好幾筆逾期交貨的訂單，我猜你們付出額外的努力。」

「這個嘛，可以說是，也可以說不是。我們改變了一些做法。」

「無論如何，我打電話來，是因為我知道出問題的時候，我對你窮追猛打，所以現在你們做對了事情，我和強斯也應該向你們表達謝意。」

「謝謝你，謝謝你打電話來。」

◎

「謝謝妳謝謝妳謝謝妳謝謝妳謝謝妳謝謝妳！」史黛西把車停在我家門口的時候，我不停說著。

「妳真好，肯開車送我回來，我是真心感謝妳。」

「不必客氣，我很高興我們總算有件事值得慶祝了。」

她關掉引擎，我抬頭望，家裡一片漆黑，只留下一盞小燈還亮著。我很聰明，事先就打電話給媽媽，叫她不必等我吃晚飯。和皮區講完電話之後，我們仍然繼續慶祝。大約有一半的人一起出去吃晚餐。劉梧與雷夫很早就不勝酒力，但是唐納凡、史黛西、我，還有其他三、四個人堅持到底，飯後又到酒吧裡痛飲。現在是凌晨一點半，我已經喝得醉醺醺。

為了行車安全，我的車子還停在酒吧後面。史黛西幾個小時以前就開始改喝汽水，還很慷慨的願意充當司機，送我和唐納凡回家。十分鐘以前，我們才把唐納凡扶進他家的廚房，唐納凡站在那兒發了一會兒呆，才向我們道晚安。假如他還記得，他明早應該要讓太太開車送我們去酒吧取車。

史黛西下車走過來，打開車門，讓我爬出車外。我歪歪斜斜的靠在車上。

「我從來沒有看過你笑得這麼開心。」史黛西說。

「有很多事情值得高興。」我坦承。

「希望你在幹部會議上，也能笑得這麼開心，」

「從現在開始，我在所有的幹部會議上，都會保持笑容。」

「走吧，我要確定你走到家門口。」她說完後便扶著我的手臂，領著我走到門口。

到門口的時候，我問她：「要不要進來喝杯咖啡？」

「不用了，謝謝。時間很晚了，我最好趕快回家。」

「確定不要嗎？」

「很確定。」

我摸索著掏出鑰匙，找到鑰匙孔，把門打開，客廳裡一片漆黑。我轉過頭去，對史黛西伸出手來。「謝謝妳給了我一個這麼美好的晚上，我過得很開心。」

我們正在握手的時候，我不知道怎麼回事向後踩空一步失去平衡。

「哇！」史黛西和我一起跌在地板上，幸運的是（儘管結果不怎麼幸運），史黛西覺得很滑稽，她放聲大笑，笑得眼淚都流了出來，所以我也開始大笑。我們兩個人在地板上滾來滾去，笑個不停。這時候，電燈突然亮起來。

「你這個混帳東西！」

我抬起頭來，眼睛才剛剛適應突如其來的亮光，就看到她站在那裡。

「茱莉，妳在這裡做什麼？」

她一聲也不吭，走到廚房去。我站起來，踉踉蹌蹌的跟在她後面，通往車庫的門打開了，車庫門口的燈也亮了。「茱莉，等一等！」

我走出去的時候，聽到車庫大門已經打開，茱莉鑽進車子裡，猛力關上車門。我走近一點，大力揮著手，她開始發動引擎。

「我坐在那裡等了你一整晚，忍受你媽媽六個小時。」她透過車窗，向我大聲咆哮：「結果你卻醉醺醺的帶著女人回家。」

「但是史黛西不是什麼『女人』，她是……。」

茱莉快速倒車，出了車庫，開上車道，並且與史黛西的車子恰好擦身而過，就這樣駛入街上。我被獨自留在車庫的燈光下，車輪疾駛過柏油路面，傳來刺耳的聲音。

她就這麼走了。

◎

週六早上，我一醒來就呻吟了幾聲。第一聲呻吟是因為宿醉，第二聲呻吟則是因為我想起昨晚發生的事。

清醒過來以後，我穿上衣服，到廚房去倒杯咖啡。看見媽媽在廚房裡。

「你曉得你太太昨天回來了嗎？」我倒咖啡的時候，媽媽問我。

於是，我才知道發生什麼事。昨天晚上，我打電話回家之後不久，茱莉就出現了。因為她很想我，而且也很想看看孩子，一時衝動就開車過來。她顯然想帶給我一個驚喜，她也確實讓我大吃一驚。

後來，我打電話去岳父母家，艾達照例回答我：「她不想再和你說話了。」

◎

週一早上，我剛到工廠，法蘭就告訴我，史黛西今天一上班就到處找我。我才坐下來，史黛西就出現在門口。「嗨，我能不能和你談一談？」

「當然可以，請進。」

她似乎心事重重，坐下來的時候迴避了我注視她的眼神。

我說：「關於週五晚上，真對不起，妳送我回家的時候，居然發生那樣的事情。」

史黛西說：「沒關係。你太太回家了嗎？」

「呃，還沒有，她要和父母住一陣子。」

「是因為我的緣故嗎？」她問。

「不是，我們之間一直都有一點問題。」

「羅戈，我還是覺得應該負一點責任。要不然，讓我和她談談好了。」

「不，妳不需要這麼做。」

「真的，我想我應該和她談談。她家的電話是幾號？」

我最後承認，或許還是值得一試，所以我把岳父母家的電話號碼給她，她記了下來，並且答應今天就打電話給茱莉。然後，她仍然坐在那兒。

「還有別的事嗎？」我問。

「恐怕有。」她說。

她停了一下。

「什麼事呀？」

「我想你不會喜歡聽到這個消息，但是我還蠻確定……。」

「史黛西，到底是什麼事啊？」

「瓶頸蔓延了。」

「妳所謂的『瓶頸蔓延』到底是什麼意思呀？出現了傳染病，還是怎麼樣？」我問。

「不是，我的意思是，我們出現新的瓶頸，或者甚至不只一個新瓶頸，我現在還不確定。你看這個。」她手裡拿著一疊電腦報表，走到桌子旁邊。「這些是在最後裝配部排隊等候處理的零件。」

她和我一起把清單看過一遍。如同往常，必須由瓶頸處理的零件依然短缺，但是最近缺貨的還包括一些非瓶頸的零件。

她說：「上週有一筆訂單是要出二百個DBD－50。在裝配需要的一百七十二種零件中，少了十七種零件，而且其中只有一種零件貼有紅色標籤，其他都是綠色標籤。紅色標籤的零件週四就通過高溫處理，週五早上已經在裝配部等候，但是其他零件卻還不見蹤影。」

我往後一靠，捏捏鼻子說：「該死，這是怎麼回事？我以為通過瓶頸的零件應該會最晚到達裝配部。貼綠標籤的零件是不是缺物料？還是供應商出了什麼問題？」

史黛西搖搖頭說：「不是，我在採購上沒有碰到任何問題，而且這些零件全部的加工過程都是由我們自己處理，沒有外包，因此絕對是工廠內部的問題。所以我覺得一定出現了新的瓶頸。」

我站起來，在辦公室裡走來走去。

「或許有效產出增加以後，工廠的生產負荷加重，所以除了熱處理與NCX—10，其他設備的產能也不夠了。」史黛西小聲的推測。

我點點頭。沒錯，聽起來很有可能。現在瓶頸的生產力更高了，我們的有效產出上升，積壓的訂單愈來愈少。但是，瓶頸的生產力提高以後，對其他工作單位的需求也就增加了。假如我們對其他工作單位的需求已經超過百分之百，那麼我們就像是創造出新的瓶頸。

我望著天花板說：「這是不是說，我們得重新再走一遍整個流程，想辦法找出新的瓶頸？我們不久前才以為已經從泥沼中脫身了。」

史黛西把報表摺起來。

我告訴她：「好，我希望妳把細節調查清楚，釐清究竟是哪些零件、有多少數量，以及有哪些產品受到影響，還有這些產品會經過哪些生產路線，缺貨的頻率有多高等。同時，我會試試看找不找得到約拿，看他對這個情況有什麼看法。」

史黛西離開之後，法蘭想辦法聯繫約拿。我站在辦公室的窗戶旁，望著外面的草坪，靜靜的思考。在我們實施新措施提升瓶頸的生產力以後，存貨下降了，我認為這是好現象。一個月以前，非瓶頸生產路線上的零件堆積如山，而且還不停的在增加，但是在過去幾週裡，有些零件的存貨逐步下降。自從我來到這座工廠以後，上週是有史以來第一次，我們不需要在成堆的庫存零件中左閃右避，就可以直接走到裝配部。我認為這樣很好，但是現在卻發生這種事情。

「羅戈先生，他已經在電話線上了。」法蘭透過內線叫我。

我拿起電話：「約拿？嗨，聽著，我們又碰到麻煩了。」

「出了什麼問題？」他問。

我說明狀況以後，約拿問我，自從他離開之後我們採取了哪些措施。於是我描述了整個過程，例如提前進行品管，訓練工人格外費心處理瓶頸零件，重新使用三台老機器，頒布新的午餐休息規定，增加每批熱處理的零件數量，在工廠裡執行新的優先順序系統……。

「新的優先順序系統？」他問。

「對。」然後我解釋什麼是紅色標籤，什麼是綠色標籤，以及整套系統如何運作。

約拿說：「或許我最好親自去看看。」

◎

那天晚上，家裡電話鈴響的時候，我正好在家。

「嗨。」電話中傳來茱莉的聲音。

「我應該向你道歉，很抱歉上週五晚上發生那樣的事情。」她說：「史黛西打過電話給我，我實在覺得很不好意思，我完全誤會了。」

「對呀，近來我們兩人之間好像有很多誤會。」

「我只能說很抱歉，我開車去找你的時候，只想到你一定很高興看到我。」

「假如妳留下來，我是會覺得很高興。事實上，假如我預先知道妳要來，我會在下班後直接回家。」我告訴她。

「我知道我應該先打電話，但是我一時興起就這麼做了。」

「妳不應該一直在那裡等我。」

「我只是認為你隨時會到家，而你媽媽一直狠狠瞪著我。最後，她和孩子終於都上床睡覺。一小時以後，我也在沙發上睡著了，直到你進來，才把我吵醒。」

「妳想和我重新做朋友嗎？」我問。

我感覺得到她終於鬆了一口氣。

「想啊，我們什麼時候再見面？」

我提議週五見面，她說她等不了那麼久，結果我們約在週三。

25 忙碌不代表有效率

這個場景似曾相識。第二天早上，我再度站在二號登機門前迎接約拿。十點以前，我們已經抵達工廠會議室，劉梧、唐納凡、雷夫與史黛西都等在那裡。約拿在我們前面走來走去。

「我們先從幾個簡單的問題開始。」約拿問：「首先我想知道的是，你們已經很清楚出問題的是哪些零件了嗎？」

史黛西坐在會議桌旁，前面堆了一大堆文件，她手上拿著一張清單，似乎已經準備好應付圍攻。她說：「對，已經查出來了。事實上，昨天晚上我一直忙著追蹤和查證這些資料。結果，我發現出問題的零件有三十種。」

約拿說：「妳確定物料都發出去了嗎？」

「沒錯。」史黛西說：「他們已經根據時間表，把物料發出去了，但是在最後的裝配部還看不到這些零件，零件卡在新瓶頸那裡了。」

「等一等，妳怎麼知道那真的是瓶頸呢？」

她說：「因為這些零件被耽擱了，我覺得一定是……。」

約拿告訴我們：「在驟下結論之前，我們先花半小時到工廠看看到底目前情況如何。」

於是，我們往工廠走去，幾分鐘後，我們站在幾部銑床前面。一旁是疊得高高的零件，上面都貼著綠色標籤，史黛西指出最後裝配部需要的是哪些零件。我們等著用的零件大部分都在這裡，而且上面都貼有綠色標籤。唐納凡把領班叫來，然後把這個叫傑克的大個子介紹給約拿認識。

傑克說：「對呀，這些零件全在這裡等了兩、三週。」

我問：「但是我們需要這些零件，怎麼沒有人處理這批零件呢？」

傑克聳聳肩道：「假如你知道你需要的是哪些零件，我們立刻動手。但是這樣一來，就會違背你為優先順序系統定下的規矩。」

他指一指旁邊另外一堆物料。「看到了吧？」他說：「這些零件全貼有紅色標籤，我們必須先把這批做完，才能碰貼有綠色標籤的零件。你是這樣告訴我們的，沒錯吧？」

喔，我慢慢明白這是怎麼回事了。

史黛西說：「你的意思是，貼有綠色標籤的存貨愈堆愈多，你卻把所有時間都花在處理要送去瓶頸的零件嗎？」

傑克說：「對，大部分時間。嘿，我們一天只有這麼多時間，妳明白我的意思嗎？」

「你們一天花多少時間來處理瓶頸需要的零件？」約拿問。

「或許七五％或八〇％的時間吧。」傑克說：「明白嗎，每一件要送往熱處理部門或NCX－10的東西都必須優先處理，只要貼有紅色標籤的零件不停送到，我們就沒有什麼時間來處理貼綠標籤的零件。而且，事實上，自從實施新系統以來，這些零件一直源源不絕的送來。」

大家都默不作聲，我看看零件，又看看機器，再看看傑克。

唐納凡說出我心裡的話：「我們現在該怎麼辦？是不是應該把標籤全換過來？把缺貨的零件全都改貼上紅色標籤？」

我頹喪的把雙手一攤說：「我猜唯一的辦法是趕工生產這個零件。」

「不對，這樣解決不了問題。」約拿說：「因為，假如你現在就靠趕工來解決問題，那麼你以後會不停重施故技，情況將變得更糟。」

「那麼，還有什麼別的辦法呢？」

約拿說：「首先，我希望大家一起去看看瓶頸，因為這個問題還有另外一個考慮層面。」

還沒看到NCX－10以前，堆積如山的存貨已經先矗立在眼前。零件堆得相當高，要動用最龐大的起重機才能採到頂層。零件不只堆積如山，而且還好像一座有好幾個高峰的高山，甚至比這台機器被稱作瓶頸之前堆積的存貨還要高。每一箱零件上都繫著紅色標籤，NCX－10

本身也是龐然大物，但是被這堆零件一遮，幾乎都快看不見了。

「我們要怎麼走過去呀？」雷夫正設法找到穿過這堆存貨的路。

唐納凡說：「跟我來。」然後領著我們穿過物料堆成的迷宮，走到機器旁邊。

約拿瞪著周圍待處理的零件對我們說：「你們知道嗎，我只要看這堆零件就可以猜到，它們大概要花掉NCX—10一個月的時間才處理得完。而且我敢打賭，假如我們到熱處理部門去看，情況也差不多。告訴我，你們到底曉不曉得為什麼這裡會堆滿這麼多存貨？」

「因為之前生產線上的每個人都優先處理紅色標籤的零件。」我回答。

「對，這是一部分原因，但是為什麼有這麼多的存貨都卡在這裡呢？」約拿問。

這次沒有人回答。

「好，我想我現在需要解釋一下瓶頸與非瓶頸之間的基本關係。」然後約拿看著我說：「你還記得我以前告訴過你，每個人都忙碌不堪的工廠是非常沒有效率的工廠嗎？現在，你即將明白我的意思了。」

約拿走到附近的品管站，拿起品管員用來標示不合格零件的粉筆。他蹲在地板上，指著NCX—10說：「這裡是瓶頸，這個叫什麼X的機器，我們就姑且簡稱為X好了。」

他在地板上寫了一個X，然後又指著走道上另外一台機器。

「好幾台不同的非瓶頸機器和工人會把零件餵到X口中，我們姑且把這些非瓶頸資源稱作

Y。現在，為了簡化敘述，我們一次只考慮一個瓶頸與一個非瓶頸資源……。」

他用粉筆在地上畫：

Y→X

約拿解釋，產品中各種零件的組合會決定這兩種生產資源之間的關係，箭頭則指出零件從一種生產設備流向另一種生產設備的方向。我們可以隨意把任何一台非瓶頸設備看成是提供零件給X處理的設備，因為無論我們挑哪台設備作為代表，它處理過的零件遲早都要通過X。

「根據非瓶頸的定義，我們知道Y有多餘的產能。也正因為Y有多餘的產能，Y滿足需求的速度會比X還要快。假如X與Y每個月同樣可以提供六百個小時的生產時數，由於X是瓶頸，你需要把X的六百個小時全部用來生產，才能滿足需求。但是，同樣要滿足需求，你每個月只需要用到Y的四百五十個小時，也就是只占Y生產時數的七五％。當Y已經工作四百五十個小時以後，你該怎麼辦？讓它閒置一旁嗎？」

唐納凡說：「不會，我們會找其他的事情給它做。」

約拿說：「但是Y已經滿足市場需求了。」

唐納凡說：「那麼，我們就讓它繼續處理下個月的工作。」

約拿問：「假如已經沒有事情可以讓它做呢？」

唐納凡說：「那麼我們就要發更多物料給它。」

「問題就出在這裡。」約拿說：「這樣一來，Y多出來的生產時數會發生什麼事？它製造的存貨一定要流向其他地方。Y的生產速度比X快，而為了讓Y有事做，流向X的零件一定比流出X的零件數量更多。也就是說……，」他走到堆積如山的零件旁邊，把手一揮，做出結論：「結果就是X前面的這一大堆存貨。而且，當你們拚命塞物料逼系統生產，因而超過系統把物料轉換為有效產出的能力時，你們得到了什麼呢？」

「過剩的存貨。」史黛西說。

「完全正確，但是另外一種組合的情形又會如何呢？當X供應Y零件時，情況會怎麼樣？」約拿問。

他在地板上用粉筆畫：

X→Y

「要得到需要的生產力，我們應該用掉Y的六百個小時中的幾小時？」約拿問。

史黛西回答：「只用掉四百五十個小時。」

「沒錯。」約拿說：「假如Y必須完全靠X來把它餵飽，Y的最大生產時數就必須由X的產出來決定。而X的六百個小時的生產時數就等於Y的四百五十個小時的生產時數。在工作完這麼多時間之後，Y就沒有東西可以生產了，而這種情形是完全可以接受的。」

我說：「且慢，我們工廠裡也有由瓶頸的產出餵零件給非瓶頸設備生產的狀況。例如，NCX－10處理過的所有零件，都要通過一個非瓶頸設備。」

「你是指其他非瓶頸設備也餵零件給Y吧。在那種情況下，假如你讓Y忙個不停，你知道會發生什麼狀況嗎？」約拿問。

「看看這個圖。」

他用粉筆在地上畫下第三個圖。

最後裝配部

X→　Y→

約拿解釋，在這種情況下，有些零件不會通過瓶頸，全部的加工過程都由非瓶頸來完成，然後就直接由Y生產路線流向最後裝配部。其他的零件則確實會通過瓶頸，因此這些零件會先經過X生產路線，然後一直到最後裝配部，才和通過Y路線的零件結合，裝配為成品。

在實際狀況中，Y路線可能包括一台非瓶頸設備將零件加工後，供給另外一台非瓶頸，接著又再供給下一台非瓶頸，一直這麼層層加工，最後抵達裝配部。X路線則可能有一系列的非瓶頸設備，它們把零件加工後才供給瓶頸設備，而瓶頸的產出又供給接下來一連串的非瓶頸設備來處理。約拿說，就我們的情況而言，X機器的下游有一組非瓶頸的機器，這些機器可以處理來自X或Y機器的零件。

「但是，為了讓情況簡單一點，我畫的圖形中只包含這些組合中都需要的最少元素，也就是一個X與一個Y。無論系統中有多少非瓶頸資源，假如你們純粹為了讓Y不要閒著，而不停塞工作給它，得到的結果還是一樣。假如你們一直讓X和Y不停工作，系統的效率會有多高？」

「效率會高得不得了。」唐納凡說。

「你錯了。當Y產生的所有存貨都到達最後裝配部時，會發生什麼事？」約拿問。

唐納凡聳聳肩，然後說：「我們完成訂單，把貨運出去。」

「怎麼可能呢？」約拿問：「你們有八〇%的產品都至少要用到一個由瓶頸製造的零件。你要怎麼取代遲遲沒有出現的瓶頸零件呢？」

唐納凡搔搔頭說：「喔，對……我忘了。」

史黛西說：「所以假如我們沒有辦法裝配，就等於又製造了成堆的存貨，只不過這回過剩的存貨不是堆在瓶頸前面，而是堆在最後裝配部前面。」

劉梧也說：「對呀，而且只不過為了讓機器不停運轉，我們又積壓上百萬現金。」

約拿說：「明白了吧？我再說一次，即使二十四小時不停的工作，非瓶頸都不能決定有效產出的數量。」

唐納凡問：「好吧，但是不需要瓶頸零件的那二〇%的產品，又怎麼說呢？我們還是可以在生產過程中表現高效率吧？」

「你這樣想嗎？」約拿問。

他在地板上畫了個這樣的圖：

Y→ 產品A

X→ 產品B

他說，這次X與Y各自獨立運作，每條路線滿足不同的市場需求。

約拿問：「在這種情況下，系統可以用到多少Y的生產時數？」

「全部的六百個小時。」唐納凡回答。

「絕對不是。」約拿說：「當然，乍看之下，我們好像可以百分之百用到Y，但是再想想看。」

「我們只能用到市場需求能吸收的程度。」我回答。

「對。根據定義，Y會有多餘的產能。假如把Y的產能發揮到極致，又會產生剩餘的存貨，但是這次得到的不是過剩的零件，而是過剩的成品。這裡的制約因素不在於生產過程，而在於行銷部門的銷售能力。」

他一面說，我一面思考倉庫中塞滿的成品庫存。這些庫存裡，至少有三分之二使用的是通過非瓶頸的零件所製造出來的產品。由於根據「效率」的原則來運用非瓶頸資源，我們製造出遠超過市場需求的大量庫存。而其他三分之一的成品又如何呢？這些產品中包含瓶頸零件，但是它們大半都在倉庫中存放好幾年，早就落伍了。庫存的一千五百件成品中，假如每個月能賣出十件，我們就要偷笑了。所有包含瓶頸零件、有競爭力的產品幾乎都是一離開最後裝配部就馬上賣掉，只有少數產品會在賣掉以前在倉庫中暫存一、兩天。但是由於我們積壓的訂單太多，這種情況並不多見。

我看看約拿，他為地板上的四個圖形，都標上號碼。

①Y→X

②X→Y

③ Y→ 最後裝配部
X→

④ Y→ 產品A
X→ 產品B

約拿說：「我們要檢查包括X與Y的四種組合，當然，我們可以定出無限種X與Y的組合，但是其實只需要探討這四種基本組合就夠了。我們並不需要看過無數種X與Y的組合之後，才能找到放諸四海皆準的道理。因為假如我們把這四種組合當作基本架構，就可以用它們來代表任何一種生產狀態。只要釐清這四種組合中可能發生的各種狀況，就可以歸納出真理。你們現在能不能告訴我，是不是已經注意到這四種組合有什麼相似的地方？」

史黛西立刻指出，無論在什麼情況下，Y都不能決定系統的有效產出。每當我們讓Y的生產效率超越X時，結果只會帶來過剩的存貨，而不是更多的有效產出。

「對，如果我們順著這個想法走下去，那麼合理的推論就是，我們可以定出一項放諸四海皆準的準則：非瓶頸資源的利用程度並不是完全由它的生產潛力來決定，而是由系統中的其他制約因素來決定。」

約拿指著NCX—10機器說：「系統的主要制約因素就在於這台機器。當你們給非瓶頸的工作量超越這台機器的工作量時，不但沒有提高生產力，反而製造出過多的存貨，因此也就和目標背道而馳。」

唐納凡問：「但是，該怎麼辦呢？假如不讓工人保持忙碌，就會產生人力的閒置，因此也就降低我們的效率。」

「即使如此，又怎麼樣呢？」約拿問。

唐納凡大吃一驚道：「對不起，你怎麼能這麼說呢？」

「轉頭瞧瞧後面吧！」約拿說：「看看你們製造的那堆怪物，這堆怪物不是自己跑出來的，堆積如山的存貨是由你們的決定一手造成的。原因是什麼呢？原因在於錯誤的假設，以為必須讓工人每分每秒都在生產才算有效率，否則就要靠裁員來省錢。」

劉梧說：「我們承認，要工人發揮百分之百的效率，確實太不實際，所以我們只要求他們達到可以接受的程度，例如九〇%的效率。」

「為什麼九〇%就可以接受呢？」約拿問：「為什麼不是六〇%，或二五%呢？除非你們根據系統的制約因素訂定標準，否則這些數字就毫無意義。只要有足夠的物料，你們可以要工人從現在到退休都保持忙碌，但是該不該這樣做呢？假如想賺錢，就不應該這麼做。」

這時雷夫說：「你的意思是，要員工工作以及從他們的工作中獲利，完全是兩碼子事。」

「對，你的說法已經很接近從這四種基本組合推斷出的第二項準則。說得更明白一點就是：啟動（activating）資源並不等於有效利用（utilizing）資源。」

他解釋，「有效利用」資源的意思是，運用資源的方式必須能夠推動系統邁向目標。而「啟動」資源只不過像是按下機器的開關，無論這樣做是不是能夠帶來效益，機器都會照常運轉。所以，啟動非瓶頸資源，直到把它發揮到極致，是愚不可及的做法。約拿接著解釋：「這些準則告訴我們的是，絕對不可以試圖把系統中的每一種資源都發揮到極致。追求局部效益的系統絕對不是好的系統，而是非常沒有效率的系統。」

我問：「好吧，但是了解這些道理，又能如何幫助我們盡速拿到卡在銑床那裡的零件，裝配出成品呢？」

約拿說：「就根據剛剛那兩項準則，好好思考這裡與銑床的庫存是如何累積出來的。」

史黛西說：「我想我知道問題出在哪裡了，我們發出物料的速度超越瓶頸處理物料的速度。」

約拿說：「正是如此。你們一發覺非瓶頸設備沒有工作做，就急忙發物料給它們。」

我說：「沒錯，但是銑床是瓶頸。」

約拿搖搖頭說：「不對，銑床不是瓶頸，你後面這堆多餘的存貨可以證明這一點。你看，銑床原本不是瓶頸，是你們把它變成瓶頸的。」

他還告訴我們，隨著有效產出節節上升，確實有可能創造出新的瓶頸。但是，大多數的工廠都有許多額外產能，因此除非有效產出增加的數量非常大，否則不太可能產生新瓶頸。我們的有效產出只提高二〇%，所以我與他通電話的時候，他就覺得不太可能出現新瓶頸。

實際的狀況是，當有效產出上升的時候，我們還無知的拚命發出物料，希望讓所有工人都忙個不停，結果就增加了銑床的負擔，超越它的產能。於是，貼有紅色標籤、順位優先的零件都加工完成了，但是綠色標籤的零件卻愈積愈多。所以我們不只在熱處理部門與NCX—10這兩個瓶頸產生過剩的存貨，而且由於瓶頸零件的數量太多，反而阻礙另一個工作單位的物料流通，導致非瓶頸零件也無法到達最後的裝配部門。

他說完以後，我說：「好吧，我明白我們犯的錯了。你能不能告訴我們，該如何解決這個問題？」

「我希望在走回會議室的途中，大家都好好想想這個問題，然後再討論該怎麼辦。」約拿告訴我們：「辦法其實很簡單。」

26 辦法其實很簡單

回到家之後，我才恍然大悟，解決辦法其實很簡單。我坐在餐桌旁。手上拿著紙筆，思索著白天發生的事情究竟有什麼意義，這時候莎朗走進來。

「嗨。」她坐了下來。

「嗨，有什麼事嗎？」

「沒什麼，我只是想知道你在做什麼。」

「我在忙公事。」

「我能不能幫忙？」她問。

「呃……我不知道，這件事有一點技術性，妳可能會覺得很沉悶。」

「喔。」她說：「你想要我離開嗎？」

我有一點罪惡感。「沒關係，妳想待在這裡，就待在這裡好了，想試試解決問題嗎？」

「好啊！」她的臉上露出光彩。

我說：「好，我想想看該怎麼講給妳聽。記得大衛和我上次參加的健行嗎？」

「她不曉得，但是我曉得！」大衛衝入廚房，接著猛然停住，然後說：「莎朗對健行一無所知，但是我可以幫你的忙。」

「兒子，我想你以後當推銷員會大有前途。」

莎朗憤慨的說：「我知道關於健行的事。」

大衛說：「妳根本沒有參加。」

莎朗回嘴：「我有聽到你們談這件事情。」

「好了，你們兩個人都可以幫忙。問題是這樣的，有一隊小孩到樹林裡健行。賀比就在隊伍的中央，我們已經找到賀比了，也把他的背包拿走，讓他走快一點，但是他還是走得最慢。每個人都想超越賀比，但是假如這麼做，隊伍就會拉長，有些小孩可能會走失。因此，我們不可以把賀比調去其他的位置。現在，我們該怎麼辦，隊伍才不會散開呢？」

他們兩個人都若有所思。然後我說：「好了，現在到另外一個房間去，我給你們十分鐘，然後我要看看誰的答案比較好。」

「贏的人有什麼獎品？」大衛問。

「這個……任何合理的要求都可以。」

「任何東西都可以嗎？」莎朗問。

「只要有道理。」我重複一遍。

於是他們離開廚房，我享受了十分鐘的安靜，然後看到角落露出兩張小臉蛋。

「準備好了嗎？」我問。他們走進來，坐在我旁邊。

「想聽聽我的主意嗎？」莎朗問。

「我的方法比較好！」大衛說。

「才不是！」她回嘴。

「好了，夠了！」我說：「莎朗，妳的辦法是什麼？」

莎朗說：「找個鼓手過來。」*

「什麼？」

「你知道嘛，就好像遊行一樣。」她解釋。

「喔，我明白妳的意思了。遊行的時候，大家之間的距離都不會拉大，每個人都踏著同樣的步伐。」

莎朗高興極了，大衛狠瞪她一眼。

「所以，每個人都依照鼓聲，踏著同樣的步伐。」我問：「當然，但是要怎麼樣才能讓賀比

* 編注：這裡提到的「鼓手」與「繩子」正是TOC制約法中的「鼓—緩衝—繩子」（Drum-Buffer-Rope）觀念。

前面的人不會走得太快呢？」

「讓賀比擔任鼓手。」莎朗回答。

我想了一下，然後說：「這個辦法還不錯。」

「但是我的辦法更好。」大衛說。

我轉過頭去：「好吧，聰明人，你的辦法是什麼？」

「把每個人都用繩子綁起來。」大衛說。

「繩子？」

「你知道，就像登山的人一樣。用一條很長的繩子，從腰部把每個人都拴在一起。這樣一來，就沒有人會落後，也沒有人會加快速度，除非大家一起加快速度。」

我說：「嗯，這個辦法很好。」

這樣一來，整支隊伍的長度，也就是工廠的總存貨量，永遠不會比繩子的長度還要長，而繩子的長度當然是預先就決定好了，我們可以很精確的控制這個數字，讓每個人都必須以相同的速度前進。我看看大衛，不禁讚歎他的創造力。

「想想看，繩子就好像所有設備之間的實際連結，也就好像裝配線一樣。」

「對呀。」大衛說：「有一次你不是說，裝配線是製造東西最好的方法？」

「對，這是最有效率的製造方法。事實上，我們大部分的產品在做最後的裝配時，都用這個辦法。問題是，我們沒有辦法把整座工廠都連成一條裝配線。」

「喔。」大衛顯得有點沮喪。

「但是，你們兩個想到的辦法都很好。事實上，假如把你們的想法稍微修改一下，就可以解決我們今天的問題了。」

「怎麼改呢？」莎朗問。

「你們看，要讓隊伍不要散開，事實上並不需要讓每個人都踏著完全一樣的步伐前進，或是用繩子把每個人拴起來。」我告訴他們：「我們只需要讓最前面的孩子不要走得比賀比快，這樣一來，大家就會走在一起了。」

大衛說：「那麼，我們只需要把賀比和前面的小孩拴在一起。」

莎朗說：「或是，賀比和前面的小孩之間有某種訊號，當前面的人走得太快時，賀比就叫他等一下，或者走慢一點。」

我說：「沒錯，你們都明白了。」

莎朗問：「獎品是什麼呢？」

我問：「你們想要什麼呢？超級什錦披薩？還是去看一場電影？」

他們靜靜想了一會兒。

莎朗說：「看電影好像不錯，但是我真正想要的，是把媽媽接回來住。」

現在，才真是一片沉寂。

最後大衛說：「但是假如你辦不到，我們也可以理解。」

「我會盡力而為，那麼，看電影的事怎麼樣呢？」

小孩上床睡覺之後，我再次坐在廚房裡思考，茱莉到底會不會回來呢？和我的婚姻問題比起來，工廠的存貨問題單純多了，或是至少現在看起來還蠻簡單的。我猜只要想清楚，每個問題都變得很簡單。

事實上，我們要採取兩個孩子想到的辦法。賀比（瓶頸）必須告訴我們什麼時候應該讓物料進入系統，只不過我們要借重電腦的輔助，而不是靠繩子或鼓手的幫忙。

於是，今天回到會議室以後，我們開始討論，大家都同意，我們顯然發出太多物料，其實我們不需要為了生產力而在瓶頸前面堆滿兩、三週的物料。

史黛西說：「一旦我們發現第一個非瓶頸設備無事可做的時候，不必急於發放紅色標籤零件需要的物料到生產線上。這樣一來，銑床就會有時間來處理綠色標籤的零件，我們現在缺少的零件終究會順利抵達裝配部。」

約拿點點頭說：「對，你們應該做的就是，想辦法根據瓶頸對物料的需求速度，發出紅色標籤零件需要的物料，而且必須嚴格遵守這個速度。」

接著我說：「很好，但是我們要怎麼樣推估每次發出物料的時間，才能讓零件在需要的時候抵達瓶頸呢？」

史黛西說：「我也不確定，但是我明白你在擔心什麼。我們不想又創造出一個相反的問題，變成瓶頸沒東西可做。」

唐納凡說：「管他的，即使我們從今天開始，都不發物料給任何紅色標籤零件，至少也要再過一個月，才會發生這樣的事情。但是我知道你的意思，假如我們讓瓶頸閒置，我們就會損失有效產出。」

我說：「我們需要的是某種訊號，把瓶頸與物料發出的時間表結合起來。」

接著讓我大吃一驚的是，雷夫也發表了他的看法：「對不起，我只是隨便想想。不過或許我們可以根據從瓶頸記錄下來的數據，預測什麼時候該發出物料。」

我請他解釋一下他真正的意思。

他說：「自從我們開始記錄瓶頸的數據以後，我就注意到，我可以提前幾週預測到瓶頸在某個特定時間會處理什麼零件。明白嗎？只要曉得有哪些零件在排隊，然後查出每一種零件的平均機器設定與加工處理時間，我就可以計算出每一批貨離開瓶頸的時間。由於我們面對的只是一個工作單位，依存度比較低，因此可以把統計波動平均掉，並且估算得更準確。」

雷夫繼續說明，他從觀察中發現，物料從第一個作業步驟到抵達瓶頸，大概需要兩週的時間（或許加減一至兩天）。

「因此，只要列出在瓶頸前排隊的零件，並且把架設機器與處理這些零件的時間再加上兩週，我就可以知道瓶頸還要多久，才會處理我們剛發出的物料。而且，每當有一批貨離開瓶頸時，我們可以更新資訊，計算史黛西什麼時候該發出更多的紅色標籤物料。」

約拿望著雷夫說：「太棒了！」

我說：「雷夫，說得好。說實話，你覺得我們可以計算得多精確？」

「我認為誤差可能是加一天或減一天，因此假如我們在每個瓶頸前面維持三天的零件存貨，應該就會很安全。」

每個人都對雷夫讚佩交加，這時候約拿說：「但是雷夫，事實上利用同樣的資訊，你還可以做更多的事情。」

「例如什麼？」雷夫問。

約拿說：「你還可以解決裝配部面臨的存貨問題。」

我問：「你是說，我們不但可以解決瓶頸零件過剩的問題，還有辦法處理非瓶頸零件的問題？」

約拿說：「完全正確。」

但是雷夫說：「抱歉，我不確定怎麼樣才做得到。」

於是，約拿向大家解釋，假如雷夫能根據瓶頸的數據，決定發出紅色標籤物料的時間表，他也可以擬訂最後裝配部的進度表。當他知道瓶頸零件會在什麼時候抵達裝配部，就可以倒推回去，估計出每一條生產路線的進度，以及應該該在什麼時候發出非瓶頸零件的生產物料。這樣一來，瓶頸其實就會決定工廠裡所有物料發送的時間。

我說：「這就和把瓶頸移到生產線最前端的效果一樣，我一直都想這麼做。」

「對呀，聽起來很不錯。」雷夫說：「但是我要提醒你，我不敢說我要花多少時間才能讓電腦把時間算出來，我的意思是，我大概很快就可以算出紅色標籤物料的時間表，但是其他的數據就要等一會兒了。」

唐納凡說：「喔，算了吧，雷夫，像你這樣的電腦天才，應該馬上就可以辦到。」

雷夫說：「我可以很快得出一些數字，但是我沒有辦法承諾計算出來的結果一定有用。」

我告訴他：「別緊張，只要我們可以減輕銑床的負擔，短期內就沒有大問題，你就可以爭取到充裕的時間做扎根的工作。」

約拿打斷我們：「或許你現在可以鬆一口氣，但是我可得去趕三十五分後起飛的班機去芝加哥。」

「喔，糟糕。」我嘴裡咕噥著，邊看我的錶。「我想我們最好現在動身。」

這次的道別有點狼狽。約拿和我衝出工廠，我超速好幾次才及時把他送到機場。

約拿說：「應該這麼說，我對於你們這類的工廠特別感興趣，所以假如你能一直讓我曉得工廠的狀況，我會感激不盡。」

我告訴他：「沒問題，事實上，我也是這麼打算。」

他說：「很好，那就以後再談吧。」

然後他下車後揮揮手，走進機場。我沒有再接到電話，所以他應該趕上飛機了。

◎

第二天早上，我們開了一場會，討論如何實施這個辦法。但是還沒有真正開始討論以前，唐納凡就叫停，他說：「你們知道嗎，我們可能會捲入一場大麻煩。」

「為什麼？」我問。

「假如整座工廠的效率都降低了，怎麼辦？」

「我猜我們得冒一冒險。」我說。

「對呀，但是假如我們真的這麼做，就會讓很多人力閒在那裡。」

「對，可能偶爾會有一些工人沒有事做。」我承認。

「那麼，我們就讓每個人站在那裡，什麼事也不做嗎？」唐納凡問。

史黛西問：「有什麼不好呢？既然他已經在這裡領薪水上班，讓他閒在那裡也不會增加我們的開支。無論他忙著生產零件或是閒著待命，都不會提高我們的營運費用。但是，存貨過剩卻會讓我們積壓一大筆資金。」

唐納凡說：「好吧，但是我們的報告又該怎麼辦呢？到了月底，當皮區要決定我們的工廠到底要開或是要關的時候，假如他看到我們的生產效率直線下滑，他可不會說什麼好話。據我所知，總公司那些人一向很重視生產效率。」

房間裡頓時一片寂靜，然後劉梧說：「他的話是有幾分道理。」

有好一陣子，我只是靜靜聽著冷氣機嗡嗡的轉動聲。最後，我說：「好吧，假如我們不採用一套系統來遏止存貨增加，並且根據瓶頸的需求分派物料，就等於錯過一個改善績效、挽救工廠的大好機會。我不會只為了做個守規矩的乖寶寶，或是為了給上面一個好印象就袖手旁觀，眼睜睜看著工廠倒下。上層的考核標準與大多數的規章制度，都只是為了管理階層的政治遊戲而設立，根本不管它們對我們的影響是好還是壞。我認為我們應該按照計畫走，假如生產效率下降，就讓它下降好了！」

我勇氣十足的說出這番話，儼然就像十九世紀美國海軍上將佛拉哥，毫無畏於敵軍戰火而說出的名言「去他媽的魚雷」一樣，此時其他人眼眶都溼潤了。*

---

*編注：大衛・格拉斯哥・佛拉哥（David Glasgow Farragut）是美國內戰時期的海軍將領，他在莫比爾灣戰役中（Battle of Mobile Bay）面臨敵軍以魚雷威脅時，依然下令：「去他媽的魚雷，全速前進！」（Damn the torpedoes, full speed ahead!）這句話就此廣為流傳。

我告訴唐納凡：「假如人力閒置的時間真的很多，別驚動任何人，只要確定這些數據不會出現在下個月的效率報告上就好了，懂了嗎？」

「是，老闆。」

27 這山還望那山高

「……我的結論是，如果不是白靈頓工廠上個月的營收提高了很多，我們事業部還會持續第七個月的虧損。事業部的其他工廠要不就是只賺一點點，要不就是繼續虧損。所以儘管白靈頓工廠大有改善，並且讓整個事業部今年第一次出現盈餘，在財務基礎恢復穩固之前，我們還有很長一段路要走。」

佛洛斯特說完之後，皮區點點頭，佛洛斯特坐回位置上。所有廠長都齊聚一堂，圍坐在長長的會議桌旁，我坐在中間的位置。史麥斯坐在皮區旁邊，當佛洛斯特把這個月的成績歸功於我們工廠的表現後，他對我怒目相視。我輕鬆的坐在椅子上，隔著一大片玻璃窗注視著外面的景致，初夏的艷陽照耀整座城市。

五月已經過去了。除了非瓶頸零件缺貨的問題，而且這個問題已經解決了，這個月的成績很可觀。我們現在採用雷夫發展出來的新系統，以此分配所有物料發出的時間，而這套系統又是根據瓶頸的處理速度來推估。目前，他在兩個瓶頸都裝設了終端機，所以處理存貨時，最新的數據就會立刻被輸入工廠的資料庫中。有了新系統以後，我們開始看到精采的成果。

雷夫利用這套系統做了一些實驗，他很快發現，我們可以預估一筆訂單什麼時候可以出貨（誤差只在一天左右）。我們還根據新系統的推估整理出一份報告給行銷部門，上面列出所有的訂單出貨時間。我不知道行銷部的人相不相信這份報告，不過到目前為止，報告中的時間表都很準確。

皮區說：「羅戈，由於我們這群人裡面，似乎只有你的績效有一些改善，所以今天就由你帶頭報告。」

我打開報告的封面，開始說明重點。幾乎就每項標準而言，我們這個月的成績都很好。存貨數量下降了，而且還繼續快速下降。由於停止發出一部分物料，我們不必被堆積如山的在製品壓得透不過氣來。零件都依照預定時間抵達瓶頸，生產線的流動比過去都還要平順許多。

至於效率又如何了呢？我們剛開始停發部分物料時，效率確實降低了，但是並不如我們所擔心的那麼嚴重，結果我們順利消化掉過剩的存貨。但是，由於出貨速度急遽上升，帶動過剩的存貨快速減少，現在我們又開始恢復分配物料給非瓶頸設備，效率正逐漸回升。唐納凡甚至滿懷信心的告訴我，他認為以後的效率會和過去差不多。

最好的消息是，我們清完積壓已久的逾期訂單。一切似乎不可思議，但是我們確實迎頭趕上進度，不但客戶服務水準有所改善，有效產出也跟著上升，業務蒸蒸日上。只可惜，我們準備的標準報告內容沒有辦法完整的描繪出目前的實際狀況。

兒。

我說完以後，抬起頭來，看到史麥斯正在與皮區交頭接耳，低聲談話，會議室安靜了一會兒。

然後，皮區對史麥斯點點頭，面無表情的對我說：「很好。」

接著，皮區要其他廠長報告。我坐下來，有點惱怒皮區不過反應平平，而不像佛洛斯特那樣大力讚揚我的表現。來開會以前，我覺得我們已經完全扭轉工廠的處境，因此我期待的反應不僅僅是「很好」這樣的寥寥數語，像是摸摸頭敷衍一下就算了。

但是，我得提醒自己，皮區並不了解我們改革的幅度有多大。我們應該讓他知道嗎？劉梧一直問我這個問題，而我告訴他，先不要，暫時先等一下。

我們可以去見皮區，向他報告，和盤托出，然後要他做決定。事實上，我們終究會這麼做，但是現在還不到時候，而且我想我的理由很充分。

我與皮區共事多年，我很了解他。他是個聰明人，但是卻沒有什麼創造力。幾年前，或許他會容許我們這樣嘗試，但是現在可就不一定了。我有個感覺，假如我們現在去找他，他會擺出難看的臉色，要我們依照成本會計的規則來經營工廠。

我必須耐心等候，等到有充分的證據能證明我的方法（事實上，是約拿的方法）真正有效再說。目前時機還不成熟，我們實在違反太多規定，因此現在還不是說出實情的時候。

但是，我們有辦法等到那一天嗎？我一直問自己。皮區還沒有收回關閉工廠的威脅。我原本以為在這次報告之後，他會公開或私下的表示一下，但是他什麼也沒說。我看向坐在長桌另一端的皮區，他似乎心不在焉，這不像他會有的表現。其他人和他說話，他似乎都沒怎麼聽進去，而史麥斯似乎正在建議他該說什麼話。他到底在想什麼？

◎

午餐過後一個小時，會議結束了。我早在會議結束前就決定，只要逮到機會，就要想辦法私下和皮區談談。我跟著他從會議室走出來，然後問他有沒有空，他邀我到辦公室去談。

「那麼，你什麼時候才要讓我們脫身？」關上門以後，我急著問他。

皮區坐了下來，我就坐在他對面，由於中間沒有桌子相隔，我們可以坦率的聊聊。

皮區直直的看著我說：「你為什麼認為我會這麼做？」

「白靈頓工廠正東山再起，我們可以再度為事業部賺大錢。」我告訴他。

他說：「真的嗎？羅戈，你上個月的表現很好，你們往正確的方向踏出一步，但是你這個月能不能表現得一樣好？而且第三個月、第四個月都交出同樣的成績單呢？所以我還要等等看。」

「我們會交出一張漂亮的成績單。」我告訴他。

「老實說，你還沒有令我相信這不是曇花一現。你們過去積壓龐大的訂單，不可避免的，你們終究要交貨。但是，你們採取什麼措施來降低成本呢？我一點都看不出來。長期來說，必須把營運費用降低一〇%或一五%，工廠才有錢賺。」

我覺得我的心開始下沉。最後我問：「皮區，假如下個月我們的成績又進步了，你會不會至少延後提出關廠的建議？」

他搖搖頭。「必須比你過去這段時間改善得更多才行。」

「需要多大的改善呢？」

「賺的錢比這個月還多一五%。」他說。

我點點頭說：「我想我們辦得到。」這時候，我注意到皮區臉上瞬間閃過一絲訝異。

然後他說：「很好，假如你辦到了，我們會讓白靈頓工廠繼續營運下去。」

我笑了，心裡想，假如我交出這樣的成績單，除非你是呆子，否則才不會關掉我們的工廠呢！

皮區站起來，代表談話已經結束。

◎

我飛車開上州際公路，腳下猛踩油門，把收音機開得很大聲。我的腎上腺素加速分泌，腦中的思緒飛得比車子還要快。

兩個月前，我還以為等到這時候，我早就在四處寄履歷表了，但是皮區剛剛說，只要我們這個月也交出一張漂亮的成績單，他就會讓工廠繼續營運。我們幾乎辦到了，只要再熬一個月，我們就可以掙脫困境。

但是，十五個百分點？

我們已經以驚人的速度處理掉積壓的訂單，因此交貨的產品數量也相當可觀。無論和上個月、上一季或是去年相比，數字都不容小覷，還帶來一大筆收入，而且在帳面上也顯得很亮眼。但是，現在我們已經清掉所有的逾期訂單，新訂單的交貨速度也比過去更快……。

我猛然醒悟，我可碰上大麻煩了。我要到哪裡去找到足夠的訂單，才能多賺一五%的利潤呢？

皮區不只要求我們這個月有好成績，他根本就是要求我們交出令人不可置信的成績單。他沒有許下任何承諾，我卻已經許下承諾，而且可能許下太多承諾。我試圖回想這一週要交貨的訂單有哪些，並且在腦子裡計算我們是不是有足夠的生意，足以達到皮區要求的業績。恐怕目前拿到的訂單數量還不夠。

好吧，我可以想辦法提前交貨，把預定在七月頭兩週交貨的訂單，提前在六月交貨。但是，接下來又該怎麼辦呢？我會把所有人都拖進一個大洞裡，讓大家無事可做。我們必須拉到更多生意。

不知道約拿這一陣子都在什麼地方。

我看看儀表板，驚訝的發現時速接近八十英里。我趕緊慢下來，把領帶鬆開，我可不想在回工廠的途中把命送掉。事實上，我突然想到，回到工廠的時候，差不多也是該下班回家的時候了。

恰好就在這時候，我經過一個標誌，上面顯示再過兩英里就到了通往橘林鎮的公路出口。對了，何不就這麼辦！我已經有好幾天沒見到茱莉和兩個孩子了。自從學校放假以後，他們就搬去和茱莉住在一起。

我開上連接橘林鎮的車道，在下一個出口下了公路。接著，我在路旁的加油站找到公共電話，打了個電話回辦公室。法蘭接聽電話後，我告訴她兩件事：第一，告訴唐納凡、史黛西、雷夫與劉梧，會議的結果對我們而言還不錯。第二，我今天不回辦公室了。

◎

當我抵達岳父母的房子時，我受到熱烈的歡迎。我和莎朗與大衛聊了好一會兒，然後茱莉建議我們一起去散散步。這是個宜人的夏日午後。

當我擁抱莎朗，向她道別時，她在我耳邊問：「我們什麼時候才會一起回家？」

「我希望很快就會。」我告訴她。

儘管我向莎朗保證，她的問題卻一直在我腦中縈繞不去，因為我自己也一直在問同樣的問題。

我和茱莉信步走到公園中，一起走了一小段路後，坐到河邊的長凳上，沉默了好幾分鐘。她問我有什麼不對，我告訴她莎朗的問題。

「她不停在問這個問題。」

「真的嗎？那妳怎麼回答她？」

茱莉說：「我告訴她，我們很快就會回家。」

我大笑。「和我的回答一樣。妳是說真的嗎？」

她沉默了半晌，最後對我綻開笑靨，真誠的說：「過去幾週以來，和你在一起很有趣。」

「謝謝，彼此彼此。」

她握住我的手，然後說：「但是……很抱歉，我還是不敢回家。」

「為什麼呢？我們現在的相處好多了。還有什麼問題呢？」

「我們是處得很好，我也的確需要像這樣和你在一起，但是假如我們回去住在一起，你也曉得會發生什麼事情。頭兩天一切都很美好，但是一週之後，我們又會為同樣的事情爭辯。而一個月、六個月或是一年後……你知道我的意思。」

我歎口氣問道：「茱莉，和我一起住，真的有這麼糟嗎？」

她說：「不是糟，而是……我不知道該怎麼說，你絲毫不關心我。」

「但是我在工作上碰到各式各樣的問題，我真的滿腦子都是這些問題，妳還期望我怎麼樣呢？」

「我期望你給我更多。你知道，在我小的時候，爸爸每天總是準時回家，全家人總是一起吃晚飯，他晚上都待在家裡。但是和你在一起，我永遠不曉得發生了什麼事。」

「妳不能拿我來和妳爸爸比較。他是牙醫，每天看完最後一位病人以後，就可以鎖上診所大門，準時回家。我的工作和他完全不一樣。」

「羅戈，問題完全出在你身上。其他人也一樣去上班，但是卻都準時回家。」

「對，妳有一部分說得對，我和其他人是不太一樣。」我承認。「我一開始做一件事情，就會全力以赴，或許這和我的成長背景有關。看看我家吧，我們很少全家人一起吃晚飯，總是得有人留下來看店。我爸爸定下的規矩是：有了這個生意，我們才有飯吃，所以生意永遠擺在第一位。我們都明白這一點，而且我們一起工作。」

「這除了證明我們兩家人確實不同以外，還證明了什麼呢？」她問。「我要告訴你的是，這件事帶給我很大的困擾，而且已經困擾我很久了，因此我甚至有一段時間，根本不確定我是不是還愛你。」

「那麼，妳現在怎麼確定妳還愛我呢？」

「你想再大吵一架嗎？」

我把頭轉開，看別的地方說：「不，我不想吵架。」

我聽到她歎了口氣，然後說：「你看吧？什麼都沒變……對不對？」

有好一會兒，我們誰也沒說話。茱莉站起來，走到河邊，有一度我以為她又要跑掉了，但是她沒有。她反而走回來，坐在身邊對我說：「十八歲的時候，我已經把人生都計畫好了，先念大學，拿教育學位，結婚，買一棟房子，生小孩，一件接著一件完成。我已經做好所有的決定，我知道我想要什麼樣的瓷器，我為小孩取好名字，我知道我要的房子是什麼樣子，連地毯的顏色都想好了，每件事都很確定，對我來說，擁有這一切非常重要。但是現在……我的確擁有這一切，只是有一點不太一樣。不過如今這似乎也不重要了。」

「茱莉，為什麼妳的人生一定要符合這個……妳腦海中這個完美的形象呢？」我問她：「妳知道妳為什麼追求這些東西嗎？」

「因為我成長的過程就是這個樣子。你又怎麼樣呢？你為什麼一定要成就偉大的事業呢？為什麼你非得每天工作二十四小時呢？」

又是一陣沉默。

然後她說：「對不起，我只是覺得很困惑。」

我說：「沒關係，這是個好問題。我不知道我為什麼不能安於當個雜貨店老闆，或是朝九晚五的職員。」

「羅戈，不如我們把剛剛說的話忘掉算了。」她提議。

「不，我不覺得應該忘掉，恰好相反，我們應該再多問幾個問題。」

茱莉懷疑的看著我反問：「像什麼樣的問題？」

「例如婚姻對我們有什麼意義？」我問她：「我認為婚姻的目標不是住在一棟完美的房子裡，然後一切都照著時鐘運轉，妳心目中的婚姻是以這個為目標嗎？」

「我要求的不過是有個可靠一點的丈夫罷了，你談目標幹什麼呢？當人們結婚的時候，就結婚了，沒有什麼目標的問題。」

「那麼，為什麼要結婚呢？」我問。

「結婚是為了一份承諾……為了愛情……為了所有和其他人相同的原因。羅戈，你問了一堆很蠢的問題。」

「不管這些問題是聰明或是愚蠢，我之所以這樣問，是因為我們已經一起生活了十五年，卻還不清楚我們的婚姻應該像什麼樣子！」我連珠炮似的說。「我們只是這麼過下去，做一些『其他人都在做的事情』。結果，我們對於生活應該像什麼樣子，卻有著截然不同的假設。」

「我的爸媽已經結婚三十七年了，他們從來不問任何問題。從來沒有人問『結婚的目標是什麼？』大多數人結婚，都只不過是因為他們相愛。」

「喔，那麼這樣就足以解釋一切了嗎？」我問。

「羅戈，請不要問這些問題。」她說：「這些問題根本沒有答案。假如我們像這樣談下去，會破壞現在的一切。假如你想藉這些話表示你對我們的婚姻有了其他想法……。」

「我對妳沒有其他想法，但是，想不通我們之間出了什麼問題的人是妳。或許如果妳試著用邏輯來思考一下這個問題，而不要拿我們和浪漫小說中的人物比較的話……。」

「我不讀浪漫小說。」她抗議道。

「那麼妳是從哪裡得到這種對婚姻的看法呢？」我問她。

她一聲也不吭。

「我要說的只是，我們應該暫時拋開所有對婚姻的成見，好好看看我們的現況，想清楚我們想要的是什麼，然後朝著那個方向努力。」我告訴她。

但是茱莉似乎充耳不聞，她站起來說：「我想我們該回去了。」

回去的路上，我們彷彿臉上都結了一層冰，兩個人都沉默不語。我的眼睛注視著街道的一邊，茱莉則注視著另外一邊。進門的時候，茱莉的媽媽邀請我留下來吃晚飯，但是我說我得回去了。我向孩子們道別，向茱莉揮揮手，就轉身離開。

我正要鑽進車子裡的時候，聽到她追上來。

「我們週末會再見面嗎？」

我微微的笑了：「會呀，當然哪，聽起來很棒。」

「很抱歉發生剛剛的狀況。」

「我想我們得一直嘗試下去，直到找對了方向。」

我們兩個人都笑出來，然後言歸於好。

28 縮短生產週期

我回到家的時候，太陽正開始下山，把天空染成一片玫瑰紅。當我正拿著鑰匙開門，聽到裡面的電話鈴響了，我衝過去抓起話筒。

「早安！」電話中傳來約拿的聲音。

「早安？」從窗口望出去，夕陽幾乎快落到地平線下了。我大笑：「我正在欣賞落日餘暉呢，你在哪裡呀？」

「新加坡。」

「喔。」

「我在旅館裡正好看到太陽慢慢升起。」約拿說：「羅戈，我很不想打電話到家裡來吵你，不過接下來幾週，我都抽不出空來和你通電話。」

「為什麼？」

「說來話長，我現在沒有時間解釋。但是我們將來一定可以找到機會詳談。」

「我明白了……，」我很好奇到底發生了什麼事，不過還是說：「真糟糕，這樣一來，我就進退兩難了，因為我原本正想再度請你幫忙。」

「出了什麼問題嗎？」他問。

我告訴他：「不是，從工廠營運的角度而言，一切大致都還不錯，但是我剛和事業部的副總裁開完會，他告訴我，工廠必須展現出更大幅度的改善才行。」

「你們還是不賺錢嗎？」他問。

我說：「不，我們又開始賺錢了，但是必須加快改革的速度，才能令工廠脫離關閉的命運。」

我聽到電話裡依稀傳來約拿的笑聲，他說：「換作是我，我不會太擔心關廠的問題。」

「但是，從我上司的口中聽來，他們的確很可能關掉我們的工廠。除非他改口，否則我不敢太看輕他說的話。」

「羅戈，假如你想進一步改善工廠，我絕對支持你。既然在未來幾週中，我都抽不出空來和你通電話，我們乾脆趁現在好好談談。先告訴我工廠的近況吧！」

於是我一五一十的向他報告。我很懷疑我們是不是已經走到理論的極限，因此我問他，還有什麼我們可以嘗試的做法嗎？

他說：「還有什麼其他的做法？相信我，我們才剛剛起步而已。現在我的建議是……。」

第二天一大早，我在辦公室裡思考約拿所說的話，窗外是他已經在新加坡看過的朝陽。我走出辦公室，想去倒杯咖啡，結果在咖啡機旁碰到史黛西。

她說：「嗨，我聽說昨天總部的會議中，我們的表現還不錯。」

我說：「還算不錯，但是恐怕還要一段時間，才有辦法讓皮區相信工廠的長期營運不會有問題。不過，我昨天和約拿談了一下。」

「你有沒有告訴他我們的進展呀？」她問。

「有，他建議我們嘗試他所謂的『合乎邏輯的下一個步驟』。」

她的臉上露出緊張的笑容。「什麼呀？」

「把非瓶頸處理的每批貨砍掉一半的數量。」

史黛西思索我的話時，向後倒退了一步。「但是，為什麼要這麼做呢？」

我微笑著說：「因為結果我們會賺到更多的錢。」

「我不明白。」她問：「這樣做對我們會有什麼好處？」

「嘿，史黛西，妳可是負責控制存貨的人，妳應該要告訴我，假如每批貨數量減半，會發生什麼事情。」

她啜了幾口咖啡，同時很專心的皺著眉頭思索這個問題，然後她說：「假如我們把每批貨的數量減半，那麼隨時都只有一半的存貨在生產線旁等候加工，因此要維持工廠的營運，我們也只需要投注一半的資金在等待處理的在製品上。假如我們可以與供應商談好，就可以把所有的存貨減半，而一旦存貨減半，那麼無論在任何時候，工廠裡被套牢的現金數目就會大大降低，因此也減輕了現金流量的壓力。」

她每說一句話，我就點點頭，最後我說：「完全正確，這只是其中一部分好處。」她說：「但是，要完全得到其中的好處，我們必須要求供應商提高供貨頻率，並且減少每次供貨的數量。這樣一來，我們在採購上就有得討價還價了。而且，我不確定所有的供應商都會願意這麼做。」

我告訴她：「那麼，我們就要想想辦法。但是，他們終究會贊成這個做法，因為這樣做對他們也有好處。」

「但是，假如我們減少每批加工的數量，不就表示會增加架設機器的次數嗎？」她懷疑的瞥向我。

「當然啦，這個妳不用擔心。」

「不用？」

「對，不必擔心這個問題。」

「但是唐納凡……。」

「即使需要增加機器架設次數，唐納凡那裡都不會有問題。」我說：「此外，除了妳剛剛說的好處之外，還有其他立即可見的好處。」

「什麼好處？」她問。

「妳真的想知道嗎？」

「當然啦。」

「好，妳來安排一場部門主管會議，我會向大家說明。」

◎

由於我硬塞了安排會議這個差事給她，史黛西給我的回報是，把會議安排在中午，而且在鎮上最昂貴的餐廳裡召開。當然，午餐的花費就全報在我的帳上了。

坐下來用餐的時候，她說：「我有什麼辦法呢？大家都只有這個時間有空，對不對？」

「對！」唐納凡說。

我沒有生氣。他們最近無論在工作的質和量上都表現優異，我不能抱怨偶爾被敲一頓。我直截了當告訴大家我與史黛西今天早上討論的事情，並且立刻談到其他還有哪些好處。約拿昨天說的話當中，有一部分是關於工廠中每一件物料所花費的時間。假如從物料進入工廠就開始計算，一直到物料變為成品、運出大門為止，所有的時間可以分成四個部分。

第一個部分是準備的時間，也就是當資源為處理零件進行各種準備時，零件等候的時間。

第二個部分是處理的時間，這段時間花在把零件變成更有價值的東西。

第三個部分是排隊的時間，也就是當資源忙著處理其他零件時，零件排隊等候的時間。

第四個部分是等候的時間，也就是零件花在等待的時間，但不是為了等待資源，而是為了等待其他零件，以便一起裝配為成品。

約拿指出，任何零件所耗費的時間中，準備與處理時間都只占一小部分，但是排隊與等候卻會消耗掉大部分的時間。事實上，在工廠裡，零件大半的時間都花在排隊與等候上。

對於通過瓶頸的零件而言，排隊占去大半的時間，因為零件會在瓶頸前面大排長龍等待處理。對於只通過非瓶頸的零件而言，等候則占據大半的時間，因為它們為了等待從瓶頸來的零件，只好在裝配部前面守候。也就是說，不論在哪一種狀況下，瓶頸都掌控了零件在工廠耗費的時間，換句話說，瓶頸控制了存貨與有效產出。

我們過去一直是根據常用的經濟批量公式（Economic Batch Quantity，簡稱EBQ公式）來決定每批加工的數量。昨天晚上，儘管沒有時間在電話裡詳細說明原因，但是約拿告訴我，EBQ公式裡隱藏很多錯誤的假設。他要我好好想想，假如我們把每批加工的數量減半，會發生什麼事情。

假如我們把每批加工的數量減半，處理每批貨的時間便會減半，也就是說，排隊與等候的時間也減半了。這些時間全部減半了以後，我們就可以減少零件在工廠耗費的時間，零件在工廠耗費的時間降低了以後，就……。

「產品整個生產週期就縮短了。而且，由於零件成堆等候的時間縮短，零件流動的速度也就更快了。」我向他們總結。

劉梧說：「而且由於訂單處理的速度加快，客戶拿到貨的時間也加快了。」

史黛西說：「不只如此，由於生產週期縮短，我們對市場的反應也就變得更快。」

我說：「完全正確！假如我們對市場的變化反應更快，在市場上就能占據優勢。」

劉梧說：「也就是說，由於我們交貨速度更快，也就能吸引到更多的客戶。」

「我們的業績上揚！」我說。

「紅利也增加！」史黛西說。

「哇！大家！先冷靜一下！」唐納凡說。

「怎麼了？」我問。

「你要拿準備時間怎麼辦呢？」他問：「你可以把每批處理的零件數量減半，但是這樣一來，機器架設的次數就會倍增。直接人工成本又怎麼說呢？我們必須減少機器架設時間，以便壓低成本。」

「好，我知道會碰到這個問題。」我說：「現在是我們好好考慮這個問題的時候了。昨天晚上，約拿告訴我，關於每個小時在瓶頸損失的時間，還有一個對應的原則。你還記得吧？在瓶頸環節每損失一個小時，就等於整個系統損失一個小時。」

「對，我還記得。」

「他昨天給我的原則是，在非瓶頸設備省下的每個小時都是虛幻的。」

「虛幻的？！」唐納凡問：「這話怎麼講？在非瓶頸上節省的每個小時都是虛幻的？節省一個小時就是節省了一個小時呀！」

「不對，不是這樣。」我告訴他：「既然我們等到瓶頸準備好，才開始發出生產物料，非瓶頸現在就會有閒置的時間。因此在非瓶頸設備上增加幾次機器架設時間，完全沒有關係，因為我們只不過占去一部分機器閒置的時間罷了。在非瓶頸設備上節省機器架設時間，完全不能讓整個系統變得更有生產力，我們所節省的時間與金錢只不過是假象。即使我們把機器架設的次數加倍，都不可能消耗掉所有的機器閒置時間。」

「好吧，好吧！」唐納凡說：「我想我現在明白你的意思了。」

「約拿說，我們首先應該把每批加工的數量減半，然後他建議我說服行銷部門推出新的促銷宣傳計畫，承諾客戶我們會提早交貨。」我告訴他們。

「我們辦得到嗎？」劉梧問。

我反問：「由於我們原先採取的措施，例如優先順序系統，以及讓瓶頸變得更有生產力等措施，已經大幅縮短生產時間，把產品的生產週期從三、四個月降到兩個月以下。假如我們再把每批加工的數量減半，你覺得我們的反應速度可以變得多快？」

在我們爭辯的時候，有個人一直哼哼哈哈、模稜兩可。最後，唐納凡終於承認：「好吧，假如我們把每批加工的數量減半，那麼就表示零件處理時間也會減半，這樣一來生產時間應該不是六到八週，而變成四週左右……有時候甚至只需要三週。」

「如果我去行銷部門，讓他們承諾客戶三週交貨呢？」我問。

「哇！等一下！」唐納凡大叫。

「對呀，放我們一馬吧！」史黛西附和。

「好吧，那就四週，」我說：「這樣很合理，對不對？」

「對我來說很合理。」雷夫說。

「嗯……好吧。」史黛西為難的說。

「我想我們應該冒這個風險。」劉梧也同意。

於是，我問唐納凡：「那麼，你願意和我們一起許下承諾嗎？」

唐納凡說：「這個嘛……我舉雙手贊成提高紅利，管他的，就試試看吧！」

◎

週五早上，我再度開車上路，朝著總公司駛去。旭日映照在優尼公司的玻璃窗上，發出眩目的光彩，美麗的景象讓我暫且拋開內心的忐忑不安。今天早上，我要到強斯的辦公室和他開會。我打電話給他的時候，他一口就答應和我見面，但是當我提到我想談的事情時，他的聲音卻顯得意興闌珊。我猜我得費很大的工夫，才能說服他同意我們的計畫。所以，我一面開車，一面緊張的咬著手指甲。

強斯的辦公桌幾乎不算是一張辦公桌，只不過是架在四隻鋼腳上的一片玻璃罷了。我猜，這樣一來，他往後靠在椅背上時，每個人才能清楚的看到他腳上的Gucci皮鞋與絲質短襪。

他問：「……你們近況如何呀？」

我答：「目前一切都進展得很好。事實上，這正是我想和你談談的原因。」

強斯立刻換上一張毫無表情的臉孔。

我告訴他：「聽著，我要把全部的牌都攤在你前面。我剛剛說一切都很好，絕對不是吹牛。你也知道，我們已經清掉所有逾期的訂單。從上週開始，我們工廠已經開始根據正常交貨期限生產產品。」

強斯點點頭說：「對，我也注意到最近客戶不再打電話來抱怨交貨延遲了。」

我打鐵趁熱繼續說：「我想說的是，我們真的讓工廠轉虧為盈了，看看這個。」

我從公事包裡拿出最新的一份客戶訂單報表，上面顯示我們承諾的交貨日期，雷夫估計的出貨日期，以及產品確實的出貨日期。

強斯研讀這份清單的時候，我告訴他：「你看，我們可以在二十四小時之內，預估產品什麼時候會運出工廠。」

「對，我曉得，這些就是出貨日期嗎？」

「當然。」

「真不簡單！」強斯驚歎。

「假如你比較一下最近的幾筆訂單，再對比一個月以前的訂單，你可以看到我們的生產時間已經大幅縮短了。四個月的生產週期不再是金科玉律，目前從簽約到出貨，平均只有兩個月的時間。現在，請你告訴我，你覺得這樣是不是能幫助我們搶占市場？」

「當然可以！」強斯說。

「那麼，假如換成四週呢？」

「什麼？羅戈，別開玩笑了，四週？」

「我們辦得到。」

「算了吧！」他抱怨道：「去年冬天，當所有的訂單量都直線下跌時，我們答應在四個月內交貨，後來拖了六個月！現在你卻告訴我，從簽約到交貨，只要四週就夠了？」

「假如我辦不到，也不會大老遠跑來找你。」我告訴他，暗自祈禱我們沒有算錯。

強斯仍然嗤之以鼻，不肯相信。

「強斯，老實說，我需要更多的生意。」我告訴他：「我們清掉逾期的訂單以後，目前手上的訂單愈來愈少，我必須為工廠爭取到更多的工作。我們兩個人都知道，現在外面不是沒有生意可做，只不過很多生意都給競爭對手搶去了。」

強斯瞇著眼睛看著我說：「你真的可以在四週以內交出兩百件Model 12或是三百件DBD—50的訂單嗎？」

我告訴他：「試試看吧，給我五筆，不，給我十筆訂單，我會證明給你看。」

「假如你搞砸了，我們的信用要怎麼辦呢？」

慌亂中，我低頭看著玻璃桌，接著靈光一閃說：「強斯，我和你打賭，假如我食言，我會為你買一雙全新的Gucci皮鞋。」

他大笑，搖搖頭，然後說：「好吧，就這麼說定了。我會把話傳下去，凡是你們工廠的產品，我們都承諾六週的交貨期限。」

我開始抗議，強斯舉手制止我。「我知道你信心十足。假如有任何新的訂單，你可以在五週之內交貨，我會買一雙新鞋給你。」

29 成本會計的矛盾

萬籟俱寂，月光從窗口透進臥室。我看向時鐘，現在是清晨四點二十分，茱莉躺在我身邊沉睡著。

我用手支著頭，凝視茱莉。她深棕色的秀髮散在潔白的枕頭上，熟睡的面容在月光下顯得格外美麗。我就這樣注視了好一會兒，很好奇她的夢裡是什麼樣的情景。

我剛剛才從噩夢中驚醒，那場噩夢和工廠有關，夢中的我在走道上跑來跑去，皮區則駕著那輛鮮紅的賓士轎車追著我。每次他快要撞上我的時候，我都躲到機器中間，或是跳上起重機避開追撞。他透過車窗對著我大嚷，說我們的財務狀況還不夠理想。最後，他在出貨部門逮到我。我的背後抵著一堆紙箱，無路可走，而賓士轎車則以一百英里的時速向我衝過來，我用手擋住車燈刺眼的光芒。就在皮區快要逮到我的時候，我猛然驚醒，發現夢境中的車燈，其實是灑落在臉上的月光。

我現在毫無睡意，而且還念念不忘今晚與茱莉在一起時，試圖拋在腦後的問題。我沒辦法再回去睡覺，但是又不想吵醒茱莉，於是便悄悄溜下床。

今天晚上，只有我們兩個人在家。起初，我們沒有任何計畫，後來才想起來，今天晚上家裡只剩下我們，沒有人會來打擾。於是我們買了一瓶酒、一點乳酪與一條麵包，舒舒服服的在家裡共度一晚。

我站在漆黑的起居室中，從窗口往外望，似乎整個世界都在沉睡，唯有我獨醒。我很惱怒自己居然會失眠，但是我沒有辦法拋開腦中思考的問題。

昨天我們開了一場幹部會議，會中有一些好消息，也有一些壞消息。事實上，好消息居多，其中最引人注目的是，行銷部門為我們爭取到很多新訂單。自從我和強斯談過之後，我們贏得了六、七筆訂單。此外，我們在工廠中採取的措施也讓生產效率上升，而不是下降。我們開始根據熱處理部門與NCX－10的生產進度來發放物料以後，效率稍稍降低了一陣子，但那是因為我們正在消耗過剩的存貨。當我們用完多餘的存貨以後（有效產出增加以後，多餘的存貨很快就用完了），效率就再度提升。

接著，兩週以前，我們開始把每批加工的零件數量減半。當我們減少非瓶頸設備每批處理的零件數量後，生產效率依然維持不變，而且工人似乎比過去還要忙碌。

這是因為發生了一件很棒的事情。在我們把每批加工的數量減半以前，經常可以看到許多工作單位被迫閒在那裡，即使我們正在逐漸消耗多餘的存貨，他們手邊還是沒有零件可以處理。原因在於，這些單位通常必須等候前一個單位處理完一大批零件以後，才有辦法動工。除非催貨員要求，否則物料管理員都會等到整批零件處理完之後，才把它運到下一個工作站。事實上，目前的狀況依然如此，只不過現在每批貨數量都減少了，我們可以更快的把零件運到下一個工作站。

我們過去的做法往往會把非瓶頸變成暫時的瓶頸，因此迫使下游的工作單位無事可做，也導致生產效率低落。現在，即使我們體認到偶爾需要讓非瓶頸閒置一旁，實際的資源閒置時間仍然比過去少很多。自從每批加工的數量減半以後，工廠裡的生產流程平順多了。更奇怪的是，資源閒置時間不如以往那麼礙眼，而且還分散成很多次，每次時間都很短。過去工人閒晃好幾個小時的情況已經不見了，現在他們每天的等候時間可能只有十到二十分鐘而已。從任何人的角度來看，情況都得到大幅的改善。

更好的消息是，目前的存貨數量是工廠有史以來的最低紀錄。假如你現在走到工廠中，一定會嚇一大跳。過去堆積如山的零件與組件，現在都只剩下一半，彷彿我們派遣成隊的貨車過來，把所有的東西一搬而空。實際的情形也差不多，我們把多餘的存貨全轉為成品運送出去了。當然，整個故事中最重要的部分是，我們並沒有讓工廠重新堆滿在製品。目前，生產線旁唯一看得到的在製品，都是目前正需要的零件。

但是，還是有壞消息，我正想到這裡的時候，聽到後面響起腳步聲。

「羅戈？」

「對，我在這裡。」

「你一個人坐在黑暗中幹嘛？」

「我睡不著。」

「怎麼回事？」

「沒什麼。」

「那麼，你為什麼不回床上睡覺呢？」

「我只是在思考一些事情。」

她沉默一會兒。我一度以為她走開了，但是後來卻聽到她走到我旁邊。

「是工廠的問題嗎？」她問。

「對。」

「但是我以為一切都好轉了。」她說：「出了什麼問題？」

「問題與我們計算成本的方式有關。」我告訴她。

她在我旁邊坐下來問道：「你為什麼不告訴我是怎麼回事呢？」

「妳確定妳想聽嗎？」

「確定。」

於是我告訴她，從表面上看起來，似乎是因為額外增加每批貨架設機器的次數，而讓我們的零件成本上升了。

「喔，我猜這可不太妙，是不是？」

「從政治的角度看來，的確不妙。但是從財務的角度來看，一點關係都沒有。」

「為什麼？」

「妳知道為什麼成本看起來好像上升了嗎？」我問她。

「不知道。」

我站起來，把燈開亮，找到紙筆。「好，我舉個例子給妳聽。假定一批貨包括一百個零件，架設機器的時間需要兩小時，也就是一百二十分鐘，而每個零件的加工時間是五分鐘。因此，我們每個零件都要投資五分鐘的加工時間，再加上兩個小時的機器架設時間除以一百個零件，也就會得到每個零件的平均機器架設時間為一・二分鐘。根據會計師的算法，這個零件的成本就是六・二分鐘的直接人工成本。

現在，假如我們把每批加工的零件數量減半，機器架設時間仍然維持不變。但是，現在分攤時間的零件數量只有五十個，而不是一百個，所以每個零件現在的投資是五分鐘的加工時間，再加上二・四分鐘的機器架設時間，總計七・四分鐘的直接人工成本。所有數字全都是根據直接人工成本計算。」

然後，我解釋成本計算的方式。首先是物料成本，接著是直接人工成本，最後是「成本負擔」，基本上就是直接人工成本乘以一個成本因數，而在我們工廠則需要乘以三。所以，在帳面上看來，假如直接人工成本上升，成本負擔就會上升。

茱莉說：「所以，只要機器架設的次數增加，製造零件的成本就上升。」

「表面上看來是這樣。但事實上，這對我們的實際費用沒有絲毫影響。我們沒有多雇一些人，也沒有因為架設機器的次數增加，而增加額外的成本。事實上，由於我們把每批加工的零件數量減半，零件的成本還因此下降了。」

「下降？怎麼會下降呢？」

「因為我們減少了存貨，增加了產品銷售的收入。所以，我們有更多的產品可以分攤相同的成本負擔以及直接人工成本。由於我們以相同的成本製造並銷售出更多產品，營運費用不但沒有上升，反而下降了。」

「成本計算方式怎麼可能出錯呢？」她問。

「原本的計算方式是假定工廠裡所有的工人隨時都在工作，因此為了增加機器架設次數，必須雇用更多的工人。然而，事實上並非如此。」

「你要怎麼辦呢？」她問我。

我抬頭望望窗外，太陽已經冉冉升上鄰家的屋頂，我握住她的手。

「我現在要怎麼辦？我要帶妳出去吃早餐。」

◎

我抵達辦公室的時候，劉梧走進來。

「還有更多壞消息要讓我知道嗎？」我開玩笑說。

他卻說：「我想我可以幫你擺平生產成本的問題。」

「真的嗎？怎麼做？」

「我可以修改我們用來計算零件成本的基準，也就是不照公司規定，不採用過去十二個月的成本因數，而採用過去兩個月的數字作為成本因數。這樣會對我們大有幫助，因為過去兩個月，我們的有效產出增加了很多。」

「沒錯。」我也嗅出這樣大有可為。「對啊，這樣可能會行得通。事實上，過去兩個月也比過去十二個月更能反映出我們的實際狀況。」

劉梧說：「是呀，你說得沒錯，但是根據公司的會計政策，我們不能這樣做。」

「好吧，但是我們有充分的理由，工廠和過去大不相同，我們的情況的確好轉了。」

「羅戈，問題是佛洛斯特絕不會接受這種說詞。」

「那麼，你為什麼還要提出這個建議呢？」

「假如他知道的話，絕對不會同意。」劉梧再說了一次。

我慢慢的點點頭。「我明白了。」

「我給你的數字乍看之下可能看不出什麼名堂，但是假如佛洛斯特和助理檢查這些數據，他們立刻就會看穿我們的花樣。」

「你的意思是，我們最後可能陷入水深火熱之中。」

「對，但是如果你還是想冒個險……。」

「這樣可能會為我們多爭取到幾個月的時間，來表現出我們真正的經營能力。」我幫他把話說完。

我站起來，一面來回踱步，一面思索這件事。

最後，我看著劉梧說：「我沒有辦法一方面讓皮區看到我們的零件成本上升，一方面又要說服他工廠這個月的表現比上個月好得多。反正假如他看到這些數字，認為我們的成本一直上升，我們同樣也會很慘。」

「所以你想試試看囉？」劉梧問。

「當然。」

「好吧，要記住，假如我們被逮到的話……。」他擔心的說。

「不要擔心，我會勤練踢踏舞的。」

劉梧走出去的時候，法蘭用內線電話告訴我，強斯在線上，我拿起電話。

「嗨！」我向他打招呼。我們已經變成老朋友了，過去幾個禮拜以來，幾乎每天都通電話。「有什麼事嗎？」

「還記得我們的老朋友柏恩賽嗎？」強斯說。

「我怎麼可能忘掉親愛的柏恩賽呢？他還在埋怨我們嗎？」我問。

「不再抱怨了。」強斯說：「事實上，目前我們與柏恩賽的公司沒有任何生意往來，所以我才會打這通電話給你。幾個月以來，他們第一次表示有興趣向我們買東西。」

「他們感興趣的是什麼東西啊？」

「Model 12，」他說：「他們需要一千個。」

「太棒了！」

「先別高興，」強斯說：「他們要在月底以前拿到所有的貨。」

「那就是兩週以後囉？」

強斯說：「我曉得。負責這個案子的業務員已經查過倉庫，我們只有五十件Model 12的存貨。」顯然，他的意思是，假如我們想接這筆生意，就必須在月底以前製造出剩下的九百五十件產品。

「這個嘛……強斯，我知道我告訴過你，我想要多接生意，而且自從我們談過之後，你也幫我們簽回不少好訂單。但是，兩週交出一千個Model 12，未免太勉強了一點。」

「羅戈，老實說，打電話給你的時候，我也覺得我們對這筆生意大概無能為力了。但是，我只是覺得應該讓你知道這件事，說不定你曉得什麼我不知道的狀況。畢竟對我們而言，一千個產品代表一百多萬美元的業績。」

「對，我明白這點。他們為什麼趕著要這批貨呢？」

強斯告訴我，他做了一點調查，結果發現這筆訂單原本是交給我們的頭號競爭對手，他們生產的產品與Model 12類似。但是合約簽完五個月以後，他們還是沒辦法交貨，而且這週的狀況顯示，他們根本不可能如期交貨。

「我猜柏恩賽回過頭來找我們，是因為他聽說我們現在能快速交貨給其他客戶。」他說：「老實說，我猜他們簡直不知道該如何是好。真該死，假如我們有任何辦法接下這筆生意，這真是挽回顏面的好方法。」

「我不知道，我也想重新接到他們的訂單，但是……。」

「最重要的是，假如我們在淡季的時候就有先見之明，預先製造一批Model 12存放在倉庫，我們就可以做成這筆生意了。」

我禁不住竊笑，因為如果在幾個月以前，我可能也會同意這種講法。

強斯還在說：「真是太糟了，除了這筆訂單之外，可能還有一筆大生意。」

「多大的生意？」

「他們強烈暗示，假如我們能完成這筆訂單，我們可能變成他們優先考慮的供應商。」

我沉默半晌後問他：「好吧，你很想接下這筆生意，對不對？」

「想得不得了，但是真的不可能……。」

「你什麼時候必須給他們答覆？」

「今天下班以前，最晚也只能拖到明天，」他說：「你為什麼要問呢？你真的覺得我們辦得到嗎？」

「或許有辦法。我會看看現在的情況如何，然後打電話給你。」

◎

我一掛斷電話，就馬上召集唐納凡、史黛西與雷夫到我的辦公室開會。大家都到齊了之後，我告訴他們強斯說的事情。「假如是在平常，我會覺得這根本就不可能。但是在正式拒絕之前，我們先好好想想。」

大家都望著我，而且心裡很清楚，這場會議大概又在浪費時間了。

我只好說：「大家就想想看我們有沒有什麼可以做的，好不好？」

整個早上，我們都在忙這件事情。我們先評估物料的狀況，史黛西負責檢查物料庫存，雷夫則很快的評估，等到物料一入手，我們要花多少時間才能生產出一千個成品。十一點以前，他已經算出瓶頸每天可以為Model 12產出一百個零件。

雷夫說：「所以，就技術上而言，接下這筆訂單不是不可能，但是我們必須其他什麼都不做，只為柏恩賽的訂單趕工。」

「不，我不希望這樣做。」我告訴他，我不希望只為了討好一位客戶，就把其他的客戶關係全都弄擰了。「試試看有沒有其他辦法。」

「例如什麼辦法呢？」唐納凡問，他坐在會議桌上，就像一塊木頭，絲毫沒有精神。

我說：「幾週以前，我們把每批加工的零件數量減半，結果縮短了庫存零件在工廠的生產時間，並且提高有效產出。假如我們把每批貨的數量再減半，會怎麼樣？」

雷夫說：「哇，我沒有想到這個方法。」

唐納凡傾著身子說：「再減半？對不起，羅戈，我不認為這樣對我們會有什麼幫助，至少對於這麼大量的訂單不會有什麼幫助。」

雷夫說：「你知道嗎，有幾筆訂單，我們原本計畫提前交貨。我們可以重新設定優先順序，讓這些貨準時交件，而不用提前交件。這樣一來，我們就多了一些瓶頸的生產時數可以用，而且也不會損害到其他生意。」

「說得好，雷夫。」我讚賞道。

「但是，無論如何，我們還是沒有辦法完成一千個產品，至少沒有辦法在兩週以內完成。」

唐納凡推斷。

我說：「好，那麼假如我們減少每批加工的零件數量，在不耽誤其他訂單準時出貨的情況下，兩週內可以完成多少件Model 12？」

唐納凡露齒一笑說：「我想倒是不妨查查這個數字。」

「我可以查查看。」雷夫邊說，同時站了起來，準備回去電腦那裡。

唐納凡終於被挑起興趣，他說：「我最好和你一起去，把情況弄清楚。」

當雷夫與唐納凡研究這個最新可能性的時候，史黛西帶來有關存貨的新消息。她很確定無論是從庫存裡，或是從供應商那裡，我們都可以在幾天內拿到所有需要的物料，只有一種物料例外。

「Model 12需要的電子控制器會有問題，我們倉庫裡沒有這麼多存貨，但是，我們也不具備製造這種控制器的技術，因此無法自己生產。我已經在加州找到一個供應商可以供貨給我們，不幸的是，他們表示，這麼大量的貨假如把運送時間計算在內，要四到六週以後才有辦法運到。我覺得或許還是算了。」

「先別忙，史黛西，我們正在考慮改變策略。他們每週可以給我們多少控制器？」我問她：「他們多快可以把第一週的貨交給我們？」

「我不知道，但是分批交貨的話，我們或許就拿不到折扣了。」史黛西回答。

「為什麼不能有折扣呢？我們還是答應買同樣數量的控制器，只不過分批交貨而已。」

「那麼，運輸成本就會增加。」

「史黛西，我們現在談的是上百萬美元的生意。」

「好吧，但是卡車至少要三天到一週，才有辦法把貨運到。」

「那麼，我們何不透過空運呢？這些零件體積又不會很大，對吧？」我問。

「這個嘛……。」史黛西陷入沉思。

「妳可以查查看，不過我懷疑空運費真的會吃掉一百萬元生意的利潤。但是，假如我們拿不到這些零件，就接不到這筆生意。」

「好吧，我會問問看有什麼替代辦法。」

◎

那天快下班的時候，我們還在辛苦查證所有的細節，但是我手上掌握的資料已經給我足夠的信心打電話給強斯了。

「我們決定請你去和柏恩賽打個交道。」

「真的嗎？」強斯興奮的說：「你們要接下這筆生意嗎？」

「只要滿足某些條件就可以。」我說：「首先，我們不可能在兩週內交出所有的一千件產品，但是我們可以連續四週，每週都交給他們兩百五十件。」

「他們或許會接受這項條件，但是你們什麼時候可以開始出貨？」強斯問。

「他們下訂單的兩週之後。」

「你確定辦得到嗎？」

「我們說什麼時候出貨，就什麼時候出貨。」我斬釘截鐵的告訴他。

「你這麼有自信？」

「對。」

「好吧，沒問題，我會打電話給他們，看看他們有沒有興趣。但是羅戈，我希望你沒有空口說白話，因為我不想再次因為這些人惹上麻煩。」

幾個鐘頭以後，家裡的電話鈴響了。

「羅戈？成功了！我們拿到訂單了！」強斯在我的右耳邊大聲嚷嚷。

我的左耳彷彿聽到幾百萬美元在收銀機上叮叮噹噹響著。

強斯繼續說：「你知道嗎？他們甚至寧可分批交貨，而不要一次拿到一大批貨！」

我告訴他：「好，太好了，我們會立刻動工。你可以告訴他們，兩週以後，我們就會把第一批的兩百五十個Model 12運出去。」

30 該來的終於來了

新的月分開始的時候，我們開了一場幹部會議，除了劉梧之外，大家都到齊了，唐納凡告訴我，劉梧一會兒就會進來。我煩躁不安的坐著，為了不要把會議的時間花在空等劉梧，我問了他們目前的出貨狀況。

「柏恩賽的訂單情況怎麼樣？」

「第一批貨準時運出。」唐納凡回答。

「剩下的貨呢？」

「沒有什麼大問題。」史黛西說：「控制器晚一天收到，不過我們還有足夠的時間裝配，不至於耽誤出貨的時間。至於這週的零件，供應商已經準時交貨。」

「很好。關於減少每批加工數量的新措施，有什麼新消息嗎？」

「生產線的流動現在更順暢了」唐納凡說。

「太棒了！」就在這個時候，劉梧走進會議室。他遲到是因為他正在計算上個月的營運數字。他坐下來，直直的看著我。

「怎麼樣啊？」我問：「有沒有達到一五％？」

他說：「沒有，確實的數字是一七％，有一部分要歸功於柏恩賽，接下來的這個月情況看起來也很不錯。」

然後，他開始概括說明我們在第二季的表現。我們現在的確轉虧為盈了，存貨數量只有三個月前的四〇％，有效產出則加倍成長。

「我們真是走了很遠的路，對不對？」我問大家。

◎

第二天，當我吃完午餐，回到辦公室的時候，辦公桌左上角放著兩個印有「優尼器具事業部」標誌的白色信封。我拆開其中一個信封，翻開硬邦邦的信紙，上面只有短短的兩段文字，下面則附了皮區的簽名，內容是恭賀我們接到柏恩賽的訂單。我拆開另一封信，發現發信人也是皮區，言簡意賅，這封信正式下令，要我為即將在總公司舉行的工廠績效評估會議做準備。

打從讀第一封信開始我就開心的咧開了嘴，現在嘴巴張得更大了。三個月以前，第二封信會把我推入恐懼的深淵，因為儘管皮區沒有明講，但是我猜這場績效評估會議將會決定工廠未來的命運。

我一直預期會有一次正式的評估，但是現在我不再害怕，反而欣然迎接這天的到來。我們有什麼好擔心的呢？這是宣揚我們績效的大好機會！

行銷部門向其他客戶宣傳我們的事蹟之後，我們的有效產出直線上升，存貨與過去簡直不成比例，而且還繼續下降。由於我們接到的訂單愈來愈多，不只分攤之後的產品單位成本降低，營運費用也隨之下降。我們現在真的賺錢了。

◎

接下來的這週，我與人事經理杜林出差了兩天。我們前往聖路易和事業部的勞工關係部門以及其他的工廠主管，開了一場祕密會議，討論的內容大半都集中在如何讓工會在薪資問題上讓步。對我而言，這是一場令人沮喪的會議。在白靈頓，我們並不需要降低工資，所以我對於會議中提出的種種建議毫無興趣。我知道這些做法都會引起工會抗爭，結果可能導致罷工，因此抹殺我們在市場上的斬獲。除此之外，這場會議開得極沒有效率，最後也沒有產生什麼決議。於是，我回到白靈頓。

大約下午四點左右，我走進辦公大樓，櫃台人員揮手把我攔下來，她說唐納凡希望我一回來就找他。我請他們呼叫唐納凡，幾分鐘後，他匆匆走進我的辦公室。

「什麼事啊？」

「史麥斯，」他說：「他今天跑來這裡。」

「他跑來這裡？為什麼？」

唐納凡搖搖頭說：「還記得幾個月前，他們說要來拍那捲錄影帶嗎？」

「後來取消了。」我告訴他。

「計畫敗部復活了，只不過主角換成史麥斯。由於他現在是事業部的生產力經理，因此要代替格蘭畢發表演說。今天早上，我正站在C走道的機器旁邊喝咖啡時，看到那群拍攝人員走進工廠。我還沒弄清楚他們來這裡幹什麼，史麥斯已經走到我身邊。」

「工廠裡沒有人事先知道他們要來嗎？」我問。

他告訴我，負責內部溝通的潘恩曉得這件事。

「她完全沒有想到應該告訴別人嗎？」我說。

「他們臨時才通知我們要來拍攝的事，由於你和杜林都出公差，潘恩就自己處理了，她照會了工會，做了所有必要的安排。她還發了一份備忘錄給我們，但是每個人都在今天早上才收到。」

「真是自作主張。」我嘀咕著。

他繼續告訴我，史麥斯的拍攝人員在其中一台機器人前面架設好攝影機，那不是負責焊接的機器人，而是負責堆移物料的機器人。很快的，他們就覺得其中一定有問題，因為機器人閒在那裡，無事可做，旁邊沒有等待處理的存貨，也沒有任何工作給它做。

在一捲關於生產力的錄影帶裡，當然不可能讓機器人呆呆的杵在背景中，什麼也不做，機器人必須忙著「生產」才行。所以，唐納凡與助理花了一個小時，在工廠裡到處搜尋機器人可以處理的零件。在這同時，史麥斯已經等得不耐煩，開始四處閒逛，於是他很快就注意到幾件事情。

「當我們帶著物料回去找他的時候，他開始質問一大堆關於每批加工零件數量的問題。我不知道該怎麼回答，因為我不知道你是怎麼告訴總公司的，所以……呃，總而言之，我只是覺得你應該曉得這件事。」

我覺得胃部又是一陣絞痛，就在這個時候，電話鈴響了，我拿起電話，是佛洛斯特從總公司打來的電話。他告訴我，他剛剛和史麥斯談過話。我讓唐納凡先離開，等到門關好以後，我和佛洛斯特談了幾分鐘，然後就去找劉梧。

走出辦公室的時候，我一邊練著踢踏舞。

◎

兩天後，總部派來一個稽查小組，領軍的是事業部的助理財務長科維茲，他的年紀大概五十多歲，握手的力道大到幾乎可以壓碎人的骨頭，他也是我所見過最難以親近的人。他們大咧咧的走進來占據會議室，然後幾乎立刻就發現我們改變了計算產品成本的基準。

科維茲從試算表上抬起頭來，從眼鏡上方瞪著我們說：「這完全不合規定！」

劉梧支支吾吾的說，對，或許我們的做法沒有完全遵照公司政策，但是我們有理由把最近兩個月的數據當作計算基準。

我補充說明：「事實上，這樣更能夠真實反映我們的狀況。」

「很抱歉，羅戈先生，我們必須遵守標準程序。」

「但是，工廠已經和從前不一樣了！」

坐在會議桌旁的五位會計師全都對著我與劉梧猛皺眉頭，最後我搖頭放棄，和他們申訴毫無用處，他們只曉得抱住會計準則不放。

稽核小組重新計算過數字，這下子我們的成本升高了。他們離開以後，我試圖趕在他們前面打電話給皮區解釋，但是皮區出城去了。我又試著想要找佛洛斯特，他也不在。祕書提議要不要把電話轉接給史麥斯，看來他是目前總公司唯一留守的主管，但是我斷然拒絕。

接下來一週，我一直在等待總部的砲轟，可是一切卻平安無事。劉梧接到佛洛斯特的書面斥責，警告他要嚴守公司政策，還正式命令我們根據舊的成本標準重新撰寫季報表，並且在績效評估會議之前，就把報告送去總部。但是，皮區仍然什麼都沒說。

◎

某天下午，我與劉梧一起討論修正後的季報表。我活像一個洩氣的皮球，因為根據舊標準算出的數字顯示，我們不可能達到一五%的目標。我們的淨利成長只有一二•八%，而不是劉梧原先計算的一七%。

「劉梧，不能把數字弄得更漂亮一點嗎？」我懇求。

他搖搖頭說：「從現在開始，佛洛斯特會詳細檢查我們交去的每份報告。我只能做到這裡為止了。」

就在這個時候，我聽到辦公室外傳來一個聲音，而且聲音愈來愈大。

嗚啪—嗚啪—嗚啪—嗚啪—嗚啪—嗚啪—嗚啪—嗚啪—嗚啪。

我看看劉梧，劉梧也看看我。

「是直升機的聲音嗎？」我問。

劉梧走到窗戶旁，往外望，接著說：「沒錯，而且直升機正要降落在我們的草坪上！」

我走到窗邊，正好目睹這架紅白相間的直升機落地，螺旋槳捲起飛揚的塵土與碎草。螺旋槳慢慢停下來的時候，機門打開，兩個人走了出來。

「走在前面的那個人好像是強斯？」劉梧疑惑道。

「是強斯沒錯。」我說。

「另外一個人是誰呀？」劉梧問。

我不確定。我注視著他們穿過草坪，走過停車場。走在後面那個高大、白髮的男人龐大的身軀與昂首闊步的架勢，令我回想起很久以前參加過的一場會議。

「喔，上帝！」我驚呼。

「我想上帝應該不必靠直升機下凡吧？」劉梧打趣的說。

「比上帝還要糟糕，那個人是柏恩賽！」我說。

劉梧還來不及張口，我已經衝出門外，直接衝進史黛西的辦公室。她與祕書以及正在和她開會的幾個人，全都站在窗口張望，每個人都看著那架該死的直升機。

「史黛西，趕快，我需要馬上和妳談一談！」

她走到門邊，我把她拉到走廊上。「柏恩賽的訂單現在情況如何？」我問她。

「我們兩天前運出最後一批貨。」

「準時嗎？」

「當然啦！」她說：「就像前一批貨一樣，一點問題也沒有。」

我又開始奔跑，邊跑邊回頭跟她說：「謝謝！」

「唐納凡！」我大喝。

他不在辦公室裡，我在他祕書的桌邊停住腳步。

「唐納凡跑到哪裡去了？」我問她。

「我猜他去上廁所了。」她告訴我。

我往廁所的方向衝去，衝進去以後發現唐納凡正在洗手。

「柏恩賽的訂單有沒有碰到任何品質問題？」

唐納凡猛然見到我，嚇了一跳，他說：「沒有，就我所知，沒有。」

「那麼，那筆訂單有沒有出現其他任何問題？」我繼續追問。

他伸手拿了一張紙巾，把手擦乾。「沒有，整批貨像時鐘一般，準時運出。」

我往牆上一靠。「那麼，他究竟跑來這裡做什麼？」

「誰跑來這裡做什麼？」唐納凡問。

「柏恩賽，他剛剛和強斯一起下了直升機。」我告訴他。

「什麼？」

「跟我來。」

我們跑去櫃台，但是沒有見到他們。

我問櫃台人員：「強斯先生剛剛有沒有和一位客戶走進來？」

她說：「你是指從直升機下來的兩個人嗎？他們穿過這裡，走進工廠了。」

我與唐納凡一起快步穿過走廊，走進工廠。一位主任從走道另一端看到我們，不等我們開口，就用手一指強斯和柏恩賽走的方向。走過去的時候，我看到他們就在前面。

柏恩賽正在和每一個他看到的工人握手，真的！他與他們握手，拍拍他們的手臂，和他們談話，而且臉上還掛著微笑。強斯伴隨著他，和他做同樣的事情。柏恩賽每握完一位工人的手，強斯就緊跟著握住那隻手。他們四處為每個人打氣。

最後，強斯看到我們走過來，他拍拍柏恩賽的肩膀，和他說了幾句話。柏恩賽咧開大嘴，大步朝著我們走過來，伸出雙手。

「我要特別向你道賀。」柏恩賽大聲說道：「我原本想把最好的部分留到最後，但是你打破我的如意算盤了。你好嗎？」

「很好，柏恩賽先生。」我回答他。

「羅戈，我跑來這裡，是因為我想與你手下的每一位員工握手。」柏恩賽嚷著：「我們那筆訂單，你們的表現簡直太棒了，太棒了！其他那些混蛋簽下訂單五個月後都還沒有辦法完成，而你們卻在短短五週內就全部做到了。你們一定費了很大的力氣！」

我還來不及說話，強斯就插進來說：「今天我與柏恩賽一起吃中飯的時候，我告訴他你們怎麼樣停下手邊一切工作，就是為了趕他的訂單，這裡的每個人怎麼樣為他的訂單用盡最大的努力！」

我說：「呃，對，我們只是盡了最大的努力。」

柏恩賽問：「你不介意我繼續前進吧？」

我回答：「不介意，請便。」

他說：「不會影響你們的效率吧？」

我說：「不會，不會，儘管往前走，沒關係。」

我轉過頭去看唐納凡，然後呶呶嘴角說：「叫潘恩立刻帶照相機來這裡，而且要多帶些底片過來。」

唐納凡朝著辦公室快步走去，強斯與我跟著柏恩賽繼續往前走，並且和每個人握手。

我注意到強斯非常興奮，當柏恩賽走在前面，聽不見我們的談話時，強斯轉過頭來問我：「你穿幾號鞋？」

「十號半。你幹嘛問這個？」

「我還欠你一雙皮鞋。」

「不要緊，強斯，別擔心這個問題。」

「羅戈，我們下週要與柏恩賽的部屬會面，商討一份Model 12的長期合約，一年一萬件產品！」

這個龐大的數字嚇得我幾乎站不穩。

強斯繼續說：「我一回去，就要召集所有部屬，發動一場新的促銷活動，宣傳你們在這裡所做的每一項改革。因為在整個事業部裡，你們是唯一能準時產出高品質產品的工廠。以你們這樣的生產效率，我們可以把其他人趕出市場！多虧你的努力，我們終於嘗到勝利的滋味。」

我聽了十分高興。「謝謝你，強斯，但是實際上，我們並沒有為柏恩賽的訂單花費額外的力氣。」

「噓！別讓柏恩賽聽到。」

這時，我聽到後面有兩位工人談著。

「這是怎麼回事呀？」其中一個人問。

「不曉得，我猜我們一定做對了什麼事。」另一個答道。

工廠績效評估會議的前夕，我已經排練過我的口頭報告，也準備好十份書面報告，除了想像可能出現的問題之外，已經沒有其他事情可做了。於是，我打了通電話給茱莉。

「嗨！明天早上我得去總公司開會。因為橘林鎮剛好順路，我今天晚上先過去找你們，妳覺得怎麼樣？」

「好哇，聽起來很棒。」

於是，我提早離開辦公室，開上公路。

當我朝著州際公路開去的時候，白靈頓鎮就在我的左邊連綿成一片。「把我買下來！」的招牌還高高懸掛在高聳的辦公大樓頂樓，在我視線所及的範圍內，生活在小鎮上的三萬個人顯然還渾然不覺，明天事關小鎮經濟前景的大事就要蓋棺論定了。大多數的小鎮居民素來對這座工廠和我們做的事情都毫無興趣，大概要到我們關廠的那一天，他們才會感到生氣和憤怒。但是假如我們的工廠繼續營運下去呢？那麼就沒有人會在乎，甚至沒有人會知道，我們曾經經歷過什麼樣的考驗。

不管贏或輸，我知道我已經盡力而為了。

我抵達岳父母家的時候，莎朗和大衛跑過來迎接我。脫掉西裝，換上休閒服以後，我和兩個孩子玩了一個鐘頭的飛盤。等到我們玩累了，茱莉提議我們兩個人單獨出去吃晚飯。我感覺得到，她有話想對我說。略加梳洗之後，我們就出發了。開車經過公園的時候，茱莉說：「羅戈，我們在這裡停一會兒好嗎？」

「為什麼？」

「上一次我們來這裡的時候，一直沒有散完步。」

於是，我把車子停在路邊，到公園裡散步。我們慢慢走到河邊的長凳坐下來。

「你明天要開的是什麼會？」她問。

「是工廠的績效評估會議，事業部的大老闆會決定工廠的命運。」我回答。

「喔，你認為他們會有什麼決定？」

「我們沒有完全做到我對皮區的承諾。由於產品的成本計算標準的問題，其中有一組數字看起來不如實際狀況那麼好。妳還記得我告訴過妳的事情吧？」

她點點頭。我卻搖搖頭，仍然為稽核的結果感到憤憤不平。

我接著說：「但是即使如此，我們上個月仍然表現得很好。只不過在帳面上看起來不如實際狀況那麼棒而已。」

她問：「你不認為他們還想關閉工廠吧？」

我說：「我想不會。除非他們是白痴，否則不會只因為成本上升，就宣判我們無藥可救。即使根據錯誤的衡量基準，我們都還是賺錢。」

她把手伸過來，握住我的手說：「那天早上你真好，還帶我出去吃早餐。」

我微笑著說：「在清晨五點聽我大發牢騷以後，妳應該得到這樣的回報。」

她說：「你那天和我談的事情，讓我明白我是多麼不了解你。我真希望過去幾年你多告訴我一些事情。」

我聳聳肩說：「我不知道我為什麼沒有那樣做。我猜我以為妳不會感興趣，或是我不想讓妳操心。」

「我也應該多問你一些問題。」

「我那麼晚下班，沒有給妳太多問問題的機會。」

「在我離家以前，每次你加班的時候，我真的都把問題往自己身上攬。我不相信事情與我無關，在我內心深處，老是以為你拿加班來當作避開我的藉口。」

「絕對不是，茱莉。當所有的危機都出現時，我一直以為妳一定明白這些事情有多重要。」我告訴她：「對不起，我應該讓妳多了解一點。」

她捏捏我的手說：「我一直在思考上次坐在這裡的時候你對婚姻的看法。我必須承認，你說得對。長久以來，我們只是生活在一起，而事實上，卻漸行漸遠。我看著你愈來愈投入工作中，為了補償失去你的空虛，我就把時間投入布置家裡以及與朋友來往上。我們忽視掉真正重要的事情。」

我注視著陽光下的她。NCX－10機器壞掉那天我回家的時候，她頭髮上染的恐怖顏色已經逐漸褪去，她的頭髮現在又濃又直，恢復過去的深棕色。

她說：「羅戈，我現在很確定的是，我希望花更多的時間與你在一起，而相處時間變得愈來愈少。對我來說，這一直是個問題。」

她轉過頭來，用那雙藍色的大眼睛看著我，我又回復了久遠以前對她的感覺。

她接著說：「我終於明白為什麼我不願意和你一起回白靈頓的家了。這不只是那座小鎮的問題，儘管我確實不太喜歡那個地方。問題是，自從我們分居以後，實際上我們在一起的時間反而更多。我的意思是，當我們住在一起的時候，我覺得你好像視我為理所當然。現在你會送花給我，特地跑出來找我，還花時間和我、和孩子相處。我知道我們不可能永遠像這樣下去，我想爸媽已經有點厭倦這樣的安排了，但是我還不想結束這個狀態。」

我開始高興起來。我說：「至少我們很確定我們不想分開。」

「羅戈，我還是不清楚我們的目標是什麼，或者應該是什麼，但是我想我們都曉得，我們對彼此都有某種需要。我知道我想要莎朗和大衛都長大成為好人，我也希望我們彼此都能滿足對方的需要。」

我用手環繞著她，告訴她：「就起步而言，這是個值得努力的目標。聽著，或許說起來總是比做起來容易，但是我會嘗試不再把妳視為理所當然。我很想要妳回家，但是不幸的是，我的工作壓力還在，而且永遠也不可能消失。我沒有辦法忽視我的工作。」

她說：「我從來沒有要求你忽視工作，只要你不忽視我和孩子就好了。而且我真的會試著了解你的工作。」

我笑了笑說：「妳還記得很久以前我們剛結婚的時候嗎？當時我們兩個人都在上班，下班回家以後，我們會聊個幾個小時，互吐苦水，互相安慰，那時候感覺真好。」

「然後，孩子就出生了，再後來，你就開始加班。」

「對呀，我們就不再那麼做了。我們應該刻意養成這個習慣，妳覺得如何？」

「聽起來很棒。羅戈，我知道你一定覺得我就這樣離開你真是十分自私，我只是暫時抓狂了，真對不起……。」

「不，妳不必道歉。我應該更關心妳一點。」

「但是，我會試著補償你。」她邊說然後笑了幾聲，繼續說：「既然我們開始回憶過去，或許你還記得我們第一次吵完架的時候，我們相互承諾，永遠要試著從對方的角度來看事情，而不只是從自己的角度出發。我想在過去幾年，我們很少這樣做。我願意再試試看，假如你也願意的話。」

「我也願意。」我說。

我們彼此擁抱良久。

「所以……妳願意再嫁給我嗎？」我問她。

她靠在我的臂彎中說：「我願意再度嘗試任何事情。」

「妳曉得吧，以後的日子也不會很完美，我們還是會吵架。」我坦承。

「而且，我有的時候還是會對你有一些自私的要求。」她也表示。

「管他的！」我告訴她：「咱們去拉斯維加斯，找個法官證婚吧。」

她大笑。「你是說真的嗎？」

「今晚可不成。」我問：「我明天早上要開會，明天晚上如何？」

「你是說真的！」

「妳離開以後，我把薪水全存在銀行裡，過了明天，正是好好花一筆的時候！」

茱莉笑著說：「好吧，凱子，就這麼決定！」

31 最後的審判

第二天早上將近十點，我走進優尼大廈十五樓的會議室中。史麥斯坐在長桌的另一端，旁邊坐著科維茲，另外還有一群幕僚圍繞著他們。

我率先打招呼：「早安！」

史麥斯臉上毫無笑容，抬頭看看我說：「把門關上，然後我們就可以開始了。」

「等一等，皮區還沒到呢。」我問：「我們應該等等他吧？」

「皮區不來了，他在開另外一個會。」史麥斯告訴我。

「那麼，我希望把這個會延到他有空的時候再開。」

史麥斯冷冷的看著我。

「皮區特別要我主持這場會議，然後向他提出建議。」史麥斯說：「所以，假如你想要為你的工廠申辯，我建議你現在就開始，否則，我們只好根據你的書面報告下結論了。科維茲告訴我，你們的產品成本增加了，我想你需要稍微解釋一下。我尤其想知道，為什麼你沒有好好遵守公司決定每批加工數量的規定。」

回答之前，我在他們面前踱來踱去。怒火慢慢上升，我努力克制住怒氣，思索這個情況所代表的意義。我一點也不喜歡目前的狀況，皮區絕對應該出席這場會議，而且我預期會向佛洛斯特本人，而不是向他的助手報告。但是，聽起來史麥斯已經得到皮區的首肯，擔任我的法官、陪審員，甚至還很可能是我的執刑者。我推斷，還是馬上開始報告比較保險。

我最後說：「好，但是在我開始報告工廠狀況之前，我想先問一個問題，優尼器具事業部的目標是降低成本嗎？」

「當然啦！」史麥斯不耐煩的說。

「不對，事實上，這不是目標。」我告訴他們：「優尼器具的目標是賺錢，你們同不同意？」

科維茲坐直身子，然後說：「沒有錯。」

史麥斯姑且對我點點頭。

我說：「我要證明給你們看，不管在標準衡量指標的評估下，我們的成本看起來有多高，事實上，我們的工廠比過去任何時候都賺錢。」

於是，我開始報告。

◎

一個半小時以後，我正在解釋瓶頸對存貨與有效產出形成的效應時，史麥斯打斷我的話：「好，你花了很多時間解釋這件事情，但是我看不出這有什麼重要性。或許你們工廠裡的確有幾個瓶頸，而且你們也找到瓶頸的位置，很好。但是，我當廠長的時候，我們得應付四處出現的瓶頸。」

我說：「史麥斯，我們面對的是錯誤的基本假設。」

他回答：「我看不出你面對了任何基本問題，這些充其量不過是簡單的常識罷了，我這樣說已經很客氣了。」

我告訴他：「不，這不只是常識而已，我們每天所做的事情都違背了大多數人慣用的製造業傳統原則。」

科維茲問：「例如什麼原則？」

「根據傳統的成本會計準則，我們首先應該讓產能與需求保持平衡，然後必須維持生產線的流動。」我說：「但是，其實我們根本不應該試圖平衡產能，我們反而需要多餘的產能。我們真正該遵守的規則，是讓流量與需求保持平衡，而不是讓產能與需求保持平衡。第二，我們的獎勵措施通常根據的假設是，任何一位工人的人力運用程度完全取決於他的潛能有多大。由於依存關係的緣故，這項假設完全錯誤。」我告訴他們：「任何非瓶頸資源究竟能讓系統獲益多少，不是由個別資源的潛能所決定，而是由系統中的其他制約因素所決定。」

史麥斯不耐煩的說：「這又有什麼差別呢？當員工工作的時候，我們就從利用他而得到好處。」

我解釋：「不對，而且這正是第三項錯誤的假設。我們假設『有效利用』資源和『啟動』資源是同一件事，事實上，啟動一種資源與有效利用一種資源完全是兩碼子事。」

我們就這樣爭辯下去。

我說，瓶頸損失一小時，就等於整個系統損失一小時；史麥斯則說，瓶頸損失一小時，就只不過是那個資源損失一小時而已。

我說，非瓶頸節省一個小時，其實毫無價值；史麥斯則說，非瓶頸節省一個小時，就是為那個資源節省一個小時。

史麥斯說：「你所有關於瓶頸的論點，說什麼瓶頸暫時限制住有效產出，也許你的工廠能夠證明這點，但是瓶頸對存貨沒有什麼影響。」

「完全相反，史麥斯。」我說：「瓶頸會主導有效產出與存貨的數量。我要告訴你，我們在工廠中發現的是，我們選錯績效衡量的指標。」

科維茲手一鬆，筆掉了下來，在桌上滾來滾去，發出噪音。

科維茲問：「那麼，我們該怎麼衡量工廠的績效呢？」

我告訴他：「用賺不賺錢來衡量。根據這項衡量標準，我的工廠現在變成優尼器具事業部表現最好的工廠，而且還很有可能是整個產業中最好的工廠。當其他人都虧損累累的時候，我們卻賺到錢了。」

史麥斯反駁：「你們暫時賺到錢了，但是假如你真的照這樣管理工廠，我看不出你的工廠還能賺錢賺多久。」

我想要開口，但是史麥斯把聲音提高，壓過我的聲音。

他接著說：「事實上，你的產品成本提高了，而當成本上升時，利潤自然會下降。就這麼簡單。我呈給皮區的報告就要以這點為基礎。」

◎

後來，我孤伶伶的留在會議室裡，史麥斯與科維茲都已經離開。我瞪著打開的公事包，然後一拳槌過去，把它關起來。

我走出會議室，朝著電梯走去的時候，嘴巴裡還一直數落著他們的冥頑不靈。我按了往下的按鈕，但是當電梯門打開的時候，我卻沒進去，反而回到走道上，朝著角落的辦公室走去。

皮區的祕書梅格看著我走過去，我大步走到她身邊，她正在整理迴紋針。

「我必須見皮區。」我告訴她。

「直接進去吧，他正在等你。」她回答。

我走進辦公室的時候，皮區向我打招呼。「哈囉，羅戈。我就知道，你沒有見到我以前是不會離開的。請坐。」

我一坐下來，就開始說話：「史麥斯會呈給你一份對工廠不利的報告，我覺得在你下任何結論以前，應該先聽聽我的說法。」

「說吧，告訴我究竟是怎麼回事。坐下來，我們不趕時間。」

我繼續陳述，皮區把手肘撐在桌上，雙手在臉孔前面交叉握著。當我終於講完了以後，他說：「你把這些事情全解釋給史麥斯聽了嗎？」

「詳詳細細的解釋了。」

「他的反應怎麼樣？」他問。

「他根本聽不進去，他一直說，只要產品成本上升，利潤終究會下降。」

皮區直直盯著我的眼睛說：「你不覺得他說的話有幾分道理嗎？」

「不對，我不認為如此。只要我控制住營運費用，而且強斯一直很滿意，我看不出來利潤除了會一直上升以外，還會出什麼其他狀況？」

「很好。」他說，然後他透過內線電話對梅格說：「請把史麥斯、佛洛斯特與強斯都請到這裡來。」

「怎麼回事啊？」我問他。

「別擔心，等著瞧就是了。」他平靜的說。

沒過多久，他們就全都在會議室坐了下來。

「史麥斯！」皮區轉過頭去，對著他說：「今天早上，你聽完羅戈的報告，也看到所有的財務報表，身為事業部的生產力經理，同時也當過廠長，你有什麼建議？」

「我認為從現在起，羅戈應該遵守規定。」史麥斯鄭重其事的說：「而且，還應該立即開始整頓他的工廠，要不然就太遲了。羅戈的工廠生產力一直惡化，產品成本上升，而且他們還不遵守標準作業流程。我想必須立刻開始整頓才行。」

佛洛斯特清清喉嚨，我們都看著他，他說：「但是過去兩個月來，這座工廠賺了錢，而不是虧了錢，為整個事業部帶來大筆現金，你對這點又要怎麼解釋呢？」

「這只是暫時的現象，在不久的將來，我們就會看到大筆的虧損。」史麥斯說。

「強斯，你有沒有什麼話要補充？」皮區問。

「當然有。羅戈的工廠是唯一能夠創造奇蹟的工廠，也就是說，他們能在驚人的短時間內，交出符合客戶需求的產品。你們一定都聽過柏恩賽拜訪工廠的事情。有這樣一座工廠在後面支援銷售部門，我的部屬才能出去好好的衝業績。」

「對，但是代價是什麼呢？」史麥斯反駁：「他把每批加工的數量減到遠低於機器的標準處理量，把整座工廠全投進去處理一筆訂單。長遠來說，這會帶來什麼影響？」

「但是，我並沒有把整座工廠投進去處理一筆訂單！」我遏制不住怒氣：「事實上，我們沒有延誤任何一筆訂單，所有的客戶都很滿意。」

「奇蹟只會出現在神話中。」史麥斯依然冷嘲熱諷。

大家都默不作聲，最後我忍不住問道：「那麼，最後的宣判是什麼，你們要關掉我的工廠嗎？」

皮區說：「不，絕對不是。你以為我們昏庸到要關掉一座金礦嗎？」

我大大的鬆了一口氣，這時候，我才注意到，我剛剛一直屏住氣。

史麥斯漲紅臉說：「身為事業部的生產力經理，我覺得有責任提出抗議。」

皮區不理他，轉過頭去問佛洛斯特與強斯：「我們要現在說嗎？還是要等到週一？」

他們都綻開笑容。

然後，皮區說：「史麥斯，今天早上我請你代我主持會議，是因為我們要與格蘭畢開會。兩個月以後，我們三個人都要往上升一級，開始領導整個集團，格蘭畢讓我們決定選誰當事業部的下一任主管。我想我們已經決定了。恭喜你，羅戈，你將成為我們的接班人。」

◎

回到工廠的時候，法蘭遞給我一張字條，她問：「是皮區的留言，怎麼回事啊？」

「召集所有的人，我有好消息要宣布。」我微笑著告訴她。

留言上說：「大人物，我建議你利用剩下的兩個月好好準備，你還有很多東西該學。」

最後，我終於抽出空來，打電話給身在紐約的約拿，向他報告最新的發展。儘管他為我感到高興，卻似乎一點也不驚訝。

我說：「這段時間以來，我光顧著擔心如何挽救工廠，如今，卻變成要為三個工廠操心。」

約拿說：「祝你幸運。繼續好好做下去。」

在他掛斷電話之前，我急忙用絕望的聲音問他：「恐怕光靠運氣還不夠，我已經黔驢技窮，你能不能來這裡幫幫我？」我花了兩個小時才找到約拿，可不是僅僅為了聽他的賀詞。老實說，我被這個新職位給嚇壞了。管理一座工廠是一回事，管理包含三座工廠的事業部不只意味著三倍的工作量而已，還代表要同時擔負起產品設計與行銷的重任。

「即使我有時間，我都不認為這是個好主意。」我聽到他那令人失望的回答。

「為什麼？到目前為止，不是都很管用嗎？」

「羅戈。」他嚴厲的說：「當你逐漸往上爬，肩膀上的責任愈來愈重時，你應該學會愈來愈依靠自己的力量。要求我幫忙，只會達到反效果，增加你的依賴心。」

我拒絕接受他的觀點繼續問：「你不能繼續指導我嗎？」

他回答：「可以，但是你應該先弄清楚你到底想學什麼，等你想通了，再打電話給我。」

我不放棄的說：「我希望學習如何經營一個有效率的事業部，這不是很明顯嗎？」

「過去，你希望學會如何管理一座有效率的工廠，現在你希望學會如何管理一個有效率的事業部。」約拿的聲音顯得很不耐煩。「我們都知道，一定還不只這些。到底你想要學什麼東西？難道你說不出來嗎？」

「我猜我真正想學的是如何管理，不管是管理工廠、事業部、公司，或任何形式、任何規模的組織。」我遲疑了一下，又加上一句：「如果能學會如何管理我的人生也不錯，但是恐怕我要求的太多了。」

「為什麼會太多呢？」出乎我意料之外，約拿這麼回答。「我想每個有頭腦的人都想學會如何管理人生。」

「那好，我們該從哪裡著手呢？」我急切的問。

「現在，你的第一個作業是弄清楚有效的管理需要哪些技巧？」

「什麼？」我幾乎說不出話來。

「別這樣，我沒有要你發展出這些技巧，我只是要你弄清楚有效的管理究竟應該包括哪些技巧。當你找到答案的時候，再打電話給我。羅戈，恭喜你升官！」

32 「常識」管理

「我真為你感到驕傲，只要再往前跨三步，我們就成功了。咱們為這個乾一杯吧？」

茱莉勉強裝出來的熱情觸動我內心深處相同的感覺。「不，我不想。」我拒絕舉杯慶祝，的確，這看來是很不尋常的舉動。

茱莉一聲也不吭，只是慢慢放下酒杯，身體稍稍往前傾，盯著我的眼睛。顯然她在等我解釋。

在壓力下，我開始慢慢說話，試圖用言語表達出混亂的思緒。「茱莉，我實在不覺得我們應該慶祝，至少不是像妳說的那樣，好像在舉杯慶祝一次空洞的勝利。我覺得妳一直都說的很對，這次升遷算什麼呢，只不過是在惡性競爭中得了一分罷了！」

她的反應是：「嗯。」

我的太太往往不必開口，就可以清楚表達自己的意思，我可沒這本事。我一直在胡說八道……「惡性競爭」……「空洞的勝利」。我到底在鬼扯什麼呀？但是，我為什麼覺得不該舉杯慶祝這次升官呢？

「為了這次升遷，我們家付出太大的代價。」我最後說。

「羅戈，你對自己太嚴厲了，這次危機不管怎麼樣都會發生。」茱莉說：「我最近想了很多。面對事實吧，假如當初你放棄努力，失敗的感覺會破壞我們婚姻中一切美好的部分。你應該為這次升官感到自豪，你沒有踩在別人頭上爬上去，而是靠公平競爭贏得勝利。」

當我回想起這段經歷時，背脊禁不住起了一陣涼意。我當時深陷泥沼，工廠面對倒閉的威脅，將近六百名員工即將加入失業者的長龍，我的事業幾乎一敗塗地。此外，更糟糕的是，過長的工作時間把我的婚姻推向破裂邊緣。簡單的說，我當時幾乎要從一個行情看漲的明星變成平凡的流浪漢。

但是，我沒有放棄。儘管面對橫逆，我依然繼續奮鬥。而且我並不孤單，約拿讓我明白基於常識（因此頗具爭議性）的管理方法，這套方法很有道理，因此我的班底非常支持我的做法。這個過程很有趣，真的很有趣！過去幾個月來，簡直是一場狂風暴雨，我想我們打破美國企業界每一條原則，但是我們成功了。我們讓工廠轉虧為盈，而且由於我們表現得太優異，還挽救了整個事業部。現在，茱莉和我就坐在餐廳裡慶祝。我即將升為事業部主管，也就是即將調職，或許這正是茱莉這麼支持這件事的原因。

我舉起酒杯，滿懷自信的說：「茱莉，讓我們為這次升遷乾一杯。不是因為我又向金字塔頂端邁進一步，而是要為這次升遷背後的真正意義乾一杯，這是對我們這段刺激而寶貴的經歷最大的肯定。」

茱莉綻開笑靨，我們舉杯互碰，發出清脆的響聲。

我們帶著偷快的心情，開始瀏覽菜單。我大方的說：「這是我們兩個人共同的慶典。」但是過了一會兒，我的語調一轉，帶著些許落寞：「事實上，約拿的功勞比我大。」

「你知道嗎，羅戈，你就是這樣。」茱莉顯得很困擾。「你工作得這麼賣力，而現在卻想把功勞算在其他人頭上？」

「茱莉，我是說真的，約拿給了我所有的解答，我只不過是個執行的工具而已。儘管我也希望不要這麼想，但是事實就是如此。」

「不對，這和事實相差太遠了。」

我有些坐立不安。「但是……。」

「羅戈，別再胡說八道了。」茱莉堅定的說：「故作謙虛根本不像你的作風。」她舉起手來，制止我說話，然後堅持繼續說下去：「沒有人把答案送到你的手上。告訴我，羅戈先生，有多少個晚上，你殫精竭慮，直到成功找到答案，才肯罷休？」

「不少個晚上。」我微笑著承認。

「你懂了吧！」茱莉想要結束這個話題。

我大笑。「不，我不懂。我很清楚約拿沒有直接給我答案。事實上，在那些漫漫長夜與長日中，我還為了這點詛咒過他很多次。但是，茱莉，雖然他選擇用一針見血的問題來表達他的想法，卻絲毫改變不了這個事實。」

茱莉沒有繼續與我爭辯，反而招來服務生，開始點菜。她做得沒錯，這樣的討論只會破壞這個美好的晚上。

直到我忙著享用美味的牛肉時，才逐漸釐清我的思緒。約拿引導我們發展出來的解決方案，本質是什麼呢？這些解答都有一個共同的特性，它們都很符合一般常識，也直接呼應我過去所學到的一切。假如不是因為我們必須殫精竭慮，才能找到解決方案，我們會有足夠的勇氣實施這些方案嗎？很可能不會。假如不是源自於我們在辛苦掙扎中所獲得的信念，也就是在過程中發展出來對問題的責任感，我不認為我們會大膽的實施這些方案。

沉思中，我抬起頭來，看看茱莉的表情，她似乎一直在等我開口。

她問：「為什麼你自己不能想出解決辦法呢？在我看來，你的解答似乎是一般常識，為什麼沒有約拿的問題來引導，你就想不出來呢？」

「沒錯，問得好，老實說，我大概不知道答案。」

「羅戈，別告訴我，你從來沒有這樣想過。」

「對，我想過。」我承認：「我們心裡都有這個疑問。這些解決方案看起來沒什麼了不起，但是過去多年來，我們的做法卻恰好背道而馳。而且，其他的工廠到現在還堅持這種過時的、毀滅性的做法。或許馬克吐溫說得對，『常識其實一點都不平常。』」

「你還沒有回答我的問題！」茱莉不會輕易放過我。

我求饒。「忍耐一下，我真的不知道答案。我甚至不確定我了解『常識』這兩個字的意義。當我們說某件事只不過是『常識』的時候，妳覺得我們的意思是什麼？」

「不公平，你只是用另外一個問題來回答我的問題。」面對我迴避話題的明顯企圖，茱莉拒絕回答。

「為什麼不行？」我再試了一次。

她一言不發。

我豎起白旗。「好吧，到目前為止，我能想到的只是，我們說某件事是常識的時候，只不過因為那件事符合我們的直覺。」

她點點頭表示同意。

我繼續說：「這個回答只不過把妳的問題再推進一步，也就是說，當我們認為某件事是常識時，至少在直覺裡，我們一定一直都明白這件事的道理。那麼，為什麼往往都要等到受到外力刺激以後，我們才會明白在直覺上早已知道的道理呢？」

「這正是我原本要問的問題！」她抗議道。

「對，我知道。或許其他事情掩蓋掉這些直覺的推論，例如其他一些不算常識的事情。」

「那又會是什麼樣的事情呢？」

「或許是通行的做法。」

「有道理。」她微笑著吃完她的餐點。

過了一會兒，我說：「我必須承認，約拿透過問問題來引導我們找出答案，以『蘇格拉底法』抽絲剝繭的掀開通行做法的真面目，這套方法確實十分有效。我曾經試圖向其他人解釋我們找到的答案，卻徒勞無功，儘管他們也像我們一樣迫切的需要解答。事實上，假如不是佛洛斯特能夠理解我們在財務上的改善成效，我的做法可能會惹上麻煩。妳知道嗎，傳統做法在我們腦海中根深柢固的程度，簡直令人訝異，我們一直照著別人教我們的方法去做，卻從來不花點時間自己好好思考。『不要給答案，只要問問題就好！』我應該好好如法炮製一番。」

茱莉看起來不怎麼感興趣。

「怎麼了？」我問。

「沒什麼。」她意興闌珊的隨口說。

「『不要給答案』絕對有它的道理。」我試著說服她。「當你試圖說服某個盲目遵循通行做法的人，直接講出答案會毫無效果。事實上，這種做法只有兩種可能的結果，要不就是對方不了解你的意思，要不就是對方了解你的意思。

第一種情況不會帶來什麼壞處，他們只會把你的意見當耳邊風。第二種情況可能還更糟糕，他們或許了解你的意思，但是他們會把你要傳達的訊息看得比批評還要糟糕。」

「什麼叫做比批評還要糟糕？」她不解。

「就是建設性的批評。」我苦笑著，想起史麥斯和科維茲的嚴厲反應。「儘管你說的話有道理，但是別人永遠不會原諒你暗箭傷人。」

「羅戈，不需要你說服，我也知道。當我想要說服某個人（尤其是我丈夫）的時候，直接給答案根本沒有用。但是，我還是不相信光是問問題會更有效。」

我思考了一下，她說得對。每次我反問問題的時候，別人就會把它解釋為傲慢，或者更糟的是，他們會認為我只不過是在挑毛病。

「所以在挑戰通行的做法之前，還是應該三思而後行。」我悠悠的做結論。

茱莉忙著享用美味的乳酪蛋糕，我也跟進。

咖啡送上來之後，我又有力氣繼續討論了。「茱莉，這樣做真的這麼糟嗎？我不記得曾經為難過妳？」

「你在說笑吧？你不只頑固得像頭驢子，而且還把這樣的基因遺傳給兩個小孩。我敢打賭，你一定也給過約拿不少苦頭吃。」

我想了一會兒。「沒有，約拿的情形有點不一樣。每次我和約拿談話的時候，我都直覺的曉得他不只對於要問什麼問題胸有成竹，他甚至對於我會提出什麼問題都了然於心。所以，蘇格拉底的方法一定不只是問問題而已。我可以告訴妳的是，隨興運用這種方法很危險，相信我，我曾經嘗試過。這就好像擲出一把鋒利的回力棒，最後終究會傷到自己。」

然後我靈光一閃，我明白了，我應該請約拿教我的正是這種技巧：如何說服他人、如何把通行的做法抽絲剝繭，以及如何克服人們對改革的抗拒。

我告訴茱莉我和約拿上一次通電話時說的話。

「很有趣。」她最後說：「你絕對應該好好學習如何經營你的人生。但是親愛的，你要小心一點，別忘了蘇格拉底的下場，他被迫喝下毒藥。」

「我不打算餵約拿喝毒藥。」我仍然十分興奮。「茱莉，每次我與約拿討論工廠問題的時候，我總是覺得他能預期到我的反應。事實上，這個問題困擾了我好一陣子。」

「為什麼？」

「他怎麼有時間學這麼多東西呢？我不是指理論，而是他對於工廠內部的運作竟然有這麼深入的了解。就我所知，他從來沒有在工廠裡工作過一天，他是個物理學家。我簡直不敢相信，象牙塔中的科學家居然會懂得這麼多生產線上的細節。這其中一定有什麼蹊蹺。」

「羅戈，如果真是這樣的話，那麼你應該不只請約拿教你蘇格拉底的方法，而要他教你更多東西。」

33 交換位置

劉梧是我的首要目標，假如我沒有辦法說服他加入團隊，基本上就算已經輸了這場仗。不過要說服他可不容易，他已經快要退休，我也知道他投入很多時間在社區工作上。我深吸一口氣，然後走進他的辦公室。「嗨，劉梧，現在有空嗎？」

「有空。有什麼我可以效勞的地方嗎？」

完美的開場，但是不知道為什麼，我沒有膽量直接切入主題。「我只是很好奇你怎麼預估未來兩個月的狀況？依你看，我們如果想繼續保持戰果，會不會有問題？雖然現在問題已經沒有那麼嚴重，但是我還是不願意讓史麥斯有一點點挑毛病的機會。」

「今天晚上你可以高枕無憂了。根據我的計算，我們下兩個月很輕易就可以跨過二〇%淨利的門檻。」

「什麼？」我簡直不相信我的耳朵。「劉梧，你是怎麼回事呀？你是從什麼時候開始相信行銷部門那套樂觀的預估？」

「羅戈，近來我改變很多，但是還不至於會相信行銷部門那一套。事實上，我的預估甚至是以略微下降的訂單為基礎來計算。」

「那麼，你是怎麼變出這個戲法的呢？」

「先坐下來，我需要花一點時間解釋。我要告訴你幾件很重要的事情。」

顯然我又要聽到一些不老實的會計花樣了。「好吧，說說看。」

劉梧翻弄文件的時候，我找來一張椅子舒服的坐了下來。兩分鐘以後，我開始不耐煩了。

「怎麼樣啊？」

「羅戈，我們曾經怪罪錯誤的成本計算方式讓我們的淨利數字看起來只有一二・八%，而不是我們認為的實際數字一七%。我知道你對這件事很生氣，但是我發現，還有一個更嚴重的會計錯誤。這個錯誤關係到我們計算存貨的方式，但是我很難解釋清楚。或許我可以試著用資產負債表來說明。」

他停頓了一下，這次我耐心等候。

「或許我應該先從問問題開始。」他說：「你同不同意存貨是一種債務？」

「當然啦，每個人都明白這個道理。即使我們從前不明白這個道理，過去幾個月的經驗也告訴我們，存貨其實就是債務。假如生產線像過去一樣堆滿存貨，你想我們還有可能這麼快的處理訂單嗎？你難道還沒注意到，我們的品質已經改善，加班時數也減少，更不用說，我們現在幾乎都不需要趕工了！」

「對呀！」他仍然低頭看著文件。「存貨絕對應該算債務，但是在資產負債表上，我們卻被迫把它歸在哪個會計科目之下呢？」

「老天爺，劉梧！」我氣得跳腳。「我知道財務衡量指標一向脫離現實，但是這太離譜了，居然把債務列在資產下面？我從來不曾真正了解這裡面的涵義……告訴我，這對我們的損益有什麼影響？」

「影響要比你想像的大得多，羅戈。我反覆檢查過好幾次，但是數字確實會說話。你看，我們根據生產成本來評估存貨的價值，而這些成本不只包含我們買物料的錢，同時也包含製造過程中產生的附加價值。

你知道在過去幾個月中，我們做了什麼事嗎？唐納凡只專心生產拿到訂單的產品，史黛西也根據這項原則來配發物料，我們把工廠裡一半的在製品和四分之一的庫存成品用完了。由於我們沒有採購新的物料來取代過剩的存貨，我們得以省下一大筆錢，而現金數字清楚的顯示出這個效果。但是，在帳面上，存貨所代表的資產卻減少了，原因是減少採購而節省下來的現金只能彌補部分的差距。在這段期間內，每當我們減少存貨的時候，產品成本與我們所減少的存貨的物料成本之間的差異，在帳面上都變成淨虧損。」

我吞了吞口水。「劉梧，你的意思是說，我們因為做對事情而受到懲罰嗎？降低多餘的存貨在帳面上會被解釋為虧損？」

「對。」他回答，仍然低頭看著帳簿。

「那麼告訴我，造成的影響有多大？如果用數字來表示會是？」

「過去三個月來，我們實際的淨利都超過二〇%。」他鎮定的說。

我瞪著他，簡直不敢相信我的耳朵。

「但是，看看好的一面，既然現在存貨都穩定維持在一個比較低的水準，以後我們就不會再受到這個帳面效應干擾了。」他怯怯的說。

「真是謝謝你了。」我用嘲諷的口氣感謝他，轉身準備離去。

走到門口的時候，我轉過身來問他：「你是在什麼時候發現這個現象？你什麼時候發現我們實際的淨利其實已經超過預定目標？」

「一週以前。」

「那麼，你為什麼不告訴我呢？在績效評估會議中，我可以很有效的運用這些數據。」

「不，羅戈，你根本沒有辦法運用這些數據，這樣做只會打亂你的報告。你看，每個人都以這種方式來評估存貨，甚至稅務機關都是這麼要求，你毫無翻身的機會。但是，我確實和佛洛斯特深入討論過這件事，他完全明白我們的情況。」

「原來如此，你這個老狐狸。現在我才明白為什麼佛洛斯特變得這麼友善。」我邊說，然後又坐回位子上。

我們相互笑看了一會兒，然後劉梧靜靜的說：「羅戈，我還有一件事想和你談談。」

「另外一顆炸彈嗎？」

「可以這麼說，但是這件事比較是個人問題。佛洛斯特告訴我，他要追隨皮區去掌管集團的財務。我知道你會需要一位好手來擔任事業部的財務長，一個在事業部的各個領域都有經驗的好手。我只差一年就要退休，而且我懂得的知識都是老套，所以……。」

我對自己說，該來的終於來了，我必須在他表示不想追隨我調升之前制止他。一旦話說出口，再想挽回就會困難許多。於是，我打斷他的話。「等一等，劉梧。看看我們過去幾個月的成就，你難道不覺得……。」

「我想說的正是這件事。」他反過來打斷我。「從我的角度來看，我一輩子都在蒐集數據，整理財務報告，我自認為只扮演供給數據的角色，是個公正客觀的旁觀者。但是，過去幾個月的經歷告訴我，我大錯特錯。我不是個公正的旁觀者，而是一直盲目遵循錯誤的流程，卻沒有進一步了解這樣做會帶來什麼深遠與負面的影響。

我最近想了很多，我們當然需要財務衡量指標，但我們不是只因為需要衡量指標而設定衡量指標，我們其實是因為兩個不同的原因而需要這些指標。第一個原因是控制，了解公司朝著賺錢的目標進展到什麼程度。第二個原因可能還更重要，衡量指標應該要引導組織的各個部門，達到整體組織的最大效益。我認為，很明顯，我們的衡量指標都不符合這兩項目標。

就拿我們剛剛的談話為例好了。我們都很清楚工廠已經大幅改善，但是錯誤的衡量指標卻幾乎在譴責我們的績效。我定時交出效率報告、產品成本報告，但是現在我們都很清楚，這些報告卻引導工人與主管採取對公司不利的措施。」

我從來不曾聽過劉梧講這麼多話。我同意他講的每一句話，但是我卻一頭霧水，不知道他究竟想表達什麼。

「羅戈，我不能到此為止，我不能在這個時候退休，幫我一個忙，帶著我和你一起上任。我想要把握這個機會來設計新的衡量系統，一個能改正我們目前做法的系統，讓這套系統照我們的期望運作，這樣一來，財務長才能對自己的工作感到自豪。我不知道我會不會成功，但是至少給我機會試一試。」他懇切的說。

我還能說什麼呢？我站起來，伸出手對他說：「一言為定。」

◎

回到辦公室後，我請法蘭打電話找唐納凡。有劉梧與唐納凡當左右手，我就可以集中心力在我比較不熟悉的工程與行銷領域上。行銷部門該怎麼辦呢？我唯一欣賞的行銷好手只有強斯，難怪皮區決定把他帶走。

電話鈴響了，是唐納凡。

「嘿，羅戈，我正在和史黛西與雷夫討論事情，我們討論得正熱鬧，你要不要過來加入？」

「需要花多久時間？」我問。

「不曉得，可能一直討論到下班吧！」

「那麼我就不參加了。但是唐納凡，我需要和你談談。你能不能過來談個幾分鐘？」

「當然可以，沒有問題。」

他立刻走進我的辦公室。「有什麼事嗎，老闆？」

我決定打開天窗說亮話。「你想不想掌管整個事業部的生產工作？」

他唯一的反應是發出一聲長長的「哇！」然後坐在椅子上看著我，不再開口。

「怎麼樣，唐納凡，很驚訝嗎？」

「你猜呢？」

我走過去，倒杯咖啡，他在我的背後，開始說話。「羅戈，我不想要這件差事，至少現在不想要。你知道嗎，如果是一個月以前，我會用雙手緊緊抓住這個職位不肯放手，這遠遠超出我的期望。」

我一手端著一杯咖啡，困惑的轉過身去。「怎麼回事呀，唐納凡，你現在害怕了嗎？」

「你很清楚我不會害怕。」

「那麼，上個月究竟發生什麼事情，居然會改變你的看法？」

「柏恩賽。」

「你是說他挖角你嗎？」

他放聲大笑。「不是，羅戈，完全不是這麼一回事。是我們處理柏恩賽緊急訂單的方式改變了我的想法。我從這件事的處理過程中學到很多，所以我現在寧可繼續待在這座工廠裡，把我學到的東西進一步發揚光大。」

我詫異不已。我還自以為了解這些人。我原本預期要說服劉梧簡直不太可能，結果他幾乎懇求我給他這份差事。我以為唐納凡這邊不會有任何問題，結果他卻拒絕我的提議。真是令人摸不著頭腦。

「你最好解釋一下。」我把咖啡遞給他。

唐納凡在椅子上動來動去，椅子發出抗議的怪聲。假如我繼續待在這座工廠，我會為他特別訂購一張大椅子。最後他說：「你難道沒有注意到，柏恩賽的訂單是多麼獨特嗎？」

「是啊，我從來沒有聽說過哪家公司總裁會特別去向供應商的工人道謝。」

「對呀，沒錯，這件事也很特別，但是看看整個事件的發展吧。先是強斯打電話給你，為客戶提出一個幾乎不可能達成的要求。他自己都不相信有可能實現，客戶也不相信。而且從表面看來，我們的確也不可能達成。但是，我們好好的研究了一番，不只考慮瓶頸的產能，也考慮供應商的限制，然後提出一項很不尋常的提議。

「我們既沒有拒絕，也沒有像過去一樣，不管三七二十一先一口答應，到時候卻遲遲交不了貨。我們反而修改這筆交易的內容，提出比較可行的建議，結果客戶反而更喜歡修正後的提議。」

我說：「對，我們表現得很好，尤其後來還帶進一大筆生意。但是，情況很特別。」

「最特別的是，因為我們通常不會採取主動，但是或許我們可以想辦法把它變成標準流程。你難道不明白嗎？事實上，我們主導了一次交易，我們這群生產部門的人主導了一次交易。」

我想了一下，他說得沒錯，現在我開始明白他的用意了。

唐納凡可能誤會我的沉默所代表的意義，他說：「對你而言，這可能沒什麼大不了，你總是把生產與銷售看成同一條鎖鏈中的兩個環節。但是反觀我呢，我一直在工廠裡埋頭苦幹，以為我的責任就是救火。我看不起狡猾的業務員，認為他們只會向客戶做虛幻的承諾。對我來說，這次事情帶給我很大的啟發。

你看，針對每個產品，我們都給業務部一個刻板的生產時間，所以如果沒有成品庫存，他們就用這些數字來承諾客戶交貨日期。沒錯，有時會有一些出入，但是通常相差不遠。或許我們應該找到另外一種方式，或許生產時間應該根據瓶頸的負擔，並且看每筆訂單的情況而定。

或許我們不應該把客戶要求的交貨數量當成非得一次全部供應不可。

羅戈，我想要繼續研究這個問題。事實上，我和史黛西與雷夫正在討論這個問題。我們一直在找你，你應該和我們一起討論，這個問題很有趣。」

聽起來的確如此，但是我目前還沒有辦法陷在這個問題中，我得繼續為新職位做好準備。

「再告訴我一次，你到底想做什麼？」我問。

「我們想讓生產部門變成爭取良好交易的主導力量，讓客戶的需求與工廠的產能配合得天衣無縫，就好像柏恩賽的情況一樣。但是你看，為了達到這個目標，我必須繼續留在這裡。只要我們還沒有完全了解該怎麼做，只要我們還沒有發展出新的作業流程，我們都必須更深入的研究所有的細節。」他回答。

「所以，你想做的是找出適當的製程。我明白了，這個工作很有趣。但是唐納凡，這一點都不像你，你是從什麼時候開始對這些事情感興趣的呀？」

「自從你強迫我們重新思考做事方式以後，還有看到過去幾個月發生的事情以後，你覺得我們還需要其他證據嗎？我們過去一直依賴直覺，按照業界通行的做法來做事，於是工廠慢慢走下坡。後來，我們投注時間，根據基本原則重新檢驗做事方式。結果你看看，我們打破多少成規！『工人的生產效率』可以遠遠拋到窗外去；『每批加工都追求最大量』也可以拋到窗外不管；『只要有物料、有人力就分派工作』同樣也可以置之不理；這些例子多得不勝枚舉。但是你看看結果如何，假如不是親眼看到，我簡直不敢相信！

對，羅戈，我想留下來，繼續完成你已經展開的工作。我希望當下一任廠長，你讓我們幾乎改變每一條生產規則，你強迫我們把生產看成滿足銷售的方式，現在我想要改變生產在爭取營業額上所扮演的角色。」唐納凡告訴我。

「很好。但是唐納凡，當你推敲這些製程的時候，能不能考慮一下，把整個事業部的工廠也都看成你的責任？」

「沒問題，老闆，我會教他們一、兩個訣竅。」

「為這個乾一杯吧。」我們舉起咖啡互祝。

「你建議找誰來接你的位子呢？」我問他。「老實說，我對那些主任沒什麼好印象。」

「很不幸，我同意你的話。最好的人選是史黛西，但是我想她答應的機率不大。」

「我們何不過去問問她呢？乾脆把史黛西與雷夫叫過來，討論一下你的主意。」

◎

「你總算找到他了。」史黛西對唐納凡說。她與雷夫一起抱著一堆文件走進來。

「對，史黛西，而且你們的點子看起來很不錯。不過，在討論那件事之前，我們還有其他事情想和妳討論。我們剛剛才談定，唐納凡會接我的位子，擔任廠長。所以，由妳來接他的位置，擔任生產部經理如何呢？」我問。

「恭喜你，唐納凡，這是意料中的事。」他們都和唐納凡握手。

由於史黛西沒有回答我的問題，我繼續說：「先想一想，不必現在回答我。我們都知道妳很喜歡目前的工作，而且生產部主管要面對的種種人事問題對妳來說是一大負擔，但是我們兩個人都認為，妳在這個位子上會表現得很出色。」

「一定會。」唐納凡在旁邊助陣。

她鎮定的看著我說：「昨天晚上睡覺前，我還躺在床上祈禱，希望能得到這個位子。」

「成交了！」唐納凡大聲嚷嚷。

「既然妳接受了這個職位，能不能告訴我們，妳為什麼這麼想坐上這個位子？」我問。

「物料部門主管的工作似乎開始變得很沉悶，沒有什麼貨需要催，沒有緊急事件需要處理……我從來不知道妳這麼喜歡刺激。」唐納凡促狹的說。

「不，我不喜歡。所以我很滿意我們的新方式，根據瓶頸消耗物料的速度來預估時間。但是你很清楚我害怕什麼，萬一出現新的瓶頸，該怎麼辦呢？

我們目前的做法是，每天都檢查裝配部與瓶頸前面排隊的零件，我們稱之為『緩衝』（buffer）。我們之所以勤於檢查，是為了確定所有待處理的零件都在那裡，中間沒有出現任何『洞』。我們認為，假如出現新的瓶頸，就至少會在其中一個緩衝出現一個『洞』。我們花了不少時間，才做得天衣無縫，不過現在這個辦法運作得很順利。

你看，每當緩衝出現一個洞的時候（我指的緩衝還不只是當天必須處理的物料，而是包括以後兩、三天的工作量），我們都會跑去檢查發生零件擁塞現象的部門。然後……。」

「然後，就催他們趕工！」唐納凡插嘴。

「不，不是這樣。我們不會打斷原本的機器裝設工作或是點燃火種，我們只會告訴那裡的領班，我們希望他們接下來優先處理哪批貨。」

「很有意思。」我說。

「對呀，而且當我們了解到，每次拜訪的都是同樣的六、七個工作單位時，就更有趣了。這些單位不是瓶頸，但是他們在生產流程中的位置卻令他們變得非常重要。我們稱這些單位為『產能制約資源』，簡稱CCR（Capacity Constraint Resource）。」

「對，我完全清楚。這些領班現在幾乎全依賴你的手下來為他們的工作設定優先順序。但是史黛西，妳還沒有回答我們的問題。」唐納凡耐不住性子的說。

「我就快講到重點了。你們看，近來，這些『洞』變得愈來愈危險，有時候甚至太嚴重，以致於裝配部必須打破安排好的生產時程，而且顯然CCR的領班愈來愈難準時供貨。雷夫一直告訴我這些工作單位還有充足的產能，或許平均而言，他說的沒錯，但是我怕額外增如的任何銷售量都會把我們推到一場混亂之中。」

所以這才是真正的炸彈，它一直在腳底下蠢蠢欲動，我卻渾然不覺。我一直拚命壓迫行銷部門簽下更多訂單，但是根據史黛西剛剛的說法，這樣做可能會摧毀整座工廠。她一面說，我一面試著消化她的話。

史黛西繼續說：「你難道不明白我們的改革範圍太狹隘了？我們一直努力改進瓶頸的生產力，但是我們該做的是同時改善CCR的生產力，否則我們就會碰到『互動的』瓶頸。你們看，關鍵不在於物料部門。假如出現互動式瓶頸，不可避免將掀起一場混亂，整座工廠都必須趕工。」

「那麼，妳有什麼建議嗎？」我問。

「關鍵掌握在生產部門手上。我們不應該只在時間還充分的時候，運用管理緩衝的技巧來追蹤缺貨的零件，而應該用它來集中局部改善措施的焦點。我們必須確定我們在CCR上所做的改善，足以防止它們變成瓶頸。羅戈、唐納凡，這正是為什麼我這麼想要這份工作。我想要確定物料部門主管的工作會保持刻板沉悶，我想要示範如何帶動局部的改善，我還想讓你們看到我們從已有的資源中，還可以再擠出多少有效產出。」

◎

「你呢，雷夫，現在換你給我驚喜了。」接下來我轉向雷夫。

「這話怎麼說？」他以他一貫平靜的語氣問道。

「似乎每個人心目中都有個心儀的計畫，掀開你的底牌吧。」

他微微的笑了笑說：「我沒有底牌，只有一個願望。」

我們都以目光鼓勵他繼續說下去。

「我逐漸喜歡上我的工作，覺得自己是團隊的一份子。」

我們都點頭表示同意。

「現在，不再只有我和電腦並肩作戰，試圖弄清楚那些不正確或過時的數據。現在，大家真的需要我，而我也覺得有所貢獻。但是你們知道嗎？我想這一切轉變，至少是和我有關的轉變，都是非常根本的轉變。我的檔案中儲存的是數據，而你們通常要求的是資訊。我過去總是把資訊看成做決定需要的數據，我承認，對大多數的決策而言，我提供的數據都不怎麼管用。還記得我們試圖找到瓶頸的那次嗎？」他輪流看看我們每一個人，接著繼續說：「我花了四天的時間才不得不承認，我根本找不到答案。那時候我才開始明白，資訊是另外一樣東西：資訊是問題的解答，我愈有辦法回答問題，就愈能成為團隊的一分子。瓶頸的概念真的對我幫助很大。今天工廠所遵循的時間表，就是從電腦中發展出來。

你問我有什麼願望？我希望發展出一套系統，能協助唐納凡達到他的目標，大幅縮短達成每次銷售所需要的時間與努力。我希望發展出一套系統，來幫助史黛西管理緩衝，甚至協助局部的改善工作。我希望發展出一套系統，來幫助劉梧以更有效的方式，衡量各部門的績效。你看，我就像其他人一樣，也有自己的夢想。」

34 新官上任的難題

天色已晚，小孩很快進入夢鄉，我與茱莉一起坐在廚房裡，手裡各自端著一杯熱茶。我告訴她今天在工廠裡發生的事情，她似乎頗感興趣，事實上，她說她覺得十分有趣。我很喜歡這樣，每天晚上和茱莉一起重溫白天的狀況，確實也幫助我把問題融會貫通。

「妳有什麼看法？」我最後問她。

「我開始明白，約拿警告你不要愈來愈依賴他，是什麼意思。」

她的話讓我思索了一下，但還是不明白。「怎麼說呢？」

「或許我錯了，但是你給我的印象是，你不太確定劉梧真的能發展出有效的新財務衡量系統。」

「沒錯。」我微笑。

「對你來說，新的衡量系統很重要嗎？」

「妳在說笑嗎？我想不出有任何事情會比這件事情更重要。」

「所以，假如不是約拿拒絕繼續問問題，你現在就會打電話給他，想從他那裡得到更多的提示，對不對？」

我承認：「很可能會，這件事確實很重要。」

她繼續說：「那麼，唐納凡的想法又怎麼樣呢？你覺得他想做的事情也很重要嗎？」

「如果他成功了，將會帶動一場革命，我們肯定會在市場上占據一大片江山，從此就不必再擔心銷售量不夠的問題。」

「你覺得他成功的機率有多大？」

「恐怕不太大。啊，我明白妳的意思了。對呀，我也會帶著這些問題去向約拿求助。而且史黛西和雷夫的問題也一樣，這些問題全都很重要。」

「那麼，當你開始管理整個事業部時，還會出現多少新的問題？」

「茱莉，妳說得對，約拿也說得對。今天我也有同樣的感覺。當他們每個人都具體描繪出目前的夢想時，我也在想，我的夢想又是什麼呢？我的腦中不停想到的是，我必須學會如何管理，但是我到底要如何為約拿的問題找到答案呢？管理需要的技能有哪些？我真的不知道。茱莉，你覺得我現在該怎麼辦？」

「工廠裡所有的人都很感激你。」茱莉輕撫我的頭髮說：「他們都很以你為榮，他們也應該如此。你塑造了一支很好的團隊，但是兩個月後，當你去事業部走馬上任的時候，這支團隊就要瓦解了。你為什麼不好好利用剩下來的時間，坐下來和他們討論你剛剛提出的問題呢？反正你離開以後，他們還有很多時間處理自己的問題。無論如何，假如你擁有純熟的管理技巧，他們也會更容易達到目標。」

我靜靜的看著她，她才是我真正的顧問。

◎

於是，我照著顧問的話去做。我把他們全部召來，向他們解釋，如果他們想要自由自在的專注在自己心儀的計畫上，前提是整個事業部必須經營得很好，而為了要讓事業部經營得很好，事業部主管必須曉得自己在做什麼。我坦白招認，既然我對於如何好好經營事業部簡直是一片茫然，他們最好動動腦筋幫幫我。因此，除非發生什麼緊急狀況，否則我們要花一整個下午來一起分析應該如何經營事業部。

◎

我決定要從最天真的問題開始討論。他們一開始可能以為我喪失所有的自信，但是我必須告訴他們，我面對的問題是多麼重要。否則我最多只會得到一些零碎、模糊的建議。

「我上任以後，首先應該做哪一件事情？」我問他們。

他們面面相覷，然後唐納凡說：「你應該先拜訪史麥斯的工廠。」

大家止住笑聲以後，劉梧說我應該先見見我的部屬。「大多數人你都認識，但是卻從來沒有與他們一起合作過。」

「開會的目的是什麼呢？」我天真的問道。

假如我在其他場合問這個問題，他們一定會認為我顯然對管理一無所知，但現在他們繼續和我玩這個遊戲。

「基本上，你應該先蒐集一般的資料。」劉梧回答。

「你知道吧，例如入口在哪裡，廁所的位置……。」唐納凡笑說。

「我也覺得和那些人開會很重要。」史黛西打斷他們的笑聲說：「財務數字只能顯示一小部分真相。你應該弄清楚大家對現況的看法。他們覺得哪裡有問題？相對於我們的客戶，我們目前在市場上占據什麼位置？」

「誰和誰之間有過節？」唐納凡又在那裡插科打諢，但接著他改用比較嚴肅的語氣說：「你也必須對那裡的政治氛圍有一點感覺。」

「然後呢？」

「然後，你或許要巡視各個工廠，拜訪幾位大客戶，甚至重要的供應商。你必須掌握全貌。」唐納凡繼續說。

當重擔落在別人肩上時，要提出建議是多麼輕鬆的事啊！好吧，聰明人，該換我出牌了，我平靜的說：「對，你們剛剛建議的都是一般人奉命去整頓一個組織時會採取的行動。我現在用比較有系統的方式，把你們剛剛的話重複一遍。哪裡有彩色的馬克筆？」

我抓起一枝紅色的馬克筆，轉過身去，對著白板。「你們剛剛指出，第一步是發掘真相。我召開一次幹部會議，然後我發現什麼事情？喔，我找到了真相。」我畫上一個紅色的圓圈接著說：「這裡還有三個比較小的圓圈，這裡有個小圈圈，然後那裡還有兩個重疊的圓圈。現在，我們找另外一位經理談談，這樣做應該會很有幫助。他說，你看，這個圓圈不像你們想像得那麼大，而看看這裡，左上角應該有兩個更大的圓圈。現在，另外一個人又告訴我們，還有一些長方形值得注意。我們查探一下，沒錯，這裡有一個長方形，這裡、這裡和這裡也各自有一個長方形。我們終於取得一點進展，真相開始一點一滴的揭露出來。」

他們實際看到的是，白板上畫得密密麻麻，就好像小孩從幼稚園帶回家的塗鴉一樣。

我想他們還沒聽懂，每個人都顯得很迷惑，於是我決定說得更明白一點。「差不多該是時候與另外一位經理談談了，我們必須了解一下那裡的政治氛圍。喔，太有趣了，那裡也有一些綠色的圓圈，甚至還有綠色的星星。這裡有一個看不出形狀的東西，但是管他的，我們以後再討論這個問題。現在，咱們去巡視工廠，拜訪客戶與供應商。我們又找到更多有趣的真相。」

我一面說著，白板上已經填滿相互重疊的各種形狀。

「既然我們掌握全部的真相，我們可以從這裡開始。」我最後做出結論，放下馬克筆。「然後呢？」

白板的畫面花得慘不忍睹。我深深吸入一口氣，拿起電話，吩咐他們送來更多咖啡。

沒有人開口說話，甚至連唐納凡都默不作聲。

過了一會兒，我說：「現在，不要把這個問題看成個人的問題。假定我們都是委員會的成員，我們被指派的任務是要『弄清楚真實的情況』，你們會建議我們從哪裡著手？」

他們都笑了，假裝大家都屬於同一個委員會，似乎讓每個人都自在許多。我心裡想，這純粹是「身為團體一分子的安全感」，大家共同分攤責任，沒有一個人會特別受到責怪。

「雷夫，你要不要描述一下委員會所採取的行動？」

「他們或許還是從相同的地方著手，先挖掘真相。然而就像你剛剛生動的示範一樣，他們會同樣陷入這個五顏六色的泥沼中。但是羅戈，還有什麼其他辦法嗎？假如不知道目前的現況，沒有充足的數據，你怎麼有辦法採取任何合理的行動呢？」雷夫很忠於他的專業，對他而言，了解現況與掌握電腦檔案中一筆筆條理分明的數據是同樣的意思。

唐納凡指指白板，咯咯笑了幾聲。「你稱這團亂七八糟的東西叫了解現況嗎？算了吧，羅戈。我們都很清楚，所謂挖掘真相的無聊工作會持續下去，直到委員會用盡所有蒐集更多真相的法子。」

「或是用盡時間。」史黛西苦笑著。

「對，當然。」唐納凡表示同意，然後他轉頭對著我們說完他的話。「你們認為身為委員會的我們，下一步該怎麼辦？我們都曉得委員會不能就這樣交出一團混亂。」

他們全都緊張的笑起來，我覺得很高興，因為他們終於開始明白我面對的是什麼樣的問題。

「現在該怎麼辦呢？」史黛西開著玩笑。「他們可能會想辦法把這堆龐大的資料整理出一些頭緒。」

劉梧同意：「很可能這麼做，遲早會有位委員建議他們根據形狀大小來排列。」

唐納凡說：「我不贊成。要比較不同形狀的大小十分困難。他們可能會決定根據形狀的不同來分類。」劉梧似乎不以為然，唐納凡解釋：「他們可以根據形狀究竟是圓圈、長方形或星星來整理數據。」

「那四個不規則形狀該怎麼辦呢？」雷夫問。

「它們可以自成一類，當作例外來處理。」

「對，當然啦，我們之所以不斷修改程式，往往是因為例外不停出現。」

「不對，我有個好辦法。」劉梧頑固的說：「他們或許會根據顏色來分類，這樣就不會出現模糊不清的情況。我知道了！」感覺到唐納凡準備反駁，他趕緊說下去：「我們首先照顏色分類，在同一種顏色中，再根據形狀來分類，然後在每一個小類中，我們再用大小來分類。這樣一來，每個人都會很高興。」劉梧老是有辦法找到大家都能接受的妥協方案。

雷夫接著繼續說：「這個主意很棒。現在，我們就可以把這些發現以統計圖表的形式提出報告。這會是一份精采的報告，假如我們運用最新的繪圖軟體，效果會更棒。我保證最少會有兩百頁。」

「對呀，一份精采而深入的調查報告。」我的話中帶刺，我們全都沉默的呆坐在那裡，咀嚼著剛剛自修得來的寶貴教訓。

過了一會兒，我說：「你們知道嗎，最糟的還不是我們花費很多時間整理一份浮誇無用的報告，這種『安排事情的適當方式』心態會帶來其他害處。」

「怎麼說呢？」劉梧問我。

「我是指，大家對於不斷變來變去的公司政策應該都不陌生。公司起先根據產品種類來決定政策，接下來又改為參考各部門的功能，最後又來個政策大轉彎等。後來，有感於公司浪費太多錢在這些重複的力氣上，於是大家改採更加中央集權的方式。十年後，我們又希望鼓勵企業家精神，因此回過頭去重新實施權力下放政策。幾乎每一家大公司的政策都在不停擺盪，每五到十年就從中央集權轉變為分權政策，然後又再回頭採取中央集權。」

唐納凡說：「對呀，身為公司總裁，每當你不知道該怎麼辦，每當事情不順的時候，你永遠可以重新洗牌，把公司重組。」他繼續嘲諷：「這樣做一定成功！這次重組一定可以解決我們的問題！」

我們大眼瞪小眼，假如不是很清楚他說的是事實，我們可能會爆笑出聲。

最後我說：「唐納凡，你說的話一點也不好笑。對於應該如何扮演事業部主管的新角色，我腦子裡唯一比較具體的想法，就是從重組事業部出發。」

「喔，天哪，不要！」他們全發出呻吟。

「好吧。」我轉回頭，面對著那片已經不再那麼乾淨的白板。「那麼，除了重新排列組合之外，我們應該拿這堆五顏六色的形狀怎麼辦呢？直接處理這堆東西顯然太不實際了，第一個步驟一定是根據某種秩序或是分類法來排列這堆資料。或許我們可以不要寫報告或把公司重組，而採取不同的起步方式，但是當務之急必須是將這堆混亂的資料理出頭緒。」

當我看著白板的時候，一個新的問題深深困擾我：「我們可以用多少種不同的方式來排列組合這堆資料？」

「我們顯然可以依照顏色來排列。」劉梧回答。

「或是按照大小。」史黛西補充。

「或是按照形狀。」唐納凡不放棄他原本的建議。

「有沒有其他的可能性？」我問。

「當然有。」雷夫說：「我們可以把白板畫分成一個假想的格子，然後依照座標來排列這些形狀。」當他看見我們一臉困惑，馬上解釋：「我們就可以根據形狀在白板上的相對位置，架構出許多種不同的排列組合。」

「多麼偉大的創意啊！」唐納凡嘲諷的說：「你們知道嗎，我寧可採用飛鏢策略，把飛鏢射出去，然後根據飛鏢的落點來排列形狀。這些五花八門的方法都同樣沒有意義。我上一個提議至少還稍微有一點用。」

我堅定的說：「好吧，夥伴們，唐納凡前一個提議確實釐清了我們正在討論的問題。目前的情況是，我們其實一點也不了解自己在做什麼。假如我們只是想要隨便找個排列順序，那麼有很多選擇，但是這樣一來，我們花費這麼多心力蒐集這麼多資料，又有什麼意義呢？除了有能力以一疊厚厚的報告來加深別人的印象，或是又來一次公司重組，藉此掩飾我們根本不了解自己在做什麼之外，我們從這件事還學到了什麼？這種先蒐集資料，再進一步熟悉資料的法子，似乎只是在原地打轉，根本就徒勞無功。算了吧，要解決這個問題，我們需要別的辦法。還有其他提議嗎？」

沒有人答腔，我只好說：「今天到此為止，明天再繼續討論。同樣的時間，同樣的地點。」

35 混亂中建立秩序

「怎麼樣，有沒有人想出什麼好點子？有任何突破嗎？」我竭盡所能，以最愉悅的聲音開場。其實，我真正的感覺絕對不是這樣，昨天，我整個晚上都輾轉反側，想要找個比較好的開場白，但是卻怎麼都想不出來。

「我有個主意。」史黛西說：「不能算是突破，但是……。」

「等一等。」雷夫說。這倒很新鮮，雷夫居然會打斷別人的話。

雷夫的聲音帶著歉意，開始解釋：「在換個角度討論之前，我希望先回到昨天的討論上。我想我們太匆忙就決定了資料分類沒有用。我可以繼續說嗎？」

「請便。」史黛西說，似乎鬆了一口氣。

雷夫侷促不安的說：「呃，你們都曉得，喔，也許你們還不曉得，我念大學的時候副修化學。我對化學懂得不多，但是我一直記得一則故事。昨天晚上，我把以前上課抄的筆記翻出來看，我猜你們也會覺得很有趣。這是關於一位傑出的俄國化學家，名叫德米特里·門得列夫（Dmitri Mendeleev），故事發生在一百多年前。」

他看到我們都專心聆聽，變得有自信多了。雷夫是個顧家的男人，他有三個小孩，所以大概很習慣講故事。

「從一開始，遠在古希臘時代，當時的人就假設，在五花八門的各種物質中，一定有一組簡單的元素，構成所有的物質。」他說故事的聲音帶著豐富的感情。「希臘人天真的以為，這些元素就是空氣、土壤、水與……。」

「火！」唐納凡插嘴道。

「完全正確。」雷夫說。

我心裡想，雷夫的天分一直都被埋沒了，有誰料得到，他竟然是個說故事高手。

「後來有人證明了土壤不是物質的基本元素，而且土壤是由好幾種不同的基本礦物質所組成，空氣也是由不同的氣體所組成，甚至連水都是由更基本的元素氫與氧所組成。到了十八世紀末，希臘人天真的假設終於壽終正寢，因為化學家安東萬‧拉瓦節（Antoine Lavoisier）證明了火不是物質，而是過程，一種氧化的過程。

經過很多年以後，由於化學家努力研究的結果，發現許多基本元素。到了十九世紀中葉，已經找到六十三種化學元素。這種情況就好像我們的著色白板一樣，許多不同顏色與大小的圓圈、長方形、星星以及其他形狀漫無秩序的填滿白板，顯得一團混亂。

曾經有許多人試圖為這些元素排序，但是都徒勞無功。後來大多數的化學家都放棄了，把心思放在更深入的研究元素組合的特性上，希望創造出其他更複雜的物質。」

唐納凡評論：「有道理，我喜歡想法實際的人。」

「沒錯，唐納凡。」雷夫對他微笑。「但是有一位教授聲稱，在他眼中，這種情形是見樹不見林。」

「說得好！」劉梧表示。

「於是，這位在巴黎教書的俄國教授決定，致力於研究元素之間的基本秩序。假如是你們的話，你們會怎麼做呢？」

「形狀在這裡完全不管用囉。」史黛西看著唐納凡說。

「為什麼？妳為什麼這麼討厭形狀？」唐納凡質問。

「不可能的，有些元素是氣體，有些元素是液體。」史黛西說。

「對，妳說得沒錯。」唐納凡到底是唐納凡，他繼續說：「但是，顏色又怎麼說呢？妳喜歡顏色，對不對？有些氣體有顏色，例如綠色的氯氣，而我們也可以說，其他元素的顏色都是透明的。」

「說得好。」雷夫對他們的嘲弄置之不理，接著說：「不幸的是，有些元素沒有固定的顏色，例如純碳多半呈現墨黑色，但偶爾會變成閃亮的鑽石。」

「我比較喜歡鑽石。」史黛西還在開玩笑。

我們全都笑了出來，然後我呼應雷夫的說法，試著提出答案：「我們可能需要找一個以比較多的數據為基礎的衡量尺度，這樣在排列元素的時候，才不會被批評為太主觀了。」

「很好。」雷夫可能錯把我們當他的孩子了。「你認為可以拿什麼來當衡量指標呢？」

我說：「我沒有修過化學，怎麼會知道呢？」但是，我不想惹惱雷夫，所以又補充：「可以是元素的比重、導電性，或是更古怪一點，一個元素與氧之類的基本元素結合的時候，所吸收或釋放出來的熱量。」

「不錯，真的不錯。門得列夫基本上也採取同樣的方式。他選擇了一個衡量指標，這個指標不會因為溫度或物質的狀態改變而跟著變動。那就是原子量，也就是某個元素一個原子的重量與最輕的氫元素一個原子的重量比。這個數據為門得列夫提供獨一無二的元素辨認工具。」

「真了不起。」唐納凡禁不住讚歎。「和我猜想的一模一樣，現在他就可以根據原子量的大小，來排列所有的元素，就好像叫士兵排隊一樣。但是，這樣做有什麼好處呢？這樣做可能產生什麼實際的作用嗎？就像我先前所說，小孩子喜歡玩玩具士兵，假裝在做一件非常重要的事情。」

雷夫回答：「不要那麼快下結論。假如門得列夫沒有繼續往下研究，我會接受你的批評，但是他進一步往下走。他沒有把這些元素依序排列成一行，他注意到基本上每七個元素就表現出相同的化學特性，只是強度不斷上升。因此，他把元素排成有七列的表格。

這樣一來，所有的元素都依照遞增的原子量排列，同時在每一行中你也可以找到強度遞增的相同化學特性。舉例來說，表格上的第一行是鋰。鋰是最輕的金屬，假如你把它放到水裡面，就會變熱。下面是鈉，放到水裡面會燃燒起來。第一行第三個元素是鉀，會在水裡起更強烈的反應。最後是銫，即使在一般的空氣中都會燃燒。」

「很好，但是和我想的一樣，只不過是小孩的把戲罷了，哪有什麼實用性呢？」唐納凡直率的提出批評。

「有很多實用的可能性。當門得列夫構成元素表的時候，並不是所有的元素都已經找到了，因此表格上還有一些空位，靠他自己『發明』的元素來填滿，藉著這個分類法，他能夠預測這些元素的原子量與特性。你不得不同意，這個成就真的很偉大。」

「當時的科學界對他的發現有什麼反應？」我好奇的問。「很多人對他發明的新元素一定抱持著懷疑的態度。」

「何止懷疑而已，當時，門得列夫簡直是整個科學界的笑柄，尤其當時他的元素表還不像我剛剛描述的那麼井然有序。氫不在任何一列中，而是漂浮在表格上方，有幾列的第七行是一片空白，因為沒有一個元素適合放在那個位置，有的位置則擠進好幾個元素。」

史黛西不耐煩的問：「所以，最後結果如何？他的預測都實現了嗎？」

「對，」雷夫說：「而且準確得驚人。後來又過了好幾年，但是都在門得列夫還在世的時候，所有他預測的元素都找到了，他所『發明』的元素最後一個被找到的時間，是他提出預測的十六年後。他預測那會是一種暗灰色的金屬，結果果然沒錯；他預測原子量會在七二左右，實際上則是七二・三二；他認為元素的比重大約是五・五，實際上則是五・四七。」

「我猜再也沒有人笑他了。」

「當然沒有，他們的態度轉而讚賞他，而今天修化學的學生也把他的週期表看成如同十誡一樣的基本道理。」

「我還是覺得這個故事沒什麼。」我那頑固的接班人表示。

我覺得不能不開口了。「最大的好處可能是，因為有了門得列夫的週期表，大家不再浪費時間尋找元素。」我轉過頭去，對唐納凡說：「你看，分類法幫助他們一舉決定了究竟有多少元素存在於世界上。在週期表上添增任何新元素，都會破壞原本一目了然的秩序。」

雷夫尷尬的咳了幾聲。「抱歉，羅戈，不過情況不是這樣。在週期表被接受之後十年，科學家又發現了好幾個新元素，也就是惰氣。結果週期表其實應該有八列，而不是七列。」

唐納凡得意的插嘴道：「我就說嘛，即使這個方法真的行得通，我們還是不能百分之百相信它。」

「冷靜一點，唐納凡。你不得不承認雷夫的故事對我們有很大的啟示。我建議我們都問問自己，到底門得列夫分類化學元素的方法與我們把五顏六色的形狀排序的嘗試有什麼不同？為什麼他的方法威力無窮，而我們的方法卻似乎沒有什麼章法可言？」

雷夫說：「正是如此，我們毫無章法可言，而他的方法……。」

「怎麼樣？很有章法嗎？」劉梧幫他把話說完。

「算了，這不算什麼答案，我只是在玩文字遊戲罷了。」雷夫同意的說。

「當我們說毫無章法或是有章法的時候，我們真正的意思是什麼？」我問。

由於沒有人答腔，我繼續說：「事實上，我們究竟在找什麼？我們想要尋找的是排列這些事實真相的秩序。我們想找的是什麼樣的秩序呢？是外力強加在這些真相上的秩序呢？還是我們想要揭露的其實是真相內在的秩序，也就是已經存在於其中的秩序？」

雷夫變得十分興奮。「你說得對。門得列夫顯然揭露了元素的內在秩序。他並沒有說明為什麼會形成這種秩序，那要再等五十年，當科學家發現原子結構時，大家才恍然大悟。但是，他找到的當然是元素的內在秩序，所以他的分類法有這麼大的威力。任何分類法如果只是想把某種秩序加諸於事實之上，那麼它唯一的用處是，讓你因此可以用某種次序、表格或圖形來表達這些資料。換句話說，可以幫助你準備一堆沒用的報告。」

他熱切的說下去：「你們看，當我們試圖排列這堆形狀時，沒有揭露任何內在的秩序，因為那堆隨意堆砌而成的資料之間，根本不存在什麼內在秩序，所以我們的一切努力都毫無章法，而且徒勞無功。」

「你說得對，雷夫。」劉梧冷冷的說：「但是，這並不表示在其他的情況下，也就是內在秩序確實存在的情況下（例如管理事業部），我們不會犯同樣的錯誤。我們可能一再浪費時間在一些人為、外在的秩序上，而導致延誤。大家面對事實吧，你認為羅戈與我會怎麼對待這堆你們建議蒐集的資料？從我們工廠的做法看來，我們可能正會這麼做，玩一堆數字與文字遊戲。問題是，我們現在應該採取什麼不同的做法呢？有人知道答案嗎？」

看到雷夫陷入沉思，我說：「如果我們能找到事業部所發生的各種狀況的內在秩序，自然會大有幫助。」

劉梧說：「對，但是我們要怎麼樣找到內在秩序呢？」

唐納凡追問：「當我們撞見內在秩序的時候，我們怎麼知道已經找到秩序了呢？」

過了一會兒，劉梧說：「回答這個問題之前，或許我們應該先問一個更基本的問題。在形形色色的事實真相中，究竟是什麼東西構成內在的秩序？看看門得列夫面對的元素，它們看起來各不相同，有些是金屬，有些是氣體，有些黃色，有些黑色，沒有兩個元素完全相同，然而元素之間，仍然存在著類似的特性，羅戈畫在白板上的形狀也一樣。」

他們繼續爭辯，我卻心不在焉，劉梧的問題一直在我腦子裡打轉：「我們要怎麼樣找到內在的秩序呢？」他問話的語氣彷彿只是口頭上問問，好像答案一定找不到，但是科學家確實找到了許多事物的內在秩序……而約拿就是一位科學家。

我打斷他們的談話。「假設這是可能的，假定確實有一種技巧，可以讓我們找到內在的秩序呢？這種技巧不就是一種有力的管理工具嗎？」

劉梧說：「毫無疑問。但是光作白日夢又有什麼用呢？」

◎

我把白天發生的事情詳細的告訴茱莉以後，問她：「妳今天做了什麼事？」

「我在圖書館待了一陣子。你知道嗎？蘇格拉底根本沒有寫下任何東西，他的對話錄事實上都是由他的學生柏拉圖所寫。這裡的圖書館管理員人真好，我很喜歡她。總之，她推薦幾本對話錄給我，而我已經開始讀了。」

我簡直不敢相信。「妳讀哲學書！為什麼？不是很沉悶嗎？」

她對我笑笑。「你提到蘇格拉底法可以說服別人，我對哲學一向敬而遠之，但是為了學會怎樣說服固執的老公與小孩，我願意下苦功。」

「所以，妳開始讀哲學。」我還在努力接受這個事實。

「你說得好像這是個懲罰。」她大笑著問：「羅戈，你有沒有讀過蘇格拉底的對話錄？」

「沒有。」我回答。

「其實沒有那麼糟，寫得好像故事一樣，還蠻有趣的。」

「到目前為止，妳讀了多少？」我問。

「我還在努力鑽研第一篇〈普羅達哥拉斯〉（Protagoras）。」

「明天我很有興趣聽聽妳的評語。」我語帶懷疑的說：「假如妳還是覺得很有趣，那麼或許我也要讀讀看。」

「對呀，等到太陽打西邊出來的時候。」她說。我還來不及回話，她就站起來說：「上床睡覺吧。」

我打著呵欠，與她一起走進臥室。

36 成本的世界vs.有效產出的世界

由於史黛西與唐納凡必須處理一些出問題的訂單，我們的會議延遲了一會兒。我很好奇到底出什麼狀況，難道我們又碰到麻煩了嗎？難道史黛西關於「產能制約資源」（CCR）的警告真的應驗了嗎？她一直很擔心銷售量上升的問題，而且當然，儘管銷售量進展很慢，卻一直穩定上升。我打消這個想法，不會，這只不過是物料經理開始交接工作時必然發生的衝突罷了。我決定不插手，假如真的有什麼嚴重的狀況，他們自然會來向我報告。

我們目前做的事情並不容易。儘管唐納凡斬釘截鐵的告訴我，他已經被改造了，但我們都是行動派，找尋基本步驟幾乎違反我們的本性。

當他們終於都在會議室坐定以後，我提醒他們今天的議題是什麼。假如我們想把這裡的改革運動推廣到整個事業部，就必須先釐清我們的做法。重複討論具體措施沒有什麼用，不但每座工廠的情況都各不相同，而且，怎麼可能挑戰銷售部門的局部效率，或是把產品設計部每一批貨的數量減半呢？

今天只有史黛西有意見要發表。她的想法很簡單，假如約拿以前強迫我們從「公司的目標是什麼？」這個問題著手，那麼現在我們也應該從「我們的目標是什麼？」出發，這裡的「我們」不是指個人，而是泛指一群經理人。

我們不喜歡這個主意，覺得這太理論化。唐納凡打了一個呵欠，一副很無聊的樣子。劉梧回應我無聲的要求，自願接手開始討論。

他微笑著說：「很簡單。假如公司的目標是『從現在到將來，都愈來愈賺錢。』那麼，我們的職責就是要努力讓事業部達到目標。」

史黛西問：「你辦得到嗎？假如目標包括『愈來愈』這幾個字，我們能達到目標嗎？」

「我明白妳的意思了。」劉梧仍然微笑著回答。「不行，當然我們不能達到一個無限量的目標，而是必須努力讓事業部邁向那個目標。妳說得對，這個目標不能一蹴可幾，必須有賴我們不斷努力。我應該修改一下剛剛的答案。」於是他一個字一個字的唸著：「推動能令事業部持續改善的流程，才算是善盡職守。」

史黛西轉過頭來，對我說：「你想知道該從何處著手，我想我們應該就從這裡開始。」

「怎麼做呢？」唐納凡提出每個人心中的疑問。

「我不知道。」史黛西說。當她看到唐納凡臉上的表情時，她警戒的說：「我沒有說我有了重大突破，只不過想到一個主意罷了。」

「謝謝妳，史黛西。」我告訴她，然後轉過去面對大家，同時指著白板上還沒擦掉的塗鴉說：「我們必須承認，這個觀點與先前的觀點很不一樣。」

我們又陷入僵局。唐納凡的問題當然正中要害，所以我把白板擦乾淨，用大字寫上「持續改善的流程」，希望藉此推動討論。

這樣做沒有太大的幫助，大家瞪著白板，沉默了一陣。

「有什麼意見嗎？」最後我問，結果正如我所料，唐納凡說出大家的感覺。

「我對這幾個大字簡直厭煩透頂。無論到什麼地方，都聽到同樣的事情。」他站起來，走到白板前面，然後裝出小學一年級教師的腔調說：「持續……改善的……流程……。」

回到座位上，他接著說：「我想忘都忘不掉。史麥斯的備忘錄中到處都是這個句子。順便告訴你，羅戈，他不停發出這類備忘錄給我們，而且愈來愈多。即使只是為了省錢，為了節省一點紙張，你能不能想辦法叫他停止這個做法？」

「等我找到適當的時機再說。但是，不要岔題了，假如我們的討論沒有成果，那麼我當上事業部主管以後唯一的好處，就只不過是停止發出備忘錄罷了。別這樣，唐納凡，老實說出你的不滿吧！」

要鼓勵唐納凡說實話並不難。他說：「我們公司裡每一座工廠都至少推行過四、五種令人厭煩的改善計畫。如果你問我的意見，我會說結果只造成消化不良。不信你到生產線提出新的改善計畫試試看，馬上就會看到反應如何，工人已經開始對這幾個字過敏了。」

「那麼，你有什麼建議呢？」我在火上繼續加油。

「沿續這裡的做法。」他對著我大吼。「我們沒有推動任何正式的改善計畫，但是你看看我們有多大的成就！不是說大話，但是假如你問我，我們的成就才是真正的成就。」

「你說得對。」我試圖平息剛才撩撥起的火山。「但是唐納凡，假如我們想要在事業部重複相同的經驗，就必須一針見血的指出我們的做法與別人的做法有什麼不同。」

「我們沒有推出這麼多改善計畫。」他說。

史黛西回答：「不對，我們採取了很多行動。無論是在生產線的製程上、在衡量基準上、在品質上或是在局部流程上，更不用提我們在派發物料給生產線的流程上所進行的一切改革。」

她舉起手來，制止唐納凡插嘴，然後做出結論：「沒錯，我們沒有稱呼這些措施為改善計畫，但是我不信只因為我們沒有為這些計畫取名字，就會有這麼大的差別。」

「那麼，妳覺得為什麼那麼多人失敗，而我們卻成功了？」我問她。

「很簡單。」唐納凡插進來說：「他們光說不練，我們卻實際去做。」

「現在是誰在玩文字遊戲啊？」我讓他閉嘴。

「我認為，關鍵在於我們對『改善』這兩個字有不同的詮釋。」史黛西若有所思的說。

「怎麼說？」我問。

「她說得很對！完全是衡量指標的問題。」劉梧神色一亮。

唐納凡對大家說：「對會計師而言，什麼都和衡量指標有關。」

劉梧站起來，開始踱步。我很少看到他這麼興奮，大家都耐著性子等候。

最後，他轉頭過去，在白板上寫下：

有效產出　存貨　營運費用

然後，他轉過頭對我們說：「無論在什麼地方，『改善』幾乎都被解釋為節省成本。大家把力量都集中在降低營運費用上，彷彿這是最重要的指標。」

「還不止如此。」唐納凡插嘴。「最重要的是，在我們工廠裡，我們改成把有效產出看成最重要的衡量指標。對我們而言，改善的意思不是節省成本，而是增加有效產出。」

「你說得對。」史黛西附議。「整個瓶頸的概念都不是為了降低營運費用，而是著眼於提高有效產出。」

「你想告訴我們的是，」我慢慢的說，一面消化他們的話：「我們已經改變這幾件事情的重要程度。」

劉梧說：「正是如此。過去，成本最重要，其次是有效產出，存貨遠遠落在第三位。」他微笑著補充：「甚至嚴重到存貨會被當作資產。在我們的新尺規上，標準就完全不同了。有效產出最重要，然後就是存貨，因為存貨會影響有效產出，最後才是營運費用。而我們的數據顯然也支持這項理論。」劉梧拿出證據接著說：「有效產出與存貨都改變幾十個百分點，而營運費用只下降不到兩個百分點。」

我說：「這是很重要的一課，你的意思是，我們已經從『成本的世界』跨入『有效產出的世界』。」

大家沉默幾分鐘以後，我接著說：「你們知道嗎，這下子又挑起另外一個問題。改變不同衡量指標的重要性，從一個世界進入另外一個世界，毫無疑問都代表著文化的轉變。大家面對現實吧，這正是我們必須經歷的改變：企業文化的轉變。但是，我們要怎麼樣讓整個事業部經歷同樣的文化轉變呢？」

◎

我走去倒咖啡，唐納凡與我同行，他向我說：「羅戈，你知道嗎，我們還是漏掉了什麼。我總覺得我們所採用的方式很不一樣。」

「怎麼不一樣？」

「我不知道，但是我可以告訴你，我們從來沒有宣布任何改善計畫，改善措施完全是因應需求而生。不知道怎麼回事，對我們來說，下一步該怎麼走，似乎一直都很明顯。」

「我猜也是如此。」

我們花費好一段時間，一項一項列出我們所採取的行動，並且逐一檢驗每項行動是否符合我們的新尺規。唐納凡一直沉默不語，後來突然從座位上跳起來。

「我逮到這混蛋了！我想到了！」他大聲嚷嚷。

他走到白板前面，抓起一枝馬克筆，在「改善」這兩個字旁邊重重畫了圈圈。他連珠炮似的大喊：「持續改善的流程。劉梧對衡量指標的執著逼迫我們專注於『改善』兩個字上。難道你們不明白，真正的混蛋其實是『流程』兩個字？」他在「流程」這兩個字旁邊畫上好幾個圓圈。

「假如劉梧對衡量指標很執著，那麼你一定是對流程很執著了。」我有一點被激怒了。「希望你的堅執和他的一樣有用。」

「當然啦，老闆。我知道我們因應問題的方式很不一樣，而不只是衡量尺度不同而已。」他回座位的時候，還樂得很。

「你可不可以解釋一下啊？」史黛西柔聲的問。

「妳還不懂嗎？」唐納凡驚訝的問。

「我們也不懂。」我們都面露困惑。

他看看每一個人，發現我們不是在開玩笑，於是他問：「什麼是流程？我們曉得，流程就是我們依序遵循的一系列步驟，對不對？」

「對……。」

「那麼，有沒有人可以告訴我，我們應該遵循哪項流程？在我們『持續改善的流程』中，我們遵循了哪項流程？你們認為推動好幾項改善計畫算是流程嗎？我們並沒有真的進行什麼改善計畫，我們所做的只是跟著一項流程走，事實就是這樣。」

「他說得對。」劉梧靜靜的說。

我站起來，和唐納凡握握手。每個人都向他微笑。

然後劉梧問：「那麼，我們遵循的是什麼樣的流程呢？」

唐納凡沒有馬上回答，最後他說：「我不知道，但是我們絕對是跟著一項流程走。」

為了避免他太過尷尬，我很快答腔：「我們可以把它找出來，既然我們一直照著做，要把它找出來應該不會太難。大家一起想想看，我們做的第一件事是什麼？」

大家還來不及回答，雷夫就說：「你們知道嗎，這兩件事之間其實有關聯。」

「哪兩件事？」

「在羅戈所謂的『成本的世界』裡，我們最關心的是成本問題。處處都要耗費成本，每件東西都會讓我們花錢。我們過去一直把這個複雜的組織看成很多個環節，而控制住每一個環節都很重要。」

「能不能請你直接把話說明白？」唐納凡不耐煩的說。

「讓他說完。」史黛西沒好氣的說。

雷夫不管他們，繼續冷靜分析：「假如我們根據鎖鏈（chain）的重量來衡量鎖鏈，每一個環節都會變得很重要。當然，假如每一個環節都很不一樣，那麼我們就會應用八〇／二〇法則（Pareto principle），認定二〇％的因素造成八〇％的結果。僅僅拿我們都很熟悉八〇／二〇法則這個事實來看，劉梧說得對，我們都身在『成本的世界』中。」

史黛西用手壓住唐納凡，防止他打岔。

雷夫接著說：「我們都了解改變衡量尺規的重要性，因此我們選擇有效產出作為最重要的衡量指標。我們從哪裡得到有效產出呢？從每個環節上頭嗎？不是，只有在所有製程的最末端，才會得到有效產出。唐納凡，你看，最重要的是有效產出，就好像從考慮鎖鏈的重量轉變為考慮它的強度一樣。」

「我還是看不出什麼名堂來。」唐納凡反應道。

雷夫不肯罷手。「什麼東西決定了鎖鏈的力量？」他問唐納凡。

「最弱的一環，聰明人。」

「那麼，假如你想要改善鎖鏈的強度，首先應該做什麼事？」

「找到最弱的一環，指出瓶頸的所在！」唐納凡拍拍他的背。「答案就在這裡！真聰明！」

他又拍拍他的背。

雷夫被拍得彎下腰，不過他眉飛色舞，我們也一樣。

之後的工作，就很簡單了，與先前相較之下，問題變得簡單許多。我們沒多久就把流程清楚的寫在白板上：

步驟一：找出系統的瓶頸。

（畢竟我們當初辨認出熱處理鍋爐與NCX—10是工廠的瓶頸，並不太困難。）

步驟二：決定如何利用瓶頸。

（這部分很有趣。例如，機器不應該在午餐時間休息等。）

步驟三：根據上述的決定，調整其他一切做法。

（確定每件事都能配合制約因素的節奏，例如紅色與綠色標籤等。）

步驟四：把系統的瓶頸鬆綁。

（把舊機器找回來，回復不那麼「有效」的舊生產線……。）

步驟五：假如步驟四打破原有的瓶頸，那麼再次回到步驟一。

我看著白板，就這麼簡單，純粹只是普通常識而已。我再度懷疑，我們過去怎麼一直都看不明白，這時候史黛西開口：「唐納凡說得對，我們當然是跟著這個流程走，而且重複了不只一次，甚至我們必須處理的瓶頸本質也已經改變了。」

「妳說的『瓶頸的本質』是什麼意思？」我問。

「我是指重大的改變，例如瓶頸從機器驟然變成截然不同的東西，比如變成市場需求不足。每次我們歷經這五項步驟的循環時，瓶頸的本質都有所改變。瓶頸起先是熱處理鍋爐與NCX—10機器，然後就變成物料發配系統，你們還記得上次約拿在這裡的時候情況如何嗎？接著市場變成瓶頸，我害怕瓶頸很快又會回到生產線。」

「妳說得對。不過，稱呼市場需求或是物料發配系統為瓶頸，好像有點奇怪，我們何不把它改稱為……。」我說。

「制約因素（constraint）？」史黛西提議。

我們修改白板上的用詞，然後就坐著欣賞我們的傑作。

◎

「我要怎麼樣才可以繼續維持這麼高昂的士氣？」我問茱莉。

「永遠不滿足，嗯？」然後她以充滿感情的聲音對我說：「羅戈，為什麼你要把自己逼得這麼緊呢？難道對你來說，一天發展出五項步驟的成就還不夠大嗎？」

「當然足夠了，還不只足夠而已，能找到每個人都在尋找的流程，並且了解如何有系統的追求持續的改善，這是很大的成就。但是茱莉，我談的是別的事情。我們要怎麼做才能繼續快速的改革工廠？」

「出了什麼問題？看起來好像一切都很順利呀！」

我歎了口氣。「也不盡然。我不能再積極爭取訂單了，因為我們很怕額外的銷售量會製造出更多的瓶頸，而讓我們重新陷入趕工的噩夢中。另一方面，我沒有辦法要求公司讓我增聘人手或是購買機器，因為目前的財務狀況顯示我們還沒有能力這樣做。」

「瞧我這沒有耐性的老公！」她大笑。「你好像也只有堅持到底，等到工廠賺進足夠的錢，可以進行更多的投資再說。不管怎麼樣，親愛的，很快就要換唐納凡來為這些問題頭痛了，差不多也該是時候換其他人操心了。」

「也許妳說得對。」話雖這麼說，我仍然不能心服口服。

37 昨日是，今日非

雷夫一坐定，就說：「一定有什麼地方不對，我們還是漏了什麼。」

「什麼？」唐納凡來勢洶洶的逼問，準備捍衛我們的新發明。

「假如步驟三沒有錯……，」雷夫一個字一個字慢慢講：「假如我們必須調整所有的工作，來配合我們在制約因素上所做的決定，那麼……。」

「別這樣，雷夫。」唐納凡問：「你說『假如我們必須調整』是什麼意思啊？我們必須讓非制約因素配合制約因素，這不是毫無疑問嗎？假如不是為了要根據瓶頸的狀況來調整其他的工作，你在電腦上跑出的那堆時程表又是怎麼回事呢？」

雷夫帶著歉意說：「我不懷疑這點，但是當制約因素的本質改變的時候，我們會預期所有非制約因素的作業方式也會發生重大的改變。」

「聽起來很有道理。那麼，你在擔心什麼呢？」史黛西以鼓勵的語氣說。

雷夫說：「我不記得我們曾經有過這樣的改變。」

「他說得對，」唐納凡低聲說：「我也不記得有過這種改變。」

「我同樣不記得。」過了一會兒，我也附議。

「也許我們當時應該要修正作業方式？」唐納凡若有所思。

「我們檢查看看。」我說，並接著問：「制約因素第一次改變是在什麼時候？」

「當有些綠色標籤的零件太晚抵達裝配部的時候。」史黛西篤定的說：「我還記得，我們那時候很擔心出現了新的瓶頸。」

「對。然後約拿跑來，告訴我們那不是新瓶頸，而是制約因素已經轉變成我們發配物料到生產線的方式。」

「我還記得當時的震驚，我們限制物料的發放，即使因此令工人無事可做，也在所不惜。」唐納凡評論。

「而且我們很擔心『效率』會因此降低。回頭看，我很驚訝當時我們居然有勇氣這麼做。」

劉梧也加上他的注解。

「因為這樣做很合理，我們才這麼做。實際狀況也證明我們做得對。所以雷夫，至少在這個例子裡，我們的確牽動所有的非制約因素。可以繼續往下討論了嗎？」我總結。

雷夫沒有作聲。

「還有什麼事情令你覺得困擾嗎？」我問。

「對，但是我說不出來。」

最後史黛西說：「怎麼回事，雷夫？你、唐納凡和我一起為制約因素擬定工作清單，然後你再讓電腦根據那份清單算出所有物料的派發日期。我們絕對改變了非制約因素作業的方式。請注意，我們把電腦也當成非制約因素。」

雷夫不安的笑了。

史黛西繼續說：「然後，我要手下根據這份電腦清單來做事，他們的作業方式出現很大的改變，尤其是當時領班給了他們很大的壓力，拚命向他們要一些工作來做。」

唐納凡說：「但是你不能不承認，最大的改變還是在生產線上。對大多數人而言，要接受事實，認清我們真的不想讓他們分分秒秒都在工作，實在很不容易。不要忘了，當時大家對裁員都還抱著很大的恐懼。」

「我想這樣做大概沒錯。」雷夫不再追根究柢。

「我們當時採取的辦法，後來怎麼樣了？」劉梧問。「知道吧，我是指紅色標籤和綠色標籤。」

「沒有怎麼樣。」史黛西回答。「為什麼我們需要改變這個做法呢？」

「謝謝你，劉梧。這正是我一直很困惑的事情。」雷夫轉過頭去，對史黛西說：「還記得我們一開始為什麼要採用這些標籤吧？我們想要建立清楚的優先順序，希望每個工人都曉得哪些零件比較重要，必須立刻處理，哪些零件比較不重要。」

史黛西說：「沒錯，原因正是如此。喔，我明白你的意思了。過去我們派發物料只是為了讓生產線有事做，而現在我們所派發的每件物料基本上都同樣重要。讓我想一想。」

大家都思考了幾分鐘。

「喔，該死！」她呻吟。

「怎麼了？」唐納凡問。

「我現在才明白這些標籤對我們的作業有什麼影響。」

「怎麼樣？」唐納凡催促她趕快講。

「我覺得很不好意思。我一直抱怨我們的問題出在那六、七個產能制約資源，我不斷提出警告，甚至要求限制接單的數量。現在我才明白問題是我親手造成的。」

「解釋給我們聽，史黛西。妳跳得太快了。」我要求。

「沒問題。你們看，綠色與紅色標籤在什麼時候才有用？只有當工作單位前面大排長龍，工人必須在等候處理的工作之間選擇時才有用，這時候，他們總是先處理貼有紅色標籤的零件。」

「那又怎麼樣？」

史黛西繼續說：「最長的隊伍往往都出現在瓶頸前面，但是在那裡，標籤根本無關緊要。產能制約資源前面也會大排長龍，這些設備供給瓶頸某些零件，而且是紅色標籤零件；但是，經由它們處理的綠色標籤零件更多，而這些零件都會直接抵達裝配部，不會通過瓶頸。今天，他們先處理紅色標籤零件，因此當然就延遲了綠色標籤零件抵達裝配部的時間。一直等到零件已經延遲太久，裝配部的緩衝明顯出現一些洞，我們才發現這個問題。然後，也唯有到了那個時候，我們才改變這些工作單位的作業優先順序，基本上，也就是恢復綠色標籤的重要性。」

「所以妳想告訴我們，假如取消標籤，情況反而會更好？」唐納凡的訝異表露無遺。

「對，正是這個意思。假如我們取消標籤，要工人根據零件抵達的先後順序來工作，先來先做，這才是正確的作業程序。如此一來，緩衝出現的洞會減少，我的部屬不必再追蹤零件在哪裡卡住了，而且……。」

「而且領班也不必經常重新設定優先順序。」唐納凡替她說完。

我想要確認我所聽到的話。「史黛西，妳確定關於產能制約資源的警告只是假警報嗎？我們能夠放心接下更多的訂單嗎？」

她回答：「我是這麼認為。這樣一來，我最大的疑惑就迎刃而解了，我一直不解為什麼瓶頸的緩衝只出現這麼少的洞，而裝配部的緩衝出現的洞卻愈來愈多。順便提一句，洞愈來愈多，表示我們終究會碰到產能不足的問題，但不是現在。我會立刻處理掉那些標籤，你們明天就看不到標籤了。」

「嗯，這次的討論很有用，大家繼續討論，我們什麼時候打破第二項制約因素？」

「當我們開始提前出貨的時候，」唐納凡回答：「當我們能提前三週出貨的時候，就表示制約因素不再是生產，而是市場。訂單不足限制工廠賺到更多的錢。」

劉梧表示同意。「對。你們的看法如何？我們對非制約因素有沒有採取任何不同的措施？」

「我沒有採取不同的措施。」唐納凡說。

「我也沒有。」雷夫回答，然後他突然驚呼：「嘿，等一等。假如熱處理鍋爐與NCX—10不再是制約因素，我們為什麼還一直根據這兩台設備的進度來派發物料呢？」

我們面面相覷。真的，怎麼會這樣呢？

「還有更滑稽的事情。我們的電腦怎麼也顯示這兩個工作單位還是制約因素，因此經常讓它們負擔百分之百的工作量呢？」

我看看史黛西問：「妳知道這是怎麼回事嗎？」

她承認：「恐怕我的確知道，今天真是霉運當頭。」

我說：「我一直覺得很奇怪，為什麼我們的成品庫存沒有以更快的速度減少。」

「你們哪一位請告訴我這是怎麼回事，好嗎？」唐納凡不耐煩的問。

「請說，史黛西。」

「別這樣，別這樣望著我。當我們與堆積如山的成品奮鬥這麼久之後，難道你們不會和我採取同樣的做法嗎？」

「採取什麼做法？」唐納凡一頭霧水。「請妳不要再玩猜謎遊戲了好嗎？」

「我們都知道，讓瓶頸的工作不停頓是多麼重要。」史黛西終於開始解釋：「記住，『在瓶頸損失一個小時的生產時間，就等於整個工廠損失一個小時。』所以，當我明白瓶頸的負擔已經減輕時，我下令增加生產，累積成品庫存。我現在才明白這樣做真愚蠢，但是至少現在我們每一種成品都維持六週的供應量，不像過去，某種產品堆積如山，其他產品卻一個也找不到。」

劉梧說：「很好，也就是說我們很容易就可以擺脫這批存貨。羅戈，小心速度不要太快，要記住這會對營利帶來什麼影響。」

現在輪到史黛西困惑不解了。「為什麼我們不應該盡快擺脫這堆存貨呢？」

我不耐煩的說：「先別管這件事，劉梧等一下可以解釋給你們聽。現在我們應該先修正這五個步驟，我們都知道雷夫說得對，我們的確漏掉了什麼。」

「能不能讓我來修改？」史黛西膽怯的問，然後走到白板前面。

她回到位子上的時候，白板上寫著下面幾行字：

步驟一：找出系統的制約因素。

步驟二：決定如何利用系統的制約因素。

步驟三：根據上述的決定，調整其他一切做法。

步驟四：把系統的制約因素鬆綁。

步驟五：警告！假如步驟四打破原有的制約因素，那麼再次回到步驟一，千萬不要讓慣性誘發系統的制約因素。

看完白板上的字，劉梧感歎：「比我想像中還糟糕。」

我很驚訝。「恰好相反，比我想像的還好。」

我們對看一眼。「你先講，」我問：「為什麼你說比你想像中還糟糕？」

「因為我唯一的指導原則都不管用了。」

他發現我們還是摸不著頭緒，很快就接著解釋：「我們目前所做的一切改革，所有我們打破的金科玉律，都有一個共同點，就是都根源於成本會計。局部效率、每批最大處理量（optimum batch size）、產品成本與存貨估價等，這些問題的根源都相同，我也很容易就接受新的概念。事實上，我一直很懷疑成本會計的可信度。別忘了，成本會計是本世紀初的產物，當時的情況與今日大不相同。事實上，我開始發展出一項很好的指導原則，那就是凡是源自於成本會計的，都一定不對。」

我微笑著說：「真是很好的指導原則，但是現在你的問題是什麼呢？」

「你看不出來嗎，現在問題嚴重多了，問題不再只是成本會計而已。我們在零件上貼紅色與綠色標籤，不是因為成本會計，而是因為我們明白瓶頸的重要性。史黛西下令累積成品庫存，是因為她想確定瓶頸的產能不會被浪費掉。過去我以為要經過很長的時間才會產生慣性，現在卻發現慣性不到一個月就出現了。」

「你說得對。」我憂鬱的說：「每當制約因素被破解的時候，就改變了周遭的情況，因此根據過去的經驗來推論現在該怎麼辦，是很危險的事情。」

史黛西補充：「事實上，即使是用來鬆綁制約因素的措施，都必須再三檢討才行。」

「該怎麼做呢？」唐納凡問。「我們不可能隨時都質疑所有的事情。」

「我們還是漏掉了什麼。」這是雷夫的結論。

絕對漏掉了什麼。

「羅戈，輪到你來解釋了。」劉梧說。

「解釋什麼？」

「為什麼你認為情況比你想像中好得多？」

我笑了，該是宣布好消息的時候了。

「我們一直沒有辦法在營利上再次出現大突破，原因是什麼呢？沒有其他原因，就是因為我們自以為產能不足。現在我們知道情況已經不同，我們還有很多備用產能。」

我們到底有多少備用產能呢？

「史黛西，目前熱處理鍋爐與NCX—10的工作量有多少並非來自真正的訂單？」

史黛西小聲的說：「二〇%左右。」

「太好了。」我開始摩拳擦掌。「我們有足夠的產能可以進攻市場。我明天早上最好就開車去總公司，和強斯來一次推心置腹的談話。劉梧，我一定會需要你的幫忙，雷夫，要不然你也參一腳，而且還要帶著你的電腦，我們要展示一點東西給他們看。」

38 打破慣性

清晨六點，我抵達工廠接劉梧與雷夫到總公司。我們後來決定這個辦法最好，否則如果要分別到他們的住處去接他們，我就得在五點從家裡出發。不管怎麼樣，我們在總公司可能只會待幾個小時，所以下午應該還會回來上班。

我們幾乎沒有交談。雷夫在後座忙著敲打他的筆記型電腦，劉梧似乎還在夢中。我採用自動駕駛，因為我的腦海裡忙著模擬和強斯的對話。我一定要說服他為我們多爭取一些訂單。

昨天忙著找出有多少備用產能時，我只看到好的一面，現在我懷疑我是不是在要求他們創造奇蹟。我在腦子裡重新計算了一下。為了填滿我們的產能，強斯必須拉到一千萬美元以上的額外訂單，要他把自己逼得這麼慘，簡直是不切實際。

所以，單靠壓榨與懇求無濟於事，我們必須想出一些新點子，然而到目前為止，我的腦袋空空，什麼想法也沒有。希望強斯能想到一些聰明的主意，他應該是銷售專家才對。

當我們進入那間小會議室時，強斯說：「這位是帕施基先生，他是我們數一數二的業務員，不僅工作認真，也非常專業，而且創意十足。我想你們互相認識一下會很不錯。你不介意他與我們一起討論吧？」

我微笑著說：「恰好相反，我們很需要創意。我希望你們能為我的工廠爭取額外的生意，價值一千萬美元的訂單。」

強斯爆笑出聲。「開玩笑，你們這些搞生產的人真是搞笑專家。帕施基，我說得沒錯吧？要和工廠廠長打交道，還真不容易。有的人要我說服客戶同意漲價一〇%，有的人要我依原價幫他們賣掉老舊的垃圾，但是羅戈，你最厲害，一千萬美元？」

他繼續笑個不停，但是我沒有陪他一起笑。

我告訴他：「強斯，好好動動腦筋，你必須為我的工廠多找一些訂單，一千萬美元以上的訂單。」

他止住笑聲，看著我：「你是說真的，羅戈，你是怎麼了？你知道現在要多拉一些生意有多麼困難，外面是狗咬狗的世界，連一筆小小的訂單大家都拚命去搶，而你談的是多拿到一千萬美元的生意。」

我不急忙回答，只是靠在椅子上看著他。最後我說：「聽好，強斯，你只知道我的工廠已經有所改善，卻不知道我們改善的幅度有多大。我們現在可以在接單後兩週出貨，我們已經證明了我們的訂單不再延誤，連一天都不會延誤。我們現在反應很快，而且十分可靠。我們的品質也改善很多，我相信我們的品質目前在市場上是數一數二。我不是在打廣告，這全是事實。」

「羅戈，這一切我都明白，我從最佳的消息來源也就是客戶那裡都聽到了。但是向客戶推銷東西需要花時間，公信力無法在一夕之間就建立起來，而是一個漸進的過程。順便告訴你，你實在不應該再抱怨了，我為你們爭取到的訂單愈來愈多。有耐性一點，不要逼我創造奇蹟。」

「我還有二〇％的備用產能。」我拋出這句話，並讓它在空氣中迴盪。

強斯沒有什麼反應，我明白他看不出這兩件事有什麼關聯。「我需要增加二〇％的銷售量。」我解釋給他聽。

「訂單不是吊在樹上的蘋果，我不可能一走出去，就順手摘幾個給你。」

「一定還有一些生意是因為品質要求太高，或是交貨期限太短，而被你回絕了，替我把那些訂單找回來。」

「你可能還不清楚這次的不景氣有多嚴重。」他歎口氣。「現在任何訂單我都接受，只要能動起來就行。儘管我曉得日後會帶來很多麻煩，但是目前的業績壓力實在太大了。」

「假如競爭真的這麼激烈，市場真的那麼不景氣，那麼客戶一定拚命壓迫你們降價囉？」劉梧以他一貫平靜的語氣問道。

「『壓迫』這兩個字還不足以形容，說『威脅』更恰當一點。千萬別告訴別人，但是你可以想像嗎，在有些情況下，甚至連賠本的生意我都做。」

我開始看到隧道盡頭的亮光。

「強斯，他們要求的價格有時候比我們的成本還低嗎？」

「有時候？他們一直都這樣。」

「那你怎麼辦？」我追問。

「我還能怎麼辦？」他大笑。「我盡量解釋，有時候還居然管用。」

我用力吞了吞口水，然後說：「我願意以低於成本一〇%的價格接單。」

強斯沒有馬上回答，畢竟他們的紅利是根據銷售金額來計算。最後他說：「還是算了。」

「為什麼？」

他沒有回答，我追問：「為什麼算了？」

「因為這樣做很愚蠢，完全不合乎商業邏輯。」他疾言厲色的說，然後再把聲調放柔。「羅戈，我不知道你的腦子裡在打什麼主意，但是我告訴你，所有的把戲很快就會被當面拆穿，你為什麼要自毀大好前程呢？你一直表現優異，為什麼要把它搞砸呢？此外，假如我們答應一位客戶降價，沒有多久，其他客戶就會發現這件事，並且提出同樣的要求。到時候，我們要怎麼辦呢？」

他說的有道理，這場爭論顯示，我原先誤以為看到隧道盡頭的光芒，其實只不過是火車頭的車燈罷了。

這時候，在意想不到的地方卻伸來了援手。

「詹格勒與我們的老客戶沒有任何牽連。」帕施基遲疑的說。「此外，他要的量太大了，我們可以拿這個當藉口，告訴其他客戶，他是因為量大才拿到特別折扣。」

「算了！」強斯簡直是在咆哮。「那個混蛋幾乎想要不費分文拿到我們的貨，更不要說，他還要我們負責把貨運到法國去。」

他轉過頭來對我說：「這個法國佬簡直厚顏無恥到了令人難以置信的地步。我們談判長達三個月，不只調查過彼此的信用，也都同意了所有的條件，這些全都要花時間。他要求我們提供所有你能想像得到的技術細節，而且我們談的還不是一、兩項產品，而是幾乎整個系列的產品。當時，他對價格毫無怨言。直到最後，就是兩天以前，當一切都達成協議以後，他傳真給我，告訴我他不能接受我們的價格，並且提出他的價碼。我以為他的要求和平常差不多，希望拿到一成的折扣，或是考慮到他願意採購的量這麼大，給他一成五的折扣，但是，情況不是這樣，這些歐洲人的觀念好像很不一樣。舉例來說，你曾經創造過奇蹟的Model 12這個產品，售價是九九二美元，而我們當初是以八二七美元的價格賣給柏恩賽，他們也是大客戶，而且同樣需要很大的量。結果，這個法國佬現在居然敢要求七〇一美元的價格。你聽到了嗎？七〇一美元。現在你明白了吧？」

我轉過身去問雷夫：「Model 12的物料成本是多少？」

「三三四．〇七美元。」劉梧毫不遲疑的說。

「強斯，你確定接這筆訂單對國內客戶不會有任何影響嗎？」

「除非我們自己大肆宣揚。就這點而言，帕施基說得沒錯，沒有影響。但是這個想法太荒謬了，我們為什麼要浪費時間討論呢？」

我看看劉梧，他點點頭。

「我們願意接單。」我說。

強斯沒有反應，我再重複一次：「我們願意接單。」

「你能解釋一下這到底是怎麼回事嗎？」他擠出這幾個字。

我回答：「很簡單。我告訴過你，我們有備用產能。假如我們接下這筆訂單，唯一的生產成本只有物料費用。我們會收進來七〇一美元，但只需要付出去三三四・〇七美元。也就是說，每一個產品可以賺三七八美元。」

「實際上是每一個產品賺三六六・九三美元，而且你沒有把貨運費用算進去。」劉梧糾正我的數字。

「謝謝你的提醒。平均每件的空運費是多少？」我問強斯。

「我不記得了，不過不會超過三十美元。」

「我們能不能看看這筆訂單的詳細資料？」我問。「我特別感興趣的是他們需要的產品種類、每個月的訂購量，還有價錢。」

強斯盯住我半晌，然後轉過頭去吩咐帕施基：「把資料拿來。」

帕施基走出去以後，強斯困惑的說：「我不明白，你想要以低於美國本土的售價，甚至比成本還低的售價，把產品賣到歐洲去，而你還說這樣可以賺大錢？劉梧，你是財務長，你覺得他的話有道理嗎？」

「有道理。」劉梧回答。

看到強斯一副可憐相，我搶在劉梧之前解釋。這時候單靠財務上的計算來說明成本概念的謬誤沒有什麼用，只會令強斯更加困惑。我決定從另外一個角度來說明這個問題。

「強斯，你喜歡去哪裡買日本相機，東京還是曼哈頓？」

「當然是曼哈頓啦！」

「為什麼？」

「因為在曼哈頓買比較便宜，大家都知道這件事。」強斯信心滿滿的說，他是識途老馬。「我曉得四十七街有個地方可以殺到很好的價錢，比在東京便宜一半。」

「你覺得為什麼在曼哈頓買，反而比較便宜呢？」我問他，然後又自己回答了問題。「啊，我們知道運輸費用一定是負數。」

大家都笑出聲。

「好吧，羅戈，你說服我了，雖然我還是不明白，不過假如日本人也這麼做，那麼一定是有利可圖。」強斯終於同意。

◎

我們差不多花了三個小時計算出確切的數字，我把劉梧和雷夫抓來，真是明智之舉。我們先計算這筆大訂單將帶給瓶頸的負荷，並確認沒有問題。我們還逐一檢查過七個比較有問題的工作單位，雖然有兩個單位可能接近危險階段，但是我們還應付得來。然後我們又計算過財務效益，這次耀眼的數字讓人眼睛一亮。最後，我們終於準備就緒。

「強斯，我還有一個問題。我們要怎麼樣才能確定，歐洲製造商不會掀起一場價格戰？」

「不必擔心。」強斯不認為這是問題。「既然價格低得如此荒謬，我至少會要這位詹格勒先生承諾一年的訂單。」

「這樣還不夠。」

「你又開始找麻煩了，我就知道事情不可能真的這麼順利。」

「不是這樣，強斯。我希望這筆生意能夠成為我們打入歐洲市場的橋頭堡，假如出現價格大戰，我們可受不了。我們一定要在價格之外，找到其他優勢，讓別人很難與我們競爭。告訴我，歐洲一般的供貨時間是多久？」

「和這裡差不多，八到十週。」他回答。

「很好，那麼就答應那個法國佬，假如他承諾每年都採購這個數量，我們就會在接到傳真訂單的三週內，交出合理的數量。」

他震驚的問：「你是說真的嗎？」

「我非常認真。順便告訴你，我可以立刻交貨，我們的庫存量足以供應第一批貨。」

「反正命是你自己的。」他歎了口氣。「管他的，反正你很快就是事業部的大老闆了。假如你沒有給我進一步的消息，我明天就傳真給他，你可以把這筆生意看作是成交了。」

直到離開停車場以後，我們才真的放下心中大石，又過了十五分鐘，大家才安靜下來。也就是說，劉梧與雷夫再詳細驗算了一遍數字，偶爾有一點錯誤，幅度都不會超過幾百美元。與這筆生意龐大的金額比起來，這點小誤差不算什麼，但是劉梧非要這樣做才放心。

我不想為這點小事煩心，只想引吭高歌。

在返回工廠的途中，他們才得到滿意的答案。劉梧宣布最後的數字，這筆訂單會為工廠帶來的淨利是驚人的七位數字，但是這絲毫不會阻止他把數字精確的計算到小數後面第二位。

「真是一筆賺錢的交易。想想看，強斯原本還打算放棄……這個世界真奇怪呀！」我說。

劉梧的結論是：「我很確定的是，你絕不能依賴行銷部門來解決行銷問題，他們比生產部門還拘泥於老舊過時的通行做法。居然要由我來告訴這些人他們太迷信成本會計了，你可以想像他們會有什麼反應！」

「對呀！」我歎口氣。「從今天的表現看來，對這些傢伙不能有太高的期望。儘管如此，你知道嗎，那個帕施基可能有兩把刷子。」

「很難說。」他評論。「尤其是強斯把他管得死死的。話說回來，羅戈，你要怎麼做呢？」

「做什麼啊？」

「改革整個事業部呀！」我的興奮頓時被這盆冷水澆熄了。劉梧真該死，為什麼偏偏要提起這件事呢？

「上帝可憐可憐我。」我說：「昨天我們才在談慣性，抱怨我們自己的慣性，想想看，比起未來要面對的整個事業部的慣性，我們的情況真是小巫見大巫。」

雷夫大笑，劉梧唉聲歎氣，而我則深深同情自己。

儘管這週我們大有進步，但是可以確定的是，我還是靠直覺來管理。就拿昨天來說吧，假如不是雷夫直覺的警告我們，還是有什麼不對勁，我們就錯失掉這個大好機會。或是拿今天來說，我不是幾乎要放棄了？幸好劉梧把我們拉回正確的軌道上……。

我必須想清楚應該精通哪些管理技巧，否則真是太冒險了。我必須專心修練這些技巧，我甚至不曉得該從哪裡著手……。

或許我的手中一直掌握著這把鑰匙，我在餐廳裡是和茱莉怎麼說的？我的耳邊響起自己說過的話：「約拿怎麼有時間學這麼多東西呢？就我所知，他這輩子從來沒有在工廠裡工作過一天。他是個物理學家。我簡直不敢相信，象牙塔中的科學家居然懂得那麼多生產線上的細節。」

就在這時候，「科學家」這個概念又再次出現，當劉梧與雷夫爭辯著資料分類的用處時，也曾經提到這個概念。我自己提出答案：一個人要怎麼樣找到內在的秩序呢？劉梧的問法好像這只是個措辭上的問題，好像答案一定找不到，但是科學家的確找到了事物的內在秩序……而約拿就是個科學家。

很明顯，有關管理技巧的答案就隱藏在科學方法中。但是，我能怎麼辦呢？我沒辦法自修物理學，我對數學懂得不多，甚至連一頁物理學都看不完。

或許我不需要這麼做，約拿曾經強調他不是要我發展出方法，只是要我清楚界定管理技巧應該包含哪些東西。或許通俗科學讀物就足夠了？至少我可以試試看。

我應該去圖書館挖掘資料，牛頓是第一位現代物理學家，或許我該從這裡著手。

我坐在辦公室裡，把腳翹在辦公桌上，茫然瞪著前方。整個早上，我只接了兩通電話，都是強斯打來的。第一通電話是通知我，他已經和法國佬簽定合約，他很自豪的說，經過討價還價，他拿到的條件比我們原先預期的還要好。他成功的以我們的彈性以及對於訂單的快速回應，向對方要到比較高的價錢。

他第二次打電話來是想知道，他能不能用同樣的概念向國內的客戶拉生意。也就是說，爭取以全年固定採購量為基準的長期合約，而我們也承諾，有需要時，可以三週就交貨。

我向他保證，我們這邊不會有問題，鼓勵他就這樣進行。

他興奮極了，我卻恰好相反。

每個人都很忙碌。推動這筆大訂單可讓他們忙壞了，我是唯一無事可做的閒人，我覺得自己好像很多餘。以前那段電話鈴聲響個不停、必須解決的問題層出不窮、每天時間都不夠用的日子，跑到哪裡去了？

那些電話與會議全都是為了救火，我提醒自己，現在沒有火了，自然也就不需要救火。現在，每件事情都進行得很平穩，幾乎太順利了。

事實上，讓我煩心的是，我很清楚我應該做什麼，我應該要確定目前的狀況會一直持續下去，每件事都能預先因應，因此不會突然又有哪裡冒出大火。但是，這也就表示我必須為約拿提出的問題找到答案。

我站起來，離開辦公室。走出去的時候，我告訴法蘭：「假如真的有人找我，我會在公共圖書館。」

◎

「今天就到此為止。」我闔起書本，站起來伸伸懶腰。「茱莉，咱們喝杯茶吧？」

「好主意，我稍後就過去。」

「妳真的迷上這本書了。」當她走過來，和我一起坐在餐桌旁的時候，我說。

「對，這本書真有趣。」

我遞給她一杯熱騰騰的茶。「古希臘哲學是哪些地方讓妳覺得這麼有趣？」

她大笑。「不是像你想像的那樣。蘇格拉底的對話錄真的很有趣。」

「既然妳這麼說的話，好吧。」我毫不隱藏我的懷疑。

「羅戈，你的成見是錯的，這本書完全不像你想像中那麼沉悶。」

「那麼，它到底在講什麼？」我問。

「這個嘛，很難解釋。你為什麼不自己讀讀看？」

「也許有一天我會試試看，但是目前我要讀的東西夠多了。」

她啜了一口茶。「你找到想找的東西了嗎？」

「不算找到。」我承認。「通俗科學讀物不會直接說明管理技巧是怎麼回事，但是我開始看到一些有趣的事情。」

「是嗎？」她鼓勵我繼續說下去。

「物理學界研究一個主題的時候，採取的做法與工商界大不相同。他們不是一開始就蒐集一大堆資料，相反的，他們是從幾乎隨意選擇的一些現象、有關生命的一些發現著手，然後提出假設。這是最有趣的部分，所有的假設似乎都以一個基本關係為基礎：如果……則……。」

最後這句話莫名使得茱莉坐直身子。「繼續說。」她熱切的說。

「他們實際的做法是以合乎邏輯的方式，從假設中推出不可避免的結果。他們會說：『如果』假設是正確的，『則』根據邏輯，另外一個事實也必然成立。有了這些邏輯上的推論，他們就得出一系列其他現象。當然，他們最主要的心力是花在證明他們預測的結果是否真的存在；當愈來愈多的預測得到證實的時候，顯然就愈來愈能證明基本的假設是正確的。舉例來說，閱讀牛頓發現地心引力的過程，就非常有趣。」

「為什麼？」她的語氣彷彿她早已知道答案，但是卻急切的想聽我親口說出答案。

「許多事情開始串聯起來，很多我們從來不認為相關的部分，開始彼此串聯，產生意義。一個簡單的因素可能就會引發許多不同的結果。妳知道嗎，茱莉，這就好像從混亂中建立秩序，還有什麼比這個更美呢？」

她兩眼發亮，問我：「你知道你剛剛描述的是什麼嗎？就是蘇格拉底的對話錄。他們用的方法完全相同，都藉著同樣的『如果……則……』邏輯關係進行推演。或許唯一的不同是，蘇格拉底所談的主題與物質無關，而是與人類行為有關。」

「很有趣，非常有趣，想想看，我接觸的管理領域與物質物料以及人類行為都相關。假如這套方法對兩者都有用，那麼或許約拿的技巧就是以它為基礎。」

她思考了一會兒。「可能你說得對，但是假如你說得對，那麼我願意打賭，當約拿開始教你這些技巧時，你會發現這些不只是技巧而已，而是思考的方法。」

我們兩個人都陷入深思。

「下一步該往哪裡走呢？」茱莉問。

「我不知道。」我回答。「老實說，我不認為我讀的這些書真的能讓我比較清楚該如何回答約拿的問題。還記得他說的話嗎？『我沒有要你發展出這些技巧，我只是要你弄清楚究竟應該包括哪些技巧。』我恐怕已經跳到下一個步驟了。要弄清楚究竟應該學習哪些管理技巧，必須從我的需求出發，先檢討目前的管理方式，然後再想辦法找出應該如何管理。」

39 還是瞎子摸象

「有人打電話找我嗎？」我問法蘭。

出乎我意料之外，她居然回答：「有，是皮區，他想和你談談。」

我打電話找到皮區。「嘿，皮區，有什麼事嗎？」

「我剛接到你上個月的報表，恭喜你呀，你的確讓我們徹底明白了，我從來沒有看過這麼耀眼的表現。」

「謝謝。」我高興的說。「順便問一下，史麥斯的工廠表現如何？」

「非報一箭之仇不可，是嗎？」他大笑。「正如你所料，他在指標的數字上一直有進步，但是財務狀況卻愈來愈糟，甚至出現赤字。」

我實在忍不住。「我告訴過你，這些指標全都見樹不見林。」

「我知道，我知道。」他歎口氣。「事實上，我想我一直都明白。但是我猜像我這樣的老頑固，在沒有見到白紙黑字的證據以前，絕對不會死心。現在我終於看到結果了。」

「也差不多是時候了。」我心裡想，不過對著電話，我只說：「那麼接下來呢？」

「我打電話給你，正是為了這個緣故。羅戈，我昨天整天都和佛洛斯特在一起。他似乎很同意你的看法，但是我聽不懂他在說什麼。」皮區的聲音聽起來很著急。「曾經有一度，我以為所有關於『產品成本』與『共變異數』等亂七八糟的東西我全都瞭若指掌，但是經過昨天之後，我發現原來我並不明白，需要找個人用平常的話解釋給我聽，例如你就很適合。你懂得這些東西吧？」

我回答：「我想我懂，其實很簡單，只不過是……。」

「不，暫停。」他打斷我的話。「不要在電話裡解釋，反正你本來就要來這裡一趟，只剩下一個月了，你應當熟悉一下新職務。」

「明天早上可以嗎？」

「沒問題。」他回答。「還有羅戈，你得解釋一下你對強斯做了什麼，他到處嚷嚷說道，如果以低於成本的價格把東西賣出去，我們會大賺特賺。真是胡說八道！」

「明天見。」我笑著說。

◎

皮區終於要放棄他心愛的指標了？我一定要告訴大家這件事，他們絕對不會相信。我走到唐納凡的辦公室，他不在，史黛西也不在。他們一定在生產線上，我請法蘭找找他們，同時跑去告訴劉梧這個消息。

史黛西打電話到劉梧的辦公室找我。「嘿，老闆，出了一點問題，我們能不能半小時以內過去？」

「不急。」我說。「沒什麼重要事情吧？慢慢來。」

「我可不這麼想，這件事恐怕很重要。」她說。

「妳在說什麼呀？」

「我擔心的事情可能發生了。唐納凡和我半小時以後到你辦公室談，好嗎？」

「好。」我困惑的說。

「劉梧，你知道是怎麼回事嗎？」我問。

「不知道。除非你指的是史黛西和唐納凡上週以來，就一直忙著催貨趕工。」

「真的嗎？」

◎

「我長話短說，」唐納凡為簡報總結：「已經有十二個工作單位在計畫之外加班了。」

史黛西接著說：「情況已經失控。昨天有一批貨延遲了，今天還有三批貨一定會延遲。根據雷夫的說法，我們的情況會愈來愈嚴重。他預測到月底以前，我們大約有二〇%的訂單都會延遲出貨，而且不只晚一、兩天而已。」

我瞪著電話，不出幾天，這個怪物就會成天響個不停，充斥著客戶憤怒的抱怨聲。假如我們的紀錄一直很糟糕，客戶就會習以為常，並且以提高存貨與預留緩衝時間來保護自己。但是現在我們寵壞了他們，他們已經習慣我們的優異表現。

情況比我想像的還要糟糕，嚴重的話，可能會毀掉整座工廠。

怎麼會發生這種事呢？我是在哪裡走錯了路？

「怎麼會這樣？」我問他們。

「我告訴過你，」唐納凡說：「第四九三一八號訂單進度停滯，因為……。」

史黛西制止他。「不對，唐納凡，細節不重要，我們應該找到核心問題。羅戈，我想一定是我們的接單數量超過我們的產能。」

我說：「顯然如此。但是為什麼會這樣呢？我以為我們事先都查過了，瓶頸應該有足夠的產能，我們也檢查過妳說的七個容易出問題的工作單位。我們的計算有錯誤嗎？」

「有可能。」唐納凡回答。

而史黛西的反應卻是：「不太可能。我們檢查了好幾遍。」

「那麼？」

「那麼，我不曉得。」唐納凡說。「但是沒關係，我們必須立刻採取行動。」

「對，但是採取什麼行動呢？」我有一點不耐煩。「如果不曉得原因是什麼，我們能做的只是胡亂出招罷了。那是我們過去的處理方式，我原本希望我們已經學會比較好的方法了。」我把他們的沉默當作同意，繼續說：「打電話給劉梧和雷夫，然後到會議室去，大家應該集思廣益，弄清楚到底是怎麼一回事。」

◎

會議開了不到一刻鐘，劉梧就說：「咱們打開天窗說亮話。唐納凡，你真的認為一定要讓工人加這麼多班嗎？」

「經過前幾天的趕工，我相信即使加班，我們都趕不上原訂的出貨時間。」唐納凡說。

「原來如此。」劉梧很不開心。「雷夫，你認為到了月底，即使加班，還是會有很多訂單延遲出貨嗎？」

「假如我們想不出好辦法來解決這團混亂，毫無疑問。我不能告訴你實際的金額是多少，那要看唐納凡與史黛西決定加多少班，以及要為哪些訂單特別趕工，但是總金額差不多會在一百萬美元左右。」雷夫很有把握的說。

「真糟糕，我得修改我的預估數字了。」劉梧說。

我狠狠瞪了他一眼，他想到的就只有這個？修改預估數字！

「我們能不能談談真正的問題？」我冷冷的說，他們全都轉過頭來等我說下去。

「好好想想你們剛剛說的話，我看不出來有什麼大問題。顯然我們太不自量力，因此現在需要考慮的就是怎麼補救。就是這麼簡單。」

劉梧點頭同意，唐納凡、史黛西與雷夫卻繼續擺出一張撲克臉，一副我冒犯了他們的樣子。我一定說錯什麼話，但是卻不知道錯在哪裡。

「雷夫，瓶頸的負荷超過了多少？」

「瓶頸沒有負荷過量。」他冷冷的說。

「那就沒有問題，」我說：「那麼……。」

「他沒有這麼說。」史黛西打斷我的話。

我說：「我不明白，假如瓶頸沒有負荷過量，那麼……。」

史黛西依然面無表情的說：「瓶頸偶爾會無事可做，然後就來了一大批貨。」

唐納凡接下去說：「然後，我們別無選擇，只有加班。整座工廠都是這種狀況，就好像瓶頸不停改變位置一樣。」

我靜靜的坐著，現在該怎麼辦？

「假如只是要決定哪些地方負荷過量這麼簡單的問題，你不認為我們可以輕易解決嗎？」史黛西說。

她說得對，我對他們應該更有信心。

「對不起。」我低聲說。

我們靜靜坐了一會兒，然後唐納凡開口了。「我們不能靠著改變優先順序與加班來解決問題，我們已經試行好幾天了。這樣做或許能挽救幾筆訂單，但是卻讓整座工廠陷入混亂之中，而且導致更多的訂單出問題。」

「蠻幹只會令大家原地打轉，所以我們才會要求召開這次會議。」

我接受了他們的批評。

「好吧，顯然我們必須有系統的分析問題，有誰想到該怎麼開始嗎？」

「也許我們應該先檢討只有一個瓶頸時的狀況。」雷夫遲疑的提議。

「為什麼？現在情況恰好相反，我們面對的是許許多多、不斷移動的瓶頸。」唐納凡提出反對的意見，顯然他們已經討論過這件事。

我沒有其他建議，其他人也沒有，於是我決定試試雷夫的直覺，過去這招好像管用。

「請繼續講下去。」我對雷夫說。

他走到白板前面，拿起板擦。

「至少不要把五個步驟擦掉。」唐納凡抗議。

「這些步驟似乎幫不上什麼忙。」雷夫不安的笑著。「找出系統的制約因素，」他唸著：

「目前這不成問題，問題出在瓶頸四處亂跑。」

儘管如此，他還是把板擦放下，在海報紙上畫了幾個圓圈。

「假定每個圓圈代表一個工作單位。」他開始解釋。「生產工作從左邊流動到右邊。假定這個工作單位是瓶頸。」他在其中一個圓圈中間畫上X。

「很好，」唐納凡嘲諷的問：「接下來呢？」

「現在，容我介紹墨菲進場。」雷夫冷靜的回答：「假定墨菲直接擊中瓶頸，一切可能發生的麻煩，都必然會發生。」*

「那麼我們唯有全心全意的詛咒，因為我們損失了有效產出。」唐納凡啐道。

雷夫說：「完全正確。但是當墨菲擊中的是瓶頸之前的某個地方呢？會發生什麼狀況？在這種情況下，流向瓶頸的零件暫時停住了，瓶頸無事可做，我們的情形不正是如此嗎？」

「不完全是。」唐納凡不理會這個講法：「我們的作業方式從來不是這樣，我們都確保瓶頸前面會有一點存貨，所以即使上游的資源停頓一會兒，瓶頸仍然可以運作。事實上，雷夫，那裡的存貨太多，以致於我們必須間歇的停止發送物料到生產線上。別這樣了，你在電腦上不也是這麼做嗎？為什麼我們要一再重複每個人打從心裡頭都已經知道的事情呢？」

雷夫回到座位上。「我只是很好奇，我們是不是真的知道應該在瓶頸前面堆積多少存貨？」

「唐納凡，他的話不無道理。」史黛西說。

「當然有道理。」雷夫真的被惹惱了。「我們希望每個瓶頸前面都保留三天的存貨。起先我在瓶頸需要零件之前兩週就發出物料。結果發現，時間提前太多，所以我把它砍半，變成一週，一切似乎都很好，現在卻又出問題了。」

「那麼，就回復兩週。」唐納凡說。

「不行。」聽起來雷夫十分沮喪。「這樣一來，生產時間會超出我們目前的承諾。」

「有什麼差別呢？」唐納凡大吼。「無論如何，我們都食言了。」

「停下，等一下。」我打斷他們的爭吵。「在採取任何激烈的動作前，我需要知道得清楚一點。雷夫，先回到你原本的描述。正如唐納凡所說，我們在瓶頸前面確實保留了一些存貨。現在，假定瓶頸之前的某個地方被墨菲擊中，然後怎麼樣？」

雷夫耐心的解釋：「然後，流向瓶頸的零件就停住了，但是瓶頸仍然可以利用囤積在它前面的零件繼續生產。當然，這樣就會把存貨消化掉，所以假如我們起初囤積的零件不夠，瓶頸可能會停工。」

史黛西說：「還是有些地方不對勁。根據你剛剛的說法，我們確保瓶頸工作不會中斷的辦

* 編注：指墨菲定律（Murphy's Law）。

法，就是製造更多的存貨，而且存貨的數量必須能夠支撐到上游資源解決了墨菲的問題。」

「對。」雷夫說。

「難道你看不出來，這有可能是答案嗎？」史黛西說。

「為什麼？」雷夫不明白，我也沒聽懂。

「因為克服上游出現的問題所花的時間是固定的，我們近來沒有碰到什麼大災難，所以假如過去這麼多的存貨就足以保護瓶頸，現在一定也沒有問題。不對，雷夫，問題不是出在存貨不夠，而是出現到處跑的新瓶頸。」

「我想妳說得對。」雷夫回答。

雷夫可能已經被史黛西說服，我卻還沒有。

我說：「我覺得也許還是雷夫說得對，我們應該順著他的想法，再多思考一下。我們剛剛說當其中一個上游資源產量減少的時候，瓶頸就開始消化它前面的存貨，而一旦我們改正上游的問題，上游的所有資源該怎麼辦呢？別忘了，我們唯一能確定的事情，就是墨菲會再度進攻。」

史黛西回答：「在墨菲再度進攻以前，所有的上游資源都必須重新在瓶頸那裡囤積存貨。這樣做有什麼問題嗎？我們供給的物料很充裕。」

「我擔心的不是物料問題，而是產能問題。妳看，當我們解決上游生產停滯的問題後，上游資源不只要供應瓶頸目前的消耗量，同時還要重新製造出充分的存貨。」

唐納凡說：「沒錯，也就是說有時候非瓶頸的產能必須高於瓶頸。現在我明白了。我們之所以會有瓶頸與非瓶頸，不是因為我們的工廠設計得很差，而是不得不如此。假如上游資源沒有備用產能，我們就不可能把任何瓶頸發揮到極致，原因是物料會供應不足。」

「對，」雷夫問：「問題是，我們到底需要多少備用產能呢？」

「不對，這不是問題。」我溫和的糾正他：「就好像你先前的問題『我們到底需要多少存貨』也不是問題一樣。」

「我明白了。」史黛西臉上掛著深思的表情。「我們必須有所取捨，我們在瓶頸保留的存貨愈多，上游資源要趕上進度所需要的時間就愈充裕，因此平均來說，需要的備用產能也就愈少。相反的，存貨愈少，需要的備用產能就愈多。」

唐納凡接著說：「現在，情況就很明朗了。新訂單改變原本的均衡狀態。我們接下更多的訂單，新訂單沒有把任何資源變成新的瓶頸，但是卻大幅減少非瓶頸的備用產能，而我們卻沒有相對增加瓶頸前面的存貨，來彌補消耗。」

大家都同意這個說法。正如往常一樣，當最後的答案浮現時，不過是普通常識罷了。

「好，唐納凡，你認為現在該怎麼辦？」

他思考良久，我們都默默等待。最後，他對雷夫說：「我們只對極少數的訂單承諾很短的交貨期，你有沒有辦法經常挑出這類訂單？」

「沒問題。」雷夫回答。

「好。繼續提前一週派物料給這些訂單，至於其他的訂單，則提前兩週派物料，希望這樣就足夠了。現在我們必須為瓶頸與裝配部重新製造充分的存貨。史黛西，我要妳採取一切必要的措施，讓所有非瓶頸資源在週末趕工，不要接受任何藉口，這是緊急狀況。我會通知業務員，在我們有進一步消息以前，對客戶承諾的交貨期暫時都不要少於四週。雖然這樣會危害到他們的新促銷計畫，但是現實生活就是如此。」

我就這樣親眼看著唐納凡接過我的棒子，現在誰是老闆顯然毋庸置疑，我真是既驕傲，又忌妒。

◎

「唐納凡接班很順利。」走進辦公室的時候，劉梧對我說。「至少這部分沒有問題了。」

「對呀，」我表示同意：「但是我真不願意看到他第一次當家作主，就要採取消極的措施。」

「消極？你為什麼這樣說？」劉梧問。

「他被迫採取的所有動作，走的都是錯誤的方向。當然他別無選擇，替代方案更糟糕，但是……。」

「羅戈，可能我今天腦子不太靈光，但是我真的不明白，你說他『走的都是錯誤的方向』，到底是什麼意思？」

「你還不明白嗎？」情勢的發展真是把我惹火了。「現在要業務員重新對顧客承諾四週的交貨期，將不可避免的出現什麼結果？別忘了，兩週以前，我們才特地跑去說服他們承諾兩週就交貨，當時他們還半信半疑。現在恐怕他們會撤銷整個計畫。」

「要不然我們還能怎麼辦呢？」

「也許毫無辦法，但是這改變不了最後的結果，有效產出終究會下降。」

「我明白了。」劉梧說：「更重要的是，加班的情況再度惡化，讓整座工廠週末趕工會花掉我們這季全部的加班預算。」

「忘掉加班預算吧。等到唐納凡必須報告財務狀況的時候，我已經當上事業部總裁了。增加加班支出就等於增加了營運費用，重點是有效產出會下降，營運費用會上升，而且擴大緩衝，也就表示增加了存貨量。每件事情都與我們原本的計畫背道而馳。」

「是啊！」他同意。

「我一定在哪裡犯了錯，錯誤才會引起現在的反彈。你知道嗎，劉梧，我們還是不知道自己在做什麼，我們往前看的能力和瞎子沒什麼兩樣，我們只是忙著反應，而沒有事先規畫。」

「但是你必須同意，我們的反應能力比過去好太多了。」

「劉梧，這樣講無濟於事，我們發展的速度也比過去快多了。我覺得我好像只靠後視鏡來開車，每次都在千鈞一髮的時候才修正行進方向。這樣不夠好，絕對還不夠好。」

40 當自己的約拿

我與劉梧一起從總公司開車回來，過去兩週以來，我們每天都要跑一趟。我們的心情實在不太好。現在我們已經掌握有關事業部現況的所有相關細節，而整體情況實在不怎麼妙。唯一表現亮眼的是我們的工廠，不，我現在應該習慣把它看成唐納凡的工廠；而且工廠的表現也不只亮眼而已，這樣說實在太輕描淡寫，我們的工廠簡直像個救世主。

唐納凡成功的搶在客戶抱怨之前，就控制住整個局面。他還需要多花一點時間贏回業務員的信心，但是有我在旁邊加一把勁，不必多久，就會萬事ＯＫ。

這座工廠太出色了，結果有一段時間，害我和劉梧都走錯方向。我們根據事業部的報告得到的印象是，情況還不錯。但是當我們把唐納凡的工廠剔除開來，深入分析事業部的情況時，真實的圖像才浮現出來。這個圖像一點也不美，簡直就是大難當前。

「劉梧，我想我們做了一些我們都知道不該做的事情。」

他說：「你在說什麼呀？你根本什麼事情都還沒做。」

「我們蒐集來一大堆資料，成堆的數據。」

「對，而且這些資料都有一個問題。」他說：「老實說，我從來沒有看過這麼散漫的地方，每一份報告都漏掉具體的輔助性資料。你知道我今天還發現什麼嗎？他們甚至沒有一份報告說明逾期的應收帳款有多少。資料倒不是完全沒有，但是你相信嗎，資料居然散布在至少三個不同的地方。你怎麼可能用這種方式營運呢？」

「劉梧，這不是重點。」

「是這樣嗎？你知道，只要留心一點，我們可以把逾期的應收帳款至少縮短四天？」

「這樣就可以挽救事業部嗎？」我嘲笑他。

「不行，但是會有一點幫助。」他微笑著說。

「是嗎？」我問劉梧，但是他沒有答腔，於是我繼續說：「你真的相信這樣就幫得上忙嗎？劉梧，我們到目前為止學到了什麼？當你要求這個職位時，自己說過什麼話？你還記得嗎？」

他生氣的說：「我不知道你在說什麼，你難道不希望我把明顯的錯誤改正過來嗎？」

要怎麼解釋給他聽呢？我只有再接再厲：「劉梧，就算你成功的把逾期的應收帳款縮短四天，但是有效產出、存貨與營運費用又會因此改善多少呢？」

「只會有一點點改善，」他說：「但是最主要的效益還是在現金上，你不應該看輕四天的現金。除此之外，要改善整個事業部，必須要靠著很多小小的步驟。假如每個人都盡到自己的責任，加起來的力量就足以成事。」

我默默的開車，劉梧說的話不無道理，但是不知道怎麼回事，我知道他錯了，絕對錯了。

「劉梧，幫幫我。我知道改善事業部需要靠許多小小的改善集合而成，但是……。」

「但是怎麼樣？」他說：「羅戈，你太沒耐性了。你聽過這句話吧，羅馬不是一天造成的。」

「我們沒有幾百年的時間。」

劉梧說得對，但是我不應該焦急嗎？我們過去是靠耐性來挽救工廠嗎？然後我明白了。對，我們需要很多小小的改善措施，但是這並不表示我們可以就此滿足。我們必須謹慎選擇我們要專心致力的項目，否則……。

「劉梧，我問你，如果純粹為了因應內部需要，必須改變我們衡量存貨的方式，你需要花多少時間？」

「實際作業不是大問題，只要幾天的工夫就夠了，但是假如你指的是需要解釋所有的細節，告訴主管改善措施會如何影響我們的日常決策，那又另當別論了。假如採取密集作業，大概會花費幾週吧。」

現在我可以理直氣壯了。

「你認為我們目前衡量存貨的方式，對事業部累積的成品庫存，衝擊會有多大？」

「很大。」他說。

「多大呢？」我逼他：「可以給我一個數字嗎？」

「恐怕不行。恐怕甚至連給你一個有意義的評估都辦不到。」

「我們一起試試看。你有沒有注意到事業部成品增加的情況？」

「注意到了，但是何必大驚小怪呢？本來就會這樣，銷售量下降，利潤壓力愈來愈高，所以他們生產庫存成品，製造虛假的存貨利潤。我明白你的意思了，我們可以把成品增加看成指標，藉此衡量我們評估存貨價值的方式會帶來多大衝擊。哇，差不多高達七十天耶！」

「很好，拿這個與你應收帳款縮短的四天相比，你應該專注在哪一項工作上？」我對他窮追猛打：「更重要的是，對有效產出會有什麼影響？」

「看不出來。」他回答：「我可以很清楚的看到這對現金、存貨、營運費用的影響，卻看不出來對有效產出的影響。」

「是這樣嗎？為什麼他們沒有推出新產品？你還記得他們提出的理由嗎？」

「記得。」他慢慢的說：「他們相信推出新產品會逼他們宣布目前庫存的舊產品已經過時，因此對盈虧數字是致命的一擊。」

「所以，我們就繼續銷售舊產品，而不是新產品。我們不斷丟掉市場，但是這樣做總比將舊產品在會計帳上報銷要好得多。你現在明白評估方式對有效產出的影響了吧？」

「對，我明白了。你說得對，但是羅戈，你知道嗎？只要花一點點額外的力氣，我想我們可以魚與熊掌兼得。我可以研究我們評估存貨價值的方式，同時也要他們多花一點心思在應收帳款上。」

他還是不明白，但是我想我現在知道該怎麼應付了。

「工廠的指標又要怎麼辦呢？」我問他。

「那才真是大麻煩。」他歎了口氣。

「這件事會造成什麼損害呢？比四天稍微嚴重一點嗎？至於業務部還是根據正式的『產品成本』與理想利潤來判斷市場機會，又怎麼說呢？更糟糕的是，他們會尋找任何能以高於變動成本的價格賣出去的東西，這樣又會帶來什麼損失呢？而我們與其他事業部之間的轉讓費（**transfer price**）又怎麼說呢？那才是真正的致命傷。你還想再多聽一些嗎？」

「停，停，停！」他舉手投降。「你說得夠清楚了。我猜我一直想解決應收帳款的問題，只不過是因為關於這個問題，我很清楚該怎麼辦，而其他的問題……。」

「害怕嗎？」我問。

「老實說，的確有點害怕。」

「我也是，我也害怕。」我嘀咕著。「我們應該從哪裡著手？接下來該怎麼辦？應該把哪件事列為優先，哪件事第二？簡直是嚇壞人了。」

他說：「很明顯，我們需要有個流程。真糟糕，我們發展出來的那五項步驟結果居然不對。不……等一等，羅戈，不是這樣。到最後，問題不是出在到處亂跑的瓶頸，而是我們對現存的瓶頸沒有足夠的保護措施。或許我們還是可以利用那五項步驟？」

「我不覺得可以，不過還是不妨試試。我們應該回工廠去試試看嗎？」

「當然。我需要打幾通電話，不過沒什麼問題。」

「不行，今天晚上我有事情。」我告訴他。

「你說得對。這件事很重要，但是不緊急。我們可以等到明天再做。」

◎

劉梧讀出白板上寫的字。

「找出系統的制約因素。要把這個當作第一步嗎？」

「我不知道，先檢討一下這項步驟原本的邏輯吧。你還記得當初是怎麼得出這項步驟的嗎？」

他說：「大概記得。好像與我們把有效產出當成最重要的衡量指標有關。」

「我想這樣還不夠，至少就這麼初步的分析而言還不夠。我們再試試看，從基本原則開始想起。」

「我舉雙手贊成，」他唉聲歎氣的問：「但是你說的基本原則是什麼東西啊？」

「我不知道，大概是我們毫不猶豫就接受的道理吧！」

「好，我想到一個了。每個組織都為了某個目的而創辦，我們不是只為了組織的存在，而創辦了我們的組織。」

「對。」我大笑。「儘管我認識一些人，他們似乎完全忘掉了這點。」

「你是說華盛頓那些人？」

「他們也是。不過我剛剛想到的是我們公司，但是管他的，我們繼續討論。另外一個基本事實是，任何一個組織都是由一群人所組成，否則就不能稱之為組織了。」

「對，」劉梧說：「但是，我不明白像這樣的討論有什麼用處。我可以列出很多關於組織的正確敘述。」

「沒錯，你或許可以這麼做，但是看看我們已經得出的結論。假如任何組織都有它最初創辦的目的，而且任何組織都是由一群人所組成，那麼我們可以推論，必須綜合眾人的努力來達到組織的目的。」

「這麼說有幾分道理，」劉梧說：「否則我們就不需要創辦組織，單靠個人的努力就足夠了。然後呢？」

我繼續說：「假如我們需要綜合眾人之力，那麼任何個人對組織目的的貢獻有多大，有很大部分要視其他人的表現而定。」

「對，這點很明顯。」然後他苦笑了一下。「對每個人而言都很明顯，但是我們的衡量系統除外。」

儘管我完全認同他的意見，還是不理會他的最後一句評論。「假如需要綜合眾人之力，而且一個環節的貢獻要仰賴其他環節的表現，我們就不能忽視一個事實，組織不只是把一連串的環節堆在一起，而是應該把組織看成一個鎖鏈。」

「或至少是個圍欄。」

「對，但是你看，我們可以把每個圍欄看成許多各自分開的鎖鏈。組織愈複雜，也就是各個環節之間的相互依存度愈高，其中各自獨立的鎖鏈數目就愈少。」

劉梧不想在這上面花太多時間。「你說是，就是吧。但是這點不那麼重要，重要的是，你剛剛證明了我們應該把組織看成鎖鏈。我可以從這裡引申，既然鎖鏈的力量是由最弱的一環來決定，那麼改善組織的第一步，就要從最弱的一環開始做起。」

我糾正他：「或是最弱的那幾個環開始做起。別忘了，組織可能是由好幾個各自獨立的鎖鏈所組成。」

他很不耐煩的表示同意。「對。但是正如你剛剛所說，在複雜的組織裡，各自獨立的鎖鏈一定不會太多。好吧，羅戈，你想拿衡量指標怎麼辦？」

「衡量指標？」我驚訝的說：「你怎麼會突然提到衡量指標？」

「我們昨天不是都同意，錯誤的衡量指標是事業部最大的制約因素嗎？」

唐納凡說得對，劉梧對衡量指標簡直有一種偏執。「衡量指標絕對是個大問題，但是我還不認為它算是制約因素。」我小心翼翼的說。

「真的嗎？」劉梧大吃一驚。

我肯定的說。「對。我們大部分的產品都已經落後競爭者了，這難道不算大問題嗎？工程部門把計畫永遠不可能準時完成視為天經地義，這種態度難道不是更嚴重的問題嗎？而行銷部門又怎麼說呢，你看到任何一份足以扭轉乾坤的行銷計畫了嗎？」

「沒有。」他笑著說：「事實上，我所看過的所有長期計畫，都是一派胡言。」

我滔滔不絕，今天和我談問題，簡直就像打開水壩的閘門一樣。「等一等，劉梧，我還沒說完呢。總公司到處瀰漫的心態，又要怎麼說呢？就是各人自掃門前雪的心態。你有沒有發現，每次我們問到不太妙的狀況時，大家幾乎都立刻責怪別人？」

「怎麼會沒有注意到，羅戈，我明白你的意思。到處都是嚴重的問題，我們的事業部似乎充斥著一堆制約因素，而不是只有幾項制約因素。」

「我還是認為只有少數幾項制約因素。劉梧，你難道不明白，我們提到的每件事情之間都有緊密的關聯嗎？缺乏合理的長程策略、衡量指標有問題、產品設計落後、生產時間過長、推卸責任的心態，以及冷漠的態度，所有這些都彼此相關。我們必須從核心問題著手，找出所有問題的根源。找出制約因素的真正意義就在這個地方。重要的不是把害處依照嚴重性一一列出來，而是要找出所有問題的根源。」

「我們該怎麼做呢？要怎麼樣找出事業部的制約因素呢？」

我說：「我不曉得，但是如果我們在工廠辦得到，我們在事業部一定也辦得到。」

他思索一會兒，然後說：「我不這麼認為。我們在這裡很幸運，面對的是實物上的制約因素，是生產瓶頸，情況很簡單。但是到了事業部，我們必須面對的是衡量指標、政策、作業流程，許多都牽涉到行為模式的問題。」

我不贊成他的說法。「我不覺得有什麼不同。我們在工廠裡也需要面對你說的這些問題。想想看，即使在工廠裡，制約因素從來都不是機器。對，我們到現在還是稱鍋爐與NCX－10為瓶頸，但是假如它們真的是瓶頸，我們怎麼可能令它們的生產量倍增呢？我們怎麼可能在不投資擴充產能的情況下，就提高有效產出呢？」

「但是我們幾乎改變這兩台設備所有相關的作業方式。」

「我就是這個意思。我們改變了哪些作業方式呢？」我學他說話的腔調：「衡量指標、政策、作業流程，許多都牽涉到行為模式的問題。劉梧，你不明白嗎？即使在工廠裡，真正的制約因素都不是機器，而是政策。」

「對，我明白，但是還是不太一樣。」他固執的說。

「有什麼不一樣？舉個例子。」

「羅戈，你一直把我逼到死角，又有什麼用呢？你難道看不出來一定有很大的差別嗎？假如沒有的話，事業部制約因素的本質究竟是什麼，我們怎麼會毫無頭緒呢？」

他的話令我啞口無言。「對不起，你說得對。你知道嗎，也許我們真的很幸運，實物制約因素幫助我們把注意力集中在真正的政策制約因素上。事業部的情況就完全不同了。在那裡，我們有多餘的產能與多餘的工程資源，卻完全被白白浪費掉了，而且我相信市場需求一定也很充分。我們只是不曉得該如何整合我們的行動，好好利用所有的資源。」

平靜下來以後，劉梧說：「這就把我們帶到真正的問題上了，我們該如何找出系統的制約因素？我們要如何針對最嚴重的錯誤政策開刀？或是用你的話來說，我們該如何找出核心問題，也就是找出帶來所有惡果的唯一根源呢？」

我同意。「沒錯，就是這個問題。」

我看著白板，補充了一句：「這裡寫的東西還是有效。第一步是找出系統的制約因素。我們現在所了解的是，我們也必須曉得找尋制約因素的技巧。就是這樣，我們找到了。」

我興奮的站了起來。「要回答約拿問的問題，這就是答案！我現在就要打電話給他！你可以想像我的第一句話就是：『約拿，我想請你教我找出核心問題的方法。』」

我正準備轉身離開，劉梧說：「羅戈，恐怕你還是高興得太早了一點。」

「為什麼？」我問，手已經放在門把上了。「還有什麼好懷疑的，你覺得這不該是我第一個要學的事情嗎？」

他說：「不，這點我倒是相信。我只是覺得，你可能應該多問他一些問題。只了解核心問題，可能根本不夠。」

我冷靜下來。「你又說對了。只是我找答案找得太久了，所以一下子昏了頭。」

「我明白，相信我，我了解。」他微笑著說。

我坐下來繼續問：「好，劉梧，你覺得我還應該請教約拿什麼？」

他回答：「我不知道，但是假如這五項步驟還有效，也許你應該請他教我們實現這五項步驟的技巧。我們已經發現我們需要其中一個技巧，何不繼續討論其他四項步驟呢？」

「好主意。」我興致勃勃的說。「我們繼續討論下去。下一步是，」我讀著白板上的字：「『決定如何利用系統的制約因素。』聽起來沒什麼道理，為什麼要試圖利用一個錯誤的政策呢？」

「假如制約因素是一件實物，那就有道理，但是既然我們也處理過政策上的制約因素，我猜我們最好繼續往下看。」劉梧同意我的話。

「『根據上述的決定，調整其他一切做法。』」我一個字一個字唸出來，並接著說：「我對這點也有保留。假如制約因素不是實物，這個步驟也毫無意義。第四個步驟是：『把系統的制約因素鬆綁。』嗯，我們該拿這個步驟怎麼辦？」

劉梧問：「有什麼問題呢？假如我們找到錯誤的政策，就應該把它鬆綁，應該改變政策。」

「多棒啊，你說得倒簡單。」我冷嘲熱諷：「改變政策！改成什麼政策？要找到適當的替代方案真有那麼容易嗎？也許對你來說是如此，對我來說可不是。」

他笑著說：「對我來說也不容易。我知道成本會計是錯誤的，但是這並不表示我現在很清楚應該用什麼方法來代替成本會計。羅戈，我們應該如何改正錯誤的衡量指標或政策？」

「首先，我想你需要靈感，有一些突破性的想法。約拿談到的管理技巧，一定就包括激發這種靈感的能力，否則這些技巧不可能為人所用。你知道嗎，劉梧，茱莉說我慢慢會發現我面對的不只是技巧問題，而是一種思考過程。」

劉梧同意。「現在的確愈來愈像是如此。但是單是能提出創見還不夠，更大的阻礙是要證明這個想法真的能解決所有的問題。」

「而且沒有製造出新的問題。」

「真的有可能嗎？」劉梧很懷疑。

「一定有可能，假如我們希望事事都能夠預先規畫，而不是等到出事的時候才被動的反應。」我一面說，一面想到了更好的答案。「對，劉梧，一定有可能。看看我們爭取銷售量的解決方案吧，結果如何呢？由於那筆法國來的訂單，我們讓整座工廠整整兩週沒有好日子過，而且扼殺或至少延遲了一項很好的促銷計畫。假如我們在執行計畫以前，就先有系統的思考一下，而不是只靠事後之明才反省做法，我們就可以避免很多問題。不要告訴我這件事不可能達成，我們其實已經掌握住所有的事實，只是需要有一個思考過程逼迫我們、同時引導我們預先檢討我們的做法。」

「我們要朝什麼方向改變呢？」劉梧說。

這句話讓我險些坐不穩。「對不起，你說什麼？」

「假如第一個思考過程能讓我們回答這個問題：『應該改變哪些事情？』第二個思考過程就應該讓我們回答：『要朝什麼方向改變？』我已經知道第三個思考過程應該是什麼了。」

「對，我也知道了。『應該如何改變？』」我指著第五項步驟，又加了一句話：「由於我們可以預期事業部的慣性一定很強，最後一項步驟可能是最重要的步驟。」

「對。」劉梧說。

我站起來，開始踱步。「你明白我們現在要求的是什麼嗎？」我興奮得不得了。「我們要求的是最根本的事情，但同時我們要求的也幾乎是整個世界的運作模式。」

「我聽不懂。」劉梧靜靜的說。

我停下腳步，看著他說：「我們要求的是什麼？我們要求的其實就是能回答這三個問題的能力：『應該改變哪些事情？』『要朝什麼方向改變？』『要如何改變？』基本上，我們要求的是經理人最基本的幾項能力。想想看。假如一位主管不知道該如何回答這三個問題，還能被稱作主管嗎？」

劉梧的表情顯示他明白了。

我繼續說：「同時，你能想像即使在非常複雜的環境裡，都有能力一針見血的找出核心問題，代表什麼意義嗎？能夠擬定與檢討可以真正解決所有問題的解決方案，而不會製造出新的問題，代表什麼意義？更重要的是，能平穩的進行像這樣的重大改革，而且不但不會引起抗拒，反而能夠激發改革的熱情，你能想像擁有這種能力，會是什麼景象嗎？」

「羅戈，你已經做到了，你在我們工廠已經做到了。」

「你說得對，也可以說不對。」我回答。「對，我們都做到了。不對，劉梧，假如沒有約拿的指導，我們今天可能都得另外找工作了。現在我明白為什麼他不願繼續當我們的顧問。約拿明白的告訴我，我們應該學會在沒有外力協助的情況下，自己具備這樣的能力。我必須學會這些思考過程，只有到了那時候，我才算是真正盡到我的職責。」

「我們可以，也應該要作自己的約拿。」劉梧一面說，一面站起來，然後這個自制力很強的人嚇了我一大跳，他以雙臂環住我的肩膀，然後說：「能為你工作，我感到十分光榮。」

專訪高德拉特博士以及其他機構

採訪／大衛・偉福（David Whitford）
《財星小企業雜誌》（*Fortune Small Business*）特約主編
翻譯／羅鎮坤

偉　福：《目標》在二十年前出版，時至今日，企業運作的方式已經出現很大的變化。旨在改善營運的強而有力的新方法，例如精實生產與六標準差（Six Sigma）等已被廣為傳播；強調降低生產時間與提高準時交貨率，已經成為普遍的做法；甚至《目標》書中強調的持續改善的流程，現在每個機構中也都視為理所當然。所以，我想問的第一個問題是：《目標》到今天仍然具有實用性嗎？

高德拉特：科學家如何判斷特定知識是否具有實用性？我認為關鍵做法在於，選擇一個已經採納並實施所有時下各種不同管理學說的大型機構。在這個機構內，這些學說（包括你提到的新方法）被廣泛使用，甚至因而形成體制化的組織架構，例如正式的「黑帶」（black-belt）中心。下一步，在機構中選擇一個重要部門，運用你正在審視的新知識，換句話說，在這間大公司的一座工廠中實施TOC制約法。然後，比較這座工廠與其他工廠的業績。現在，我們就可以做出以下結論，如果業績沒有多大差別，就可以判定那項新知識不具實用性；但是如果差別很明顯，就有實用性，而且差異愈大、愈明顯，實用性就愈高。

偉　福：你是否做過這樣的實驗？如果做過，能不能告訴我們結果如何？

高德拉特：我比較幸運，不必親自做這類的實驗，因為有許多《目標》的讀者寫信給我，分享他們的經歷。我從多年來收到的讀者來信中，選出一封比較貼近我們今天話題的信。而且，既然談實用性，就必須選一封最近寄來的信，來函者要在一家有黑帶組織的大型機構工廠中實施TOC制約法，信中還應當包括這座工廠與公司其他工廠的比較結果。你可以自行判斷，以下這封來自道康寧公司（Dow Corning）生命科學／專業化學事業六標準差黑帶羅伯・凱恩（Robert Kain）的信，是否正好符合我們的要求。

親愛的高德拉特博士：

我想跟你分享，在運用了《目標》與《絕不是靠運氣》兩本書中介紹的工具後，敝公司獲致的成果。

同事拿《目標》這本書給我看時，我任職的工廠面臨的狀況正好與書中主角羅戈的工廠有些雷同。一九九八年時，工廠的準時交貨率大約是五〇%，庫存超過一百天，我們對客戶實行配額制度，因為沒辦法滿足訂單需求。另外，管理階層只給我們六個月的期限，要求我們扭轉形勢，否則就縮減工廠三〇%的產量與四〇%的員工。當時，我的部門表現與整座工廠差不多，都是差強人意。

讀完《目標》之後，我立刻意識到，單靠我個人無法解決我的部門與我們工廠的問題。我趕緊訂購好幾本《目標》，並與同事一起把書分發給生產經理、廠長，以及製造、品質工程師，每個人都急切的想解決問題。

我們找出部門的瓶頸，開始將資源集中在那裡。我們的工廠裡沒有工會，很多員工對我們的新嘗試也很感興趣，因此，我讓所有部屬人手一本《目標》。當六個月的最後期限屆滿時，我的部門與另外一個部門已經開始獲得巨大成果，工廠就此避過劫數。但是人們期待我們能夠持續改善，爾後五年間，我們不斷致力於打破瓶頸，每當瓶頸轉移他處，我們就進攻新的瓶頸，表現得相當不錯。最後，就像《目標》中描述的那樣，瓶頸跑到工廠以外去了，而我們老早就料到會有這種事發生，所以已經先向業務與行銷部門灌輸新概念。

最近，我離開了生產部，但在我就任新職前，我的部門達到的成績是：生產時間降低約八五%；操作人員透過自然的人力縮減，減少三五%，過程中不需要裁員；在製品與成品庫存降低約七〇%；準時交貨率從五〇%提升至九〇%左右；物料處理步驟砍掉一半以上。此外，我們的工廠與事業部也都表現得相當不錯。我獲得晉升，還得到了獎賞。就像很多其他公司一樣，道康寧公司在過去五年也進行過多次縮編，但是每次我們的工廠與事業部受到的影響都很小，甚至能夠毫髮未傷的安然度過。我深信，當初要不是讀了《目標》與《絕不是靠運氣》，並遵循其中的方法，今天的局面將大不相同。我們要做的工作還很多，而我們的事業部是唯一真正擁抱《目標》的部門，我希望，我在六標準差計畫的新角色，可以進一步運用你的工具和方法。

感謝你在西拉斯博士（Dr. Sirias）代我轉交的書上簽名，我深感榮幸。

羅伯・凱恩　謹啟

用對方法，中階主管也能影響整家公司

偉　福：成果聽起來很不錯，但為什麼道康寧公司只有一個事業部實行TOC制約法呢？令我困惑的是，這個人談的是五年期間，如果這套方法如此有效，為什麼沒有擴展到其他事業部？是不是因為「非本地發明」的心態？

高德拉特：在深究組織心理學之前，先讓我們看一下實際情況。我們談的是一家大公司某個角落的一位中階主管，如果這個人在五年內，沒有辦法讓這家公司進行重大的思維模式轉移，那又有什麼稀奇？還有，順帶一提，就像你在信中讀到的，他使這家公司有了不錯的進展，他自己也更上一層樓，位居更有影響力的職位。

偉　福：是不是只要時間足夠，中階主管也能對整家公司發揮影響力？

高德拉特：是的。但是，當然啦，這個人必須非常有毅力和耐性。

偉　福：是什麼原因讓你相信有可能辦到這件事？

高德拉特：你需要什麼樣的證據，才相信這是可能發生的事呢？

偉　福：給我一個中階主管的例子，這個人在一家大公司工作，並成功推行《目標》中的方法，我是說在整家公司推行。

高德拉特：通用汽車可以說是世界上最大的製造業者了，你可以去採訪凱文・庫斯（**Kevin**

Kohls），並且從他那裡得到最佳證據。

個案一：找出製造業龍頭的生產瓶頸

專訪通用汽車北美裝配廠有效產出分析模擬部門主管凱文·庫斯

偉福：是什麼驅使你從《目標》當中尋求幫助？

庫斯：那要回溯到差不多十五年前，當時，我剛在普渡大學完成電氣工程碩士學位，回到凱迪拉克的底特律－漢姆特拉姆克（Detroit-Hamtramck）裝配廠擔任操控工程師。一年半前，我離開工廠時，這座工廠才剛開始生產，如今我重回工作崗位，它仍然沒有達到生產目標，實際上還差很遠。你可以想像，每個人都對於無法達到目標感到非常氣餒，雖然付出極大心力來改善系統，卻是收效甚微。

我也很氣餒。我提出的方案對工廠生產鮮少有顯著影響，也不清楚問題出在哪裡。大約在這時候，通用汽車研究部門的戴夫·範德維恩（Dave VanderVeen）向工廠廠長賴利·蒂波特（Larry Tibbetts）進行一場簡報，推薦他聲稱可以改善工廠有效產出的研究工具。蒂波特被打動了，要我去見範德維恩，看看能不能在我們的工廠裡使用這種工具。

我前去位於沃倫（Warren）的通用汽車技術中心研究大樓拜訪範德維恩，他向我解釋何謂瓶頸，以及他的工具如何找到瓶頸。還給了我一本《目標》，告訴我如果想了解瓶頸以及如何提高有效產出，應當讀讀這本書。

我把書拿回家，馬上開始閱讀。令我驚奇的第一件事就是，這本書竟然以小說體例寫成；第二件則是，我對羅戈的工廠裡所發生的事有很大的共鳴，直到凌晨兩點我才不得不把書放下，上床補眠，隔天我就把書看完了。我很想馬上運用書中的概念，於是開始從工廠裡的系統中蒐集數據，並且把數據輸入瓶頸軟體中。經過一週的努力，我十分確定已經找到瓶頸，而令我驚訝的是，瓶頸並不在二十呎之遙，就在我辦公室外面的生產線上！

偉福：問題出在哪裡？

庫斯：有一項工作是由工人在轎車頂部安裝一種毛氈狀的物料，那種物料體積很大又麻煩。我們的數據顯示，這項流程大約每過五分鐘就會停頓一次，而每次修復平均費時約一分鐘。我很驚訝生產線的停頓如此頻繁，以為是數據出錯，於是跑去現場察看。事實明擺在眼前，操作員每處理五件，就得把生產線停下來，離開崗位，再另外拿五件這種大又麻煩的東西（雖然不重但體積龐大）。操作員把它們拖過來，重新啟動生產線，繼續安裝。每處理五件，就得把生產線停下來一次。在我們查明這件事之前，有沒有認為這是個大問題呢？沒有。這不像生產線上有哪台機器壞掉而令生產停頓一小時那樣嚴重，我們只損失一分鐘。但是，每完成五件就發生一次停頓。

我們立刻看出為什麼物料不能放在離生產線更近的地方，這是因為有位監工人員的辦公室擋住了通道。我們記起以前曾經有人要求遷移這間辦公室，但這件事沒有被當成急切的要務，因而最後不了了之。現在，我將這間辦公室移走後，結果，非常神奇的，整座工廠的有效產出都提升了。這確實令人意外，因為過去的經驗告訴我這是不可能辦到的事。接著，我們又用這套軟體工具找出下一個瓶頸，再接再厲，直到每天都能平穩的達到有效產出目標為止。這對工廠營運來說，確實是很大的變化。

偉福：你有沒有跟其他通用汽車的工廠分享你的心得？

庫斯：有啊，在中央辦公室的管理階層參觀工廠時，我們就展示了這套流程。很多通用汽車的工廠顯然都不能達到有效產出目標，後來我離開底特律－漢姆特拉姆克工廠，到中央辦公室任職，便協助建立了一個事業部小組，負責實施這套方案。十七年後，我成為通用汽車的高階主管，管理所有北美工廠的工作流程，日後職掌範圍又擴大，包括對未來生產設計的模擬工作。

偉福：這些都與TOC制約法有關嗎？

庫斯：是的，但也涉及其他訓練。你得明白模擬，並了解它如何預測有效產出，還得要知道，為什麼找出未來設計中的瓶頸攸關重大。我現在在一個為期兩天的課程擔任講師，但TOC制約法是我們做事的基礎。我們可以去工廠，教全體員工如何運用TOC概念，我經常事先發放《目標》給學員，要求他們在培訓前讀完。截至目前為止，生產部沒有接受過培訓的人已經不多了。現在，我的內部客戶一般都非常精通TOC、瓶頸、數據蒐集與分析，因此，我幾乎不需要再去推廣TOC概念了。舉個例子來說，安裝瓶頸軟體要先蒐集數據，這項工作就讓我們忙不過來。我負責的是通用汽車北美區，遠在中國與歐洲的人員本週也在處理這類問題。

偉福：你對TOC概念的運用，這些年來有什麼變化？

庫斯：最初，我們發現，我們面對問題的解決方案都是唾手可得。你可以看看我給你的第一個例子，很明顯的，辦公室擋住了去路，解決辦法就是遷移它。一段時間過後，要找解決問題的方法就變難了，不是說無法解決，而是你得採用更科學的技巧。現在，我可能要用上統計學的方法，僅憑簡單的觀察，沒辦法了解工作站的問題是怎麼發生。另外，我們最近正在進行的一件事就是，將《目標》中的概念運用在新廠房與生產線的設計上。實際上，我們在問題出現之前就把它們解決了。高德拉特並沒有花很多時間談TOC制約法中這個層面的用法，但是我們掌握了他的概念，並且因地制宜的用於解決我們的問題。對我來說，這就是最美妙的地方，如果你理解方法背後的邏輯，就懂得持續不斷的靈活運用。

偉福：這很有意思，你在十五年前發現一種用來思考生產問題的有效方式，到了今日仍然有效。你覺得奇怪嗎？

庫斯：說很奇怪，也不奇怪。TOC制約法是一種非常科學而且合乎邏輯的思維方法，正因為這點，當遊戲發生變化時，你總能回到邏輯上來。最初，我們只需要找到瓶頸的位置，到現場問三、四個問題，然後，就知道怎麼回事以及該怎麼做。然而現在，我們做的是改變整個生產流程的設計，以確保流程從一開始就是最好的做法。但TOC制約法背後的邏輯，像是衝突圖、現況圖，以及為了尋找制約因素而必須問的問題等，所有原則都沒有改變，仍然完全適用。

我認為，其他很多管理方法的問題在於，一旦問題的第一層緣由消失、危機不存在了，我們就會說：「好！大功告成了！」然而，在TOC制約法的世界中，你會這樣問自己：「制約因素跑到哪裡去了？我們下一步要怎樣做才能打破它？」所以，我們的任務永不停止。

我很希望可以對你說，只要一談這些概念，整個機構馬上就能進入新的思維模式。但是，事實上，要讓這些概念得以運行，必須花很多年的時間，而且現在改善的空間仍然很大，尤其像通用汽車這樣的大公司更是如此。這很像吉姆・柯林斯（Jim Collins）在

《從A到A+》（*Good to Great*）中談的飛輪概念，讓飛輪轉動起來需要花上一段時間，但是現在的運轉速度已經相當不錯了！

機構本身是否複雜，關係並不大

偉　　福：道康寧公司花五年的時間，才把TOC制約法從一個部門傳播到整個事業部；而在通用汽車，他們則花了十年時間才在全北美確立下來。是不是一定要花上多年時間，才能從起點擴展到整家公司？

高德拉特：不一定，這要看是由誰發動。如果由一位中階主管發動，所需時間當然要比高階主管多一點。令人驚訝的是，機構本身是否複雜，關係並不大。在十分龐大複雜的機構中，讓TOC制約法成為主流文化所需要的時間，與結構相對簡單的機構差不多。

偉　　福：你能舉個例子嗎？

高德拉特：為了證明我的看法，讓我們舉一個極端的例子。美國海軍陸戰隊的維修站不但是個龐大複雜的機構，而且要面對極大的變數。下列個案中的維修站負責維修直升機，這個維修站很大，人員高達數千人，作業也很複雜。他們要把直升機拆解至最細微的部分，連油漆也要除去，所有必須修的都得修，所有必須換的零件都得換，然後再把整架飛機重新裝配起來，並保證從飛機中取出的零件回到原來的飛機內。更複雜的是，要同步進行兩個本質上完全不同的操作模式，「分拆線」與「裝配線」屬於多專案環境，向這兩條線提供物料的維修工廠同樣也是生產工廠，兩項工作必須協同運作。然而真正的挑戰在於，整體流程運作要面對極大的變數，在分拆與檢查直升機之前，不可能知道工作的具體內容，出人意表的事情到處都是，簡直是噩夢。但是，這個維修站的指揮官在不到一年的時間就在此推行TOC制約法，而且實施措施相當穩固，而他的接班人至今仍然繼續執行他啟動的持續改善計畫。

個案二：軍機維修站快速降低交貨天數

專訪美國海軍陸戰隊退休上校、西埃拉管理技術公司（Sierra Management Technologies）經理羅伯．利維特（Robert Leavitt）

偉　福：你曾經負責在海軍陸戰隊實施一項TOC方案，是嗎？

利維特：是的，當時我在北卡羅萊納州切利角（Cherry Point）海軍航空站擔任指揮官，由我開始在那裡實施TOC制約法，而且他們至今仍延續這套做法。身為上校，我就像掌控一家市值超過六億美元的公司，有四千人為我工作。人人都說政府總是後知後覺，我不知道是否真的如此，但我個人認為，政府願意讓我這樣的人也有機會試試不同的做法。

偉　福：跟我們談談你的實行經驗。

利維特：我們無法準時交付H—46。H—46是機齡二十到三十年的波音直升機，海軍陸戰隊廣泛用於攻擊支援。由於這種飛機很老舊，經常需要維修，只要飛機庫中待修的飛機超過十架，就意味著候命執行任務的飛機最起碼少了一架。我們議定的交貨期一般是一百三十天，而實際上我們平均要花一百九十至兩百零五天。

偉　福：聽起來，你們好像出了問題。

利維特：的確有問題，因此，我們實施了關鍵鏈，最後將維修中的飛機從二十八架減少至十四架，客戶接受了，交貨期從兩百天降低到大約一百三十五天，這本身就是個顯著的改善。但是，在我們開始這套流程的同時，他們又新增三十天的機艙除鏽工作，我們把這三十天的工作量也納入一百三十五天的交貨期中，換句話說，我們把交貨期從原本的兩百三十至兩百四十天減少到一百三十五天。

偉　福：為什麼這套方法成功了，而其他方法卻失敗呢？

利維特：我們審視過很多專案管理解決方案，也看過物料資源規劃（MRP），然而TOC在所有面向都是可行的做法，例如建立團隊精神、了解變數等。它植根於科學的思維，從機構整體的角度解決問題，檢視整個系統後，會說：「嗨！只要你找到主要的槓桿點，就能夠獲得巨大的效益。」然後，你再回頭找下一個槓桿點，或是制約因素。

偉　福：你是否花了很長時間才找到制約因素？

利維特：並沒有，而且我們在一百二十天內，就已經開始見到成效。

偉　福：你找到的制約因素是什麼？

利維特：是排程，以及制定排程的方式。最大的麻煩就是我們運用手上資源的方法簡直毫無道理，評估人員實際工作天數大概只需要兩天，但卻花了十四天，我們想知道其中的緣由，並了解問題是怎麼發生的？為什麼排程人員會定出這樣的排程，然後卻推翻重來？

偉　福：收支情況有改善嗎？

利維特：嗯，根據政府的運作模式，我們每年會根據既定的飛機數量得到撥款。我們很快就把積壓已久的工作清理完畢，甚至還多產出幾架飛機，那裡的新指揮官告訴我，他們每年的產量都在增加。

偉　福：再舉個例子好嗎？

利維特：我還在西科斯基飛機公司（Sikorsky Aircraft）維修部機尾螺旋槳片組實施了TOC制約法，過去我們平均要花七十三天完成一個機尾螺旋槳片，而生產線上有多達七十五至八十片。嗯，改革後，生產線上只有三十多片，而交貨期只需要大約二十八天。

偉　福：這項改革花了你多少時間才見到成效？

利維特：三個月。現在，你應該可以明白為什麼我正積極嘗試建立一個提供TOC服務的諮詢機構了。

看出成本會計的謬誤

偉　福：我得說所有我遇到讀過《目標》的人都告訴我，他們同意書中傳遞的訊息。看來有很多讀者相信TOC制約法是以扎實的常識為根基，那麼，他們為什麼不立刻實施呢？是財務主管從中作梗嗎？

高德拉特：並非如此。要說財務主管試圖維護成本會計，這個看法完全錯誤，實際上，財務主管是唯一早在TOC面世前，就已經察覺到成本會計謬誤的管理階層。況且，在幾乎所有企業中，財務部負責人是少數能夠看到企業全貌的主管之一。他們對於有那麼多只注重局部效益、不顧全局的決定感到極為懊惱。跟你說的正好相反，很少財務主管會反對TOC制約法，相反，在大部分的實施計畫中，他們都是推動者。

偉　福：這實在難以置信，我可不可以採訪一位這樣開明的財務主管？

高德拉特：你想採訪多少位，就有多少位，就像我所說的，這樣的財務主管很常見，而非例外。

個案三：跨越部門藩籬思考問題

專訪密西根州德克斯特市圖書印刷業者湯姆森—舒爾公司（Thomson-Shore）財務副總裁克雷格·米德（Craig Mead）

偉福：請介紹一下湯姆森—舒爾公司。

米德：我們公司位於密西根州德克斯特市（Dexter），就在安娜堡（Ann Arbor）附近。我們有四〇%的客戶是大學出版社，可以說是小印量的印刷廠商，也就是說，我們的印量是在兩百冊至一萬冊之間。我們公司還推行員工持股計畫，大約有九八%的公司股票由員工持有，公司員工人數曾高達三百人，現在是兩百八十人。

偉福：我知道你們公司每個人都讀過《目標》。

米德：我要求所有員工都必須閱讀。

偉福：從上到下？

米德：是的。

偉福：那麼，你想借助《目標》矯正什麼問題呢？

米德：我們的主要問題在於準時交貨率，還有員工部門壁壘分明的心態，他們很難超越自己的部門去思考問題，每個人的思路都是以部門為考量。

偉福：你能夠扭轉這些事情嗎？

米德：可以，在開始推行TOC的政策和做法之前，我們的準時交貨率大約是七〇%，實行之後，就提高到了九五%。

偉福：你的第一步就是要求所有人閱讀《目標》，是嗎？

米德：是，這是第一步。第二步就是延攬一位TOC顧問，讓三十人參加一個為期三天的TOC制約法訓練課程，並領導小組找出制約因素，開始按五步驟來做。

偉福：你找到的制約因素是什麼？

米德：在我們這個行業，有兩個主要投資領域：印刷部和裝訂部。基本上，我們認定印刷部就是制約因素，並開始以這個觀點管理企業。當我們聚焦於這項制約因素，並要求其他一切配合它的時候，就開始打破各部門之間的藩籬了。這需要大量的教育與培訓，我們為員工開發內部課程，基本上就是把原先三天的課程壓縮至一小時，然後要求每個員工都來上課。課程涵蓋制約因素管理、整合、加快工作流量，以及移除只著眼局部的思維等內容。

偉福：你對印刷部做了哪些改動？

米德：我們組成了一些團隊，查看我們所生產的不同產品，研究我們運用印刷機的方式，並挑戰背後的假設。我們製作兩種類型的書，一類是平裝本，另一類是硬皮精裝本；印刷方法也有兩種，一種是平張印刷，另一種是輪轉印刷。我們開始制定規則，規定哪類書應該由哪台印刷機生產，充分利用設備的產能以滿足客戶的需求。而由此建立新的標準，也讓我們免除浪費，節省金額相當龐大，令人難以置信。以前，為了滿足客戶需求，往往要重做，實際上，這樣做卻讓我們更加落後。重新挑戰我們的所有假設，迫使我們自律，並提高印刷部每台機器的有效運用，促使工作流程更加穩定。

偉福：你如何讓員工參與呢？

米德：湯姆森－舒爾公司的員工能夠影響他們專責領域中的運作標準與工作流程，當思維完全著眼於局部時，每個人都希望工作的設計對自己最有利，因此就造成了混亂。在我們實施TOC制約法之前，任何決定都要經過漫長而繁瑣的爭論，我們想改動什麼，就得把十二個人全都弄到一間房間裡，嘗試針對每個細節達成妥協才行，但是我們從來都沒辦法讓每個人滿意。大家都讀過《目標》後，就能明白我們所做的每件事，也就不再立基於局部效益的思維了。所以，比如說，有一項工作需要在裝訂部多花一點時間，沒問題，只要這樣做對主要的制約因素（即印刷部）有利就行了。最終，我們達到必須的有效產出。

偉福：身為財務主管，你的具體貢獻是什麼？

米德：TOC制約法以打破成本會計所造成的藩籬為出發點，而我們的機構在很大程度上是由成本所驅動，就像很多製造業者，公司的每件事都以成本系統的角度考量，在這方面我開始提供附加價值，例如開發新的衡量工具，取代傳統的成本工具。我相信，這會讓機構產生真正的變化。在銷售方面，我們還在掙扎，但已經有了進展，亦即放棄成本世界的銷售與評估方法。

偉福：這些做法如何發揮效力呢？

米德：成本會計將公司劃分為多個部門，分攤間接的雜項開支，但是在TOC的概念中，所有人就是一個快樂的大家庭，有固定開支與變動開支，物料就是變動開支，其他就是固定開支。如果你坐在那裡，把所有時間都用來考慮印刷部要用多少電、多少平方公尺的空調與冷氣，裝訂部與預壓部又要多少，辦公室又用多少，是不能幫助你打理好企業的。

偉福：因為這會讓你偏離目標？

米德：正是！目標就是滿足客戶的需求，以及工作流程的流暢及時。當我們開始將焦點放在工作流程，充分利用印刷部的產能，其他一切資源全力配合時，我們就能逐漸提高準時交貨率。最關鍵的問題在於，如何衡量機構的表現，其實有兩種方法。

偉福：是什麼呢？

米德：高德拉特曾經談到開發一項管理制約因素的工具，而我們的工具稱為ＴＣＰ（Throughput Contribution per Press hour），亦即制約因素每小時的有效產出貢獻。如果市場不是制約因素，就根據ＴＣＰ的數字來選擇產品與客戶，這樣就可以增加獲利，當然，這要假設制約因素不在市場。

偉福：那麼，什麼時候制約因素會跑到市場去呢？

米德：關於這點，我們設計了另外一項內部衡量工具叫ＣＲＨ（Contribution margin per Resource Hour），亦即資源每小時的收益。我們只截取客戶支付的時數，拿有效產出（銷售減去物料）除以花費的時數，得到一個對整個機構都有效的衡量指標。我們到底表現如何，這個數字給了我們很大的啟發。

偉福：你是指它幫助你確認一些一直被質疑的事物，還是幫助你發現以前不知道的東西？

米德：兩者都有。它可以確認我們為某類型客戶進行的工作難度比較高，付出的生產代價比較大等，還能告訴我們科技會怎樣影響我們的獲利。我是說，現在我們大部分的書都轉成PDF檔案，這種檔案與傳統方法比起來成本差異很大，實在難以置信。情況就是，市場逼得我們不得不全面降價，但是用傳統方法的獲利並不好，甚至根本就無利可圖！以傳統方法製成的產品，人們卻只願意支付PDF檔案的價錢，根本行不通。所以現在的情況是，市場變成了新的制約因素，在當前艱難的經營環境下，銷售在下滑，但我們實際上有盈餘，而且數字相當可觀。

偉福：你們公司的員工持股計畫是否有幫助呢？對員工來說，個人利益是否更容易與公司目標趨於一致呢？

米德：這要看個人了。還差十年就退休的人，當然對股票價值更感興趣，在這裡工作三、四年的人，看重的就是個人獎金。所以，實際上，我們開始實施的是團隊獎金而不是個人獎金。現在，我們正努力讓報酬與績效回饋脫鉤，回饋將全部以團隊層面來衡量。

偉福：你說以前有員工三百人，現在是兩百八十人，是不是營運環境欠佳導致的結果，還是因為效率提高了？

米德：兩者都有。一直以來，營運環境並不健全，但是值此同時，我們進行的一些改革釋放出額外產能，員工自然流失，也不用招聘新人替代，盈餘因而提高。我們沒有裁員，只是不找人遞補辭職的員工，並且讓員工在不同部門之間調動。

偉福：印刷部還是制約因素嗎？

米德：嗯，制約因素轉移到裝訂部去了。

偉福：市場制約因素又怎麼樣了呢？

米德：你說到重點了，我們擁有的產能比市場願意給我們的訂單高很多，這就是問題所在。但我認為我們已經做好準備，一旦市場活絡起來，就要有能力應付。為此，我們必須做三件事：第一，我們得滿足速度與交貨的要求；第二，我們得維持獲利，才能維護設備與提供客戶期望的品質；第三，我們必須有一支願意全心全意投入的員工團隊，他們每天高高興興來這裡工作，明白他們在這裡的理由，也知道自己為了什麼而幹活。TOC制約法就能夠讓我們辦到這三點。

三個條件都滿足才會放手實施

偉　福：回到前面的問題，為什麼《目標》的大多數讀者並沒有馬上實施TOC制約法？

高德拉特：TOC制約法建立在一種認知上，那就是，每個複雜的環境或系統，都立基於固有的簡單性（inherent simplicity），而管理、控制、改善系統的最佳方法就是利用這樣固有的簡單性。這就是為什麼制約因素就是槓桿點，而TOC制約法聚焦五步驟的威力會如此大的原因了。但我們要記住的是，這個做法是重大的思維模式轉移，而人們往往在苦無出路時才願意進行思維模式的轉移。

據我觀察，我可以告訴你，《目標》的讀者主要都是在下列三項條件都滿足時，才會放手去實施。第一項條件是，有真正的壓力必須進行改善，但是僅有這項條件根本不夠；所以，第二項條件是，他們很明確的看到，現有思維模式中找不到解決方案，也就是說，所有能夠做的事情全部試過了；第三個條件是，有一股力量推動他們踏出第一步，可能是《以TOC制約法生產》（*Production the TOC Way*）這樣的工具書、一種課程、一個模擬器，或者一位顧問。

偉　福：你能不能舉出三項條件都具備的例子？

高德拉特：坦白說，一旦認定這三項條件，就很容易在每一個案例中印證它們的存在，只需要提出正確的問題，共同的特徵就會顯露出來。事實上，甚至不需要問引導式的問題，只要傾聽就夠了。

個案四：找出制約因素，利用它們的潛能

專訪持續改善公司（Ongoing Improvement）顧問史都華・維特（Stewart Witt）

偉福：我知道你在成為顧問之前就接觸到《目標》這本書了。

維特：對，我當時在俄亥俄州辛辛那提市一家名為歐瑪特維加（Ohmart/Vega）的小型製造業公司擔任營運副總裁，有人給了我這本書，建議我讀一讀。我讀完之後，發現這本書很有娛樂性，也很有道理，然後，就把它放回書架上了。

偉福：我也聽過這樣的故事。

維特：當時，我還沒有準備好馬上用到當中的概念，而那家公司雇用我，就是想改善營運，促進成長，更有效率等。我說服總裁聘請一家顧問公司，我對他說：「這些事情我可以做，但是如果有人幫忙就會更快做到。」因此，我們聘請桑頓公司。他們的人員來了以後，我們把所有工作重新安排、精簡，他們看過我們的軟體，給了一些建議，我們支付他們十二萬美元。六到八個月後，我們開始見到一些成果，每個人都很高興，因為我們把交貨時間從兩週降至一週，簡直太棒了！問題是，業務與行銷方面同樣有了改善，同期的訂單量增加四〇%，當產品流向商店，我所取得的進展也跟著流失，我釋放出來的產能即使達到雙倍，也不足以應付這些額外的訂單，於是我又回到起點。

偉福：你們當時製造哪種產品？

維特：石油工業用的原子測量裝置，基本上，這是一種非接觸式的衡量系統，有點像蓋革計數器（Geiger counter）。

偉福：那麼，你又回到起點了。

維特：是的，我花了這麼多金錢與時間，我懂的都做了。不能把所有工作重新安排就算了，但也不能從軟體中產生什麼新點子了，我已經雇用我所知道的最佳顧問了。

偉福：是的，那你怎麼辦呢？

維特：那是我生命中不如意的日子，於是我報名參加加州的保時捷機械學院，我是業餘賽車手，有句話說的好：「當你飆車時，車在跑道打滾、衝離跑道，不代表你犯了什麼錯，這只代表你鑽進一個角落，暫時沒有足夠的智慧脫身而已。」當時，我就是這樣看待自己，我不是幹這種活的料，肯定是我缺少什麼東西，但我不知道是什麼。

偉福：你那時幾歲？

維特：那是十年前的事，所以是三十出頭。在機械學院的那段日子並不是浪費時間，當時學到的東西現在仍然管用。我自己維修汽車，就能省下六百美元。但是，就在我出發到學院之前，有人對我說：「在聖荷西，有家軟體公司的成立要旨就是支持《目標》中所提出的運作規則，還有，高德拉特學會剛開始銷售一種相關的自學工具，你可能會有興趣。」

所以，上完有趣的機械課後，我在聖荷西停留了一會兒，看過那種軟體後，在回家途中就完成軟體附上的作業。我是如此興奮，週一上午，我召集所有員工，對他們說：「這就是我們要做的，我們不會損失什麼，看來有可能做到，雖然看起來似乎太簡單了，但就讓我們試試吧。」他們不是很相信，事實上，大家反而相當懷疑，我已經把他們折騰得夠嗆了，現在又來這套，哼？

偉福：這是他們第一次接觸TOC制約法嗎？

維特：是的。長話短說，我們花了大約一個月的時間瀏覽培訓教材，包括導師手冊以及發給所有參與者的作業本。我一步一步細讀導師手冊，他們則看作業本，最後他們說：「我想你是對的，我們辦得到。」於是我們就開始了。大約兩週後，我們開始看到一些改善，交貨期縮短，準時交貨率逐漸上升。最初，我以為這只是僥倖。

偉福：是什麼使你改變看法？

維特：一個月後，有一位焊工對我說：「老闆，我覺得我的數據有問題。我計算出來的交貨期是一天半左右，每一次算都是這個數字。」我說：「這怎麼可能？」我們的訂單增加，這段期間我還開除了一個人，我們的資源減少，又沒有添購任何新機器。因此，我告訴他：「好吧，讓我查查看，再告訴你是怎麼一回事。」

偉福：你檢驗數據時，發現什麼事？

維特：我告訴那位焊工：「你知道嗎？你是對的，數據有誤，實際交貨期只有不到一天而已。」同樣的資源，訂單增加四〇％，但交貨期卻大幅縮減。我們花了兩個月的時間，支出五百美元，又達到這個成績。這家公司有百年歷史，而那兩季的業績是有史以來表現最好的，之前有個事業部每個月虧損百萬美元，現在則是每個月賺進百萬美元。如果不是親眼見到，我永遠都不會相信。

偉福：達到這麼巨大的改進，你是利用了哪項制約因素的潛能？

維特：實際上，我們先後處理了三項制約因素。一項制約因素關乎我們要把東西外發，在測量設備的管子加上保護層，這是行銷部提出的流程，現在卻已經演化成制約因素。因此，我們得多找一、兩家供應商應付工作量。

偉福：其他制約因素呢？

維特：一項是關於切割管子的鋸子，我們把一些工作分流到一台閒置的機器上，這個鋸子的運轉速度是原來鋸子的一半，一向沒有人願意用它。但是，我們找到了適合它處理的物料，它提供的產能就足以讓制約因素鬆綁。之後，油漆部就是下一項制約因素，我們在那裡做了幾件事，這時候，制約因素轉移到工程部，我們等待一些新產品從那裡出來，這就是第三項制約因素。

偉福：你是否認為TOC制約法是一個永無止境的過程？換句話說，是否總有下一項制約因素要你找出來，並且用盡資源？

維特：理論上，它可以永遠繼續下去。但我看到的是，一家企業中可能經過一、兩個循環後，制約因素就會在生產部鬆綁，然後或許會轉移至工程部。在這之後，你就可以在工程部運用關鍵鏈將制約因素鬆綁，而下一項制約因素可能就是市場，一般來說，就是現有的市場。除非你是可口可樂或奇異公司，否則大概不會在市場上享有主導地位，所以，你仍然可以找到發展空間。最後，在多數情況下，運用你在TOC制約法中產生的能力，就可以對你一向認為不可企及的市場發動進攻，在那個時候，你大概會用盡全力。或者，制約因素再度回到生產部，這也是有可能發生的事。不過，到那時候，你肯定經已懂得怎樣對付了。

偉福：好，那麼之後你就離開公司了，是嗎？

維特：事實上，我在正大聯合公司（Grant Thornton）待了兩年，進一步掌握其他TOC技巧，並且與那維斯達國際公司（Navistar International，美國最大的中型和重型貨車製造商）一起合作，將我所知道的技巧應用在一家墨西哥工廠的企業資源規劃實施方案。這一做就是兩年，我多次造訪墨西哥，體重增加了四十磅，因為沒時間運動，但是工作很有樂趣。之後，我到一家顧問公司工作，第一個月就被派去支援一項與TOC制約法有關的專案。那是田納西州克拉斯維爾市（Clarksville）的一座工廠，生產供鋼鐵業用的石墨電極，這座工廠很大，已經運作很長一段時間，已然是世界上同類工廠中的佼佼者。廠方向我們發出挑戰：「如果你可以改善這裡的運作，我們就會考慮在其他地方實施你的方法。」

偉福：實施的規模大嗎？

維特：十分龐大，感覺大概有半個田納西州那麼大，就這樣在大地突然冒起。我們組成一支小團隊，包括我與另外一位同事，還有六、七個工廠裡的人。我們採用的是當初我在歐瑪特維加進行的培訓班做法，課程中會談到同樣的概念，一樣的點子。唯一不同的是環境，我們需要整合五套不同的軟體系統，當中有我們需要的資料。我們找出制約因素，完成必須做的事。例如保證前面有緩衝、確保維護人員充分重視制約因素等，以便一旦發生事故，工人就可以立刻處理。我們在制約因素前面加入品質檢查流程，如此一來，就可以防止我們浪費時間去處理品質不良的電極。

偉福：結果怎麼樣？

維特：準時交貨率沒有變。這家公司在這方面早已經做得相當不錯了，到我們完成專案時，表現仍舊很出色。只是之前他們可以準時交貨，是因為他們的庫存比需求大，架上塞滿電極，東西擺得到處都是。那麼，你明白了，我們絲毫沒有影響到交貨率，仍然是百分之百準時，但是庫存卻少了四〇％，他們對此十分滿意，因為這實際上釋出了兩千萬美元的資金，可以用在其他地方。基於這些成果，有一天在一場大型會議上，公司執行長站起來說，我們要在全世界推行這套方法，我們從西班牙、巴西、義大利與南非請代表到這裡來，組成一個全球實施團隊，這已經成為有效改善與客戶高度滿意的經典案例。

偉福：那麼這就是你現在的工作嗎？TOC相關的顧問工作？

維特：是的。

偉福：你是把TOC制約法視為多種工具選項之一，還是當作尋找問題解決方案的主要方法？

維特：我的做法大概屬於第三種。如果我受邀參加客戶的初期會議，我採取的方式可能會跟我的同事不一樣，他們一進來就會問：「我有這一系列的服務，你要當中哪一項？」我呢，就是問問題，就像書中的約拿一樣，這有助於我判定是否有可以發揮的空間。基本上，我會試圖讓客戶明白，如果我們針對的是核心問題，而不是眾人關注的表面徵兆，我們幾乎肯定可以得到好成果。

服務業也能靈活運用TOC制約法

偉　福：TOC制約法有什麼極限？能應用在服務業上嗎？

高德拉特：可以，但是……，這個「但是」相當重要。首先，讓我談談「可以」的部分。沒錯，任何系統都立基於固有的簡單性，從這個層面上來說，製造業與其他企業（包括服務業）之間沒有什麼區別。所以，利用固有的簡單性，就是遵從TOC制約法聚焦五步驟：找出制約因素、完全利用它的潛能等。

不過，這個「但是」涉及一項事實，也就是決定如何實行聚焦五步驟中每一個步驟的具體內容，而這並不是一件小事。在《目標》中，我介紹了整體概念，並透過具體的生產流程，證明這個概念的有效性。在《絕不是靠運氣》中，我解釋了需要什麼樣的思維方法來制定具體流程，以實施五步驟的每一個步驟。為了提供教學範例，我展示了如何運用思維方法來開發出許多個製造業者的銷售流程。因此，製造業者不但有了方法與概念，還有了具體流程。對大多數的服務業者來說，並沒有具體的流程。所以，如果要在服務業實施TOC制約法，就得按照上述思路，首先定出具體的流程，這項任務當然相當重大。

偉　福：那你為什麼不替服務業者寫一本書呢？

高德拉特：你知道，服務業涵蓋完全不同的企業類型，範圍很廣，企業之間的差別並不亞於服務業與製造業之間的差別。所以，你說的就不是另外寫一本書，而是要蓋一間圖書館了。

偉　福：你能否舉一個在服務業實施ＴＯＣ制約法的例子？任何類型的服務業都可以。

高德拉特：讓我們先看一家既不從事設計，也不投入生產的公司，也就是所謂的服務業者。但他們要處理實際的產品，他們的產品是你可以觸摸到的東西。這是一家供應辦公用品的公司。

偉　福：辦公室用品經銷商嗎？

高德拉特：對，不過在你採訪他們之前，讓我強調一點，ＴＯＣ配銷管理的具體流程早已經制定出來，並且在很多公司得到了驗證。不過，這間公司還是要大量運用思維方法來制定具體步驟，才能確定適當的市場定位。

個案五：避開削價競爭，發現做生意的新方法

專訪荷蘭百年辦公室用品公司ＴＩＭ（TIM Voor Kantoor）前任總裁派翠克・霍夫斯密(Patrick Hoefsmit)

偉　福：你第一次接觸《目標》是什麼時候？

霍夫斯密：我曾經是一家印刷公司的業主，那家公司相當大，有幾百名員工，四十台印刷機。

當時，我上了一堂課，有人向我解釋借方與貸方的分別，由於我是個技術工程師，所以需要有人向我解釋這些名詞。在課堂上，我實在讓老師很頭痛，於是他給了我一本《目標》，然後對我說：「這本書正好適合你閱讀，因為其他書對你來說都沒有用處。」我興致勃勃的讀完，因為我終於找到能解釋清楚企業問題的人。

偉　　福：看來《目標》的主要吸引力在於很容易理解。

霍夫斯密：對，《目標》不深談公司營運的財務難題，實際上，它反而讓這類話題變成枝節的故事。對我來說，它帶來一項重要訊息，那就是，我可以完全不用聽那些經濟學博士的偉大言論了！如果他們解釋不清楚企業運作的來龍去脈，那就去見鬼吧！這是我對TOC制約法的第一個感悟。之後，有人拿了一篇報導給我看，上頭寫著高德拉特將到訪荷蘭舉辦研討會，於是我就去參加了。在研討會上，高德拉特跟我們說，他剛剛把約拿課程的價格從一萬美元提高到兩萬美元，因為如果不漲價，高階管理人員就不來了。我跟他說：「我肯定會來的，即使是原來的價錢也會來。」他說有另一項方案對我更好，如果我想去上課，可以來，而且可以在取得巨大的成果後才付錢，屆時成果將會讓學費相形之下變得微不足道。

偉　　福：不錯的交易。

霍夫斯密：是啊，很棒的交易，於是，我去了美國的紐哈芬市（New Haven），高德拉特學會就設立在那裡。我上了課，但並沒有馬上用上所學的東西。一年後，我出席了一場在西班牙舉辦的約拿提升研討會，高德拉特的記性很好，遇到我時就問我：「嗨，你付學費了嗎？」我說：「沒有，還沒，我看不出有什麼理由要付錢。」於是，他邀請我進一步談話。會面前，還有朋友警告我要小心點！週一上午，我們在鹿特丹會面，那真是個沉重的上午，我所有的功課，所有做過的事，對他來說都無關緊要。問題在於，我只聚焦在公司內部，試圖找出生產瓶頸，然而過剩的產能如此多，制約因素明顯在市場！對我來說，必須跳出框架去思考，但是我從來沒有想過，TOC制約法也可以用於公司圍牆之外！

偉　福：這是可以理解的，因為《目標》講的是生產問題。

霍夫斯密：是的，所以我就是個看不到全局的笨蛋。之後，高德拉特向我解釋更廣闊的格局，以及更大規模的應用，他慢慢的迫使我去思考，有時甚至衝著我大吼：「用大腦想想！」這真是個沉重的上午，在高德拉特的《絕不是靠運氣》中，他講述了這段故事，就是那個糖果包裝的故事。最終，我們賺到了錢，說真的，是賺了大錢。後來，我發現擁有公司五〇%股分的侄子幹的事情不多，拿的錢卻遠超過我們商定的數目，於是我們決定將公司一分為二，由我來分，由他決定拿哪一個部分。然而，沒有想到他會選擇以往由我管理的印刷業務，而把一直由他負責的辦公室用品業務留給我。

偉　福：當時你了解辦公室用品行業嗎？

霍夫斯密：不，根本一無所知。儘管公司規模頗大，在荷蘭排名第四或第五位，但虧損得很嚴重。當時正在進行削價競爭，競爭一下子變得很激烈，其他公司悄悄寄出小冊子給荷蘭每一家小企業，封面上的價格比我這個批發商能夠拿到的價格還要低，情形實在可怕。我們的老客戶突然關心起價格來了，他們會說：「我們怎麼可能付你比這本小冊子封面上的金額貴一倍的價格？」

偉　福：聽起來真是江河日下了。

霍夫斯密：是的，真的非常可怕。我們大約有四千至五千個客戶，二十名銷售員，我們能想到的，也無非就是降價，但只限於非降不可的產品。這不是長久之計，但其他所有人都是這麼做。因此，辦公室用品產業的傳統運作方式很快就完全消失了，我們得參加辦公室用品供應的投標，要與三、四個對手競價，過去從來沒有發生過這種事。以往，辦公室用品訂單只要發給該地區表現比較好的一家企業就行了，而現在每個人關注的都是價格。

偉　福：那麼，你怎麼辦呢？

霍夫斯密：我們開始建構高德拉特所稱的現況圖，當然這次我揮別以往的錯誤，不只關注我們公司本身的錯誤，而是關注客戶的情況，努力了解「為什麼這個客戶會對價格抱怨不休呢？」經過漫長的思考，並且與銷售人員進行大量討論後，唯一的結論是，客戶認為減價是降低辦公室用品開支的唯一方法。然而，對於儲存產品、把產品送至大樓內正確的人手中這些巨大的成本，他們卻認為是不得不承受的開支。我知道這會為客戶帶來什麼混亂，在大多數辦公室中，打開抽屜，你看見的辦公室用品比任何人想像的還要多，但是同時，他們卻總是叫嚷著要某件文具用品，還必須馬上派人搭計程車去買，焦急程度簡直令人發瘋。在鹿特丹，我們已經把交貨期縮減至四小時了。不是二十四小時，而是四小時，這實在相當瘋狂，我們供應的是辦公室用品，不是拯救人命的偉業！

那麼，我們給客戶的新提案是什麼？我們承諾可以在正確的時間、供應正確的辦公室用品與設備給每位有需要的員工，做法是提供裝滿辦公室用品的櫥櫃。櫥櫃與裡面的物品都歸我們所有，物品是為特定的工作人員而儲存，拿走的物品就視為已經出售，未動用的物品仍屬於我們。每週我們會為櫥櫃補貨，他們要查核我們的運作也很容易。更重要的是，我們可以提供每個部門具體的數據，指出某些物品消耗出奇的快，例如你可能每隔三個月才需要一把新剪刀，而不是每週都換一把新的。

偉　福：那麼，有出現偷竊的情況嗎？

霍夫斯密：嗯，我們不把這稱為偷竊，只稱為過度消耗，當然，這其實是偷竊。突然之間，負責辦公室用品的人就有了一項更好的工具，用來對付不守規矩的員工了。他對誰用掉多少根鉛筆並不感興趣，大家都知道，人們會把鉛筆帶回家，通常不是故意的，這也花不了多少錢。但是，印表機用的墨水匣就是大問題了。所以當墨水匣遭竊的情況太嚴重時，我們就建議他們買大一點的印表機，這個我們也能供貨，這樣就和他們家裡用的印表機不一樣了。這就是我們的做法。這些櫥櫃是特大的發明，雖然客戶可能要為物品多花二〇%至二五%的錢，但是向員工提供辦公室用品的總成本卻下降了五〇%，因為他們不再遇到物品放錯、存貨過多這類內部的麻煩了，所以，他們不再計較每件物品的價格。當我幾年前把公司賣掉時，財務查核就花了很長的時間，因為他們不相信我們的附加價值竟然這麼高。

偉　福：具體的數字是多少？

霍夫斯密：業內正常的毛利率一般遠低於二〇%，高於二〇%就令人懷疑了，而我們是三〇%以上，差別非常大。我們沒有向客戶謀取不合理的利潤，他們對我們的服務都極為滿意。

偉　福：你如何把這個概念推銷給客戶呢？

霍夫斯密：我們有個部門專門負責與客戶的財務主管聯繫，而不是找一般負責辦公室用品採購的人員。如果你向採購推銷這項方案，他會很害怕自己的職位不保。我們拍了一支短片，展示他們辦公室現在的情況，像是人們為找不到的物品高聲叫嚷等，並說明如果由我們負責他們的存貨，問題就可以迎刃而解。這種推銷方法的效果真的很好，有三〇%的業務拜訪都成功了，而我們的辦公室用品價格不再是個問題。

偉　福：每個客戶的反應都是這樣嗎？

霍夫斯密：也不盡然，有些客戶最關注的仍然是價格，我們也沒有把他們趕跑，而是提供他們完全不同的條件。我們告訴對方，如果你認為價格最重要，就得大量買進，也不能計較交貨期：「你能拿到最低的價錢，但你得排隊。」櫥櫃系統的一個好處是，我們可以提前一週知道要採購什麼，我的意思是，上週客戶用掉的東西，我不是在查核當天就補貨，而是下週才補貨，所以，我們幾乎不再需要任何庫存。我的供應商可以一天供貨，而我有的是一週的時間。所以，現在我可以開始選擇以價格作為採購原則，我可以把我的訂單與那些只談價格的大客戶訂單結合起來，以最有利的價格採購。

偉　福：對你來說，那幾年肯定令你很滿意，因為你發現了做生意的新方法。

霍夫斯密：是的，那幾年確實很開心，因為贏了競賽。當然，最初我的公司規模還很小，全國只排第四、第五位，我很擔心那些較大的競爭對手抄襲我的櫥櫃系統。

偉　福：他們有這樣做嗎？

霍夫斯密：有，多少有，但是他們沒弄明白我們的做法。當時情況相當有趣，他們準備供應櫥櫃，但客戶不但要買櫥櫃，還要買裡面的全部物品，而他們拒絕用寄賣的方式，卻是我的方法取得成功的關鍵。所以，一開始，差異就已經很大，其次，他們不明白我的補貨系統，我把櫥櫃裝得夠滿，讓你能應付兩週的用品消耗量，而他們的提案就不一樣了。我們可以馬上向客戶指出，用競爭對手的方法，你不只得自己來，還得負責補貨，而跟我們合作又怎樣呢？比方說，你換了印表機，就算你沒有告訴我，我也會發現。當你不再使用原來的墨水匣，我就會調整櫥櫃內容，這些墨水匣很貴，你想負起責任管理這些墨水匣嗎？這就是寄賣的主要區別。

偉　福：之後，你有沒有發現新的制約因素，令業務再向前發展？

霍夫斯密：後來，制約因素回到公司內部了。制約因素變成「我們可以多快衡量與安裝新櫥櫃？」最初，我們一天只能處理兩、三個櫥櫃，客戶要排隊，等候清單有三個月那麼長。所以，我們增派一個人手負責這件事，這沒有什麼大不了的，我們掌控全局，可以按照自己想要的速度讓公司成長，在這場人人都為價格而鬥得你死我活的競賽中，這點很有意思。其他行業也有這樣的例子，例如你去一家頂級餐館，餐館不太理會價格，未來三、四個月都已經訂滿了，於是他們變得傲慢。我們也是這樣，畢竟生意好嘛！想一想，當初我們有那麼多競爭對手、那麼多難題，二十位灰心喪氣的業務人員，不知道該做什麼才好。然而現在，這個簡單的解決方案來了，我很驚奇，直到今天為止，竟然沒有人能夠真正模仿我們。

偉　福：如果你沒有接觸過高德拉特的理論，你會有這個突破嗎？

霍夫斯密：如果沒有接觸過的話，首先，我就不可能知道應該從何下手，如何對付這個難題了。因為我在印刷公司工作，侄子在辦公室用品公司工作，我從來就沒想到我們會交換角色，雖然如此，我知道他們的虧損有多大，而當時我深信，只要運用TOC制約法，就能夠找出解決方案。我花了三至四週才有頭緒，終於明白事情的來龍去脈、怎麼解決，那個月我不斷提醒自己：「不要恐懼，不要著急，只要還沒有找到突破的點子，我不會做出任何改變。」我就是這樣熬過來的，放開胸懷、認真思考，並且與員工商討，直至找出解決方案，這就是TOC制約法的優點之一。你知道，在這種情況下，你最終會得到突破的點子。

偉　福：你只需要把它找出來。

霍夫斯密：對，我愈來愈精於此道。高德拉特大約花五分鐘就可以找出制約因素，並且訂定打破它的計畫，而我通常需要一週。不過，速度慢但是做對事，總比以前速度快而做錯事更好。我經常引用一則笑話說明這個想法。有兩個人去打獵，搜索兩天後，終於聽到老虎的聲音。好！他們馬上持槍，卻發現忘記帶子彈，其中一人打開背包，拿出一雙跑鞋，另一人笑說：「你認為你會跑得比老虎快嗎？」那個人則說：「我不需要跑得比老虎快，跑得比你快就夠了！」

服務業也應該改善流程

偉　福：你能不能再舉個例子？雖然是服務業，但與實際產品無關的案例。

高德拉特：如果要了解不同類型的服務業者有何區別，我建議你採訪銀行與財務顧問公司，兩者都要，然後，再採訪另外一種類型的服務業，那就是醫院。

個案六：製造業需要改善流程，銀行業也一樣

專訪美國中西部聯邦證券銀行前任執行長理察・普茨（Richard Putz）

偉福：你怎麼會想到把《目標》的概念應用在銀行業？

普茨：有天晚上，我從洛杉磯搭機返家，途中想起在庫寶公司（Coopers and Lybrand）擔任顧問的時光。當時，我和一些專門處理製造業的人一起工作，在那裡第一次接觸到《目

標》。從那之後，我就經常想，如果你留意銀行的運作，比如處理貸款申請的流程，就會發覺它實在跟製造業沒有分別，既然如此，為什麼不把對製造業有用的東西運用到銀行業呢？流程一樣，標籤不同而已，因此，我決定開始試試。

偉福：員工的反應怎樣？

普茨：最初，他們很懷疑。我把直屬部屬全都叫進會議室，發給他們每人一本《目標》，對他們說：「各位夥伴，我們接下來每個週五都聚一聚、開開心心吃個飯，並且探討如何把《目標》中的概念應用到銀行中。」我看向身旁的財務執行長，發現他的臉色很難看，我問他：「吉姆，有什麼不對勁嗎？」他說：「是不對勁。」我說：「什麼事？」他說：「這本書後面沒有索引，怎麼找東西呢？」我告訴他：「好好讀吧，這是一本小說。」後來，他成了TOC概念最死忠的擁護者，儘管當初他是滿腹疑問的。

偉福：你如何切入解決問題呢？

普茨：傳統銀行的難題在於「如何應付當局加諸在銀行業者身上的管制性制約因素？」銀行界充滿管制性的規章條款，如果你真的按照那些衡量標準來管理銀行，銀行恐怕會倒閉，但是當你向監管當局提出這個問題，他們會發笑。不只有一大堆規章條款，它們大部分都自相矛盾，立法當局把它們納入銀行法中的理由，有時候表面上看來很充分，或是看似是要讓人們相信它們是針對某些特定情況而制定。

偉福：你是指禁止銀行從事某些業務的規章條款嗎？

普茨：是的，還有貸款組合的規章條款，以及限制你應該如何進入某市場等。

偉福：或是保持資產比率之類的？

普茨：你很了解狀況。我們採取了稍微不同的做法，我們認為必須找到市場真正的制約因素，於是運用了TOC制約法。結果發現，制約因素與服務水準以及如何為客戶解決問題有關，卻跟我們提供的具體產品關係不大。所以，最終我們將整間銀行定位為專為客戶解決問題。部分的解決方案，例如將心力投入打破衝突，是為了提供客戶個人的理財服務，而不是只為富人服務。一般的銀行普遍認為，如果你只有十萬美元，就不值得花時間為你提供這項服務，但是如果你有上千萬美元，那就不同了。我們發現，只有十萬美元的人其實不會花你很多時間，他根本不會常來，因此我們不用為此擔心，而是可以將心力集中在採取更好的方式管理我們與所有客戶的關係。結果，人們一有財務問題就會來找我們，如果我們解決不了，至少可以轉介給其他人。我們可以提供他們良好的建議，因為我們沒有別的用意，只不過是希望他們讓我們管理他們的現金，大多數人都欣然接受，還加上貸款服務。

偉福：你是不是有大規模的不動產抵押貸款生意？

普茨：是的，我們與三百多家銀行有聯繫，合作對象遍布全國，花旗銀行與美國銀行都把不動產抵押貸款生意轉來。運用TOC制約法來拓展業務也讓我們發現到，大多數借款人都把處理他們貸款的銀行視為自己的銀行，所以，不管是哪位民眾或任何投資人來借錢，我們都希望能提供服務，建立客戶關係，這要比貸款本身更有價值。

另外，這些日子更好辦事了。以前，一項抵押貸款要得到批准，必須經歷沒完沒了的等待，因為你得準備很多東西來滿足監管機構。但是，我們看過規定之後就先問：「這裡的衝突是什麼呢？」接著，我們畫出衝突圖和現況圖，發現只有三件事決定貸款可不可行，如果我們只集中於這三件事，日後再來擔心怎麼把其他東西塞進上繳的檔案中，就可以加快速度。實際上，我們把審查與批准的作業時間縮短了差不多一半。這使得我們很受房產經紀商與抵押貸款經紀商的歡迎，也帶給我們更多的生意。

偉福：TOC制約法對出納員與客戶日常的互動有什麼影響？

普茨：大多數出納員都說他們也想要好好運用TOC制約法，不過，出納員要做些什麼事呢？事實上，他們不需要懂得如何繪製未來圖，因為他們的日常工作不涉及未來圖，但卻經常需要化解衝突。出納員位居第一線，處理儲蓄與貸款問題，客戶會跑來對他們說：「這個沒有用，收支不平衡，他們把事情弄僵了。」這時出納員就必須解決問題。所以，我們教他們畫衝突圖，發放衝突圖製作表給他們；那是由五十頁八．五吋乘以十一吋的紙張裝訂而成的本子，每頁後面都有說明，以防他們忘記怎麼畫的時候可以提供指示。

然後，出納員就可以在與客戶交談時，把衝突填上，解決問題，然後撕掉這一頁，進行下一個。全銀行都這樣做。

偉福：聽來好像你得到的主要結論之一是，本來認定的制約因素，也就是監管制度，其實並非真正的制約因素。

普茨：是的，我走進專門負責迎合監管當局要求的人員辦公室說：「傑夫，我有個主意。」他就指指牆上的海報，大致上的意思是：「你能夠夢想到的，都有規章條款來監管它。」

偉福：但是，即使在這樣的環境裡，你也找到了發展的方法。

普茨：我們從事的是銀行界從未聽聞的事，事實上，監管當局造訪我們的次數遠比其他銀行還要多，因為其他銀行總是會打電話向他們通報：「這家銀行肯定在做什麼違法的事情，你們得去查一查。」

個案七：不必萬能，只要聚焦在最賺錢的領域

專訪英國紐卡素的積極解決方案公司（Positive Solution）創辦人暨行政服務部主管大衛．哈里森（David Harrison）

偉　福：請介紹一下積極解決方案公司。

哈里森：我們向獨立的財務顧問業者提供管理與行政服務，至今已經幫助七百五十五位相關人士，符合金融服務監管機構的規定、收取佣金等。這就是我們建立的公司，最近我們把公司六〇%的股分賣給世界上最大的一家保險企業：全球保險集團（Aegon Group）。

偉　福：你是怎麼運用《目標》的？

哈里森：有幾方面，第一也最重要的是，我們已經習慣運用聚焦五步驟。我們做其他事情之前，會先找出問題的制約因素，這好像成了我的口頭禪：「在往前走之前，讓我們先找出制約因素。」

除此之外，我們的工作有很大部分就是找獨立財務顧問加盟，我們希望更多人加入我們的機構，而負責徵才的人就是我們的業務顧問。英國高德拉特機構的歐德・科漢（Oded Cohen）幫助我們建立流程，訂定細緻的步驟，幫助我們開發軟體，用以追蹤每一位業務顧問的工作進展。在任何時候，都有一百五十至兩百人在跟業務顧問商談加入積極解決方案公司。每個人就是一項專案，這樣就得以簡化流程，也能讓我們的業務顧問在思考問題時更合乎邏輯。

偉　福：比起你看過的其他管理技術，TOC制約法有什麼不同的地方？

哈里森：我認為，它很容易運用，就像我剛才說的，我用得最多的就是聚焦五步驟，企業內出現的很多問題都源於缺乏重點。如果要形容積極解決方案公司，我想可以將它看成是一個非常聚焦的機構。我們不希望成為萬能的機構，我們在任何時間，都只盯住當時最賺錢的領域，五年來，我們一直都在處理相同的制約因素。

偉　福：制約因素是……？

哈里森：我們制約因素在於「根據業務發展的速度招募適當人才的能力」。我們的員工愈多，公司就愈賺錢，很多公司在招募到大約三百位顧問後，就停下來了。他們會說，徵才已經不再是制約因素了，應當做的是提高這些人的生產力，或者從金融產品開發機構下手。但我們的重心焦點一直沒有變，只要你找到的人能夠賺錢，為什麼要停止徵才？就是因為徵才的難度沒有降低嗎？嗯，事實上，徵才也沒有愈變愈難，只是日常工作而已。當然，我們也可以根據財務狀況凍結現有人數，不再擴增。

偉　福：這就是你的重點嗎？

哈里森：這就是我們的重點。我們已經找出制約因素，現在就是要利用它的潛能，充分利用它。因此，我們輕而易舉的領先同業，擁有全英國最棒的徵才機器之一。我們徵才的方式與所有競爭對手都不同，他們會刊登廣告、收購企業，而不是用我們的方法，一個一個的找人來談。起初，我們成長的速度好像很慢，但是因為我們的方法正確，失敗的例子就不多。這就是TOC制約法的優點，如果你努力找出制約因素，你就會開始明白這些事情了。

偉　福：你有沒有想過下一項制約因素是什麼？

哈里森：當然想過了，現在仍然有市場可以讓更多的獨立財務顧問加盟我們，在英國，相關人員有兩萬五千人，而我們旗下還不到當中的一千人。有鑑於這兩萬五千人的能力有高下之分，再者，不是所有人都會加盟我們，總有一天，我們會發覺，增加人手要花的力氣過高，與其這麼做，不如把力氣花在其他事情上。好，就在這時候，你說：「計畫改變了，新計畫中的制約因素是什麼呢？」坦白說，是留住客戶的錢。目前，我們做的就是把客戶轉介給各式各樣的金融服務開發機構，錢會流到這些機構手中，然後一部分的錢會以佣金或服務費的方式回到我們這裡。透過這套新方法，我們實際上就是要讓客戶把錢交給我們，然後，我們再把一部分錢交給基金經理人與人壽保險公司。所以，我們一旦成長到某個規模，制約因素就會開始移動，我們會有品牌與收入來推廣品牌，所以徵才就不再那麼費勁了，在這個時候，制約因素就轉移了。

個案八：透過關鍵的槓桿點管理複雜的醫院系統

專訪南非普勒托利亞大學（University of Pretoria）安東尼・范赫德醫生（Antoine Van Gelder）

偉　福：你並不是典型的高德拉特信徒，對吧？

范赫德：我是身兼二職的大學教授，既是普勒托利亞大學內科醫學系主任，也是普勒托利亞大學學術醫院內科醫學部主任。在一九九二年，我受邀參加高德拉特在比勒陀利亞的一套課程，不是由他本人主持，而是由高德拉特學會的分會開辦。那時，我對TOC制約法一無所知，也沒有讀過《目標》，會參與課程主要還是出於好奇。

偉　福：你想尋求怎樣的幫助呢？

范赫德：這樣說吧，我當時坐在辦公室裡，托著下巴，有點沮喪。周圍是成堆的文件與信函，我打開一封信，看到又是一封邀請我參加課程的信，於是就扔掉它了。但是，當我把它扔進廢紙簍裡的時候，這套課程的價錢引起我的注意，換算成南非貨幣，大約是一萬八千元。我想，這門課程這麼值錢，值得去看看。這套課程為期兩週，談的是生產管理，邀請函原本是寄給工程學院，卻誤投到醫學院，大學教授可以免費出席。由於我對自己部門內的一些管理問題十分頭疼，下週又正好輪休，於是就打電話報名了。我本來計畫只參加一週，因為我只有這麼多空閒時間，但對方說我必須參加兩週的全部課程，我只得同意：「好，那我就來看看吧。」

偉　福：那你去了嗎？

范赫德：第一週我去了，課程談的是生產與當中的邏輯。《目標》對此邏輯著墨不多，例如現況圖之類的東西，但後來出版的《絕不是靠運氣》就談很多了。當中的邏輯吸引了我，因為我當時正灰心喪氣。我管理一個醫學部門，但從來沒有接受過管理培訓，對於管理問題，我毫無見識。但是突然間，我看到這可能是分析我們部門的方法。

偉　福：關聯在哪裡呢？

范赫德：我們系上一片混亂，每個人都很忙碌，但不知道在忙什麼，就像《目標》中的場景那樣。課程中提及《目標》，我就買了一本，一個晚上就讀完了。我認為，書中所說的狀況，就是我正面對的環境。混亂的系統不一定只出現在工廠，人來人往的醫院也有，可能是一大群自以為是的醫生所在的部門，這就需要管理，相似之處令我吃驚。現在，我可以更確切的回答你的問題。接觸TOC制約法之前，即使探究身處的系統，你也會覺得當中的因果關係不明顯，換句話說，系統很混亂，你沒法控制；但是突然間，它變成了一個可以用某些關鍵點（槓桿點）來分析的系統。然後，你就能明白只要好好管理這些關鍵點，就可以控制這些系統，而不只是靠一些表面的、救火式的行動。不要忘記，那是一九九〇年代初期，當時系統理論之類的觀念尚未走到臺前成為主流學說的一部分，雖然TOC制約法不談系統理論，但它已經提出了一個主張，也就是透過一些關鍵的槓桿點來管理複雜的系統。

偉　福：最後，你是不是參加完全部兩週的課程？

范赫德：是的。之後，我回到醫院，我想特別提出兩個重點。第一，我的心態發生了變化。以前我覺得事事棘手、太複雜，沒辦法管理，而現在我看到，如果我正確的分析系統，就可以管理它，這是我第一個重要突破。後來，我把這個領悟傳授給很多人，他們也獲得了突破。我們確實是有辦法找出解決方案的！第二，我們的門診部，就像當時大多數醫院的門診部一樣，甚至與現在世界上很多地方的門診部一樣，都被低效率與冗長的候診清單所困擾。我們愈花費心力應付效率問題，投入系統的錢愈多，候診清單就愈長，英國的國家衛生體系也有同樣的問題。在我的部門中，醫生處理病人的流程可以看成是一條生產線，就像《目標》中那樣，當中步驟所需的時間當然不同，人也不是機器，這些我都得承認，但我還是看到了相似之處。

偉　福：你從哪裡切入解決問題呢？

范赫德：我和門診部經理坐下來談，告訴她《目標》當中表達的原則。我們兩個人（主要是她）花了點時間就找出制約因素。我們了解到，每當醫生或患者在約定的時間缺席時，我們便會損失大量產能，而失去的時間無法挽回。於是我們制定了一張電話清單，把它稱為患者緩衝，在患者接受診治之前的一、兩天先打電話，確保他們能夠按照預約時間到醫院。如果他們無法前來，我們就讓其他患者遞補。結果，產能損失減少了。我們當時的候診清單有八、九個月那麼長，這是很普遍的情況。事實上，在英國，一些醫院的候診清單甚至排到一年以後。我們大約在半年內，就把候診時間降至不到四個月，這大約是當時南非大多數醫院候診時間的一半。

偉　福：你們的醫院是公立醫院嗎？

范赫德：是的，我們是國家衛生體系的一部分，換句話說，屬於非營利事業，患者只需要支付一小部分服務費用。後來，我與南非的高德拉特學會聯手進行顧問工作，對象是一家很大的民營醫院。他們有六百張病床，是一家具備神經外科與高科技的旗艦醫院，那裡的問題在於手術室的產能損失。這種現象造成負面的效應，醫生不斷離職，跳槽到其他民營醫院的情況很嚴重。我們發現，部門不應以自己為先，只顧局部效益，而應該問自己：我可以做什麼來達到醫院更遠大的目標，也就是增加醫院在病人處理上的流量？相關的概念並不複雜，但為了實行這些概念，需要花兩個月的時間動員員工，跟他們開會。接著，每個人都制定了一項行動計畫，目的在於保證有更多病人能更快速、有效的流經醫院的系統。開始實施計畫的一年內，這家醫院就擺脫原來的二〇％財務預算赤字，轉虧為盈。

偉　福：那麼，你後來就成了高德拉特顧問？

范赫德：是的，一九九〇年代初期，我在一個高德拉特論壇上展示我們醫院門診部的成績，這是第一個關於TOC制約法應用在醫學界的報告。當時高德拉特聆聽我的報告之後，就邀請我以學界會員身分加入高德拉特學會。我的主要工作還是在大學裡，但也參與高德拉特學會的顧問工作，我在採礦業中做了不少工作，都跟醫療無關，純粹是TOC制約法的應用，並緊跟本書上的概念。這些活動提高我的管理能力。

偉　福：一位醫生在採礦公司當顧問，那是怎麼一回事？

范赫德：這個問題很有意思，我是內科醫生，不是外科醫生，換句話說，我是動腦筋的人，不是動手的人。雖然這說法有點滑稽，但是說到底，身為內科醫生，診斷就是我的主要任務。而診斷的整個過程，不管對象是病人，還是機構，都是科學方法的應用。高德拉特也說他的TOC制約法只是科學方法的應用而已，所以，為採礦公司診斷難題以及尋找解決方案的人是內科醫生，可以說是很自然的了。其實，高德拉特學會使用的一些教材也參照醫學模式，詢問接受培訓的顧問：醫生是怎樣對待問題的？這為他們診斷機構內的問題提供了借鏡。

偉　福：這很有意思，高德拉特說過，他生命中最高的目標就是教這個世界怎樣去思考。

范赫德：是的，而且在我認識他的十四年間，他所做的事情都顯示出他並不是在開玩笑。TOC制約法就是一種思維方法，它是邏輯的一部分，換句話說，是科學方法。

偉　福：這有沒有讓你成為一個更好的醫學教師？

范赫德：絕對有，我跟你說過，診斷病人和診斷企業是同一回事，但醫生是透過觀察其他醫生來學會診斷，而不是以一套科學方法來傳授知識。我們當然有教診斷過程，但沒有像TOC制約法那樣傳授診斷哲學。傳統的方式是，看著我怎樣做，而我實行的方法是，讓我們先看看科學方法如何進行，然後看看能不能應用在病人身上。大多數學生對此都欣然接受。

我眼中的明珠

偉　福：這就行了。

高德拉特：還有一個案例，有如皇冠上的明珠，至少是我眼中的明珠，就是TOC制約法在教育界的應用。對，在幼兒園與小學的應用。不需要等到我們都成年了，才將一些常識注入周遭環境中，這點你同意吧？

個案九：TOC思維在教育界的應用

專訪致力教導學生TOC思維的國際性非營利機構「TOC為教育」（TOC For Education）執行長凱西・蘇爾肯（Kathy Suerken）

偉　福：你是中學老師，不是工廠廠長，《目標》怎麼會跟教導孩子扯上關係呢？

蘇爾肯：一切要從大約十五年前說起。我是個中學老師，也當過志工家長，當時正為兒童推動一項數學志工方案，丈夫教我怎樣管理它。這項專案很成功，參與率達百分之百，我問他：「我下一步該怎麼做呢？去另一家學校嗎？」他回答：「凱西，你得另外找一個目標了。」六個月後，他告訴我：「有一本書，你一定要讀一讀，我們在辦公室裡傳閱，所有看過的人都在書後的扉頁簽名，表示值得推薦。」這就是我接觸《目標》的經過，六個月不到，我寫了一封信給高德拉特，信的開頭說：「親愛的高德拉特博士，如果你走進拉克中學（Ruckle Middle School）校長法蘭克・弗勒（Frank Fuller）的辦公室，會發現他的桌上有一本《目標》，它背後有個故事……。」接下來，我談及如何運用那些點子與概念來推動這項專案。

偉　福：你有沒有收到高德拉特的回信？

蘇爾肯：四天之內就收到了，他還附上這本書的最新修訂本。大約一週後，我收到高德拉特學會總裁鮑伯・福克斯（Bob Fox）的信，提出要給我獎學金去上約拿課程。我完成課程後，又上了一個約拿培訓師課程。最後，我回到學校為兒童開辦了一個TOC實驗班，同年年底，我教的孩子已經在使用TOC思維方法了。孩子的表現十分出色，他們是你見過的孩子當中，最懂得運用蘇格拉底式學習方法的學生，他們也是其他小孩的老師。對我來說，這證明TOC思維對孩子是有效的，也讓我進入了現在的角色。

偉　福：這是一個TOC的課程，還是使用TOC方法來教授其他內容的課程？

蘇爾肯：它是一個植根於世界文化的課堂，談的是從不同觀點看事物，兩者當然非常一致。我們運用TOC的方法來推動課程，之後又開了思考技巧課程，內容純粹討論TOC的做法。課程中，我們還使用衝突圖等概念分析日常生活中的衝突。

偉　福：你怎麼證明孩子們接納了這些概念？

蘇爾肯：舉個例子吧，有一天，我為學生朗讀《目標》中童子軍到郊外旅行的那一段故事。之後，我給了他們一份評估報告，並問他們：「這與實際生活有什麼關聯？最脆弱的一環在哪裡？」等問題。我的用意並不是想考驗他們，只是想知道他們是否明白了。當天晚上，我審閱他們的答案，發現有一半的人明白，另一半的人不明白。隔天，我又問他們：「決定鎖鏈強度的是什麼？」我叫一位名為麥克的男孩子回答，我知道他還沒有學會，所以他支吾了好一會，還是說不清楚。我也不知道如何提問才可以引導他說出答案，所以我望向其他學生，我知道如果點到已經知道答案的約翰，他就會把答案直接告訴麥克，但是我不想這樣做。所以，最後我說：「誰也不能告訴麥克答案，但你們可以問麥克一個問題，引導他找出答案。」這時，另一位學生舉手了，她說：「還記得我們畫的快教慢教衝突圖嗎？那個圖與怎樣保證每個人都學會，而又能夠讓學得快的同學不會感到沉悶有關。」在這一刻，我知道效果出來了，他們開始向麥克發問，引導他找出答案，每個人都加入，這是合作式學習的一個優秀範例。因為每個人都需要思考，即使他們已經知道答案，也得努力思考如何引導其他人找出答案。

偉　福：你如何把這套思維引進那些從來沒有教過ＴＯＣ的學校呢？

蘇爾肯：我們通常一開始就把ＴＯＣ視為一個普遍性的概念來教學，然後，再探討如何把它融入特定的課程中。最剛開始，由學校的訓導環節切入比較容易，也就是把ＴＯＣ應用在改變學生的行為，這看來是最明顯的途徑。

偉　福：輔導員如何運用ＴＯＣ？

蘇爾肯：比如說，有一個孩子因為行為問題被送到訓導處，受過ＴＯＣ培訓的輔導員就會用正負面分枝等工具來引導。他們會問學生：「發生了什麼事情？為什麼你被送到這裡？」然後，他們就會跟學生分析這些行為的因果關係，以及如何帶來負面的影響等，學生會說：「如果我這樣做，就是在製造麻煩，我會被抓住，送到這裡來，父母也會被請到學校。」這是問題的一條分枝，毫無疑問，然後，輔導員再問：「好，如果你不這樣做，又會發生什麼事呢？」學生就會寫下另一條正面分枝。最後輔導員問學生：「好，要選擇哪一條呢？你自己決定。」

第一批在加州課堂上運用ＴＯＣ的教師中，有一位負責處理問題學生，這些學生在學業與行為上都出現問題，她便教他們這套流程，把它當做一種技巧來傳授。她讓學生分析因果關係的分枝，一個男孩子寫道：「我去偷車，飆車尋開心。」她說：「問題在哪裡？」孩子回答：「這是我第一次在事前考慮問題。」最後，他詢問教駕駛的老師，才完成這個分枝。這個結果很棒，他現在知道如果被抓會有什麼後果，之前他根本從來沒有想過。你該怎樣計算這樣的成果呢？

偉　福：從那時起，你就開發出TOC的其他應用範圍，對吧？

蘇爾肯：是的，而它們之間是相互關聯的。因為行為會改變態度，或者我可以說，態度影響行為。如果一名學生能夠做出比較負責任的決定，而得到正面的成果，那麼，他對老師與在校行為的態度都會隨之改變，這樣的肯定也會對他的學習產生影響。另外，在過去兩年間，我們努力透過課程設計來傳達TOC的學習流程。或者，可以反過來說，如何利用TOC這項工具來設計課程，因為老師並不想打斷課程來教生活技巧，他們得教學科課程。

偉　福：就我所知，你已經把TOC介紹給監獄中的年輕人。

蘇爾肯：五年前，我造訪加州一所青少年監獄，與一些青少年罪犯談話。那是他們在獄中的第一天，他們都是幫會的同黨。會後，邀請我來的老師跟我說，他原本很擔心，因為我是女性，而這些少年犯大都曾經被媽媽虐待過。他很怕這些孩子會把我逼到牆角，對我無禮。當時，我站在那裡，穿著一條產自佛羅里達州奈斯維爾（Niceville）的圓點裙，看來就有點像是把他們送進監獄的人，他們不會對我有好感，這點我敢肯定。但是，我試圖讓他們告訴我，他們希望從生命中得到什麼，他們只說：「老太太，我們只是想離開這裡。」我說：「你認為這就足以令你離開這裡嗎？」

最後，一個男孩子說：「我只想讓我的孩子過更好的生活。」這些少年犯都是十六至十九歲的黑人或西班牙裔男孩，我看著他問：「對不起，我不明白，你說的是什麼意思？你有孩子嗎？」他說：「是的，我有一個兩歲大的孩子和一個小嬰兒。」

我把這個目標寫到搖搖晃晃的舊黑板上。「更好的生活。」我說道：「好，是什麼東西阻擋你，讓你不能過更好的生活？」他們回答：「嫉妒的人。」我轉過身說：「對不起，我不知道你們所說的嫉妒是什麼意思。」我心裡忖度著，不是開玩笑而是認真的想著：「他們都在監獄裡，有誰會嫉妒他們呢？」這時他們告訴我：「噢，如果你回去後想脫離幫會，他們就會嫉妒，他們不想要你離開幫會，不能跑掉。」

他們還提到，偏見是一大障礙，在寫這份清單時，我心想：「我遇到難題了。」我不知道有什麼方法可以克服這些孩子所面對的障礙。但是，我根本不必擔心，因為他們自己有了答案。他們在清單上加進更多障礙，例如：「我的過去」、「批評」，中途他們給了我閃亮的一句話：「我，我自己，我必須改變自己，馬上。」

後來，這群孩子當中有些人寫信給我，其中一個人說：「在那次談話之前，在我看到的前景中，能夠捱到二十一歲已經很難想像了，但是你給了我希望。」現在，請告訴我，是我給了他希望嗎？不是！希望來自他自己！但是，他寫道：「你給了我希望，讓我知道，只要按照這些步驟來做，我就能夠成功。」最後這句話很重要，不是一廂情願。這套方法給了人們一個可以自行運用的流程，如此一來，鼓勵他們的人不在時，他們也會繼續下去，會知其所以然，而不僅僅是知其然。

偉　福：對於那些沒有嚴重問題要克服的孩子來說，TOC是否同樣有用？

蘇爾肯：當然有，它幫助人們思考事物的意義。很多時候，甚至在富裕階層中，學生學習的動機都是出於父母對子女的希望，學習對他們來說變得沒有意義，只是因為他們有絕佳的環境因素。如果我們教育孩子的方式是讓他們自己找答案，而不只是給他們答案讓他們記住，那麼從這些孩子身上能夠釋放出什麼來呢？人們的潛能。作為一名老師，我常常覺得，成績好的學生與成績差的學生同樣會搗蛋，因為成績好的學生覺得很沉悶！TOC以一個學習流程就達到學習的目的，並把學生的潛能帶出來。

偉　福：你替「TOC為教育」訂定怎樣的目標？

蘇爾肯：我看到的是，有能量的學習者，以及終生不斷開拓、探索所帶來的快樂，我們企求的都已經實現了，人們的互動也更加和善了，我認為這是真正的文明語言。有一次，我向一群老師談TOC，我讓學生演了一齣話劇，後來學生說：「蘇爾肯太太，怎麼辦呢？這太有效，沒有問題要我處理了。」我想，這種情況可能永遠不會發生！但是他們是這樣看的，我希望你能夠出席五月我們在塞爾維亞舉行的會議！透過女童軍組織，這個月我們會先到泰國。在新加坡，已經有人把TOC帶進體育界，應用在體育活動中，我們在馬來西亞也很活躍。在美國，我新委任的主管將在明年底開辦一所私立學校，他正在編寫教材，全部是以TOC為基礎。真的，我們現在接觸到的只是冰山一角。

附錄 站在巨人的肩膀上

翻譯／羅鎮坤

要了解為什麼精實生產被廣為採納，人們很自然就會聯想到豐田汽車那一段成功史。豐田汽車的成功毋庸置疑，現今豐田汽車的產量與傳統的領先者通用汽車（General Motors）並駕齊驅，並賺進可觀的利潤。在過去五年間，豐田汽車的平均銷售淨利比業界高七成，而同一時間的通用汽車卻在賠錢。豐田汽車的成功全歸功於豐田生產系統（Toyota Production System，簡稱TPS）*，起碼豐田管理階層是這樣認為。他們明確指出，豐田的頭號挑戰就是要確保TPS能夠傳給下一代，如同人體的基因一代傳一代。

豐田汽車被視為日本工業界的龍頭，人們自然會猜想精實生產必定在日本大行其道，但令

* 譯注：TPS在全球也常被稱為「精實生產」（Lean Production）或是「及時生產系統」（Just-In-Time，簡稱JIT）；而豐田汽車則表示，由於實行與表達上的扭曲，精實生產不算是百分之百掌握TPS的精神。

人驚訝的是，情況並非如此，只有不到兩成的日本製造商實行過或是正在實行精實生產，為什麼呢？

原因不在於他們沒有嘗試過，而是很多日本企業都曾全力推行，卻接連失敗。其中一個案例是日立工具工程公司（Hitachi Tool Engineering Ltd.），這家公司無法成功實行精實生產，不是因為沒有全力以赴，他們也曾經不斷嘗試，然而生產績效不升反跌，最後才不得不放棄。

同樣的，大多數日本企業沒有實施精實生產，也不能歸咎於他們對精實生產了解不多。畢竟，豐田汽車非常慷慨的分享知識，將所有TPS知識公諸於世，甚至邀請競爭對手到工廠參觀。日立就像其他眾多公司那樣，學習所需的知識，並且毫不猶豫的聘請頂尖的精實生產專家助陣。

這些企業實施精實生產，最後鎩羽而歸，都是有原因的。只要客觀的觀察日立工具工程等公司就會明白，失敗是由於不同企業的生產環境之間存在著根本的差異。當年大野耐一開發TPS，並不是為了提出抽象的概念，他是為雇主豐田汽車公司而開發。如果大野開發出來的運作方式在其他截然不同的生產環境不適用，自然就一點都不奇怪了，但這不代表大野的成果對其他生產環境沒有價值。當你了解到，他起初面對的情況跟本書如此相似，就會驚歎他的確是一位天才。當時，製造業最具革命性的生產系統是亨利·福特（Henry Ford）所開發的流水線模式（flow line），這套模式不僅用於幾乎所有汽車裝配作業，而且還能夠用於非常不同的產業，例如飲品製造與彈藥生產。同時，大家也明白，流水線模式必須（也只能）用於特定的生產環境：產品的需求量極高，值得為一種產品專門設立一條生產線。如果產品的需求量不高，沒有人會考慮實行流水線模式，除了大野以外。

大野明白，福特系統背後的概念具備一定的普遍性，也知道福特的模式只能用於某些生產環境。但是，概念本身可以放諸四海皆準。大野有清晰的視野，確定要從基本概念重新開始，他也有天賦與才華，可以設計一套新的生產模式，特別針對豐田的生產環境為基準；在這個生產環境下，為了生產一種零件而安裝一套專門的設備並不可行。大野也有不屈不撓的毅力，可以克服實施新模式過程中的巨大障礙，最後得出的成果就是TPS。

我們不應該迴避接納正確的概念，更不應該強行要一個明顯迴異的生產環境採納特定的模式，讓我們一同來追尋大野的足跡吧。在本文中，我將陳述：

- 供應鏈的基本概念，即精實生產所依據的概念。
- 由這些概念所衍伸、更具普遍性、可用於更廣泛生產環境的運作模式。
- 日立工具工程公司採取這個更廣泛運作模式後達到的成果。

歷史背景

全球製造業受到兩位偉大思想家的影響極大：亨利・福特與大野耐一。福特在大量生產上進行革命，推出流水線的概念；大野則運用福特的點子，並且在TPS中將它推向另一個層次，TPS系統迫使整個工業界改變對庫存的看法，從視為資產變成視為負債。

福特模式的基本概念在於有效率的生產，這全都憑藉聚焦於加快產品在工廠內的流動（flow）。他取得的成績如此卓越，自一九二六年起，由開採鐵礦開始，到裝配五千多種零件組成車輛並放到火車上運出，只需要短短的八十一個小時而已。往後的八十年內，全世界沒有一家汽車製造商能做到或是接近這樣的成績。

流動是指庫存在生產線上的移動，當庫存不動，就會開始累積，累積的庫存會占用空間。因此，要加快流動，直覺上就必須限制庫存累積的空間，於是福特限制每兩個工作站（work center）之間容納在製品（work-in-process）的空間。這正是流水線模式的精髓，儘管最早期的流水線系統中，根本沒有像是輸送帶等機械設備，輔助他們將庫存從一個工作站轉移到下一個工作站。

當你了解限制空間所帶來的直接後果，就會明白福特的方法有多麼大膽。一旦空間滿了，負責生產產品送入這個空間的工人只能停下來，因此，為了加快流動，福特必須放棄追求局部的效率。換句話說，流水線的做法違背了傳統智慧，人們一直認為，要有效運作，每個工人、每個工作站都必須用百分百的時間工作。

你可能認為，不讓資源持續工作就會降低有效產出（throughput）。如果福特的行動僅在於限制生產線上的空間，可能真的會發生這樣的負面效應。但是，防止庫存累積也會產生另一種效應，也就是阻礙流動的問題會被凸顯出來，而且是馬上就能發覺。此外，當其中一個工作站停下來後，很快的整條生產線也會停下來，福特就是利用這個特點來改善流動的平衡，盡快解決與排除引起停頓的明顯原因。盡力使流動平衡，不講局部效率，有效產出便能大幅提升。如果以每位員工的有效產出來衡量一家公司，福特汽車是當時整個行業之冠。

總體來說，福特的流水線模式是以下列四個概念為基礎：

一、加快流動（或縮短生產時間）是工廠的主要目標。

二、這項主要目標應該轉化成一套具體的機制，以決定何時不應該生產（以防止過度生產）。

三、必須放棄局部效率。

四、必須制定一套聚焦於流動平衡的流程。

大野的主要目標跟福特一樣，也是要加快流動、縮短生產時間，這一點從他描述豐田在做的事情就看得出來。他說：「我們所做的一切，就是緊盯從客戶下訂單直到公司收到錢的時間，我們就是要縮短這段時間。」

當大野要實行上述第二個概念時，他碰到一個幾乎無法跨越的障礙。如同福特所言，當某種產品的需求量很高時，為這種產品專設一條生產線很值得。可是在當時的日本，市場對汽車款式的需求多，但是對每一款的需求數量較少，因此，大野不能在豐田設立專用生產線。正如前文提及，所有面對這種情況的企業，都會乾脆放棄考慮流水線模式，但是大野卻仍然在琢磨一個想法：如何在每個工作站都生產多種零件（不為特定產品專設生產線）的情況下，仍然可以採用流水線的生產模式？難處在於，如果用福特限制空間的做法會導致生產線大塞車，一旦空間已滿，上游的工人就必須停工，某些零件就會拿不到，裝配自然無法進行。

大野記述，當他後來聽到超級市場的概念時，就醒悟到他已經找到解決方案，這遠比他在一九五六年拜訪美國，並且實際看到超級市場的運作還要更早。他了解到，為了進行裝配，豐田每一條零件生產線都需要應付大量不同的產品，超級市場同樣也需要應付大量不同的產品。在超市中，產品並沒有塞在走道上，而是放在商店後的小倉庫中。在店裡，每一種產品只會分配到有限的貨架空間，只有當顧客拿走一件產品時，才會啟動從小倉庫補貨的動作，以填補空出來的貨架。大野希望找到一種機制，能夠告訴豐田的工人何時不應該生產，但是他不依賴限制工作站之間的空間來限制在製品的生產，而是改為限制每種零件累積的數量。根據這個思考邏輯，大野設計出看板系統（Kanban）。

看板系統在許多文章與書籍中都有描述，在本文中，我只簡單敘述其中的要點，以檢視大野是否緊跟以上四個概念。他在生產線上放置「容器」，每兩個工作站之間的庫存，以及每個零件的庫存，累積的數量都會受到既定的容器數量與每個容器可容納的零件數量所限制。這些容器就像所有使用容器的行業，同樣包含相關文件，但當中一張紙牌的作用非比尋常，它就是看板，只標示零件名稱與容器容量（可容納零件數量）。當下游工作站拿走一個容器以及裡面的零件時，紙牌不會跟隨容器一起被拿走，而是被交到上游工作站。這就等同於發出通知，讓上游工作站知道一個容器已經被拿走，既定的庫存量下降，只有在這種情況下，上游工作站才會被允許進行生產，而產量則是紙牌上標明的容器容量。看板系統就此成為一個實際的機制，告訴員工何時不用生產，以防止過度生產。大野成功的擴展福特的概念，將機制的基礎由空間改為庫存。

要依循流動的概念，則必須放棄局部效率，大野在他的書中一再談及這點，並且強調，如果短期內產品沒有需求，硬要工人生產根本沒有意義。這項聲明，或許是外部人員稱豐田的TPS為及時生產的原因。

一旦實施看板系統，指揮工人何時不生產，有效產出就會馬上下跌，必須更努力使流動平衡。相對於福特面對的挑戰，大野面對的挑戰起碼嚴峻一倍。要了解他的挑戰有多大，只要點出其中一項因素就夠了。豐田的做法與專用生產線的情況不同，大野要求工作站頻繁的進行轉換，從生產一種零件轉到另一種零件，對大多數工作站而言，每次轉換花費的時間都不少。由於容器一般都不大，只裝有少量零件，因此生產批量（batch）相對於所需的轉換時間簡直荒謬的不成比例。起初很多工作站花在轉換的時間比生產還多，導致有效產出明顯下降，這也難怪大野必須面對極大阻力。他曾說過，在一九四〇年代後期至一九六〇年代初期，他的系統被稱為「討厭的大野系統」（abominable Ohno system）。毋庸置疑，大野（與他的主管）確實有非凡的決斷力與遠見，堅持繼續實施這個系統。相較之下，人們卻是從局部的角度看，認為這個系統匪夷所思，而且就連生產線上大部分的工人也是這樣看。

大野必須想辦法對付轉換的障礙，一直以來，處理轉換的一般做法就是加大批量，「經濟批量」（economical batch quantity）更是數千篇的論文討論的熱門題目。大野完全不理會這些說法，因為採用「經濟批量」等同破壞他縮短訂單生產時間的做法，讓努力付諸流水。相反的，他堅決認為生產所需的轉換並非不可移動，還說流程是可以調整的，這讓所需轉換時間大幅縮短。他領導一系列行動來開發與實施將轉換時間縮短的技術，最終讓豐田所有的轉換作業都能在幾分鐘內完成，難怪人們現在將精實生產以及小批量與縮短轉換時間的技術緊密連結。

可是，要使流動平衡，僅靠克服轉換這個障礙還是不夠。大多數工作站不只生產一種零件，因此幾乎不可能用肉眼察覺出阻礙流動的真正問題。大野十分明白，生產線上有太多事情需要改善，如果沒有一套好方法來將改善的力氣聚焦，要使流動平衡將會極為費時、又吃力不討好。

其實，看板系統也為這一點提供了解決方法，我們可以透過精實生產的石頭與水位比喻，了解大野是如何辦到的。水位代表庫存量，而石頭就是阻礙流動的麻煩事件，河床上有很多石頭，移除它們得花時間和力氣。問題是，哪些才是值得移除的關鍵石頭？答案是，當水位下降，露出在水面上的石頭就應該被移除。在看板系統剛開始實施時，為了達到合理的有效產出，大野必須使用很多容器，每一個容器都裝了相當大量的零件。隨著改革進展，大野逐漸減少容器的數量，然後又減少每個容器中乘載的零件數量。如果流動沒有明顯受到阻礙，就繼續減少容器與容器中的零件數量。一旦流動受到阻礙，就採用「五個為什麼」來找出「根本原因」，把問題解決後，容器與容器中的零件數量才可以繼續減少。這個過程得花費時間，但是最終能夠大幅提高生產力。

大家應該都有注意到，過去二十年間，雖然所有汽車公司都實施過某種版本的豐田系統，並且取得成績，豐田的生產力仍然讓其他汽車公司望塵莫及，這彰顯出尋找一套好方法聚焦於局部改善的重要性。不幸的是，其他公司的改善工作往往被誤導，只專注於節省成本，而不是全部聚焦在加快流動。

大野花費那麼多力氣縮短轉換時間，不是為了節省一些成本。如果節省成本是他的目標，他就肯定不會進一步縮小批量，因為這樣做會大量增加轉換的次數，白白浪費掉他先前節省下來的時間。大野不是為了省錢才致力減少不良零件的數量，而是為了排除不良零件可能讓流動面臨的重大衝擊。大野甚至沒有試圖從豐田的供應商那裡壓縮出更好的價格，或者減輕豐田在員工薪資上的支出，明明這兩項都是主要成本來源，他反而將全部精力用於加快流動。

很多人都沒有看清的是，聚焦於流動與不考量局部的成本變動反而能讓成本下降，員工的效率也得以大幅提升。會覺得這看來很奇怪，就是因為管理人員尚未真正理解「引導員工聚焦於提高有效產出」以及「聚焦於降低成本」之間在概念上的區別。聚焦於降低成本，會讓幾乎所有促進持續改善的行動很快就出現效果下滑的現象，導致努力最終付之一炬。這是一個既廣泛又重要的大課題，請容我在其他場合另行說明。

回到本文重點，概括而論，福特與大野都遵循下列四個概念（後文稱「供應鏈概念」）：

一、加快流動（或縮短生產時間）是工廠的主要目標。

二、這項主要目標應該轉化成一套具體的機制，以決定何時不應該生產（以防止過度生產）。福特利用空間，大野利用庫存。

三、必須放棄局部效率。

四、必須制定一套聚焦於使流動平衡的流程。福特用的方法是直接觀察，大野則藉由逐漸減少容器數量與容器中的零件數量。

TPS的適用範圍

大野發明的精實生產，在應用方面帶來一項重要的訊息：「應用」（application）與「應用所依據的基本概念」是兩回事，基本概念具有普遍性，而應用是基本概念在特定生產環境的演繹。正如我們已經看到的案例，應用不是一套繁瑣的做法，而是往往需要許多項解決方案的要素一同出擊。我們必須記得，應用會對所處生產環境做出假設（有時候是隱而未見的假設），如果那些假設對一個生產環境無效，我們就不應該期望在這個生產環境下的應用會有效運作。只要我們願意明確釐清並正視這些假設，就能避免挫折或是浪費大量精力。

TPS對生產環境所做的最嚴格假設是，穩定的生產環境，並且要求三個方面的穩定。

第一個方面，實施精實生產相當耗時，即使所選的生產環境很理想，而且是由最好的專家來主導實施，也需要大量時間。不少知名專家的文獻指出，要實施精實生產，每條生產線需要起碼六至九個月。如果你了解到任何生產環境幾乎都會遇上的流動阻礙是多麼多樣化，或是一旦開始達到低庫存效果，看板系統將變得多麼敏感，就會知道這種情況並不奇怪。由於實施看板系統很耗時，因此相關的假設就是，生產環境必須相對穩定，換句話說，在一段相當長的時間內，作業流程與產品不會發生重大的變化。

豐田所處的生產環境相對穩定，汽車產業一年只容許一次改變（車款的年度更新），而且通常上一年度與下一年度車款中，絕大部分的零件仍然相同。然而，在其他許多行業中，情況就不是這樣。以大部分電子產業為例，大多數產品的生命週期不到六個月。在一定程度上，產品與作業流程的不穩定性存在於絕大多數的行業中。舉例來說，日立工具工程公司生產切削工具，產品類型本身相當穩定，但是由於激烈的競爭迫使他們每六個月就要推出新科技的工具，在這樣的生產環境中實施精實生產，將會徒勞無功。

第二個方面，TPS要求每種產品在一段時間內的市場需求必須相當穩定。假設生產某種產品需要兩週，而它的市場需求卻很零散，平均每一季只有一張訂單，這表示這種產品每一季只有兩週會出現在生產線上成為在製品，其他時間根本不會出現。可是，在精實生產的模式下，情況不是如此，精實生產要求每兩個工作站之間永久放置每一種產品的容器與零件。

日立工具工程公司生產超過兩萬種不同的最小存貨單位（SKU），而大多數存貨的需求趨於零散。因此，對於日立而言，在每兩個工作站之間每一種存貨需要永久持有庫存的規定，就會導致他們持有比現階段需求還要多很多的在製品庫存。很顯然，這種環境並不適宜採用大野的模式。

第三個方面是最嚴格的假設，TPS要求每一筆訂單帶給各種資源的總工作量負荷必須是穩定的。然而，大多數公司的訂單量呈現波動變化，這一週某一個工作站的負荷可能比它的產能低，而下一週的負荷卻比產能高。在這種很常見的情況中，看板系統將導致下週出現延遲交貨的情況，因為精實生產不容許提前生產。不過，即使豐田汽車的訂單量相當穩定，他們仍然必須建立一套流程來接訂單，並且對交貨期做出承諾，以嚴格控制從這個月到下個月的產品組合變化。大多數公司就沒有能力強制客戶如此厚待他們。

請注意，這些穩定性無法單靠生產部門以一己之力就能提高，這一點很重要。前述要求的三方面穩定性，都與公司如何設計、銷售產品有關，與如何生產幾乎無關。不幸的是，大多數公司即使不是面臨三個方面的挑戰，也會起碼在一個方面上受到不穩定性所苦。

我這樣說並不意味著如果你的公司不適用精實生產的假設，就不能採用其中任何一個環節，舉例來說，U型生產線（U-cell）就相當適用於許多生產環境，而縮短轉換時間的技巧則是適用於幾乎所有的生產環境中。但是，這確實意味著，如此一來，你不能期望取得像豐田汽車那樣卓越的成果。畢竟，即使那些成果幫助豐田汽車提升至現今的地位，如果你只用了某些精實生產技巧，並且對某些節省成本的成果感到滿意，這也並不等同於實施精實生產。

在相對不穩定的生產環境中，探討流動的重要性

福特與大野擴展了我們的視野，讓我們領悟一個現實：快速流動（縮短生產時間）會令生產更有效。他們已經在穩定的生產環境中證明這一點，但是在相對不穩定的生產環境中，加快流動的影響又如何呢？

不穩定性的第一個方面是，產品生命週期太短造成的不穩定。如果產品生命週期很短，過度生產就會產生不少廢棄品（obsolescence）。另一方面，產品生命週期短，再加上生產時間長，就會導致市場需求無法獲得滿足。例如，假設某種產品的生命週期大約是六個月，而它的生產時間是兩個月，這會導致營業額損失，原因不是沒有需求，而是生產時間過長，造成補貨不夠快。

不穩定性的第二個方面是，產品的市場需求在一段時間內的不穩定性。當企業有很多需求零散的最小存貨單位，通常會由倉儲庫存應付需求，以減少生產上的麻煩。這個做法的缺點是成品庫存量大、周轉緩慢，以及缺貨頻繁。生產系統如果能夠有效組織各個工作站，使流動大幅加快，會為這些生產環境帶來非常重大的裨益。

不穩定性的第三個方面是，整體負荷的不穩定性。受到這項不穩定性之苦的生產環境，可以透過加快流動得到最大的好處。當各種資源不定時的負荷過重，通常導致這些企業的準時交

貨率不佳（低於九〇％），結果往往會產生產能增加的惡性循環。經驗顯示，當這些公司成功使流動大幅加快，不僅準時交貨率會大幅躍升，也會出現高達五〇％的剩餘產能。

大野證明福特鼓吹的概念並不局限於大量生產的單一產品。儘管將這些概念用在沒有限制大量生產與單一產品的環境時，遭遇到的障礙看似極難克服，大野仍然以天賦才華與毅力證實這些概念是可行的，還告訴我們應該如何辦到。

我們現在領悟到：

- TPS只適用於相對穩定的環境。
- 大多數環境都受不穩定性之苦。
- 相對不穩定的環境可透過加快流動中得到裨益，得到的好處甚至比穩定的環境更多。

以上狀況我們現在都明白了，但是我們是否應該隨著大野耐一的足跡繼續探索？或是不妨回到供應鏈的概念，試著找一套適用於相對不穩定環境的有效方法，好嗎？

以時間為基礎的供應鏈概念應用

要限制過度生產，最直觀的基本機制不在於空間或庫存，而是時間。要防止過早生產，就不應該過早發放物料。以時間作為基礎，不僅更接近直覺，因此更容易被工廠工人接受；此外，還有一大好處是，這個基礎更適合不穩定的環境，儘管流動遇到阻礙，在以時間為基礎的機制下，流動所受到的衝擊卻會低得多。

以時間為基礎的機制比較扎實，因為它直接控制系統中的整體工作量，而不是藉由限制每兩個工作站之間的工作量來控制整體工作量。在流水線或是以看板為基礎的系統中，兩個工作站之間的庫存被限制在最低存量，通常遠比一個小時的工作量更少。因此，當一個工作站停下來，下游的工作站幾乎馬上「挨餓」，而上游的工作站也會因為空間「塞車」而必須停擺。當任何一個工作站因為「挨餓」或「塞車」耗費超過剩餘產能的工作時間，公司的有效產出就會受到損害。流水線與看板系統會這麼敏感是因為，一旦工作站遇到阻礙，同時也會消耗上下游工作站的產能。這個現象在以時間為基礎的系統中，卻幾乎不存在，因為物料一旦投入生產線開始流動，就不會遭到人為因素所限制。

要實行以時間為基礎的系統的難處在於，我們需要在每一筆訂單的承諾交貨期之前，設定恰當的時間發放相關物料。但是，該如何計算這個時間點才恰當呢？當電腦在一九六〇年代初問世時，似乎我們終於有了合適的工具來處理大量的計算與數據細節，並且得以找出發放訂單上每一種物料的恰當時間點。而且接下來十年內，全世界許多公司也為了這個目的，開發出各種電腦程式。但不幸的是，大家期望的快速流動與低在製品庫存並沒有實現。

問題在於，將物料轉化為成品所需的時間，受到「排隊」的影響非常大，而且這樣的影響遠高於接觸時間（touch time）的影響；這裡所說的排隊，是指等待正忙於處理另一筆訂單的資源，或是等待另一種零件以進行裝配。眾所周知，在幾乎所有工業生產運作中（除了特殊加工線或是使用看板系統的狀況），一批零件的加工時間大約只占全部生產時間的一〇％。因此，一旦決定發放物料的時間，也將決定零件會排多長，以及隊伍在哪裡出現，這也接著決定完成訂單需要多少時間，因此又決定應該什麼時候發出物料。你看，我們正面對著一個雞生蛋與蛋生雞的問題。在一九七〇年代，有人建議的解決方法是重複執行電腦操作程式（封閉式物料需求規劃系統），查核各項資源的計畫負荷（排隊的隊伍有多長），如果負荷過重，就調整交貨期，以消除負荷過重的現象。這個流程會一直重複下去，直到消除所有負荷過重的現象為止。不過，這項建議被採用的時間不長，因為經驗證明，這個程式無法聚合（aggregate），不管重複運算多少次，結果負荷過重的情況都只是從一種資源轉移至另一種資源而已。

最後，在一九七〇年代，這些電腦系統就已經不是主要用來計算發放物料到生產線的確切時間，而是局限於用來提供更好的採購資料，例如什麼時候向供應商發訂單以及訂購數量等。

而且，連這些系統的正式名稱也只局限於它們最主要的用途，也就是物料需求規劃（Material Requirements Planning，簡稱MRP）。

如此龐大的一番努力，並沒有得出一套以時間為基礎的實用機制，可以指導生產線何時不要生產。但是，即使如此，也不應該因此認為我們無法為一些比較不穩定的生產環境開發這項機制，甚至不應該因此避免嘗試以時間作為實用機制的基礎。不過，我們應該把前人的努力視為警告，不要繼續以處理大量數據細節與計算的方式來找出這個機制，我們真正需要的是，以一種近似鳥瞰的方式看待生產流程。

讓我們回到最基本的概念，跟隨供應鏈的原理思考。我們的目的是要加快流動，縮短生產時間。以時間（而不是空間或庫存）作為機制的基礎，指引生產線何時不要生產，這就意味著我們應該致力在訂單的承諾交貨期之前，在一個恰當的時間點「及時」發放相關物料。但是，這裡所說的「及時」是什麼意思呢？雖然「及時」是精實生產的主要概念，但它只有比喻性的含義，而不是代表量化的標準。就精實生產而言，及時生產肯定不是指剛剛完成處理的零件必須已經準備好在下一秒、下一分鐘或下一個小時送走。其實，即使在最優秀的看板系統中，最有可能發生的是，下游工作站不會馬上加工零件，只要看看裝滿的容器經常在工作站之間等待就知道了。那麼，什麼時間才算及時呢？更明確的說，如果我們想以限制發放物料來遏止過度生產，我們應該在訂單承諾交貨期之前多久發放物料呢？

要得出合理答案的一個方法是，看我們選擇的時間是否會導致管理人員需要花大量精力來確保所有訂單準時完成。假設我們選擇發放物料的時間是交貨日期減去真正的加工時間，這就意味著管理人員必須非常緊密的監督生產線運作。因為當中任何一道程序出現延誤，甚至物料在工作站之間的移動出現一點延誤，都會導致無法準時交貨。還有，由於任何一列等候隊伍都會令排隊中的零件延誤，必須有精確的排程以確保等候隊伍不會出現。這樣的選擇明顯不可行，即使管理人員投入無限的注意力，也不能讓所有訂單準時交貨。我們發放物料的時間必須早一點，並且納入安全時間的考量，才能對付延誤。由於納入安全時間，從物料發放到承諾交貨期這段時間因此被稱為「時間緩衝」(time buffer)。

選擇較長的時間緩衝，將會拉長生產時間，並增加在製品庫存，但是由於較長的時間緩衝意味著較多的安全時間，我們就可以預期管理人員需要的注意力比較少，能準時或提前交貨的訂單比較多。對於比較短的時間緩衝來說，這個推論沒有問題，但是當時間緩衝拉長時，另一個麻煩就會開始浮現。別忘了，時間緩衝愈長，物料發放時間愈早，於是更多訂單將同時出現在工廠裡，當太多訂單一起進入處理流程，工廠就會開始塞車，當塞車情況愈嚴重，管理人員自然需要更多注意力來排解優先順序的紛爭。管理人員需要的注意力與時間緩衝多寡的關係如圖A所示。

企業一旦成功實施福特或大野的系統，就能享有只比實際工作時間長一點的生產所需時

圖A　管理人員耗費的注意力 vs. 時間緩衝

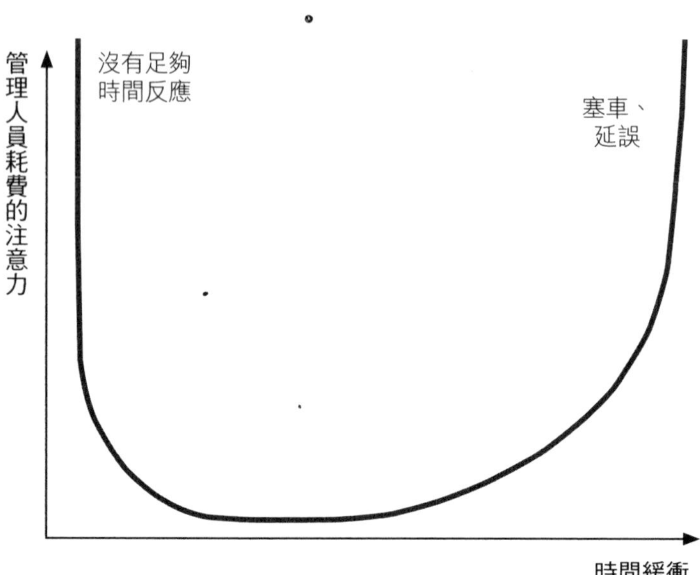

間，管理人員也幾乎不用投入任何注意力，更不必引導工廠員工應該馬上為哪些零件進行加工。這些企業肯定落在圖A中偏左邊的平原處，但是絕大多數仍使用一般生產方法的企業，會落在圖中什麼位置呢？

如前文所述，在一般工廠，零件只需要一〇%的加工時間，大約九〇%的時間不是在排隊等待資源，就是在等待另一種零件以完成裝配。我們不只從福特的方法得知，也從大野的方法中學到更多，並了解到我們不應該把批量視為不可撼動的原則，而是必須接受經濟批量並不經濟。相反的，我們應該致力於一件流（one-piece flow），並且真正達到這個目標。有了這個信念，就很容易了解，當一批零件加工時，除了混合或固化處理的流程以外，實際上只有一個零件正在進行加工，而這一批的其他零件都在等待。這意味著，在以十個零件以上作為批量的一般工廠，就如同絕大多數生產環境中，零件實際的處理時間其實只占生產時間的一％以下。這類工廠還有另一種典型的現象是，不管是任何一種正式的優先順序系統（如果這樣的系統確實存在），真正運行中的優先順序系統都是「急！」、「非常急！！」、「停止一切，先做這個！！！」。這些公司顯然位於圖 A 右方的斜坡上。

身處圖 A 右方的斜坡上代表著面臨雙輸的局面，不論管理人員投入多少注意力，生產時間（相對於實際處理時間）還是很長。而且，在許多情況下，公司都必須承受準時交貨率不佳（低於九〇％）之苦。請注意，如果公司選擇採取較短的時間緩衝（如圖 A 中平原的位置），情況就會好多了。那麼，為什麼有這麼多以一般方式運作的公司處於雙輸的境地呢？

我們可以從福特與大野的做法中找到答案。他們透過身體力行，提出決定性的證據，並說明與一般信念相反的情況是，致力於讓所有資源不停運作，並非達到有效運作的方法，反倒是完全相反的做法才正確，想要有效運作，必須放棄局部效率。然而，一般公司卻嘗試讓資源不停運作，如果瓶頸不在生產線上游的資源當中（如同絕大多數環境），有時候它們會沒有工作可以做。為了防止這樣的情況出現，這些公司會選擇發放物料，例如非近期訂單所需的物料，甚至是根據銷售預估可能訂單的物料。如此一來，無法避免會出現更長的等候隊伍，導致一些訂單出現延誤，然而人們卻將這詮釋成「我們應該更早發放物料！」同時也認為「我們沒有足夠的產能！」不難想像，這幾股力量是如何將公司推上圖A的斜坡。

想要加快流動，比較好的起始行動是選擇現今生產時間的一半作為時間緩衝，這能確保公司處於圖A中的平原位置，浪費時間尋找或計算最適當的緩衝也沒有意義。這樣做可以得到的好處實在太重要，各位不妨馬上採用，而接下來使流動平衡的努力會令圖中平原上的位置一再改變。

將物料發放時間限制於訂單承諾交貨期減去時間緩衝（現今生產時間的一半），將大幅改善準時交貨的表現、使生產時間減半，並且漸漸減少生產線上的在製品庫存到目前平均值的一半以下。

然而，我們不能期望僅以這項改變就將準時交貨率推至極高的程度。工廠中仍有許多訂單，資源前面還有等候的隊伍，不整理工作的順序，仍然會讓不少訂單延誤。因此，我們需要建立一個優先順序系統，而這樣的需求，不應該成為允許複雜精緻、用來梳理優先順序的計算法的通行證。簡單的說，進入生產流程的訂單數量不斷在變，每一筆訂單的工作內容都不一樣，等候隊伍的長度也不斷在改變，不要忘記，阻礙仍不斷發生，我們面臨的是具有高度變動性的生產環境。華特・舒華特（Walter A. Shewhart）從物理學帶給製造業一個教訓，而愛德華茲・戴明（Edwards Deming）則讓這個教訓聞名全球，那就是試圖做到比雜訊（noise）更精確（在此指的是試圖在一個高度變動的生產環境中，使用複雜精緻的計算法來處理每一項可能的因素）並不會改善什麼，反而會讓情況更糟，結果肯定不是得到改善，而是導致更無法準時交貨。

當我們認識到，時間緩衝（現今生產時間的一半）還是比實際處理時間長很多，然而因為它大幅減少塞車的狀況，即使不需要任何干預，很多訂單也可以在時間緩衝前三分之一的時間內完成，而絕大多數訂單可以在時間緩衝前三分之二的時間內完成，一個直截了當的優先順序系統就此出現了。根據這樣的理解，優先順序可由「緩衝管理」（buffer management）制定，每一批零件由發放至今的時間都留有紀錄，如果已經使用的時間未達時間緩衝的三分之一，優先順序就是綠色；如果已經使用的時間超過三分之一但未達三分之二，優先順序就是黃色；如果超過三分之二，就屬於紅色；一旦時間超過承諾的交貨期，就被歸為黑色，黑色的優先順序比紅色高，以此類推。如果兩批零件顏色相同，卻要比較哪一批應該先做，就是試圖做到比雜訊更精確的最佳例子。

在工廠設置這樣的系統相對容易，首先，我們並不需要進行任何實質的改變，只要抑制物料發放時間，降低至承諾交貨期減去現今生產時間的一半，並指導工廠遵循顏色優先順序系統作業。相對於這些改變所花費的力氣，效應將會非常可觀。想知道這個步驟所帶來的影響，以及耗時多久可以達到改善，請看圖B，它顯示一家擁有兩千名員工的廚具工廠延誤訂單的比例。

當然，必須放棄局部效率，否則過早發放物料的壓力將會持續存在。經驗顯示，當工廠每位員工都了解新做法的好處，就能讓變革的阻力幾乎降低為零。

但是，大多數生產環境仍然有訂單延誤，還有相當大的改進空間需要盡量利用，供應鏈概念應該深植人心，也必須建立一套聚焦於使流動平衡的流程。

要使流動平衡，第一個步驟相當容易，限制物料的發放，就可以顯現出大量的剩餘產能。但是，很可能有些工作站的剩餘產能比其他工作站少，這很容易看出來，因為它們面前有長長的在製品等候隊伍。此時，由於已經放棄局部效率，就能有助於找出一些簡單的方法來增加產能，例如，確保「產能制約資源」在午餐時間、休息時間以及換班交接期間不停擺，或者將工作分流給效率較低、但有不少剩餘產能的工作站處理等。

由於上述行動能幫助等候隊伍較長的工作站增加有效產能，隊伍會因而變短，紅色緩衝區的訂單也跟著減少，這意味著時間緩衝開始變得過長了。想調整時間緩衝而又不會冒險讓準時交貨的表現下滑，有一條有效法則是，當紅色訂單的數量低於已進入生產流程訂單總數的五%，就縮小時間緩衝；當紅色訂單的數量超過一〇%，就加大時間緩衝。

遵循上述做法的組織，會在幾個月內達到非常高的準時交貨率、生產時間大幅縮短，並且

圖B　廚具工廠限制物料發放時間後的改變

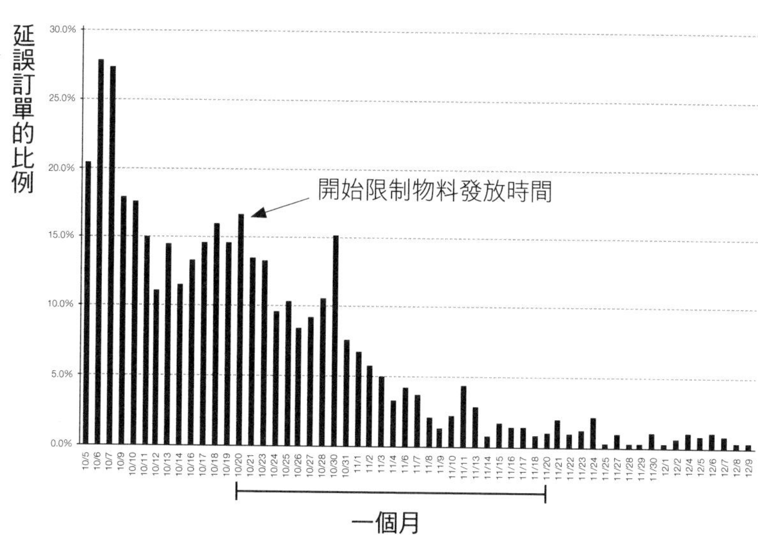

產生足夠剩餘的產能。就在這時，真正的挑戰來了。根據以往的經驗，面對突然出現的剩餘產能，管理階層往往會採取「精簡」（right size）措施，以賺取節省成本的好處。這樣做是大錯特錯，這些「剩餘產能」通常來自員工，他們才剛在協助公司改善中立下汗馬功勞，而直接得到的「獎賞」卻是自己或同僚失去工作。在所有曾經採取這種做法的組織中，都會遭遇不可避免的反作用，導致工廠的表現迅速退化至比先前更糟糕的情況。我期望管理階層已經拋棄這種做法，讓它永遠不再發生。

要處理突然出現的剩餘產能，比較理智的做法是盡量利用它，例如鼓勵銷售團隊利用大幅提升的運作表現去贏得更多訂單。不過，銷售增加很容易讓生產線出現真正的瓶頸，向客戶提出新訂單的承諾交貨期時，如果不理會瓶頸的有限產能，會導致準時交貨表現惡化、招致客戶不滿以及銷售受挫。因此，加強銷售與生產之間的聯繫極為重要，這是真正的挑戰，必須建立一套系統，確保每個交貨期承諾都是依據瓶頸尚未動用的產能作為考量。

瓶頸會為所有訂單提供運作的「節奏」，猶如「鼓」（drum）之於「鼓聲」（drum beat），而瓶頸就是鼓。時間緩衝（buffer）將承諾的交貨期轉化為物料發放日期，並依此限制物料的發放，這項行動就像一條繩子（rope），將訂單與發放物料綁在一起。因此，這套以時間為基礎的TOC應用法則被稱為「鼓－緩衝－繩子」（Drum-Buffer-Rope）系統，簡稱DBR。

企業也應該實行一套記錄與定期分析紅色訂單緣由的流程，並採取實際行動清理或剔除導致紅色訂單出現的因素，最終讓運作表現更進一步提升。

日立的例子

日立工具工程公司是一家資金高達兩百四十億日圓的公司，設計與製造超過兩萬種不同的切削工具，但大多數產品的需求零散，而業界的慣例讓它們必須每六個月就推出新系列產品。

當新系列產品推出時，舊系列產品就過時報廢，難怪它們在精實生產上的努力並不成功。

二〇〇〇年，日立開始在日本國內四家工廠之一實施DBR後，準時交貨率由四〇%躍升至八五%，在製品庫存與生產時間也減半，並且能夠以相同的員工人數額外生產出二〇%的產品，這鼓勵它們擴大實施規模。於是，到了二〇〇三年，四家工廠全都實施了DBR。

由於生產時間大幅縮短，以及對市場需求的反應能力大幅加強，這讓供應鏈（經銷商）的庫存可以由八個月大幅減少至二・四個月，庫存降低讓經銷商的投資回報顯著提升，也釋放出不少現金，進一步鞏固他們與日立的關係。難怪經銷商在銷售產品的種類中，增加日立產品所占的比例，促進日立的銷售在穩定的市場中增加達二〇%。

當我們評價這家公司的獲利表現，並考慮到在二〇〇二至二〇〇七年期間，原料（金屬）價格上漲的幅度比切削工具售價的漲幅更大許多，就可以看出DBR對績效所造成的真正影響。在這種惡劣的條件下，公司的利潤本應該全數泡湯，然而日立工具工程公司的稅前淨利反倒由十一億日圓（截至二〇〇二年三月為止的年度財報）躍升至五十三億日圓（截至二〇〇七年三月為止的年度財報），也就是說五年內淨利變為五倍。自二〇〇二至二〇〇七年，日立工具工程公司的獲利率由七・二%增加至二一・九%，這在同業之間是前所未有的好成績。

DBR的適用範圍

正如前文所述，「應用」會對所處生產環境做出假設（有時候是隱而未見的假設），如果那些假設對一個生產環境無效，我們就不應該期望在這個環境下的應用會有效運作。DBR所做的假設很明顯，也就是實際處理時間相對於現今的生產時間非常短（低於一〇％）。這個假設適用於幾乎所有典型的生產環境。但是，DBR的確不適用於另一種類型的運作環境，也就是專案環境。

在專案環境中，實際處理時間比較長，由於客戶渴望專案順利完成，這迫使企業必須承諾在很短的時間內完工，只比實際處理時間長兩倍（或者偶爾會有比較罕見的三倍處理時間）。難怪在專案環境中，表現通常相當差勁，以致於沒有人敢奢望專案會準時完成、不超出預算，或是交貨內容一如承諾，苦果唯有無可奈何的照吞。但是，這個事實不應該讓我們忘卻一個結論：由於DBR的假設不適用於專案環境，這項TOC應用法則不宜在專案環境中實施，所以，此時我們需要另一個針對較長處理時間的TOC應用法則，也就是關鍵鏈專案管理。

親愛的讀者:

看完這本書，您可能有興趣更深入了解它背後的「TOC制約法」(Theory Of Constraints)，我樂意與您分享相關知識，讓您繼續追尋TOC的奧祕。

兩步驟：

微信號wlaw1947

步驟（1） 請先掃描右方的QR CODE，立即與我在微信上建立聯繫，交個朋友，方便您隨時詢問書中內容及您對TOC的任何疑難，以及接收TOC課程等活動訊息。

然後，步驟（2），請掃描下面的QR CODE，進入我爲大家建立的「TOC知識寶庫」，仔細檢視它不斷更新的豐富內容，包括：影片、軟體、高德拉特大師中英文版本TOC相關著作，加强您對TOC制約法的認識。

https://bit.ly/2Kjb6Bj

透過以上兩個步驟，TOC的大門將為您敞開。

謝謝。

《目標》中文版獲授權製作人、高德拉特學會 總裁
羅鎮坤 謹上

國家圖書館出版品預行編目（CIP）資料

目標：簡單有效的常識管理／伊利雅胡・高德拉特（Eliyahu M. Goldratt）、傑夫・科克斯（Jeff Cox）著；齊若蘭譯. -- 第四版. -- 臺北市：遠見天下文化，2021.07
640面；14.8×21公分. --（財經企管；BCB739）

譯自：The Goal: A Process of Ongoing Improvement

ISBN 978-986-525-249-6（精裝）

1. 企業管理 2. TOC制約法

874.57 110011438

財經企管 BCB739A

目標
簡單有效的常識管理（35週年紀念版）
The Goal: A Process of Ongoing Improvement

作者 — 伊利雅胡・高德拉特 Eliyahu M. Goldratt
傑夫・科克斯 Jeff Cox
譯者 — 齊若蘭
審訂 — 羅鎮坤

總編輯 — 吳佩穎
書系主編 — 蘇鵬元
責任編輯 — 王映茹、齊若蘭(特約)、吳程遠、陳瀅如(特約)、郭貞伶、張奕芬(特約)、張啟淵
封面設計 — 謝佳穎

出版人 — 遠見天下文化出版股份有限公司
創辦人 — 高希均、王力行
遠見・天下文化 事業群榮譽董事長 — 高希均
遠見・天下文化 事業群董事長 — 王力行
天下文化社長 — 王力行
天下文化總經理 — 鄧瑋羚
國際事務開發部兼版權中心總監 — 潘欣
法律顧問 — 理律法律事務所陳長文律師
著作權顧問 — 魏啟翔律師
社址 — 臺北市104松江路93巷1號
讀者服務專線 — 02-2662-0012｜傳真 — 02-2662-0007；02-2662-0009
電子郵件信箱 — cwpc@cwgv.com.tw
直接郵撥帳號 — 1326703-6號 遠見天下文化出版股份有限公司

電腦排版 — bear工作室
製版廠 — 東豪印刷事業有限公司
印刷廠 — 柏皓彩色印刷有限公司
裝訂廠 — 聿成裝訂股份有限公司
登記證 — 局版台業字第2517號
總經銷 — 大和書報圖書股份有限公司｜電話 — 02-8990-2588
出版日期 — 2002年6月20日第一版第1次印行
2024年3月28日第五版第3次印行

定價 — 800元
4713510943267
書號 — BCB739A
天下文化官網 — bookzone.cwgv.com.tw

天下文化
BELIEVE IN READING